中 国 当 代 作 家 论

谢有顺 主编

U0123866

韩东论

中国当代作家论

谢有顺 主编

张元珂／著

韩东论

作家出版社

张元珂

■ 1976年生，山东沂南人。文学博士，副研究员，南京大学博士后。主要从事中国新文学作品版本研究和当代文学批评工作。在《中国现代文学研究丛刊》《南方文坛》《当代作家评论》《文艺理论与批评》《东岳论丛》等学术期刊发表论文三十余篇，著有《新文学版本丛话》，编选《方方研究资料》，主编《现代作家研究》丛书（共八卷），参编大型丛书《中国现代文学馆经典书系·中国当代文学经典必读》。主持国家社会科学基金会一般项目、中国博士后科学基金会面上资助、中国作家协会重点资助课题各一项。现就职于中国现代文学馆，兼任中华文学史料学会理事、临沂大学文学院特聘教授。

主编说明

　　自从到大学工作以后，就不时会有出版社约我写文学史。很多文学教授，都把写一部好的文学史当作毕生志业。我至今没有写，以后是否会写，也难说。不久前就有一份高等教育出版社的文学史合同在我案头，我犹豫了几天，最终还是没有签。曾有写文学史的学者说，他们对具体作家作品的研究，是以一个时代的文学批评成果为基础的，如果不参考这些成果，文学史就没办法写。

　　何以如此？因为很多学问做得好的学者，未必有艺术感觉，未必懂得鉴赏小说和诗歌。学问和审美不是一回事。举大家熟悉的胡适来说，他写了不少权威的考证《红楼梦》的文章，但对《红楼梦》的文学价值几乎没有感觉。胡适甚至认为，《红楼梦》的文学价值不如《儒林外史》，也不如《海上花列传》。胡适对知识的兴趣远大于他对审美的兴趣。

　　《文学理论》的作者韦勒克也认为，文学研究接近科学，更多是概念上的认识。但我觉得，审美的体验、"一个灵魂唤醒另一个灵魂"的精神创造同等重要。巴塔耶说，文学写作"意味着把人的思想、语言、幻想、情欲、探险、追求快乐、探索奥秘等等，推到极限"，这种灵魂的赤裸呈现，若没有审美理解，没有深层次的精神对话，你根本无法真正把握它。

　　可现在很多文学研究，其实缺少对作家的整体性把握。仅评一个作家的一部作品，或者是某一个阶段的作品，都不足以看出这个作家的重要特点。比如，很多人都做贾平凹小说的评论，但是很少涉及他的散文，这对于一个作家的理解就是不完整的。贾平凹的散文和他的小说一样重要。不久前阿来出了一本诗集，如果研究阿来的人不读他的诗，可能就不能有效理解他小说里面一些特殊的表达方式。于坚也是一个典型的例子。很多人只关注他的诗，其实他的散文、文论也独树一帜。许多批评家会写诗，他写批评文章的方式就会与人不同，因为他是一个诗人，诗歌与评论必然相互影响。

如果没有整体性理解一个作家的能力，就不可能把文学研究真正做好。

基于这一点，我觉得应该重识作家论的意义。无论是文学史书写，还是批评与创作之间的对话，重新强调作家论的意义都是有必要的。事实上，作家论始终是中国现代文学的一个宝贵传统，在1920—1930年代，作家论就已经卓有成就了。比如茅盾写的作家论，影响广泛。沈从文写的作家论，主要收在《沫沫集》里面，也非常好，甚至被认为是一种实验。中国现代文学研究界的许多著名学者都以作家论写作闻名。当代文学史上很多影响巨大的批评文章，也是作家论。只是，近年来在重知识过于重审美、重史论过于重个论的风习影响下，有越来越忽略作家论意义的趋势。

一个好作家就是一个广阔的世界，甚至他本身就构成一部简易的文学小史。当代文学作为一种正在发生的语言事实，要想真正理解它，必须建基于坚实的个案研究之上；离开了这个逻辑起点，任何的定论都是可疑的。

认真、细致的个案研究极富价值。

为此，作家出版社邀请我主编了这套规模宏大的作家论丛书。经过多次专家讨论，并广泛征求意见，选取了五十位左右最具代表性的作家作为研究对象，又分别邀约了五十位左右对这些作家素有研究的批评家作为丛书作者，分辑陆续推出。这些作者普遍年轻、锐利，常有新见，他们是以个案研究的方式介入当代文学现场，以作家论的形式为当代文学写史、立传。

我相信，以作家为主体的文学研究永远是有生命力的。

谢有顺

2018 年 4 月 3 日，广州

目录

前　言

　　二十世纪八十年代中国社会所逐渐展开的"现代化"图景以及由此而衍生的有关共同体（国家、民族、集体）和个体（人、人性、人情）的乌托邦式想象，赋予"新时期文学"以异常宽广的实践空间。时至今日，其口号、理念与文学实践业已成为二十世纪最后一个让人怀念且将之当作珍贵历史遗产予以看待与继承的黄金时代。然而，尤须强调的是，在"新时期文学"源头，诗歌是先于小说、散文、戏剧等文体较早介入时代主潮并对时代问题做出有效呼应的急先锋。从 1976 年的天安门诗歌运动到"归来"诗人群的大量涌现，都可充分表征诗歌在"文革"结束后的三四年内所体现出的社会"晴雨表"地位。当有着两千余年诗歌传统的中国进入八十年代，创生不足百年的白话新诗再一次取代旧诗，不仅加入到了思想解放和文化创生的阵营，还以容纳中西、除旧创新之势，为现代中国的现代性诉求和发展蓝图，注入了独属于现代中国诗人的文化基因。他们由对"文革"极权的痛恨与反思，转而对民主、自由的呼唤与想象，既而内化为对个体生命意识的觉醒与表达，都在短短的几年间构成中国新诗的血肉肌理。"文革"结束后，一切百废待兴。在文学领域，北岛及其"今天派"接续地下文学流脉，以其带有个体反思与批判性的写作，拉开了"新时期文学"出场的序幕。而以舒婷、江河、顾城、梁小斌为代表的"朦胧诗"诗人光明正大地将大写的人推上前台，并以对爱情、自由、理想等宏大意识的书写和崇高情感的表达而风靡一时。虽也时常遭受来自政治意识形态的监控甚至惩罚，但诗歌在民间——以高校学生或社会诗歌爱好者自发组织的社团为主——宛若春草，疯狂生长，其发展态势无可遏制。诗歌与时代的血肉关联，诗歌与人性的交融，诗歌与日常的拥抱，在此后以韩东、于坚、杨黎为代表的"第三代诗人"的实践中更是得到全面而深入的贯彻。他们为复兴"新时期文学"所做的贡献不容低估。历史呼唤诗人，时代需要诗歌；诗人顺应了历史，诗歌融入了时代。一切似乎都显得那么顺理成章。诗人也因此成为八十年代最为耀眼的文化符号之一。韩东就是在这样一种高亢的诗歌时代中脱颖而出的。

韩东在八十年代前期的出场、快速扬名，并以其诗歌写作奠定在文学史上的地位，既是"新时期文学"内在律强力规约与自动筛选的必然产物，也是天时（社会文化的大变革）、地利（身处西安、南京等中国文化中心，拥有便利的诗歌发表渠道）、人和（作家本人的文学天赋、哲学功底、对语言的敏感，以及对时代的聪敏体悟，等等）共同发力的结果。这位 1978 年考入山东大学哲学系的大学生较早接触北岛及《今天》并深受其影响，既而开始诗歌创作，发表了不少带有"今天派"风格的作品。这些诗歌虽大都为模仿之作，也不免空洞，但一经《青春》杂志发表，便在大学生群体中产生一定影响。因为那时能够在正规刊物上发表诗歌者尚寥寥无几，韩东因其哥哥李潮（时任《青春》编辑）而占得了优先发表作品的先机。但他真正给诗坛带来"地震"式影响力的，则是创作于 1983 年前后的以《有关大雁塔》《你见过大海》为代表的一组口语诗，以及顺势提出的"诗到语言为止"创作理念。待 1985 年之后，他创作了大量的以日常性、口语化、个人化为主要特征的诗作，正式奠定了其在第三代诗人群中的重要地位。虽然在八十年代后半期标举知识分子精神的诗歌写作也活力正健，但毫无疑问，以反英雄、反传统、反崇高、反等级，要求回归语言与个体的"第三代诗人"的写作，也一样进入文学现场的核心地带。一边是高扬西式人文精神的知识分子写作，一边是韩东们归入日常与个体的身心表达，作为八十年代两个虽偶有交锋但终归按照各自道路正常发展的流派，都对"新时期文学"的发展贡献了崭新经验与美学范式，但从后来的文学发展态势看，后者的文学实践对后世的影响更大。不仅以马原、洪峰、余华、莫言、苏童为代表的当红作家创作的所谓"先锋小说"在其风格与精神谱系上直接继承了韩东们的部分经验（比如"纯文学"、去政治化、语言本体，等等），而且进入九十年代后以韩东、朱文、李冯、徐坤为代表的新生代小说家所从事的回归感性、肉体与日常的写作在其精神渊源、美学实践方面更是与之一脉相承。因此，韩东在八十年代的诗学理念、诗歌创作、出场方式，以及对推进"新时期文学"创生与发展所做的重要贡献、所起到的重要作用，都是不可抹杀的。

美国文艺理论家艾布拉姆斯认为文学包括相互关联的四个基本要素：世界、作品、作者（艺术家）、读者（欣赏者）。这一有关文学的定义被世界各国文艺理论界所普遍接受。按照他的定义，作家仅仅是文学四要素之一，或者说，离开其他三要素，文学就不会生成。一般情况下，一位作家很难将四要素完美地结为一体，而总是在其中某一项或几项上难以达及理想效果。似乎只有像胡适、鲁迅这类文学天才方能具备有效整合四要素并能达及理想状态的能力。比如，胡适对自己《尝试集》从初版、再版、三版、四版不间断的修改行为（发挥作者惊人的创造力），对潜在读者的精准定位，对作品臻于经典的努力，以及在此过程中所开展的一系列问询、研讨、出版等外部活动，堪称将"四要素"经由组合后发挥至极致的经典案例。可以说，《尝试集》的经典化是由胡适一人来操作完成的。我觉得，与胡适类似，韩东也是这样一位出色的文学活动家，其出色就在于，他也能够依靠自己的才华，动用一切艺术与非艺术的手段，将文学四要素的组合及互融互生效果达及最理想状态。无论在八十年代提出"诗到语言为止",在九十年代围绕"民间写作"展开一系列争鸣,在新世纪第二个十年提出"中国当代诗歌到现实汉语为止",以及与杨黎、于坚、王家新、野夫、沈浩波、程永新、史元明、刘涛等学界各层次学者、作家、诗人所展开的针锋相对的文艺论争,还是在大学时参加云帆诗社活动,毕业后创办《老家》《他们》等民刊,在《芙蓉》《今天》《青春》等期刊开设专栏,推介作家,在"橡皮""他们"等文学网站与众多网友的论战,以及后来围绕"他们"所展开的与众多同仁的文学交往,特别在二十世纪末与一帮新生代作家所开展的文学"断裂"活动,都可充分展现出作为文学活动家的韩东在组织社团活动、开展文学运动方面的先天能力与惊人才华。这些文学活动不止于活动,而总是涉及作家、作品、世界、读者及其复杂关系,其旨归最终指向文学,并由此而生成诸多文学热点、思潮或理论。比如,韩东有关"民间"的阐释、有关"断裂"的宣言、有关诗与真理的论析、有关"70后"诗人及诗歌的推介,等等,对推动当代文学的发展,都是有益的实践。因为韩东的文学活动总是与当代文化思潮互为关联,因此,考察、研究韩东的文学活动,将是本课题的重要内容之一。

韩东是新时期以来不多见的横跨多时期、多领域、多文类写作,并取得突出成绩的多面手。目前,韩东的文艺创作涉及诗歌、小说、散文、电影、话剧等领域。他经常在这五种艺术形式间来回调换,互审互视,自成一体,且成就卓然。首先,作为当代杰出诗人的代表,韩东不仅是"新时期文学"的引领者、创建者,也是自九十年代以来三十多年间新诗写作群体中最具持续力、最具诗学品质、写作最接近母语本体的代表诗人之一,其四十年不间断的诗歌创作历程,以及围绕汉语与诗歌之间的本体关系所做的一系列理论探索与实践,都值得学界予以全面、系统的研究。其次,作为当代优秀小说家的代表,他在短篇、中篇、长篇创作领域中的接续发力,不仅以其知青小说和情爱小说的持续创作拓展了当代小说的经验领域，并在质量和数量上确证了其在当代小说界的地位和影响力，还以其对小说智性品质的经营、关系诗学的建构、新式叙述语式的实践，以及对小说本体的理论探索（韩东称之为"虚构小说"），大大提高了当代汉语小说的品位与档次。再次，作为当代电影界的新锐导演、演员、编剧，他以"做作品"的理念所执导、饰演和编剧的电影作品，不仅为当代电影注入了诗人气质和异质要素，从而丰富当代中国电影样态，刷新观众观影体验，也为"作家电影"在中国电影界的发展提供了珍贵的艺术经验。最后，韩东在散文和剧本写作方面也大有可观。他将日常性、论辩性、哲理性引入散文，特别注重对理与智层面的开掘、表达，从而大大提高了散文写作的内在品格；他对学术体、文论体、随笔体、对话体、日记体、箴言体的多体实践，亦丰富了当代散文写作的文体形态；他对反抒情、冷幽默、代偿性、劝诫性等修辞向度的实践，也显示了其在当代散文创作中的别样风景。近年来，他陆续将自己的小说改编成电影、舞台剧；近年来，他又尝试话剧创作，其在小说、电影、话剧界的跨体实践或曰实验，作为典范个案，也值得细加研究。总之，韩东出入于各种艺术领域，以自创的文艺理论为指导，以诗为经，以小说为纬，以散文为视界，以电影和剧本写作为补充，建构起了一个立体的、丰富而驳杂的、万花筒般的艺术世界。

文学的外部研究固然不可缺少，也相当重要，弃之，就有失去对现实与历史的发言的能力，就有失语之危险，任何一个有理想的文学研究者当时刻警惕这种危险，但我们从事的是文学研究，而非历史、哲学、社会学或其他什么学，故必须考虑文学的特质及其演进规律，必须有一个谁主谁次的位次考虑。以外部为主，内部为副，必然将文学研究导向非文学研究范畴，发展到极端，就会沦为历史学、社会学、哲学其他什么学的附庸。只有以内部研究为主，外部为副，方能避免迷失文学研究的主体性。鉴于此，我觉得，作品是从事文学研究最为核心的要素。因为只有作品才是对作家和历史的最好的也是最终的见证物,其他都是临时的易变的参照物或曰"中间物"。既然作品既是作家主体精神与相应的艺术形式互融互聚后的最终物化产品,也是人、事、物及其关系经由作家审美机制的严格筛选与精神熔铸后的历史遗留物,那么,文学史写作或文学批评也当以此为中心,即以作品为中心,对其内部美学要素予以及时、精准、系统阐释,既而参考作者、读者、世界三要素,以内外互证、彼此映照方式展开对作家论或文学史的写作。按照接受美学的观点,作品一经生成,便脱离作者,进入阅读场,经受各种力量的筛选、考验,并接受来自各方面的有益或无益的阐释。但作品实在是一个异常复杂、繁丰、立体的语义世界,故对作品的解读成了文学研究中最难以达及周全的环节。当然,凡是优秀的作品,必然承载了丰富的信息。作品的生命力依赖各时代各层次读者特别是专业读者的创造性阅读与阐释。本书将以对作品(文本)的解读为中心,以外部研究为辅助,不仅对韩东这样一位"新时期文学"孕育的作家做全面、系统研究,还对与韩东密切关联的"新时期文学""九十年代文学""新世纪文学"的标志性事件、特征及得失做学理性总结。

范型即认知研究对象的思维、途径和方法。学术研究本无定规和套路,采用何种范型,只要适合自己的品格、能力、视野即可。有人喜欢金圣叹、毛宗岗、脂砚斋那种点评式,有人喜欢注重逻辑分析的论文体,有人喜欢对话体、书信体,有人喜欢随笔体、评传体……都无所不可,但其清源、去蔽、求真的特质又不得不提醒研究者要虔诚地当然也必须辩证地看待学界前辈们的学术研究范型。递进式和并列式,作为两种典型范型,通行于当今学术界。前者采用挖井式思维,抛弃宽度,追求深度,不达目的誓不罢休;后者秉承圆形思维,从各个点直达圆心,以宽度和广度,呈现圆心内部及周边的风景。此两种范型各有利弊。前者有深度,致力于问题的彻底解决,但不具有后续研究的可持续性;后者有广度,致力于问题的多方面探析，但结果往往流于肤浅。目前，前一种范型较为流行，也广泛得到学界同仁特别是学界前辈们的认同和倡导。但我觉得，一味强调小入口、小题材、小学术，与以前出现的大开口、大题材、大学术，无论在理论还是方法上，是不是又走上了一个极端？本课题研究范型介于两者之间，即在大处写小和小处写大之间尽力保持一个合理的度，既不能因大而显得很空和不及物，也不能因小而显得很琐碎，乃至一叶障目、坐井观天。也即整体思维及框架结构须臾离不开"文学史"纬度，问题提出与现象梳理着眼于大处和前沿性，特别是对与韩东相关联的文学思潮、现象都有所涉及与展开；问题分析与结论推演落实到小处，落实到具体的作品，特别是具体的句子。

第一编

文学活动论

第一章 理论与争鸣

第一节 "诗到语言为止"

新文学史上有不少以提出某个文学口号或某种文学理念而蜚声文坛，既而以其创作引领文学革新潮流的先知者、革命者。胡适、陈独秀、鲁迅、郭沫若、闻一多、胡风、赵树理、汪曾祺、北岛、韩东、马原……他们为新文学的创生与发展做出了不可磨灭的贡献。而每逢社会动荡或大转型时期，那些言简意赅的口号或理念往往因顺应整体文化发展趋向而为万众瞩目，并以此为中心快速生成某种文学思潮、风格。无论胡适的"文学改良刍议"、陈独秀的"三大主义"、郭沫若的"情绪的体操"、闻一多的"三美"主张，还是胡风的"主观战斗精神"，都是这方面的绝佳例证。中国一百多年来的新文学史就是依靠这些主将们的文学理念和作品形成了一个个文学史上的高峰。韩东也是这样一位最初以提出文学口号并以其独树一帜的口语诗创作而被文学界所熟知的。"诗到语言为止"是韩东的名言。他以此名世，也因此而被误读，并成为后人认知诗人韩东的主要标签。因而，如何理解其真正内涵，客观分析其正负得失，是读解韩东及其诗歌的基本前提。

这一说法最早出自韩东的一篇小论文："我认为不应把诗歌理解为语言的'变形'，或变形了的语言。这是目前盛行的种种诗见中的一种。我说过，诗歌以语言为目的，诗到语言为止，即是要把语言从一切功利观解放出来，使呈现自身，这个'语言自身'早已存在，但只是在诗歌中它才成为了唯一的经验对象。"① 文学是语言的艺术，诗歌是文学中的文学，自然更是语言的艺术。抛弃语言的审美与实践，而受制于非语言、非艺术因素的制约，那就不是真正的诗歌写作。诗歌必须回到语言，回到文学，回到本体，回到肉体与心灵的切肤之感，它所遵从的只能是基于个体意识的语言体验与实践。因此，韩东提出"诗到语言为止"，即强调语言在诗歌写作中的本体地位，应该说，这是符合文学内在规定性的。在当时，作家对文学语言的认知尚普遍处于"工具论""反映论"的认知水准，韩东的这一提法将之抬高到"本体论"高度，并言说得如此决绝、极端，不容妥协，自然备受瞩目。"我认为韩东讲的'诗到语言为止'，是 20 世纪汉语诗歌理论上最杰出的贡献。"② 作为同一阵营的于坚所言多少有点吹捧之意，但这一口号的提出确实影响深远，则是无需争论的事实。在我看来，这一说法不仅与八十年代整个社会的思想解放运动彼此呼应，还与中国新诗重塑主体性、集体"向内转"的思潮遥相唱和，后来又一度被当作是"第三代诗人"的诗歌理论创生的标志性成果之一，其影响可谓巨大。

虽影响深远，但并不意味着完美无缺，相反，口号往往经受不住细细推敲。很明显，这也是一个表达不完备的带有先天性缺陷的口号，一直以来，韩东就为此而饱受争议。因为，"诗到语言为止"中的"止"字即"停止""终止"之意，故其字面意思很容易引起人们的误解。按照正常逻辑分析：诗是语言的艺术，诗开始于语言，这没什么异议，但说语言既是诗的开始，又是诗的目的，这就有点极端了。进一步分析：语言是诗歌最核心的要素，但并非诗歌的一切；诗是语言与非语言要素（或称审美与非审美要素）的结合

① 韩东：《自传与诗见》，《诗歌报》1988 年 7 月 6 日。
② 于坚：《诗人于坚自述》，《作家》1994 年第 2 期。

体。从此而论，韩东的这一说法在逻辑上犯了以偏概全的毛病。当然，这是一种脱离具体语境的解读。另一方面，历史经验不止一次地告诉我们，单纯地依据字面意思得到的结论往往与具体语境中的所指存在着重大差异。实际上，要全面理解这句话的含义，还必须回到二十世纪八十年代那个具体语境中。以下是若干年后韩东针对这一问题所做的解释：

笔者：评论界谈起您就会谈到"口语化""诗到语言为止"，您对您曾表述过的这种诗歌理念是如何理解的呢？

韩东："口语化"我没有说过，"诗到语言为止"也没有理论上的表述。话是一次性的话，这种一次性的话变成了真理就很可怕了。

笔者：也就是说，您当时说这话的时候是表示您当下的感受。

韩东：对，就是说了一下。有些话只能说一次，然后呢却被重复许多次，我觉得那就有问题了。

笔者：那就是说，现在您的诗歌观念与您当时说"诗到语言为止"的时候已经发生了某种变化吗？在您个人来看，您自己的观念有变化吗？这中间发生过变化吗？

韩东：也没有什么变化。即便在当时，"诗到语言为止"也不是我的信条，只不过可以这样说。我当时说这句话是为了强调语言的重要性，然后别人觉得我这话说得有劲、有力量，并对我作出总结，结果呢，就变成了好像我只说过这样一句话，好像这句话就是金科玉律。但这些都不是我的本意。因为关于诗歌，有些东西是可以谈的，有些东西是不能谈的，而且要谈呢，你怎么谈都可以，就是你不要把谈的这些固定下来。我是一个特别反对教条的人，所以我现在就是宁愿我什么话都没说过，这样比较好。[①]

这段访谈比较清楚地显示了韩东提出这一命题时的背景、动机、内涵和影响。他认为，"诗到语言为止"只是随意的一次性表述，并无实际的学理性，只是"为了强调语言的重要性"罢了，至于别人把这看作是他从事诗歌创作的"信条"或"金科玉律"则是误读。一个有趣的现象是，虽然韩东一再对这种"误读"做出解释，但在此后人们的理解与接受中并不以为然，反而认定这一命题就是其理论信条。这种错位很耐人寻味。我觉得，若要全面而深入理解韩东及其"诗到语言为止"，须首先回到"新时期文学"的源头，从八十年代初期的文学生态场中找寻答案。

"文革"结束后开始的文学又被称为"新时期文学"。这是继"十七年文学""文革文学"之后又一个从内容到形式全面革新的文学时期。它是在"文革"废墟上生成，在重回"五四"的呼声中，并在继承现代文学传统与西方文学遗产基础上，逐渐发展起来的，而在其源头，诗歌充当了革命与启蒙的急先锋。无论1976年的天安门诗歌运动、"文革"中期的"地下诗歌"，还是后来逐渐兴起的"归来派诗人"与"干预生活派诗人"的写作，以及"朦胧诗"潮流的席卷文坛，都充分表征了诗歌在中国社会思想解放运动中的先导性。"文革"结束后，先是被剥夺写作权利的老诗人们重归诗坛，并引发文学效应，既而一大批年轻诗人如雨后春笋般地出现，并引发文坛强烈地震，这是新诗在二十世纪中国大陆引发的最后一次威力巨大的文学思潮。在八十年代前期，诗歌与历史、诗歌与现实、诗人与时代等种种关系都被以启蒙、反思、批判的名义重新编织进了宏大历史进程中了。在此过程中，诗歌高调回归，并显示在社会改革进程中的重要价值与地位，但依然不是文学本体的归位，而仍

---

① 常立：《关于"他们"及其它——韩东访谈录》，见其2004年博士论文《"他们"作家研究：韩东·鲁羊·朱文》附录。其中，"笔者"指常立。

然可以看作是政治意识或理念式话语在文学领域的间接显现。在此背景下，韩东提出了"诗到语言为止"，其最初本意是为反抗深受政治意识形态影响的概念语言和"朦胧诗"的意象语言，而以具有强烈生活气息和生命力的未受污染的口语及其附带的语感、语调、语义入诗，以阻隔带有等级意味的非文学性质的外在因素对诗歌质理的侵入或破坏。因此，韩东提出这一命题，其实用主义的意图是第一位的，诗歌理论的建设意图是第二位的。或者说，"诗到语言为止"更多是为超越"朦胧诗"而提出的一个实用性的口号，而并没有过多考虑其内部逻辑是否无懈可击。然而，这一口号的预想效果和目的显然是达到了，正如小海所说："相对于北岛、江河等人所操持的崇高理念式的意识形态话语，他们的影响与声音都十分细微。针对这样的诗歌背景，这一命题无疑是正确的'临床诊断'，而且启发了一代诗人真正地审视和直接面对诗歌中最具革命性的因素——语言，使诗歌彻底摆脱当时盛行的概念语言，回复到语言表情达意的本真状态。"①

中国新诗正常的发展道路被延宕了几十年，自"文革"以来可谓病入膏肓，作为先觉者，韩东的"临床诊断"可谓恰逢其时，恰到好处。作为新诗艺的实践者，韩东除旧布新、开一代诗风的探索与实践，对"第三代诗人"的影响是内在而深远的。而且，其影响不仅限于诗歌界，还影响到了小说界，可以说，九十年代后期出现的"新生代小说"是对以韩东为代表的"第三代诗人"诗歌精神的延续。这不禁让人想起了二十世纪初胡适"文学改良刍议"②和陈独秀"三大主义"③，虽就其影响力而言，韩东的"诗到语言为止"

---

① 小海：《诗到语言为止吗？》，《作家》1998年第9期。

② "一曰，须言之有物。二曰，不摹仿古人。三曰，须讲求文法。四曰，不作无病之呻吟。五曰，务去滥调套语。六曰，不用典。七曰，不讲对仗。八曰，不避俗字俗语。"

③ "推倒雕琢的、阿谀的贵族文学，建设平易的、抒情的国民文学；推倒陈腐的、铺张的古典文学，建设新鲜的、立诚的写实文学；推倒迂晦的、艰涩的山林文学，建设明了的、通俗的社会文学。"

不能与之比肩，但其"文学革命"的逻辑及推动"新时期文学"向前发展的客观效果则是极其相似的。从这个意义上来看，我更愿意把韩东看作是中国新文学薪火相传的革命者和"新时期文学"的重要奠基人。

"诗到语言为止"有多重含义。首先是强调对口语的重视。有关诗歌与口语的关系，韩东在他的《自传与诗见》中阐释得非常清楚："诗歌的问题不是建立一种新语言的问题，或以与口语相悖的原则改造语言的问题。诗歌的问题是语言目的的转变问题。我们总不至于认为越是远离口语就越接近诗歌，既而认为诗歌的目的就是使语言脱离其目的。诗歌的纯粹程度也是语言与口语的隔绝的程度为标准的。这是十足的陋见，其偏颇与狭隘一望而知。时至今日，我们仍然以语言的特征作为是否成立的根据，真是诗坛之大不幸。但至少已经有人认识到诗歌的问题与语言有关，这大概是不幸中的万幸了吧？"[1]

他认为，诗歌无需"建立一种新语言"，并特别强调：诗歌问题是"语言目的的转变问题"，口语是诗歌语言的本体。其实，自新时期开始，对口语的提倡与重视并非始自韩东，比如，"归来诗人"中的黄永玉早在1979年、1980年间就发表了很多口语诗[2]，但是从理论到实践做得最自觉、最充分、最有影响力的则是韩东。他深深认识到，无论北岛及"今天派"诗人带有强烈政治意识形态的语言，还是"朦胧诗"那种崇高的理念式语言，都是背负沉重文化负担的、戴着镣铐跳舞的、不纯粹的诗歌语言。既然他们的诗歌

---

[1] 韩东：《自传与诗见》，《诗歌报》1988年7月6日。

[2] 比如，《诗刊》1979年5月号《幸好我们先动手》《我认识的少女已经死了》《不准！》《献给妻子们》，1979年8月号《犹大新貌》《热闹的价值》《不是童话而是拗口令》，1980年元月号《说是从丰台来的》《老夫妇》《老兵》《哭泣的墙》《邂逅》，1980年5月号《好呀！飞行的荷兰人》《平江怀人》《一个人在庭院中散步》。1981年1月，黄永玉的《曾经有过那种时候》出版，收入上述15首诗，为"诗人丛书"之一种，由江苏人民出版社出版。

语言都是被加工的、被过滤过的非原生态语言，那么，诗人运用这种语言就很难达及那个诗意澄明的世界。因此，诗人必须擦除沉淀于语言上的积垢，必须驱除外在强加给语言的负重，使得语言趋于清明、纯粹。他用口语化的诗歌语言取代带有精英文化色彩的书面语言，正是为了复原诗歌语言的纯粹性，使诗获得解放。

其次，对口语的体验与实践，同时也意味着对"语感""语气"的顺从与服膺，但无论语感还是语气，都是与口语密不可分且最能彰显其特质的基本要素。"诗人的语感既不是语言意义上的语言，也不是语言中的语感，更不是那种僵死的语气和事后总结起来的行文特点，诗人的语感一定和生命有关，而且全部的存在根据就是生命。"[①] 诗歌中的"语感"[②] 不能简单定义为"对语言的感觉"，而是对语言及其关联域经由生命体验、升华和审美转化后的自动呈现。也即，语言抵达人、事、物及其关系的本真状态，并与诗人的生命体验瞬间融合，既而幻化为有关"诗"的萌生与飞翔。由于口语与诗人对自我生命力的体悟息息相关，诗人只听从"内语言"（内感官）的召唤，因而，一般情况下，在语言与主体、写作与真理之间，与个体生命体验无多少关联的历史、文化、思想等外在因素就不再成为诗意生成的主因。特别是，当诗人们纷纷摆脱工具语言、理性语言的束缚，在伴随个体生命意识的全面苏醒过程中，突然发现那些被压抑、被束缚的领域——意识、潜意识、本能、欲望、神秘的体验、未知的空间，等等——竟是一个如此不同寻常、宽广无边的存在空间。而在八十年代，身心解放的渴望，语言表达自我的可能，都不再是一个遥远的梦想。这样，诗人与语言的彼此

---

① 韩东、于坚：《现代诗歌二人谈》，《作家》1988 年第 4 期。

② 杨黎、周伦佑等对"语感"一词都有所阐发。杨黎："语感，就是射向人类的子弹或子弹发出时所发超越其自身意义之上的响声"；"其实，语感就是一口气。写诗也就是一口气的纯化、虚化和幻化"。（杨黎：《声音的发现》，《非非年鉴·1988年理论卷》）周伦佑："语感先于语义，语感高于语义，故而语感指诗歌语言中的超语义成分。"（周伦佑：《非非主义小辞典》，《非非年鉴·1988 年理论卷》）

找寻、拥抱，首先在"语感"这里找到了突破口。由此看，诗人能够对"语感"展开探索与实践，是与八十年代渐趋开放的文化语境以及个体生命意识的全面觉醒息息相关的。或者说，"语感"就是八十年代社会解放、生命觉醒的产物。

"他们怀着对文化化了的语言的极度不信任和蔑视，一方面抗击沿袭性的文化价值，一方面寻找新的言说空间。语感，就在理性工具思维与前文化思维的空档，被灵感式地挖掘出来，迅速扩张为直接自显的、几近半自动乃至全自动的言说，它在'胶合'生命本体与媒介过程中，以十分透明、清澈、原生自然的'黏性'，将双方同构于诗本体，并自觉清除人工化语质和修辞行为。这样，生命与语感在互相寻找、互相发现、互相照耀中达到深刻契合，达到双向同构的互动；语感终于成为解决生命与语言偶合的出色途径之一。"[①]

生命与语感的双向同构是一个极其复杂的过程，我们不可能像今天的高速摄像机那样将之精确而完整地呈现出来，但可以肯定，"同构"同时也伴随阻隔或驱逐，即出于某种精神本能，那些不被生命所容纳或接受的"感觉"会被过滤掉，外化为形式，自然就是语言上的修辞行为。对韩东而言，那种"顺着语言滑翔的感觉"[②]，那种"阅读上的阻力、一些过于曲折的地方，我都有意识地回避"[③]的策略，不仅使得韩东的诗歌语言干净、透明，而且内蕴丰满。

其实，以白话文为根基的新诗语言一直就重视口语的吸收与运用，而且，这种吁求与实践越到社会急剧转折时期越显得迫切。不论晚清时期黄遵宪的"我手写我口，古岂能拘牵"，1917 年胡适在

---

① 陈仲义：《现代诗语的新型"冲动"：语感》，《扬子江评论》2012 年第 1 期。
② 刘利民、朱文：《韩东采访录》，《韩东散文》，中国广播电视出版社 1998 年，第286 页。
③ 同上。

《文学改良刍议》中所言的"不避俗字俗语",还是1942年后延安解放区对文学语言的大众化、通俗化的实践①,以及1949年新中国成立后对工农兵语言的统一要求,都体现了文学对口语(包括方言)的重视程度。虽然各个阶段对"口语"的规范与要求各各不同,甚至在相当长的一段时期内将之转变为政治意识形态的单一传声筒,但对鲜活口语的加工与整合,以求得纯粹文学性的探索与实践,并没有因为外力的阻隔而销声匿迹。相反,它总会随着时代发展特别是文化思想的巨变而屡屡成为中国新文学最前沿的话题,并因此而将文学与语言的探讨与实践引向一个全新的历史阶段。很显然,韩东所处的八十年代前半期是中西文化思潮激烈碰撞的年代,政治层面上的集体反思、文化层面上的除旧换新,都给中国新文学的发展预设了种种可能。而文学与语言的关系无疑是本时期中国文学最为核心、最为敏感,也最触及文学本体的话题。在此背景下,韩东特别强调口语在新诗发展中的地位及作用,正切合了中国文学"向内转"的主体潮流。因此,韩东及其诗歌在八十年代的出现以及此后的快速经典化②,真是天时(社会文化的大变革)、地利(身处西安、南京等中国文化中心)和人和(作家本人的文学天赋、哲学功底、对语言的敏感,以及对时代的聪敏体悟,等等)共同发力的结果。

表面上看,"诗到语言为止"是一句极具鼓动性、迷惑性的口号,尤其当与个人性、反英雄、反文化、日常主义、口语化、民间立场等标志"第三代诗人"流派特征的符号连在一起时,就更显示了韩东在八十年代文化场域中诗学观念的尖锐与极端。

"在一个充满诱惑的时代里诗人的拒绝姿态和孤独面孔尤为重

---

① 比如田间的《放下你的鞭子》。

② "而对于整个文学史、诗歌史,韩东及其作品的经典化在新世纪前后也已经基本完成,此后他的成功或失败都委身于这一经典化的光环或阴影之下。"何同彬:《文学的深梦与反抗者的悖谬——韩东论》,《文艺争鸣》2016年第11期。

要，他必须回到一个人的写作。任何审时度势、急功近利的行为和想法都会损害他作为一个诗人的品质。他是不合时宜的、没有根据的，并且永不回应。他的事业是上帝的事业，无中生有又毫无用处。他得不到支持，没有人回应，或者这些都实际与他无关。他必须理解。他的写作是为灵魂的、艺术的、绝对的，仅此而已。他必须自珍自爱。"①

　　诗人拒绝妥协的姿态、孤独的面孔，"自珍自爱"，视诗歌为"上帝的事业"的特立独行的形象，在整个新时期文学史上也是极为罕见的。其实，对诗歌史的怀疑与反动，对"朦胧诗"的彻底颠覆与超越，对口语诗的不懈探索与实践，这是圣徒的做派，他"把自己以异端者、不合时宜者的标签置于中国文化政治的核心场域之中，生动且不无悲情地演绎了反抗者、革命者的快乐与痛楚"②，然而，当时过境迁，我们再回过头来全面审视韩东在八十年代的"战斗"，却总觉得油然而生一种悲怆，它莫可名状，但又实实在在。作为先觉者，他表现出了面对文学痼疾时决绝的反叛勇气与重建信心；作为革命者，他低估了所要反对的那个由一系列秩序与法则组成的"无物之阵"的强大与无边；作为理想主义者，他想彻底摆脱掉"政治动物、文化动物、历史动物"③对审美主体的纠缠，从而另辟新路。因此，我甚至不无偏颇地认为，与其说八十年代的韩东是一个文学的先觉者、革命者、理想主义者，还不如说他是一个不知疲倦、不断自我戏剧化的异端者、殉难者。

　　"诗言志""文以载道"等中国传统诗学理论基本被韩东打入冷宫，这就注定了他也不是那种深度介入型的诗人，因此，有关社会与历史的宏大主题、法则从来不是他关注的向度，而且，在诗歌

---

① 韩东：《〈他们〉略说》，《诗探索》1994年第1期。
② 何同彬：《文学的深梦与反抗者的悖谬——韩东论》，《文艺争鸣》2016年第11期。
③ 韩东：《三个世俗角色之后》，《韩东散文》，中国广播电视出版社1998年，第121页。

的求真与求善之间，对前者的追求总是第一位的。他的诗歌虽然被称为"口语诗"，但语言并不是那种肤浅的口语，在修辞实践上亦非"日常主义"式的。"韩东诗与通常所说的'日常主义'没有多大关系，相反，他简直是取消了'日常'：既无自传性，亦无烟火气。"①《有关大雁塔》《关于大海》《甲乙》等代表作，就很好地体现了上述两方面的特点。这都说明，作为口号意义的"诗到语言为止"，与作为实践意义的"诗到语言为止"，其间的差异还是很大的。这种差异主要表现在：

一是宣言与创作实践经常存在脱节现象。纵观韩东的诗艺实践，真实情况并非像他宣扬的那样简单、极端。或者说，一旦越出与"朦胧诗"共生共存、同台竞技的文化语境，特别是回到自己的写作状态，他的诗歌理念与创作实践就反而表现得相当平和。口语化、零度情感、反传统、语言的自动呈现等，仅是一个大略概况，具体的创作实践远比这要丰富而复杂得多。比如《温柔的部分》就是对乡土和自我情感的直接表达，写得有情有义，分外动人。无论诗歌内容，还是艺术形式，都很朴实，很传统。因此，这首诗如果再用通用的界定，就很不合乎文本实际。这也说明，任何一个概念或理论界定都有其局限性，都不可避免地遮蔽了对象本身的丰富性。因此，理论仅仅是理论，口号也仅仅是口号，它们不代表一切，更不能涵盖一切。

二是语言不是目的，而是开始。这是一个很有意味的变化。其实，从"诗到语言为止"到"诗从语言开始"，这种反驳正反映了此前韩东在这一问题上的矛盾与困惑。当然，也再次说明，特定语境提出的"诗到语言为止"只有在特定语境中才有其合理性；脱离特定语境，它就经受不住诗歌本体规律的检验了。但这个命题最初并非韩东提出的，而是由杨黎改定的："首先，我同意这样的修

---

① 朵渔：《面向真理的姿态——重论韩东》，《上海文化》2010年第3期。

正。无论杨黎怎样理解，我却认为这是一个必然的结论。从语言开始，将导向何处？在我这里便是绝对、真理、超自然，并非世间任何实在之物（包括语言）。"[1] 韩东完全赞同杨黎的说法。虽然他也认同"诗歌从语言开始"，而且也界定了诗的终极所在——"绝对、真理、超自然"，但这种认知是极其模糊而不确定的。虽然韩东在不同场合也提及"诗与真理"的关系，但他并未阐明何为"真理"，因此，当"诗到语言为止"与"真理"联系在一起，就愈加显示了韩东诗学体系的丰富与复杂。有论者说："'到语言为止'即是诗在抵达真理之境时，语言仍如其所是，自行存在。它真正处在'敞开域'，如韩东所言'稀薄'，像'光'一样。诗到语言为止，语言到澄明为止，澄明即无蔽，即真理。"[2] 这种以海德格尔有关"诗"与"真理"相关理论来阐释韩东诗学命题的实践固然是机械主义和教条主义的解读，但也有其一定的合理性。然而，由"诗即真理，诗即超自然"这一题设，我们的确也可推导出"诗即虚无"这一平行命题。当诗歌写作的终极沦为一种哲学意义上的虚无或神秘主义，这就陷入语言哲学的陷阱里去了。"'诗到语言为止'和'诗从语言开始'其实也是一个意思，'为止'即到达澄明之界，到达即呈现，'诗'也才真正开始。"[3] 那的确是"诗意栖息的地方"，是存在的家园，但你永远不能"到达"，只能"无限靠近，靠近，靠近……"，既然永不能"到达"，又何谈"呈现"呢？这难道不是一个巨大的矛盾或悖论吗？诗人把"写作与真理的关系"作为诗歌写作的根本问题，似乎隐约暗合这样一个基本前提，即"真理"作为一种事实，是先于"写作"而存在了。诗人要做的就是不断"写作"，直至接近或俘获"真理"。这也是一种巨大的悖论，因为，你永远也无法"到达"。不过，韩东始终没有对"真理"做出确切的说明，

① 韩东：《关于语言、杨黎及其它》，《诗歌月报》2003 年第 3 期。
② 朵渔：《面向真理的姿态——重论韩东》，《上海文化》2010 年第 3 期。
③ 同上。

也没有对"诗与真理"做出合乎实际的解释,我想,其症结可能就在这里。我们不妨进一步假设,假如韩东所理解的"真理""绝对"和"虚无"就是如同上述论者所说的那样——即它们就是海德格尔语言哲学纬度上的界定——那么,作为"此在"的韩东及其写作必然永远都是"面向真理的姿态",而不是融入或到达状态,这样的诗意追求与实践就会掉进自设的虚无的深渊里去了。在海德格尔那里,诗即哲学,可在韩东这里,诗首先是文学,文学与哲学虽然关联甚深,但两者毕竟不是一回事。如果把诗的终极定为哲学,这多少有些舍本逐末的意味了。

第二节 "中国当代诗歌到现实汉语为止"

2008 年,韩东在"全球语境下的中国当代诗歌向何处去"学术研讨会暨朗诵会上,提出了"中国诗歌到汉语为止"的观点:"二十年前,我曾有过'诗到语言为止'的说法,在今天的'语境'里,我想修正或者将其具体化,即是:中国诗歌到汉语为止。"[1] 后来,又改为"中国当代诗歌到现实汉语为止"[2]。由"诗到语言为止"到"中国诗歌到汉语为止",再到"中国当代诗歌到现实汉语为止",我们可以清晰地看到韩东一以贯之的诗学观点和对诗歌所秉承的持续的理论探索兴趣。他对诗学理论的探索热情依然不减当年,他不断完善自有理论体系,并将之付诸具体创作实践中,且成果卓著,这在当代诗坛是不多见的。不过,学界对韩东这一修正后的提法并未给予关注和深入解读,对其在当下语境和中国新诗发展史上的意义也一直避而不谈。也许由于诗歌在新世纪处于极度边缘化而少有人关注之故,来自诗歌界的任何理论探讨再也不会像八十

---

① 韩东:《中国诗歌到汉语为止》,见凤凰网。

② 韩东:《中国诗歌到汉语为止》,见韩东博客。

年代那样成为众人瞩目的焦点，而韩东及其诗艺探索与实践也不再像以前那样顺理成章地进入学界研究视野。更多时候，他在诗歌界发出的声音常被周遭喧嚣的市声所湮灭。当诗歌界把崇洋媚外演变为一种时髦、一种等级，把欧美诗歌当作一种样板、一种供人膜拜的对象，韩东的这一提法恰恰是对这一脱离母语本体的现象予以及时纠正。所以，我觉得，由对汉语与诗歌关系探讨，发展为对当代诗歌与现实汉语关系的探讨，其意义是极为深远的。因为这一理念不仅事关当代汉语诗歌之固有本体，也关涉其现在及未来发展之可能。

若要准确理解"中国当代诗歌到现实汉语为止"，与前述"诗到语言为止"一样，我们也必须回到提出该命题时的特定文化环境中去。如果说韩东提出"诗到语言为止"是针对北岛以及"朦胧诗"那种崇高理念式的意识形态话语有感而发，强调新诗要回到语言，并视语言为本体的话，那么，"中国当代诗歌到现实汉语为止"则是针对中国当代文学的极端西化、极端民族化以及在此背景下所生成的边缘化处境而提出的，旨在呼吁中国作家认清自我，尊重并发掘现代汉语特质，独立自主地开展诗艺探索和诗歌创作。他说："中国是东方大国，但在这一背景下被逐渐边缘化了，中国的文学和诗歌亦然，只有谋取和西方中心的某种联系，才可能获得世界性的或世界范围内的意义。否则便是自说自话、自生自灭。苦涩由此产生。因此在中国当代诗歌的写作中出现了两种尖锐对立的倾向，一便是彻底的西化，试图嫁接于西方的传统之上，二是民族化的呼吁，回归中国古代传统。前者直接，后者迂回，但就其实质而言，都是相对于西方中心而采取的写作策略。有时候对抗比直接的认同更具有效果，更能获得来自西方的关注，更能获得重要性。问题仅仅在于，你把宝押在何处。有一句话叫作：越是中国的就越是世界的。真是明火执仗，功利得让人咋舌！"

韩东提出这一命题，针对性极其明确：全球化背景下中国文学和诗歌被边缘化；中国众多诗人不清楚自我身份而视西诗为样板，众多诗歌创作脱离母语实际而无视现代汉语特质。韩东通过对彻底的西化与极端的民族化这种现象的批判，提醒并呼吁中国诗人要认清自我，回到母语世界，说中国话，写汉语诗。

中国文学的"彻底的西化"不可取。"西化"是中国新文学的优良传统，中国新诗语言本就有浓厚的西语基因。鲁迅那种"拿来主义"式的以"我"为本的"西化"是有助于新诗革新与发展的，但那种近似生吞活剥式的失去主体性的彻底西化——比如，二十世纪二十年代李金发的象征诗——从长远看是不利于汉语新诗良性发展的。过度西化所带来的"水土不服"以及自绝于中国读者而沦为孤芳自赏境地的事实，已为新诗发展史所屡屡证明。新世纪以来，中国文学的发展是有目共睹的，特别是随着莫言获得"诺贝尔文学奖"，曹文轩获得"国际安徒生奖"，以及贾平凹、阎连科、王安忆、韩少功、北岛等在世界范围内屡获大奖，中国当代文学取得的成就越来越引起人们关注，正面评价的声音也逐渐多了起来。"当代文学水准已居世界前列"，"中国诗歌达到新高峰，足以比肩世界诗歌"，"中国文学要走出去"等种种观点或呼声也此起彼伏。中国当代文学迎来了六十多年来最好的发展时期，但这种发展似乎总被置于西方背景下时才能显示其实存价值和当代意义。"诺贝尔文学奖""国际安徒生奖""布克文学奖"宛然成了裁判中国作家、中国文学优劣高低的准绳；中国作家、中国文学必须融入西方，并在其参照系中才能获得某种地位。这种来自西方的标准被当作金科玉律，致使一大批富有才华的中国作家趋之若鹜，按照人家的标准与口味进行创作。语言的叙述化（类似西方叙述学的套路）、语式与语调的西化、人物形象与审美经验的猎奇化，以及文化心态的被殖民化，似都在表明，中国作家创作的不是中国文学。卡夫卡、加西亚·马尔克斯、博尔赫斯、昆德拉、卡佛……在中国到底有多少徒子徒孙，大概谁也说不清楚。经常听说"××是中国的卡佛""××是中国的博尔赫斯"这类褒奖中国作家的话，但我觉得，即使你模仿得再像，那也不是创造。这种颇为滑稽的失去自我主体性的景观是不能不引起我们深思的。"中国人被当成稀有的文化动物，在一块古老的土地上生息繁衍，供观赏之用……所谓中国人的立场也是由西方人来解释，解释权在他们手上。"[①] 显然，韩东是不愿做这种"文化动物"角色的。在中西文化交往史上，作为强势一方的西方文化一直对作为弱势一方的中国文化构成了一种挥之不去的压力与焦虑。无论前者对后者的强势侵入、文化殖民，还是后者对前者的心怀敬畏、生吞活剥，都生动地呈现了两种文明、两种文化在接触碰撞中由于不对称性而引发的奇特景观。西方的生活、西方的文学、西方的月亮、西方的博士、好莱坞、麦当劳、肯德基、苹果手机……皆盛于中土。如今，伴随中国的崛起和文化自信，国人对这种病态的文化交流已有所警惕，逐渐由对西方的迷信、马首是瞻变为对平等交流、互利互融的吁求。这本是正道，但在中国文学领域，似乎远非如此。

中国文学的极端民族化亦需谨慎而行。我们的母语是汉语，我们操持的文字是汉字，用母语来写作，用母语来思考，用母语来交流，从根本上来说，作家的文学创作不可能不是民族化的。但在对待母语的态度上，现代诗人的语言体验是无比丰富而复杂的。一百多年前，那种在中西映照下所产生的对母语的失望情绪以及由此而引发的对汉字和汉语的猛烈批判，甚至发出"汉字不灭，中国必亡"的决绝声音，不但揭示了"五四"时期中国知识分子在反观汉字、汉语缺陷时的内心隐忧，也在当时和此后开启了现代作家语言体验与实践的欧化道路。他们主张采用"万国新语"和"语言文字拉丁化"，也可凸显这一代知识分子拯救母语和更新汉语系统的迫切愿望。作为一种反驳，1942 年自延安解放区兴起的文学通俗化、

---

① 韩东：《三个世俗角色之后》，《韩东散文》，中国广播电视出版社 1998 年，第 125 页。

大众化运动，以及"十七年"时期文学工农兵化，又将中国文学由极端的西化转向了极端的民族化或本土化。在这种极端的新诗实践中，诗人们都经受了不同寻常的精神阵痛，但不论顺从还是抵制，实际上都映现了一个西方背景的强大存在。语言体验时的这种受挫心理以及由此而生成的奋发图强、重建现代汉语的革新使命一直伴随在中国新诗的发展历程之中。一直到八十年代又形成一股语言体验的西化潮流，那种被中文修正的带有翻译腔调的语言又弥漫整个文学界。新世纪以来，这种态势似又有所抬头。与此同时，近几年，"中国经验""中国方法""中国故事"等成为文学界热议的词汇，强调中国文学本土化、民族化的呼声日隆。"越是民族的越是世界的"又一次成了此波潮流中颇受欢迎的口号。这是极端民族化情绪在文学领域内的反映。

"现实汉语"是韩东提出的一个颇富新意的概念。按照他的理解，"现实汉语"①的内涵和外延都要大于古代汉语，它是动态的、发展的，其现状与未来也都是不确定的，但也是当代诗人、当代诗歌所面对的唯一语言现实。

"当然，我所理解的汉语并非'纯正永恒'的古代汉语，而是现实汉语，是人们正在使用的处于变化之中的现代汉语。这便是我们所处的惟一的语言现实，虽然惟一但内容丰富、因素多样。它的庞杂、活跃和变动不居提供了当代诗歌创造性的前提。因此，任何一劳永逸的方案都是不存在的。因此语言问题说到底还是一个现实问题。对现实语言的热情和信任即是对现实的热情和信任。诗人爱现实应胜于爱任何理想，无论是历史纵深处的传统理想，还是面对

---

① "现实汉语"由"现代汉语"发展而来："现代汉语的外延大于古代汉语。古代汉语活在现代汉语中，而不是相反。现代诗歌之于古代诗歌并不是一个强大帝国衰落后遗留下来的没落王孙。古代诗歌之于现代诗歌不过是它值得荣耀的发端。这是两种截然不同的史学观。西方汉学家们总是乐于赞同前者，而我们又总是乐于赞同汉学家。这是双重的被动、误解和屈辱。"韩东：《关于诗歌的十条格言和语录》，《韩东散文》，中国广播电视出版社 1998 年，第 155 页。

未来的'全球化'的理想。诗歌是对现实的超越，而非任何理想之表达。"①

中国当代新诗必须在这种"现实汉语"中开拓出一条可能的新路来。新诗不能退回到古典语言世界，事实上也回不去，而未来也并没有昭示一个光明的发展趋向，因此，它所珍惜与努力的方向有且只能在当下。当下意味着资源的驳杂与泥沙俱下，但当下也预示着种种希望与可能。然而，把语言体验的主体心态放置于欧美世界，以此来看待汉语文化，规约新诗语言，与把语言体验的主体心态依托于母语文化，以此来审视西方文化，完善现代新诗语言，其语言实践的效果和结果肯定是完全不同的。前者臣服于强势话语，丧失了审美的主体性，在对西方文化的想象和膜拜中，脱离开了中国文化语境，成为他者力量的被征服者和被殖民的对象。如此精神烛照下的汉语写作必是丧失汉语精神和"中国方法"的无根漂泊。当语言体验的主体沉湎于一种假定的幻觉中，那种所谓幸福或痛苦也都是矫情的、短暂的，它不可能作为一种语言的方法论，对中国新诗语言的发展构成实质性的推动。那么，到底如何去实践呢？鲁迅的实践或许给我们以启发。鲁迅的"拿来主义"从来不是晚清"中学为体，西学为用"那种简单的实用主义本位观，而是在文言、白话、译体、方言的多种资源中，立足本位，探索和建立一套适合母语特点的现代文学语言。鲁迅以"中间物"定位自己的实践，既不以西语为主体，也不以文言为本位；既不以译体为模范，也不以白话为不变的范式，而是永远站立在"十字路口"上，将古今中外的语言资源作为创生现代文学语言的材料。语言体验的主体心态永远在"我"，而不是他者，永远着眼于过程，而不是结果，故他的文学语言是独一无二的。语言内部的回环曲折和精警深奥，以及表现形式的多姿多彩和丰赡新鲜，都给当下语言体验和实践提供了可

―――――――――

① 韩东：《中国诗歌到汉语为止》，见凤凰网。

资借鉴的绝佳范例。

既然中西语言特点及其文化都存在重大差异，因此，语际之间的翻译与交流就不可能达成完全对等效果；拒绝转译不独属于中国诗歌，它通用于任何国别语言。具体到汉语言，意思、意义和意象可以转译，语调、语感与语象却极难翻译，而不可转译的那部分可能是汉语言文学最富魅力的部分。比如，很多在国人心目中处于经典地位的唐诗、宋词，其汉字本身成像的特点、汉语内在意蕴，以及负载其上的语言文化，都是西语所无法翻译的。这就是为什么像屈原的《离骚》、李白的《静夜思》这类经典一经翻译就变得索然无味的根本原因了。所以，韩东说："诗歌，作为语言中不可转译的精妙天然地拒绝一致的倾向。试图嫁接于西方传统之上的诗人在此碰到了真正的障碍，除非你使用的不是汉语（无论古代还是现代汉语），彻底西化无异于痴人说梦。"韩东认为这种"不可转译"是"诗歌之不幸，也是诗歌之大幸"。何谓"诗歌之大幸"？我想，他深深体会到了汉语诗歌在世界文学中的独一无二性。守住并探索与实践这种特性，是他给中国诗人指明的前进方向。

归根结底，韩东提出"中国当代诗歌到现实汉语为止"，依然寄托了一种乌托邦式的宏大理想。"诗人，尤其是中国诗人应该清楚自己的身份，兴灭国、继绝世是一项可能的任务。这么说，不意味我主张回归传统。我的主张仅仅是站着不动，诗人应与语言同在，与他使用的语言的精妙和奥秘同在，这就可以了。"作为一位诗人，要"兴灭国、继绝世"，要"与语言同在"，这难道不是圣徒要做的事业吗？谈及"现实汉语"的现状及未来，我们不妨将目光稍稍放大，研究视角、对象也不局限于诗歌领域，而是将之放于百年现代汉语、现代文学历程中加以考察，从中得到一点启发。

那么，我们该如何发展"现实汉语"、现代文学语言呢？

务必坚守漫长的"中间物"意识。十九世纪末兴起的语言变革，特别是大量新语汇、新语法的引入，不但对古代汉语、古代文学的内部规则和表现方式产生了影响，还对现代汉语、现代文学的发生奠定了深厚的基础。王德威说："没有晚清，何来五四？"以此类推，没有晚清以来发生于古汉语内部的语言文字方面的变革，又怎么会有"五四"新文学的发生？到了"五四"时期，经由胡适、陈独秀、钱玄同、刘半农等知识分子的振臂高呼和聚力推动，语言革命率先发力并决定和推动了文学革命的勃兴。语言革命是根本性的、第一位的，文学革命是后发的、第二位的。中国新诗语言的创生背景也必须定位这样一个基本事实：语言革命是创生现代文学语言的根本动力和源泉。推翻文言文，建立白话文，以一种极端方式彻底断开与文言体系的联系，重建现代汉语的规范和秩序，进而生成现代文学的新内容、新形式，并试图以"文学的国语—国语的文学"构建现代文学与现代汉语的理想图景。知识分子忧国忧民的精神传统、弃旧换新和展望未来的革命激情、无所依傍而又必须创造新生语言的使命意识，使得现代知识分子在对母语的集体性失望中浴火重生，摸索并开创现代文学语言之路。没有既定的规范和成熟的经验，一切都在实践中摸索，一切都在失败中验证，这也使得中国现代小说语言的创生与发展充满了无尽的变数、幼稚的冲动和无限的压抑。在此后一百多年的绝大部分发展历程中，新诗语言沦为一个不能表征自我真实存在和真实样态的他者符号体系，它是国家民族的寓言，它是各种党派利益或政治意识形态的形象代言，它是西方话语及其精神谱系的化身，但它就是没有在汉语本体中自在自为地建立起本己的地位和尊严。于纷乱、无秩序、无根基中建立起来的现代文学语言，虽然在一开始就有定为一尊、统一为国语的强大愿望，但其在此后的一系列"统一"实践中，其合法性一次次地被残酷的现实和扭曲的经验所证伪。现代诗歌语言怎么能统一为一种规范、一种秩序呢？历史经验告诉我们：不能！语言一旦被固化为一种理念，它就会走向狭隘，失去生机。新诗语言是一种不成熟的缺乏规范的语言，然而正是这种"不成熟"和"缺乏规范"赠予了诗人分别在二十世纪前二十年和后二十年，以及新世纪第一个十年中保持了语言体验的自由、语言探索的热情与语言实践的多元。如果没有这四十年新诗发展的历史，一部新诗史该是多么的单调、乏味和无趣。新诗语言一直在不断"推倒"与"重建"中形成了自己的传统，生成了几个稳定的语言模型，但与有着几千年发展历程和文化根基的古代汉语相比，其存在和发展不但在过去一百多年中，即便在未来漫长的历史际遇中，都将是一个类似鲁迅自称的"中间物"或被汪晖发展的"历史中间物"。这种在语言上的"中间物"意识及知识分子在面对母语（汉语与文字）时的自卑、失败乃至绝望感，对于现代诗人来说，并不是悲剧性的，其结果却诱发了语言体验的热血和创造的伟力。只有立于这种前无古人后无来者的"十字路口"上，像鲁迅、老舍、汪曾祺、莫言这样的语言天才才能创造出属于现代小说的文体语言，才能将文言、白话、方言土语、外来语、外来语法等语言资源按照其属性和规范各安其位，并以此为中国现代小说语言的创生和发展提供了方法论上的支撑。

务必找回迷失的汉语本体。自亚里士多德"模仿说"创建以来，语言被认为与外在世界存在一一对应关系，因而，语言也就被当作认识世界本相，揭示事物本质，表达某种思想观念的工具或媒介，实践于文学，就形成了传统文学的典型观念——"语言工具论"。另一方面，自索绪尔结构主义语言学创建以来，中经英美新批评、结构主义，特别是俄国形式主义语言观引入中国，语言被认为不是工具性的，而具有独立显示存在、独立生成意义的主体地位，这就是所谓的"语言本体论"。八十年代以来，新诗语言深受这种本体论思想的影响。有关语言工具论和本体论的区分早已深入人心，它对更新现代诗人的语言观念，推进审美现代性的快速转化，并在具体实践中大胆展开文体实验，都提供了不可或缺的理论视角和资源。但是，推倒一切、重新革命的惯性思维，使得中国诗人在引进和借鉴一种文学语言观念和技法时，往往容易从一个极端走向另一个极端，即语言与文学的关系，要么是彻底工具化，要么是完全本体化。这两种语言实验都没有将中国新诗语言发展引向一个良性发展的路子。先锋诗歌那种高度形式化和陌生化的语言，发展到极端，就降格为一种语言游戏，既抛弃了读者，也断送了文学。这说明，单纯语言的本体化，并不能保证文学创作的成功。而当代"口语诗"那种与现实生活和精神世界保持统一的原生态语言，看似高度"形而下"，发展到极端，就堕落为一种一地鸡毛式的废言废语。这说明，单纯工具性语言也不一定保证文学的成功。语言的工具性和本体性，对于文学来说，只是其中两个独立的功能属性，对其认知与实践不能走向极端。但是，有关语言本体化的理解、实践，其概念及功能都直接移植自欧美世界，把建立在表音文字基础上的语言功能学与建立在汉字本位的汉语功能学直接等同了。这不但是一种削平文化差异和历史语境，试图达成世界语际无差别接触和功能平移的一厢情愿式幻想，也是一种忽略东西方语言思维、语言观念和语言符号存在巨大差异的罔顾事实之举。以"声音中心主义"为基础建立起来的欧美文学语言，与以"字本位"为中心延续发展而来的汉语言，在执行语言的本体性或工具性功能时，其表现形式是有很大不同的。虽然"五四"时期也倡导"言文一致"，即把口语（声音）作为主导性的语言资源，并且在此后的文学大众化运动中，也一直格外重视方言土语的加工和改造，然而，作为汉语书写符号的汉字基本是以"文"（不是"语"）的方式发挥了其作为文学语言的功能。现代诗歌如何呈现类似海德格尔"语言是存在的家园"，"语言既遮蔽又敞开着"，以及维特根斯坦"语言是存在的牢笼"那样的理念？语言的本体功能，付之于中西文学实践，其表现方式和语言效果不可能是等同划一的。中国先锋诗歌沉溺于语言世界，抛弃了汉字思维，无限接近西语本体，结果导致了语言表达的水土不服，至今为人所诟病。按理说，以汉语和汉字为母语的先锋诗人，应该无限靠近汉语的本体，而不是西语本体，这种"错位"由对中西语言本体观的混淆所致。那么，什么是汉语的本体？确切地说，什么是现代汉语的本体？郜元宝认为，现代汉语并不存在一个一成不变的"本体"，而是"动态的汉语本体"。他以鲁迅的文学语言为例，认为"在每一个历史时期，汉语发展都存在一个合乎历史理性的主流"，文学语言只要无限靠近这个"主流"，就无限靠近了现代汉语的本体。当然，这里的"主流"必须合乎"历史理性"，合乎文学发展的本质规律。以此而论，鲁迅对方言的谨慎利用，对口语资源的充分吸收，对文言虽口头上鞭挞实则身体力行化用之，以及通过翻译改造句法的做法，都是以改造白话文为旨归。他始终以"现在"立场，立足于汉字的书写系统，充分吸收古今中外一切可利用的语言资源，形成了独一无二的"鲁迅风"。相反，三十年代瞿秋白对白话文的指责——不古不今半文半白非驴非马的"骡子话""骡子文学"——就不合乎汉语本体。四十年代之后的很长一段时期，中国作家的文学语言受制于政治意识形态的压抑，脱离开了汉语本体，因而，文学语言越走越窄，乃至完全工具化。八十年代的先锋小说语言极力靠近西语本体，而部分疏远了汉语本体，其脱离实际的教训也足够引起后人的审视。九十年代以来，各种新语汇、新用法层出不穷，跨文体写作蔚然成风，语言杂糅成为主潮，网络语言泛滥成灾，图像化语言不断涌现，现代汉语又遇到了前所未有的挑战。但是，无论怎样发展，文学语言的体验和实践都须臾不能离开汉语本体，即不能再像"五四"时期那样，彻底断开与母语的联系。必须据守汉语本体，特别是在中西方语言接触时，务必无限靠近汉语本体，而不是离开或彻底抛弃它而一脚踏进欧美世界中去。以卫慧、棉棉为代表的新生代小说家，其语言散发着浓浓的西方文化气味，陷入被殖民的陷阱而不自知，是典型的远离汉语本体的表现，其教训应该引起我们的足够重视。

务必整合现代汉语内部诸要素。现代文学语言的创生与发展，所依托的资源主要有：一、古代文人语言传统。主要包括诗、曲、词和散文。这是居于无可争辩的正统地位的文言传统，其"正典地位"一直贯穿于几千年的文明发展历程中。二、孕育于晚清，形成于"五四"，并一直成为现代文学主要语言载体的白话文。作为书面语的白话文即通用语官话，作为口语的白话文通用于交际，但其存在和发展都远未定型。三、广布各地的方言土语。方言土语作为第一母语，其在现代小说语言中的地位和作用一直存在诸多争议，但一百多年来的实践证明，它绝不是被彻底驱逐的对象，而是如何采用的问题。四、包括社会方言在内的日常口语资源。五、各种外来语。历史上两次外来语（印度佛教、日本语）扩充了汉语的词汇系统，晚清以来一百多年对欧美文学及其理论著述的翻译，更是大大更新了现代汉语的词汇及语法系统。六、日新月异的媒介（网络、影视、各种新媒体）语言。网络语言、手机语言（短信）的超量生产及快速传播，受影视媒介影响而产生的图像（视觉）语言改变了视听模式，其对现代小说语言的影响都不可低估。七、无意识语言。人类的潜意识是个神秘的未知区域，蕴储着丰富的不可用文字表达的语言，而随着现代医学、生理学，特别是脑科学的发展，其奥妙也渐渐被认知。无意识语言之于文学的意义不可小觑。现代新诗语言就是在这样一个环境中创生与发展的，其复杂性可想而知。现代新诗语言有着太多的关联域，上至民族国家的生死存亡，下至个体人生的悲欢离合，外至欧西世界的风云际会，内至一乡一地的人情世故，都可能会因为某一语言观念、语言行为或语言形式的变动而引发文学新变。但无论如何整合、吸纳上述语言资源，都不可走向极端，即将某一观念、某一种风格、某一类型定为一尊，历史的发展经验已经反复证明了这一趋向的弊端。那么，如何整合现代汉语内部诸要素呢？理想的做法是，尽量避开外力的干扰，将之一视同仁对待，以自己的审美喜好为轴心，综合各种经验，平等吸收、利用，切不可抑此扬彼。但几种倾向需要警惕：一是因对当下文学语言不满而完全回归古典文学世界。比如依循古文人"大雅"的为文传统，以此来表现现代人的现代生活，或者干脆避开现代社会而沉溺于文言世界，这种复古做派和极度保守主义的思想要不得。二是因极慕强势的西方文明而使得诗歌语言完全欧化。这种崇洋媚外的自卑心理，也不利于新诗语言的建设。"五四"一代知识分子尚且能够明了谁主谁次的问题，今人难道还不如早期的"革命者"？即使技不如人，在态度上应该有个了断。以西语思维看待现代汉语，与以现代汉语思维瞩目西语，其最终结局肯定是不一样的。虽然现代汉语诗歌与西语向来渊源颇深，但两者之间的距离已不是一百多年前那样的巨大，以平等、独立姿态和"拿来主义"思想，吸收外来语言有益资源，促进现代汉语的发展，才是实践之正道。三是因对共通语（国语、标准语、普通话）的不满而试图完全皈依方言世界。彻底的方言本位意识是有违现代性发展潮流的，这是因为身处现代社会，任何一位作家也不可能置身世外，而且，完全方言化，而不考虑方言与共通语的彼此依存关系，也是不现实的。方言及方言精神只有在与共通语的彼此对话和相互依存中才能显示其作为文学语言的魅力。四是因对书面语的不满而试图实现文学语言的完全口语化。这也是一种极端，除了口语资源本身就良莠不齐不说，即便是流行生活中的交际语言，如果不加以筛选、甄别和加工而过多地进入文本，那将会破坏诗歌的审美系统。五是因忌惮新媒体语言而有意躲避，或因喜爱新媒体语言而不加节制地运用，也都是要不得的。任何时候，诗歌语言都以严格的文学性标准与之发生关联。在没进入文本之前，任何非文学语言都值得斟酌；经过审美转化之后，进入诗歌中的新媒体语言就要充分考量其文学功用和审美效能。现代新诗语言在处理这些要素时，首先要保持一个合理的"度"，即合理的统一与合理的整合都要达成一个合理的关节点。当然，这样的要求是过于苛刻了，在过去一百多年的绝大部分时间里，中国新诗语言都没有达成这样的效能。但历史发展的经验也同样证明，无论"国语的文学—文学的国语"对"统一"标准的强调，还是对"大众化""民族形式"的自由争鸣，以及八十年代以来相对自由的文化语境所引发的新一轮的语言探索，只要赋予文学语言必要的多元化诉求，那么，现代新诗语言的创生与发展就是极富建设性的。在二十一世纪母语面临诸多危机的背景下，当代诗歌语言又不能不有这样的严格要求。当语言信息泛滥，语言资源膨胀，语言规范滥用，就需要有一个合理的"统一"的规范，否则，现代汉语、现代文学语言的发展都不容乐观。在新世纪以来的语境中，这种"统一"尤其要表现在以下两点：一是务要节制语言，二是务要强调审美转化。新世纪以来的文学语言越来越趋于芜杂、粗糙和不节制，滥用、混用现象极为严重，既不尊重现代汉语的规范，也有悖文学语言的审美要求。各种精神毒素堂而皇之地附着于语词的表面，不但对广大的读者构成了身体和心理上的伤害，还破坏了汉语文学的美善传统和正常的发展机制。新生代小说语言的粗鄙化现象尤让人触目惊心，表现脏、丑、恶的生活俗语，不经任何审美处理，就公然进入小说，由此而带来的生理上的恶心，恰恰表明了其对汉语美感的破坏和对审美体系的撕裂是多么的严重。任何一种语言自然都有其自我完善和发展的内在规律，但是，现代汉语所面临的冲击，我们不能指望其自身的修复机制，那样的时间太漫长，文学家作为母语的运用者和保卫者，有义务有责任担负起清洁母语的重任。

第三节 何谓"民间"，"民间"何为？

韩东新诗理论的贡献除前述"诗到语言为止""中国当代诗歌到现实汉语为止"外，还在于围绕"民间""民间写作"所做的一系列理论探讨。其中，《附庸风雅的时代》《论民间》是韩东写的两篇极具理论性和论战性的论文。前者集论战与理论阐释于一体，后者是系统的理论总结与阐发。在这两篇文章中，韩东逐一回击了来自"知识分子写作"一派的质疑声音，猛烈批判了他们的自我崇高化，系统地阐释了"民间写作"的立场、观点、意义。

"民间"之争

两派激烈交锋的导火线，源于《岁月的遗照——九十年代诗歌》（1998 年 3 月出版，程光炜编选）。该书出版不久，沈浩波、于坚、谢有顺等纷纷撰文对该诗选和其长篇"导言"提出尖锐批评。后来，王家新、唐晓渡、孙文波、臧棣、西渡等纷纷撰文，对他们的指责予以反驳，并对《1998 中国新诗年鉴》表示不满。在《岁月的遗照》中，以"他们""非非"为中心的持"民间写作"立场的诗人的位置被取消或弱化。由于该书所选诗歌大部分为持知识分子写作理念者的作品，即使选入韩东、于坚等人的诗歌，也仅仅是一种陪衬。持"民间写作"立场的一派认为这不能代表九十年代诗歌真实状况。

知识分子写作主要代表有西川、王家新、欧阳江河、陈东东、张曙光、程光炜、臧棣等。他们追求精神独立，重视知识传承，强调知识分子的责任感、使命感①，强调充分修辞，使命、担当、灵魂、沉思、自审、批判、智慧、终极关怀等是其写作的关键词。他们艺术视野较为开阔，深受西方哲学与诗歌观念的影响。何谓"知识分子精神"？《倾向》编者说得很清楚："《倾向》的诗作者们所倡导的知识分子精神，更多地体现在他们的使命感和责任感上。须知，拥有灵魂和智慧的知识分子永远都是少数。他们高瞻未来，远

---

① 比如，"如何使我们的写作成为一种与时代的巨大要求相称的承担，如何重获一种面对现实、处理现实的能力和品格"，重获一种"文化参与意识与美学批判精神"。王家新：《阐释之外：当代诗学的一种话语分析》，《文学评论》1997 年第 2 期。

瞩过去，不以任何方式依附他人。……作为一个知识分子的诗人，恰恰是引导人类走向光明的灯盏。虽然使命感和责任感并不是知识分子的全部，但这二者无疑至关重要；对于诗人来说，这二者又首先是针对诗歌本身的。因此，《倾向》的诗作者们事实上是把他们的知识分子精神上升为一种诗歌精神了。"[1] 但在学界，常将"知识分子精神"等同于"知识分子写作"[2]，以突出与韩东及其"第三代诗人"的"民间写作"的对立性。对于这种误解，陈东东曾做过说明："我觉得把'民间'或'知识分子'这样的词加在我们的'写作'前面没什么特别的诗学意义，就像有人非要在李清照的写作前面加上'女性'这样的词，非要在李白前面加上'唐代'或'古代'这样的词，都属脱裤子放屁之举。1998 年编《倾向》时我提到诗人的'知识分子精神'，它不应该和'知识分子写作'混为一谈，就像'知识分子写作'不该和所谓的'知识写作'混为一谈。"[3] 尽管如此，"知识分子写作"似乎已成为一个约定俗成的称谓，一直就这么传下来了。

民间写作的主要代表有韩东、于坚、伊沙、小海、丁当、于小韦、小君、沈浩波、徐江、侯马、沈奇等。这一派成员众多，虽被归入"民间写作"范畴，但诗学观点并不统一，创作风格更是异彩纷呈。其中，韩东、于坚是"民间写作"的重要理论阐释者和实践者。其实，"民间写作"早在八十年代就已出现，之所以在九十年

---

[1]　引自《倾向》第 1 期"编者前记"。

[2]　1987 年 8 月，西川、陈东东等参加在北戴河举办的第七届"青春诗会"。在会上，西川提出了"知识分子写作"这一概念。"从 1986 年下半年开始，我对用市井口语描写平民生活产生了深深的厌倦，因为如果中国诗歌被十二亿大众的庸俗无聊的日常生活所吞没，那将是极其可怕的事。……稍后，我提出了'诗歌精神'和'知识分子写作'等概念，并以自己的作品承认了形式的重要性。一方面是希望对于当时业已泛滥成灾的平民诗歌进行校正，另一方面也是希望表明自己对于服务于意识形态的正统文学和以反抗的姿态依附于意识形态的朦胧诗的态度。"西川：《答鲍夏兰、鲁索四问》，闵正道主编《中国诗选》，成都科技大学出版社 1994 年。

[3]　陈东东、桑克：《既然它带来欢乐……——陈东东访谈录》，载网刊《诗生活》。

代再次成为热点，直接原因起于诗歌界的秩序重建与话语权争夺。"九十年代诗歌""知识分子精神"等概念的提出，作为八十年代重要群体的"第三代诗人"感觉有被"命名者"所忽略或弱化的倾向，这引起他们的强烈不满。他们认为这既是对九十年代诗歌真相的严重遮蔽，也是对"第三代诗人"创作实绩的抹杀。为了反抗这种压抑与遮蔽，他们撰写理论文章，阐明观点；他们编写新选本，突出自身存在感。通过这种方式，他们坚决捍卫"民间写作"的立场及创作成就。秉承"知识分子精神"的诗人对持"民间立场"的"第三代诗人"多有批驳，并有意漠视一些诗人的存在。这引起持"民间立场"的诗人们的极度不满。于坚、伊沙、徐江、侯马、沈奇、谢有顺、沈浩波、韩东等纷纷撰文，予以反驳。

"民间"之思

　　韩东并没有参加"盘峰诗会"，但他通过撰写论战文章对"民间"派提供了切实的支持。在韩东的论战文章中，《附庸风雅的时代》是一篇很有分量的论说文，在这篇文章中，首先，出于一种被漠视、被讥讽的愤怒和对自身诗学理念的坚决捍卫，韩东以冷嘲热讽、颇富论战性的口吻，对他们的观点、姿态做出了针锋相对的批判，矛头直指欧阳江河、西川、陈东东等人。他认为，"一些八十年代异常活跃的诗人"被"九十年代的主流诗人及'新贵'们作为抨击和揶揄的对象"[1]，这是那些"附庸风雅"的"老诗人"与"连

---

[1] "我们看见，一些八十年代异常活跃的诗人消失了，沉默了，喑哑了，他们或者不再写作，或者仍在写作，但不为人知，或者仍被提及，但被九十年代的主流诗人及'新贵'们作为抨击和揶揄的对象，他们被指斥为'没有坚持'，但坚持又是什么呢？继续成名，并发扬光大？九十年代的成名者津津乐道于'挺住，意味着一切'，但这是怎样的一种'挺住'？'一切'又意味着什么？"韩东：《附庸风雅的时代》，《北京文学》1999 年第 7 期。

任"的理论家们合谋编织的"语言罗网"①；他们是冒牌的"创造者"，如同"走火入魔的收藏家"，能够"自己动手制造赝品"。在此，韩东把他们看成了一群毫无创造力、只会照抄西方的简单模仿者。这种观点未免极端了一些，但考虑到这是"论战"，论战讲求"一招致命"或招招见效，自然就不会过多考虑论述的学理性。韩东如此论说，或许也仅是一种策略上的考虑。其次，韩东旗帜鲜明地亮出了自己的观点：九十年代诗歌是对八十年代诗歌的继承，而非"中断"②；"重返民间"并不是一个蛊惑人心的口号，而是部分诗人的真实选择；九十年代是一个附庸风雅的读者扮演创造者角色的时代③；与新一代诗人的成长紧密相关的艺术创造活动并未停止，

---

① "与此同时，一批新的诗人迅速成长起来，他们不属于那'挺住'的一群，他们的青春、生命力和巨大的创造热情相对于九十年代的季候而言是不合时宜的，因此尽管他们的写作卓有成效，甚至精彩纷呈，但在发表和评论的层面一直备受忽略和遭到拒斥。九十年代那些'挺住'的诗人与'连任'的理论家的合谋，编织了一系列的语言罗网。……他们以'中年写作'指斥所谓'青春期写作'，以'知识分子写作'对抗'艺术创造'，以'系统阐释'替代'经验直觉'，以'文化前提'抑制'个体生命'，以'终极关怀'贬低'独立精神'，以'世界背景'取消'民间立场'……"韩东：《附庸风雅的时代》，《北京文学》1999年第7期。

② "中断"是欧阳江河的说法："1989年是个非常特殊的年代，属于那种加了着重号的、可从事实和时间中脱离出来单独存在的象征性时间。对我们这一代诗人的写作来说，1989年并非从头开始，但似乎比从头开始还要困难。一个主要的结果是，在我们已经写出和正在写的作品之间产生了一种深刻的中断。诗歌写作的某个阶段已大致结束了。许多作品失效了。就像手中的望远镜被颠倒过来，以往的写作一下子变得格外遥远，几乎成为隔世之作，任何试图重新确立它们的阅读和阐释努力都有可能被引导到一个不复存在的某时某地，成为对阅读和写作的双重消除。"欧阳江河：《89后国内诗歌写作：奔突气质、中年特征与知识分子身份》，《今天》1993年第3期。

③ "九十年代的特殊季候使沉渣泛起，对于诗坛而言不过意味着一个读者冒充创造者时代的到来，九十年代成名的'老诗人'在崇尚创造的八十年代是一些不甘寂寞的读者，到了九十年代，他们的成名之日仍然是一些读者……他们不仅不甘寂寞，附庸风雅，甚至十分嫉妒创造者的荣誉。他们的阅读是有目的的，这一目的并不在于对创造者和艺术的热衷，而对创造者和艺术名家优越感的觊觎。……他们的灵感完全来自以上的读物，其写作方式、格局以及形式也不出其右。他们的问题和思考也从来不是自己的，而往往与大师巨人相互雷同，可他们竟认为这是

只是由于时代风尚的原因，它处于被忽略和遮蔽的状态；断裂业已存在。对峙的双方并不存在美学之争，存在的只是艺术与伪艺术的尖锐对立。很明显，这种针锋相对的论说有着"摊牌"的江湖意味，但这也恰是九十年代末那场论争的真实面貌，即对话语权的争夺，对诗歌秩序的重建，并不是建立在心平气和的学理化梳理与界定上。但不管怎样，这篇文章再次充分显示了韩东作为"新生代"代言人和"第三代诗歌"重要诗人所展现出的"领袖"气质。这篇文章集论战性与说理性于一体，旗帜鲜明地亮出了该派的立场、态度和主要观点，是韩东首次公开发表有关"民间""民间写作"问题的宣言性文章，也可以说，是为此后发表长篇理论文章《论民间》所做的一次"热身"。

"民间"之论

《论民间》是韩东写的一篇系统的理论文章。这篇文章共谈了十六个命题，即民间是否为虚构、何为民间、何谓民间立场、民间简短的历史、民间人物、民间是否已经完成使命、九十年代的民间、民间是否取消个人、民间与边缘、非主流、民间与"民间文学"、民间与大众趣味、地摊文学、多元格局中民间的意义、伪民间、民间的未来。

韩东对来自任何方向的"霸权"保有警惕。他对那些以"文学

不谋而合，而这种不可避免的不谋而合却给他们带来极大的安全感和信心，并使他们气壮如牛。像一切收藏家和古玩爱好者一样，他们对于书籍和书籍中思想和艺术价值态度是绝对认同的，尽管有时候他们的认同之物彼此矛盾。同时这也并不妨碍他们绝对细致精确的鉴别能力，比如博尔赫斯与荷尔德林是同一级别的，而庞德可能稍差。但作为一个价值整体却构成了他们牢不可破的温柔之乡。同样和那些走火入魔的收藏家一样，其极端表现就是能自己动手制造赝品，其赝品的最高境界就是以假乱真，使行家里手也看不出来。与最顶尖的收藏家古玩爱好者尚有不同，我们的'读者—艺术家'最终欺骗了自己。"韩东：《附庸风雅的时代》，《北京文学》1999 年第 7 期。

政府"自居的个人或团体心生厌恶,至于将民间诬蔑为"黑社会",更让他怒火中烧。因为他理解的"民间"不是手段、工具,不是"在野"或"杀人放火受招安"。他自始至终都在强调,"民间写作"只是天才个人的活动。民间因其而获得了存在的合法性。同时,他认为,"民间写作"也不是传统意义上的"民间文学":"它的作者是完全的个人,是个人对他的创造完全彻底地负责。同时它不被传统和民族大众的审美倾向所束缚,在时间上不指向过去,不指向具有数千年文明史血脉流传和肉体繁衍的大地。它不投靠传统、民族和人民混合构成的庞然大物。在此比照中民间再次证明了它至关重要的独立性。它与民俗风情无关,与喜闻乐见无关,与口口相传无关,立足于现实存在,面向未知与未来。它的任务不是传承、挖掘和在时间中的自然变异,而是艺术为本的自由创造。……它与'民间文学'没有重合交换部分,因此它的艺术标准和审美要求不容于以上的事物。将民间混同于'民间文学'乃是为了取消前者的独立性、自足性和永恒有效性,以实现庸人乐天浑水摸鱼的世界大同。""民间"也不是"市场":"将民间等同于市场(大众趣味和地摊读物)即是取消它的艺术目的。既然取消了艺术的目的,在此谈论市场和体制对文学而言的优劣便是毫无意义的。"最后,韩东对"伪民间"与"真民间"做出了明确区分:"伪民间即是:一、将民间作为一种权力手段的运用。二、将民间作为不得志者苦大仇深的慰藉。三、将民间作为自我感动者纯洁高尚的姿态。……真正的民间即是:一、放弃权力的场所,未明与喑哑之地。二、独立精神的子宫和自由创造的漩涡,崇尚的是天才、坚定的人格和敏感的心灵。三、为维护文学和艺术的生存,为其表达和写作的权利(非权力)所做的必要的不屈的斗争。"那么,何谓"民间"?

《现代汉语词典》的解释:"人民中间""非官方的"[①]。韩东认为民间不是人为虚构出来的,"民间的存在是一个基本的事实,有

---

① 《现代汉语词典》,商务印书馆 1983 年,第 790 页。

其确切的物质形态和精神核心"，它主要体现在："一方面是大量的民间社团、地下刊物和个人写作者的出现，一方面是独立意识和创造精神的确立和强调。"后者"确立了民间的根本意义，规定了它的本质，提高了它的质量"。① 何谓"民间立场""独立精神"？韩东认为，"民间立场就是坚持独立精神和自由创造的品质，它甚至不是以民间社团、地下刊物和民间诗歌运动为其标志的。情形倒是相反，社团流派、油印刊物和文学活动因为它才有了根本的价值，呈现出真正的活力"。"所谓的独立精神就是拒绝一切庞然大物，只要它对文学的创造本质构成威胁并试图将其降低到附属地位。"显然，韩东理解的"民间"并非是与"官方"相对的一个概念，而是"自足的和本质的，绝对的"。但是，承认"民间"的客观存在，却又无法给出确切的定义，因为"长期以来，由于来自权力和主流话语的否认、歪曲和混淆视听，民间始终处于模糊的未明状态"②。让"未明状态"趋向"有明"，自然是韩东努力实践的方向，表现在文学活动上，这就是"民间写作"。

哪些人才是真正的"民间精神"的实践者呢？韩东以胡宽、王小波等死者和朱文、鲁羊、李小山、杨黎、杨键等生者为例，认为只有秉承"一贯的独立意识和始终的创造精神"，才是名副其实的民间写作，因为他们"奋起反抗或拒绝合作，将独立思考和自由创造视为写作的必要前提，自觉而有机地将二者结合为一"。"正是这些民间人物的存在构成了民间坚韧的灵魂，他们体现了民间写作的精神本质，同时也应是所谓民间性的最可靠的标准。换句话说：他们（民间人物）坚持的是永恒有效的民间立场。"据此，韩东认为"九十年代诗歌"的成绩、意义全在这里，而不是欧阳江河、西川等人的"知识分子写作"。但很耐人寻味的是，在韩东开列的在八十年代秉承"民间写作"精神的诗人名单中，西川、欧阳江河、

---

① 韩东：《论民间》，《芙蓉》2000 年第 1 期。
② 这与陈思和提出的"无名"概念相似。

陈东东、海子等后来被划入"知识分子写作"范畴的诗人也赫然在列，而在九十年代，他们又被韩东排除出去。为什么会这样？其实，这是韩东"民间观"使然："民间人物由于所持的立场面临的压力（外在与内心的，文学与生存的）通常是超常的，因此一致性与坚持就尤其重要。离开这个指标，无以度量民间人物灵魂般的意义。那些与民间有关，或出身于民间或受益于民间的人因缺乏必要的连贯性并不能归结为民间人物，或者说他们与上述的民间人物是有根本区别的，其强度与质量并不构成民间的灵魂。那些半途而废、弃暗投明者或涣散沦落的人虽曾因民间而荣耀受损，但并不能成为民间真正的榜样。"

其实，在"知识分子写作"一派看来，"民间"也并不如其所说的那样与他们尖锐对立："用'民间'一词来描述如今大多数诗人的境况，我觉得不错。中国早就没了宫廷诗人、士大夫诗人，好像官府也并不豢养桂冠诗人，有些小说家倒是跟作协签约，拿一份工资（或津贴）做专业作家……不过就算拿作协的钱也还'民间'，因为解释起来，作协这种准官僚机构在'性质'上也还属于'群众团体'。我一向对'民间'这个词很感亲切，有些偏爱，因为我就处在它所指的那种境况里。所以我对有些人滥用'民间'这个词很感不快。至于把诗人划归'知识分子'一词所指的那部分人群，我想也没有错。除了诗经和乐府之类民歌集里的作者也许算不上知识分子，从古到今不忘在自己的诗作边上署名的诗人谁又不是知识分子呢？别人盗用剽窃抄袭偷印了你写的诗，并不侵犯你的'知识产权'吗？如今诗人的写作，要我说，既是民间写作也是知识分子写作。非要强辩说并非如此也没有用，非要以此作标榜也太无聊，非要持其一端攻击另一端也太荒唐，在如此荒唐的争端里上蹿下跳抛头露面寻衅滋事造谣中伤哗众取宠编书卖稿得些碎银子扩大知名度以至踩踏异己向上攀爬，则实在是无耻之尤！"①

---

① 陈东东、桑克：《既然它带来欢乐……——陈东东访谈录》，载网刊《诗生活》。

结　语

概言之，韩东所谓"民间"主要是指某种虚拟的自由精神空间，一种精神栖息之地。"民间"分为物质形态和精神形态两种。依托自办的民刊、网站、社团、文学期刊的专栏可以迅速生成物质形态中的"民间"，但精神形态的"民间"永远处于无限延展中，想象有多宽，它就有多广，独立思考和自由创造是其核心品质；"民间写作"即指一种建立于个体自由意识基础上的审美创造性活动，它反对任何等级、霸权，"拒绝一切庞然大物"。独立思考，自由创造，永远是其第一要义。韩东有关"民间"和"民间写作"的理论阐释，既是对活跃于八十年代的"第三代诗人"创作成就和文学史地位的维护，也为九十年代后一大批"新生代诗人"的写作提供了理论上的支持，其意义和影响不容小觑。

第二章 立场与论争

第一节 韩、杨之争

论争起因于竖写的一首诗《妈妈和妓女》:"陶阳听见自己说:/女人分两种/妈妈/和妓女//他知道/一部电影的名字/叫妈妈和妓女/在这时候他想起来了/他还知道/妈妈和妓女/都是女人//这句话的声音/在空气里/被他自己听到/几乎同时/徐严笑了起来/一路上/他笑过好几次/这时候/他又笑了笑/所以/陶阳不光听见/自己说:/女人分两种/妈妈/和妓女/还听见/一个人的笑声/虽然很轻/但是他还是听见了(2001/5/29)"。

这首诗以叠床架屋式的语言,力图陈述某种事实,呈现某种经验,风格是典型口语式的。在诗中,作为关键词的"妈妈"与"妓女",既是实指的——生活中普遍存在的形象,也是虚指的——电影中的艺术形象及陶阳心像中的幻影。这两种不同形态、不同性质的"形象"被组合在一起,故经由组合后,其自动生成的语义是新颖而多义的。"妈妈"是褒义性质的,"妓女"是贬义性质的,由于词性完全相反,故给人的接受反差也是巨大的。加之指向上的虚虚实实,言说上的不动声色,借助有意味的形式,瞬间生成一种耐琢磨的意蕴,故在"废话体"中也算是优秀之作。杨黎认为这是一首好诗,理由是:"一、每一句话都是废话,简单、直接,说了等于没说，但看了肯定是看了。今天下午，芳华横街非常清静，有太阳，我上网吧看了这首诗。这就是我的第一感觉。二、这首诗没有情绪，没有道理，但空间却很大，大得什么也没有。最近网上许多作品，表面看和竖的很相似，但实质上差异却很大。因为，那些诗依然有道理，有感叹，有情绪。"

杨黎是"废话体"的提倡者、实践者。他觉得，通篇是"废话"，去掉了"情绪"，去掉了"道理"，因此，诗要表达的"东西"不明确，模棱两可，似是而非，或者什么意义也没有，没有意义就是这首诗的"意义"，而通篇以"废话"所营构的"空间却很大，大得什么也没有"，故这是一首好诗。其实，所谓"好诗"不过是这首诗的内容与风格合乎其诗学理念和审美趣味罢了。因此，杨黎是带着非常明显的个人偏好来解读这首诗的。

杨黎，八十年代"非非"诗派诗人，在民刊《非非》上发表《冷风景》后一举成名。他提倡"废话写作"，被称为"废话体"。他认为，诗歌就是让人说"人话"，而不是官话、套话、假话。杨黎的"废话体"与"知识分子写作"针锋相对。它不注重修辞，崇尚当下，话语直白，风格平易。在八十年代语境中，他的写作消除情绪，驱除语义，回到纯粹的口语状态，自然是对"朦胧诗"的反动。韩东对他评价不低："杨黎是第三代诗歌的最佳代表或一位最为典型的第三代诗人。他以完全个性化的存在填补了'第三代诗歌'的概念内涵，并因此背叛了这一概念。"[①] 其实，无论"口水诗""梨花体"，还是"废话体"，其实都是"口语诗"的变种，在其生成之初，都因其风格的新颖、形式的独特和经验的丰盈而给诗坛以耳目一新之感。比如："2007 年的春天 / 它平常如往 / 而我却没了爱情 / 就像很久以前 / 我没了工作 / 没了工作 / 意味着我没钱 / 但这个问题 / 我并不是很怕 / 没钱我可以去找 / 实在找不到 /

---

① 韩东：《第二次背叛：第三代诗歌运动中的个人及倾向》，《韩东散文》，中国广播电视出版社 1998 年，第 138 页。

还可以向朋友借／而爱情啊爱情／我到哪里去找呢／更不要说去借／在这个美丽的世上／爱情本来就不多／平均两个人／才有一个／即使我说动了／其中的一个／也要另一个同意／她才能借给我"。（杨黎：《没有爱情，我的生活将会怎样？》）

　　的确每句话都是"废话"，也没什么特定的含义，但不可否认的是，其形式背后所传达出的意蕴是耐人寻味的。但当"天上的白云真白啊／真的，很白很白／非常白／非常非常十分白／极其白／贼白／简直白死了／啊……"① 这类简单浅易明显带有油滑风格的所谓"废话体"大行其道时，此类写作也就失去了原本应有的价值。网上的争相模仿、戏谑，甚至谩骂②，都超出了"诗"的范畴而沦为浅薄的娱乐。这不仅给读者以审美疲劳，还给新诗生态场添乱。

　　韩东也是"口语诗"的坚定实践者。针对杨黎的评价，韩东予以质问："老杨，诗可以有道理有感叹有情绪，为什么不可以有？不可以有就是一种道理。有道理地看诗比看有道理的诗更要不得。所以你是知识分子而我不是。另外，废话何以废？相对于有用而言。以有用为目的为取舍和以无用为目的为取舍有何不同？具有适用性的东西未必不是艺术的，只是不能用实用性的观点来看来衡量。有用的话可能是艺术的也可能不是。同样无用的废话也可能是艺术的也可能不是。是否是艺术包含在我们看待事物的目光中，在此非功利非实用的目光中有的呈现为艺术有的不，这与制造它们时的原则、习惯、规范、目的应该无关。真正的好诗写作时可以出于

---

① 乌青原名郑功宇，1978 年生，浙江玉环县人，因"废话体"而走红。他继承杨黎的"废话体"，创作了不少简单平易的口语诗，被称为"废话体"的"乌青体"。代表作有《对白云的赞美》《白毛男的故事》《鸡会难过》等。出版诗集《对白云的赞美》。乌青及其"乌青体"引发关注和热议。其中，有批判，有肯定。有人觉得是诗，有人觉得是"胡闹"。面对非议，韩东、杨黎、赵丽华、周亚平、蒋方舟等给予大力支持。韩东称乌青为"天才"。

② 杨黎：《给乌青的一封信》，见杨黎新浪博客。

各自不同的意图，只有衡量它们的'标准'或目光是一致的。"

话题围绕"废话体"中"废话"的有用与无用展开——当然，这里的"有用"与"无用"是审美意义上的——既而演变为一场有关世界观、语言观、哲学观的探讨与辩论。其实，韩东与杨黎在诗歌理论与实践上比较接近。比如，两者都笃信诗歌写作的"天才"说、"灵感"说、"口语"说，都认为无用也即审美性构成诗歌的本质，坚持诗歌写作要超越"自我"，都反对文化霸权，都倡导写作回到生活，回到感性，回到诗歌的本体，等等。但他们在对诗歌的有用与无用、对世界的理解上，有关语言与自我、语言与世界的关系，以及"写什么与怎么写"两者关系的体认上，都还存在分歧。

杨黎的认知是两段式的：语言—诗歌。世界即语言，语言即世界，或者说语言、世界和存在都是同一概念。[①] 因此，语言即世界，也即"无中生有"；诗歌超越语言，也即"有中生无"；在语言之外，什么也不会有，而"诗"在语言之上。杨黎是"非非主义"代表诗人，在其理论体系中，有关语言的论述是其最富特色的部分，他也以此成就了自己在"第三代诗人"中的地位。他追求诗歌语言的纯粹性，不但将意义、情感、情绪从语言中驱除出去，还试图取消语言的及物性。这种有关语言的极端实验成就了一个独一无二的杨黎。但他在理论探索上的确有点极端，追求语言的不及物，设想构建纯而又纯的语言乌托邦，也只是杨黎的一个梦而已。不仅他自己做不到，其理论与实际也不符。理解的偏狭与局限是显而易见的："语言的存在，本来就基于意义，天然就是及物的。取消语言的及物性，非要导向彻底的无意义、无情感，实际上反而取消了语言的生命，是把语言当成毫无生命力的、玻璃器皿中的小白鼠。"[②] 近乎疯狂地取消语言的及物性，强调语言的高度内指性、自足性，即把"怎么写"看成诗歌创作的一切，其极端实验，且一厢情愿，

---

① 后来，杨黎的观点又有所改变，由"语言即世界"发展为"语言先于世界"。

② 沈浩波：《缓慢而深情，流水之于圆石》，见凤凰网。

有点走火入魔了。

韩东的认知是三段式的：超自然—世界—超自然。所谓"超自然"——上帝、绝对、空、无、真理——处于语言之外，它是一切的根基和源头；杨黎的"语言即世界"被修正为"存在即世界"，而存在是整体的，它不仅意味着人的理解力、语言中的世界，同时也意味着其他。假如说杨黎恪守"在我不知道的地方，永远保持沉默"，而韩东似乎不然，他对那个"地方"渴望有个"澄明"的达及；他笃信"超自然"的存在，它在言说和理解的范围内无法解决，但并不能就此断定它是虚构妄想，而人的理解力达不到，但不能说它不作用于人。因此，他觉得"怎么写"和"写什么"，正如一张纸的两面，是不能分开的。总之，从整体上看，杨黎从诗歌写作的基本前提出发，触角虽极力向外拓展，但不超脱"诗与语言"的边界；韩东的认知最终指向虚妄。他承认"超自然"的存在，这就带有一定的玄学色彩了。

韩东认为杨黎的理论是有缺陷的："不给超自然以位置；怎么写和写什么被坚决地割裂开了；某些时候过于注重细节（如不可抒情、不可有确定的意思等）；对你而言是量身定制的东西，对别人可能是削足适履。由于它的明确和可操作性，很容易造成教条主义的适应。"

我觉得，前两条似是一家之言，不但杨黎未必同意，即使韩东也未必在具体创作实践中彻底贯彻此种理念，倒是第三条说到点子上了。的确，如果把"不可抒情、不可有确定的意思"，"每一句话都应简单、直接"一类的标准看作"废话体"成立的条件，久而久之，当诗人千人一面，诗歌千篇一律，那种可操作的教条主义的写作必然让读者反感。再退一步说，这样的样式合乎杨黎，但对别人未必适合。诗人素以独一无二的艺术风格和思想内容显示自身存在的价值，而一旦形成某种固定模式，那还有什么意义？比如："盘上的绿彩真绿啊／真的，很绿很绿／非常绿／非常非常十分绿／极其绿／贼绿／简直绿死了／啊"。（某网友：《对 A 股的赞美》）"你写的诗真烂啊／真的，很烂很烂／非常烂／特别烂特别烂／贼烂／简直烂死了／啊"。（某网友：《对乌青的赞美》）

像这样的写作沦为一种娱乐形式，只满足于浅层次的后现代式戏耍，与真正的诗歌精神相去甚远。而有意追求"语不惊人死不休"效果，以展现口语的原生与裸奔，则更是走向了另一个极端。比如："回成都出差／遇见一个老板／她刚生了孩子／一对巨大的乳房／盛满乳汁／仿佛轻轻一碰／就要哗啦啦／溢出来／哦，我好想喝／我好想喝奶／好想喝奶"。（杨黎：《妈妈的故事》）

这首诗聚焦日常俗世景观和欲望心理的客观呈现，除了言说的大胆、尖锐给人以惊世骇俗之感外，其内在诗意并不美，给人以胡闹、乱搞之嫌。诚如韩东所言："口语是一块原生地……诗人把口语作为原生地，从中汲取营养，并不是把诗歌等同于口语。……它都必须进入这块语言的原生地，进入这口化学的大锅，进行搅拌、发酵。只有这样，诗人们的语言之树才能从此向上茁壮成长起来。"[①] 因此，生活层面上的口语必须经过审美加工与转换方能成为诗的材料，而随心所欲、无视内在秩序地简单移植生活表层的话语是实用语言，而非诗歌语言。

第二节　韩、沈之争

广州赛马场

竖

对面
是上回我上车的地方
我们就下了

[①]　韩东：《答问——摘自〈韩东访谈录〉》，《诗探索》1996 年第 3 期。

记得

那回有广州赛马场

而现在突然不见了

我不敢保证

前面这条灯火辉煌的路

还是不是石牌东

第二天早上

我特意去看了看

广州赛马场

还在那儿

这是典型的口语诗，带有叙事性，语式为第一人称讲述式，看似在讲述"我"的见闻经历，看似旨在呈现意识与潜意识、当前与记忆交叉处的隐秘风景，但又都不指向某种确定的思想或主题，也不流露某种情感或情绪。"广州赛马场""灯火辉煌的路"等单个语汇的指涉意义貌似清晰可辨，但整首诗并不指向某种确定性，而是反意义、反抒情、反思想。若说"意义"，那只能是，一切始于语言，又止于语言。

韩东非常喜欢竖及《广州赛马场》："我从未见过竖，在编辑《2000年诗歌选》时读到了他的一些诗，我马上就喜欢上了。竖的诗有一种很纯正的感觉，至于是纯正的酸或者甜或者辣就很难说了，反正很纯正，这是初读时的印象。……它让我毫无理由地喜欢。因为毫无理由，所以才难能可贵。"[1] 其实，韩东并没有从艺术角度给出令人信服的解释，而只是依凭自己在阅读这首诗时的独特体

---

① 韩东：《竖和他的〈广州赛马场〉》，《作家》2000年第12期。

验，既而做出上述判断。所谓"因为毫无理由，所以才难能可贵"，意即，这首诗与流行的口语诗很不一样，但到底怎么个"不一样"，谁也说不清楚。按照韩东的观点，因为"不一样"[①]，因为依据主流或权威们的评价体系也无法做出合理解释，因为对所谓"主流"秩序造成直接冲击，故这是一首好诗。何谓好诗？本来素无定论，韩东说这是一首好诗，好就好呗，萝卜茄子各有所好，一家之言而已，不过，他话头一转："比如最近我听说一位新的诗坛权威发明了如下公式：文学＝先锋，先锋＝反抒情。并且声称自己要'先锋到死'。且不说'先锋到死'有多么煽情，以上公式也太白痴了一些，而且误人。""我绝不同意以此来解释竖，认为他的诗歌是先锋的或反抒情的，继而将反抒情理解为讥讽和嘲弄。我认为竖的诗首先是严肃的，再就是真实，再就是使用语言的天才和天才地使用语言，这里的'语言'是灵活敏感的口语。再就是他那一代人以及体验表达方式上的'不同'和'新'。"[②]

所谓"新的诗坛权威"指的是沈浩波。[③]韩东一向反对文学上的任何权威与正统，即使同为"民间写作"阵营里的同道者，若自立为权威，自以为是，并对他人构成压制，他也坚决反对。韩东将矛头指向沈，倒不是因为沈的诗写得不好，而是对其咄咄逼人、自立为权威的姿态甚为反感。韩东对沈的批判可谓不留情面，一针见

---

① "试想一个每天都写几首诗的人所写的诗与我们传统中所理解的诗是一样的吗？试想一个在网上出名的人所写的诗与我们在书籍期刊上碰见的诗是一样的吗？试想一个自称是'口水诗派'的人所写的诗与一个坚持'诗意语言'写诗的人所写的诗是一样的吗？"韩东：《竖和他的〈广州赛马场〉》，《作家》2000年第12期。

② 韩东：《竖和他的〈广州赛马场〉》，《作家》2000年第12期。

③ 沈浩波，诗人、出版人。1976年出生于江苏泰兴，1999年毕业于北京师范大学。为"下半身诗歌"运动的重要发起者。出版有诗集《心藏大恶》《文楼村纪事》《蝴蝶》《命令我沉默》。曾获第十一届华语文学传媒大奖、《人民文学》诗歌奖、《十月》诗歌奖等。同时，作为北京磨铁图书有限公司创始人，是国内著名的出版人之一。流传较广的诗作有《墙根之雪》《我们那儿的生死问题》《一把好乳》《淋病将至》《文楼村纪事》《离岛情诗之伤别离》《河流》《玛丽的爱情》《蝴蝶》《秋风十八章》等。

血，既而以竖的这首诗为例谈了个人的看法。

针对韩东的批判，沈立即做出回应，底气十足："我知道我在衡山的发言让你感到疼了，疼了就叫出声来，别这么阴阳怪气的，你的口气我真是讨厌——'小'啊，你知道吗？

"我在衡山批评了那么多我喜欢或者曾经喜欢的诗人，只有你用篡改原意、断章取义的方法来对我进行攻击，我想说，你这样显得阴暗和下作。

"我真想度过一个平静的 2001 年呀，说实话，我已经讨厌出风头了，可是，是你们不让我平静呀，你们要逼我成正果呀。

"韩东，你真的老了——也许这句话早该有人说了。"[1]

沈在"衡山诗会"[2]上出尽了风头，他把八十年代"他们""非非""莽汉"等诗派代表诗人，以及徐江、侯马、阿坚、朱文、白薇、杨键等九十年代的当红诗人，都统统批了一通，以标举自己的"先锋"姿态。其中，在评价"他们"时，沈认为韩东、于坚、小

---

[1] 这是沈浩波发在"诗江湖"网站上的帖子，参考伊沙的网文《中国诗人的现场原声——2001 年网上论争回视》。

[2] 2000 年 8 月 18 日至 21 日，由民刊《锋刃》发起的"九十年代汉语诗歌研究论坛"在南岳衡山举行，参加这次会议的诗人有伊沙、徐江、沈浩波、格式、非亚、刘洁岷、鲁西西、刘春、沉河、孙磊、巫昂、中岛、吕叶、宋晓贤等。谭五昌认为，"衡山诗会"是在"盘峰论争"（包括"盘峰诗会"以后的一系列诗学论争）对国内诗歌写作以及诗学观念产生全方位冲击的背景下举行的，它意图对二十世纪九十年代以来一系列重要的诗学命题进行深入广泛的探讨。除"知识分子写作"的代表性诗人因故缺席外，数十位在国内诗歌界比较活跃的中青年诗人均参加了此次诗会。会上，许多在诗学观念和写作风格上持个人化立场的诗人与持"民间立场"的代表性诗人进行了态度相对温和的诗学对话与探讨，并发出了不同的声音。然而从更高的层面来判断，"衡山诗会"最有价值的收获在于持"民间立场"的诗人内部所发生的诗学观念的分歧与论争，被视为"民间立场"诗人中年轻一代代表人物之一的沈浩波在会上对许多被指认为"民间立场"的代表性诗人所进行的诗学批评，以及他的具有"内讧"色彩的诗学批评，当时受到包括一些"民间"诗人在内的众多诗人的肯定与认可，在相当程度上显示了"民间立场"在诗歌写作艺术面前的"无效性"，同时也反映出诗歌艺术自身所具有的独立与严肃的品质。谭五昌：《1999—2005 中国新诗状况述评》，见中国作家网。

海在九十年代的诗歌创作是意义不大的。[①] 他的这种横扫一切的极端做法自然会引起韩东的不快。不过，沈认为韩东的批评有点"阴阳怪气""阴暗和下作"，显然带有人身攻击的意味，纯属意气用事之举。也许为了消除误解，接着，韩东回帖，一一解释："我没有说你是白痴，我说的是'文学＝先锋＝反抒情＝讥讽调侃'是一个白痴公式。发明白痴公式的人不一定就是白痴，就像使用傻瓜相机的不一定就是傻瓜。如果你没有发明实际上也没有以此观点看待诗歌，我就向你道歉，至少我针对你说的话是多余的。"[②] 韩东的批评始终围绕"诗"发话，他认为沈的"先锋性"是姿态上的，而非艺术上的，是话语空转，是空洞的口号，真正的先锋诗人当靠货真价实的先锋文本发话："另外，我对你的先锋性也很质疑，你说的

---

① "我认为'他们'诗人在九十年代的诗歌是意义不大的。他们的意义主要体现在个别的诗作上，比如于坚在 1993 年之前的几首诗：《0 档案》《对一只乌鸦的命名》。于坚的这个意义并不是体现在他的创新上，这两首诗只是于坚对他以前先锋性的一个总结。仅此而已。……韩东的问题在什么呢？我认为韩东在九十年代有一首非常好的诗，就是《甲乙》。《甲乙》使韩东真正成了一个好的诗人，韩东在八十年代的《有关大雁塔》等一系列的诗，使他成为了一个重要的诗人。但他在文本上真正出类拔萃的文本有多少？真正具备先锋的文本有多少？除了姿态以外的文本有多少？但一直到《甲乙》，我才看出来了，才看出了韩东写作的意义。韩东在八十年代就说诗到语言为止。那么你的诗是不是到语言为止？你的诗在语言探索上有多少？在以前我没有看出来。只有《甲乙》，《甲乙》是直接用语言构成诗的典范写作。比何小竹的所有诗都好，完全体现了'非非'的主张。可惜的是，韩东在九十年代的好诗仅此一首，《甲乙》之外的韩东变成了一个抒情诗人，变成了一个经常自哀自怜的情绪柔弱的看见街边的小姐也要哀怜一下，变成了一个想怎么写就怎么写，变成了一个有感而发的诗人。我觉得除了《甲乙》的韩东，变成了小诗人，而且他的诗歌充分展示了中国南方诗人的那种柔弱、精细式的才子性，小柔弱小情调在他的诗里越发出现了。但韩东在九十年代是个不可或缺的文学人物，主要体现在他的姿态和小说上，体现在他于整个九十年代文学领域里的领袖才能上，比如推出了小说家朱文等。但韩东的意义仍然很大。我至今仍然把韩东当作我见过的我佩服的几个文学人物之一，但是不在他九十年代的诗歌上。"沈浩波：《我要先锋到死——在"中国南岳九十年代汉语诗歌研究论坛"上的发言》，见吕叶新浪博客。

② 转引自伊沙网文《中国诗人的现场原声——2001 年网上论争回视》。

大概是某种你所理解的先锋的姿态，而非艺术上有个性根据的特立独行，在你的写作中我看不到这一点。当然，你对诗坛做过一些好事，至少是一个活跃因素，但做事归做事，写诗归写诗，判断归判断，不应混为一谈。"[1] 关于这一点，我觉得，韩东对沈的指斥可谓有的放矢，论说有理有据。确实，姿态上的先锋与诗艺实践上的先锋的确是两码事，诗人之所以是诗人，不是在听你说什么、怎么说，而是在看你写什么、怎么写。先锋绝不是行为艺术，而是实实在在的探索与实践活动。应该说，此阶段的韩、沈之争虽带有情绪化色彩，但尚有一些诗学理念的交锋，因而，如果沿此继续下去，这场争论还是有实实在在的收获的，但随着各自盟友的卷入，并在"诗江湖""橡皮""唐"等诗歌网站上争夺话语权，双方情绪化进一步扩大，谩骂与攻讦占了上风，逐渐偏离了诗学论争的方向。如此一来，论争就变得毫无意义，反而，"民间"诗人群落内部的匪气与江湖做派、对待诗艺的浮躁与功利、过度膨胀的自我形象及其浅薄的精神追求，在这次论争中暴露无遗。

在网上展开论战的同时，沈又在《作家》上发表文章，系统地阐述了自己在此次事件中的立场与观点。应该说，无论对"反抒情""先锋到死"内涵的阐述，还是对九十年代诗歌创作弊端及其原因的分析[2]，都有其解读的合理性，且对有些问题的回应也确实切中要害。此外，他对韩东九十年代以来诗歌创作中所展现的一些问题的指陈也客观存在，比如："我觉得除了《甲乙》的韩东，变成了小诗人，而且他的诗歌充分展示了中国南方诗人的那种柔弱、

---

[1] 转引自伊沙网文《中国诗人的现场原声——2001 年网上论争回视》。

[2] 比如，他说："九十年代中国诗歌的平庸、血气流失、气象狭小等致命症候根本不是由现在人们纷纷指责的知识分子写作、学院写作单独造成的，当你们现在一个个都在振振有词的时候，你们有没有想过，在九十年代，为什么你们的作品没有顶住时代的压力呢？不要自欺欺人了，在九十年代，几乎所有的诗人都是共谋，在先锋性丧失的年代里，你们的写作并不光彩。"沈浩波：《不仅仅说给韩东听》，《作家》2001 年第 3 期。

精明式的才子性，小柔弱小情调在他的诗里越发出现了。"①"我觉得韩东太迷信自己的感觉了，太迷信自己的那种才华了，事实上他忽略了一点，在诗歌写作中，惟感觉和小才气几乎是最隐蔽但也是最致命的毒素，小才气和小感觉绝不是真正的诗歌才华，在写作上过于聪明的人往往会适得其反。"②

"小情绪""小情调""小才华""太迷信自己的感觉"，确实是韩东九十年代以来诗歌创作所表现出的几个突出特征，且在某个较长时段内表现得相当明显。韩东在诗艺实践上偏执、自负、一意孤行，自我陶醉于小格局、小气场中，虽风格稳定、格调成熟，但难有超越自我的大气象。"断裂"事件发生后，他与学院派批评家渐趋疏远，他的诗歌虽在同仁圈子中获得好评，但被圈外诗评家有意忽略。再加之，九十年代也的确不是诗歌的时代，其诗人身份渐渐被其小说家身份所取代。如此一来，韩东及其诗歌不被看好，实乃事出有因且必然。沈的话对韩东此后的诗歌创作也不失为一个有益的提醒，但很可惜的是，他阐述的重心不在此，而在非关诗学问题的个人恩怨。针对韩东的批判，沈反予以针锋相对的回击："我是一个不喜欢负担的人，我希望把这些负担甩去。所以当我知道韩东把他一贯尖锐的矛头对准了我时——我知道，这个负担正从我的肩头缓缓下滑。

"就在我写这篇文章时，我看到韩东在诗江湖网络站点上给我留的帖子，说如果我没有说过这番理论的话，他向我道歉。我看了真是啼笑皆非，你韩东在公开的杂志上发表言论时，难道都是先图一时快活，再在底下为言谈失实而向别人道歉吗？但对不起，我对这种私下的道歉并不满意，你公开地来了，我也要公开地回给你。

"你是我的前辈，曾经尊重过的前辈，但现在我想说一句不敬的话，咱们能不能都把两年之内的近作拿出来，每人十首，比个

---

① 沈浩波：《不仅仅说给韩东听》，《作家》2001 年第 3 期。

② 同上。

高下？"

这就将原本正常的学术争鸣转变为非学术、非文学的意气之争，实乃遗憾！如此争下去，即使分出个胜负，又有何意义呢？不过，韩、沈论争还是给我们留下了许多值得反复说道的话题。对于在诗坛已摸爬滚打二十多年的韩东来说，他的确算得上是当代诗坛上的一位前辈，但当他面对沈这样一位不按常规出牌的小子，尤其当看到沈反对他的方式与姿态，与其当年对待北岛一代又何其相似时，我觉得，此时的韩东也一定会心生诸多感慨吧。青年人的锐气和永不服输，诗歌精神上的大胆叛逆，诗艺实践上的勇于超越，眼前这位后生所为难道不是自己当年形象的化身吗？沈的论战姿态和口吻的确很像当年的韩东！不过，与当年相比，如今的论争过于纠缠于外因，基本集中于小技，即使论争再激烈，再持久，恐也难有诗艺上的实际收获。

第三节　韩、野之争

2013 年 11 月 11 日，野夫[①]发了一条微博："诗歌其实本质上就是小众的，就必然是受冷落的，在西方国家，也没有那么多诗人。我觉得诗歌的黄金时代还会到来一次，那一定是在整个家国巨变前后。在现世安稳俗气逼人的时代，诗歌注定是平庸的。"[②] 韩东很不以为然，跟帖予以批驳："如此平庸的文字，谈诗之平庸。可怜见的。"野夫随即回敬："阁下刚获了个诗歌奖，是不是顿有作品伟大了的幻觉啊？经常看你喜欢出口损人，老大不小，收敛点

---

① 野夫，本名郑世平，出生于湖北省恩施土家族苗族自治州。自由作家，发表诗歌、散文、报告文学、小说、论文、剧本等约 100 多万字。
② 见野夫腾讯微博。截至 2014 年 1 月 16 日，该微博共有 252 条跟帖评论，被转发 776 次，收到 88 个赞。

吧。"韩东进一步跟帖:"我只谈你的文字,不谈你的动机……若谈动机,您一向灵魂高尚,可文字一向平庸恶趣,跟不上啊。"两人在微博空间里,彼此打起了"嘴炮",观点针锋相对,火药味十足,引来众多网友跟帖讨论。[①] 两人的论战触及了诗歌与时代关系、当代诗歌创作状况、诗人地位等热点问题,但都没将问题的讨论引向实处。此后,两人又分别通过凤凰网《洞见》栏目深入阐述各自观点。

野夫认为,因为社会在整体上的"堕落"和"反诗性",故当

---

① 跟帖有褒有贬,有骂有赞,比较热闹。比如,陆天明:"诗歌本质上是小众的?谁说的?!请再想想……看看诗歌史的事实。应该说,被当代某些人硬性做成了'小众'的。现在有人正在把整个文学做成小众的。还说这就是'纯'文学……"茫茫草泽:"诗,不会因为一个'土'人,堕入凡俗。值得一读的小说都是富有诗性的,是铺开来的诗。不被诗歌点燃的文字,乃鲍鱼之肆。即使在一个俗气的年代,也从不缺为诗歌蓄势的人。即使没有清新脱俗的诗,也不会随风就俗写那没有灵魂的小说,说那虚张声势的谎话。"lulingeorge:"这个预言的关键点是家国还有一次巨变。人家要千秋万代一统江湖呢,就像当年'我大清'那样想的。"周朝的围脖:"如今不少小说家们都在冷漠和嘲讽着中国当代诗歌,而不少诗人们则坚定地认为中国当代诗歌的成就已经相当之高,远远超过了小说及其他。前者总是表现出一副世俗宠儿的姿态,后者又总是因为太较真,而略显尴尬。归根结底,基于各种原因,我们始终不能放下成见,这于中国文学事业必然是无益的。"垂云堂主一行者:"诗以言志。如果时代的人心胸阔大,海涵万物,一花一草、一亭一木皆可成诗,何以需待至'家国巨变'呢?况且楼下有先生说得好,国家、民族正在发生深刻的改变,胡不诗为?"西毒何殇:"且不说无知了,且按这个逻辑来,这个国家已经并仍在发生亘古未有的巨变,竟然看不见,心盲到这等地步,竟然还好意思谈诗……夏虫不可语冰。"奉一书道工作室:"实话说,只有两个黄金时代,先秦的思想和盛唐的诗。八十年代和某些时候干嚷多,是伪黄金。我听了野夫这话很服气。许多诗人说这时代很牛逼,我感觉有点养鸡专业户口气,鸡好,蛋好。嗯,不错不错。"崇瑞指月:"顺口溜打油诗不算诗歌?信天游、道情算不算诗歌?《诗经》可全是来自民间的顺口溜,如果这些都算,诗歌根本就不是小众。这种腔调未免太装。"老虎不吃饭饭:"诗歌如果靠巨变,那不如不要诗歌。如果诗歌的黄金时代要建立在国家败亡混乱之际,不如不要黄金时代。"resetzero:"还剩下几个活着的诗人呢?即便是诗歌的黄金时代,唐朝开始,那也算是小众的吧!我想所谓的黄金时代就是它是否是被推崇的时代。唐朝,上流人就喜欢,武则天,上官婉儿。现在,哈哈。"

下注定不是诗歌的时代，由此出发，他不无悲观地认为，诗歌的式微与诗人的边缘化都是不可避免的。"今天这个时代，就是一个反诗性的时代，或者说最堕落的时代。在这样一个病态社会里，诗歌的式微也是必然的，诗人的从俗也是命定的。诗歌不揭露现实，不批判恶世，而仅仅是附丽于这个末世的虚张浮华之中，那这样的诗歌怎能走出困境？社会走出困境之时，诗歌或许有望走出。……社会转型的激烈时刻，诗歌可能再次爆发，涌现一批天才巨匠。但真正转型成功之后，诗歌依旧还将归于沉寂。今天的西方和平社会，诗歌和诗人依旧是特别边缘的。"由此看，他不但将"诗歌不揭露现实，不批判恶世，而仅仅是附丽于这个末世的虚张浮华之中"看作是诗歌陷入困境的主要原因，而且认为诗歌、诗人除在社会转型期内可能产生短暂辉煌外，在绝大部分社会变迁过程中注定是边缘化的。"中国正处于全民娱乐时代，触目都是各类选秀节目，但几乎没有关于当代诗歌的。诗歌本来的属性就是小众的，不太可能借助于大众传媒。如果要做，也只能是那种类似于古典音乐欣赏栏目，是精神贵族的沙龙式节目。"[1]

在野夫看来，因为诗歌的本质属性就是小众的，所以，在当代消费文化语境中，其存在与发展就更不可能占据时代的中心地位。

韩东首先批判了野夫对诗歌的"无知"，认为他在"胡说"，"完全的胡扯"："我那是即时反应，没有什么观点，因为和一个不了解诗、不热爱诗、不读诗的人，你没有必要去证明诗歌内部发生的一切，完全没有必要。只是我对这种方式很厌恶，完全不懂诗不读诗不爱诗，不知道从哪儿弄了点莫名其妙的权威讲一些不咸不淡的话，这个是让我特别反感的。这种话毫无专业性，毫不了解，整个是在胡说。如果你真的读过当代诗歌，我觉得是非常了得的，不是什么平庸安稳，这些都是形容词都是煽情的东西。然后你灭诗

---

① 《洞见》2013 年第 14 期，见凤凰网。

人，灭中国诗歌，这个就是完全的胡扯，这个很无知的。"①

　　同时，韩东也认为，"骂"不是不可以，但前提是你应"骂"到点子上，即你在真正地谈论诗歌："这跟诗人内部不一样，诗人内部他了解可以互相骂、互相否定，没有问题，但是他从来以这样的方式来谈论诗歌，一种轻佻的不屑的居高临下的姿态，根本没谈到任何诗歌的实际问题。我们在谈论诗歌方式、诗歌技术或者诗歌与时代的关系、实际问题的时候，你可以极端，你可以否定对方，这个都是言之有物的，你只是情绪在激动，这种跟诗毫无关系的，他也不喜欢，就是顺便拿来羞辱一下这种感觉。"对于在文学圈打拼了三十多年的韩东来说，他无法忍受"外行"对诗歌、诗人的恶意调侃："但是我觉得因为现在诗人的名声不好听，影视剧动不动就调侃诗人，各种外行都在揶揄诗人，在这样一个情况下，我更愿意是一个诗人。诗人并不是小丑，真正好的诗人完全不是那个概念，他就是先知。……但是在现在这样的氛围当中，诗人老是作为一个调侃的对象，我认为这个社会是有毛病的。你在一个真正比较文明、比较正常的、一个细腻而不是粗糙的社会里，诗人和艺术家都是应该得到尊重的，不管你懂不懂、理不理解，那是你的事，但是有这些人的存在是非常重要的，他是应该值得尊重的。但是整个社会不尊重诗人，他尊重很实际的东西，尊重钱，那么在写作领域尊重更像人物的那些人。"韩东认为，诗歌的"无用"即是其"大用"："小说比写诗歌更容易生存，因为诗歌这种方式天生就是没有功利的，甚至说是无用的。在我们这个时代里，所有无用的东西，大家都不太去关注，正因为这种无用无功利，既不能给世人的实际生活带来什么，也不能使他们安身立命，使他们生存。我觉得正是这种无用性，保证了它的单纯，这不是一件不好的事情。"

　　综上可看出，两人争论的焦点：当下诗歌（诗人）是否平庸？野夫认为，在平庸堕落的时代，诗歌（诗人）的边缘化是必然的，

---

① 《洞见》2013年第15期，见凤凰网。

更由于其揭露与批判功能的丧失，就尤其不受待见；即便从本质来看，诗歌注定是小众的、平庸的。应该说，野夫的观点确实戳中了当下诗歌所面临的处境，对诗歌历史、地位与功能的分析也具有某种合理性。但他的这种观点仅停留于对表面现象与结论的认知或分析上，若深究下去，其实并不服人。比如，他过分强调了诗歌的历史作用和社会功用价值，并以此作为判定诗歌兴盛与否的标尺，而不以文体、审美等内部价值作为衡定当代诗歌的根本标准，故他所做出的结论——"在现世安稳俗气逼人的时代，诗歌注定是平庸的"——就经受不住来自现实与艺术的双重检验。虽说"一个时代有一个时代的文学"，但"时代"并不决定文学的一切，也即文学既可反映时代，也能超越时代、反作用于时代。以此类推，时代的"现世安稳俗气逼人"既可生成许多"俗气逼人"的诗歌（诗人），也会生成另一种景观，即诗歌（诗人）超越"现世安稳俗气逼人"，引领新生活，形成新风尚。但长期以来受"纯文学"思维的影响，文学介入、反映或改造社会的功能被大大弱化或驱除，从而一厢情愿地认为，诗歌原本就是小众的，它没资格没责任也没能力担负起改造社会的重任。不能说这种认识不对，而是说，诗歌既是小众的，也是大众的，它正是在大众与小众之间赢得了自身存在的价值。或者说，诗歌不可能永远是小众的，也不可能永远是大众的，九十年代以来的诗歌被认为是"小众"的，只能说这是其暂时的阶段，不能代表永远，而且，这种观点也只是出自部分诗人们的自嘲式的或情绪化的界定，因而，所谓"小众"说，既不符合中国新诗发展史的实际，也不合乎转型期中国对诗歌发展的需要。其实，当今中国也并非像一些人认为那样正处于"小时代"，而是不折不扣的大时代，大时代呼唤大诗人、大作家，需要展现大气象、大格局的作品出现，而不是像野夫那样，自感"小众化""平庸化"，并就此认为诗歌（诗人）本就如此，除此别无通道。这种观点是站不住脚的，所以陆天明跟帖道："诗歌本质上是小众的？谁说的？！请再想想……看看诗歌史的事实。应该说，被当代某些人硬性做成了'小众'的。现在有人正在把整个文学做成小众的。还说这就是'纯'文学……"陆天明的反驳也代表了相当一部分人的观点。一句话，诗歌反映时代，但绝不是其附属物。野夫认为诗歌是"小众的""平庸的"，虽合乎消费社会中普通大众的印象式体认，但并不切合诗歌（诗人）在人类精神领域内的实存景观。

其实，两人对诗人身份或诗歌本质的看法有着较多的相似性。彼此对诗人身份的定位、角色功能的认知以及诗歌社会价值的评估都有着较多的一致性——

野夫："严格意义来说，诗人从来不是一种职业，甚至不需要官方和社会认定，诗人是自命的精神身份，是一种存在方式。古代东西方诗人都不是职业，偶尔拿诗歌换酒，那也不是手艺和生存术。今天西方的诗人依旧如是，必须有其他职业身份。"

韩东："自古以来靠诗吃饭的我觉得几乎没有，古今中外，中国古人都会两句诗那也是一种副业，一种智力过盛的产物。诗歌作为一种社会职业，在社会上取得一定生存的可能性，我觉得这是不可能的，但这不是现在的一个现象，我认为这是诗歌本质决定的，它就是没有用，但没有用的东西对我们而言或许是非常重要的。"

不仅如此，他们对八十年代诗歌的评价也都持肯定态度，韩东自不必说，野夫的评价更高："八十年代可以说是中国新诗最鼎盛的时代，前无古人，后至少暂时无那个时代。"由此可以看出两人争论的焦点不在诗人、诗歌本身的普世价值和基本功用，而在其与外部社会的关联度、参与度如何。双方把是否能够发生广泛、有效关联看成是判定诗人、诗歌在当前价值强弱高低的标准。野夫以其不具有实际的有用性而不看好诗歌在当前消费文化语境中的价值，韩东以"无用"为有用大力肯定诗歌在当代社会中的地位和作用，既而极力维护当代汉语诗歌的成就和形象。一个偏于外，聚焦于当下，更看重诗歌对现实的介入价值；一个偏于内，着眼于本体，更着眼诗歌自身的艺术建设。因为韩、野谈论的话题时常不在一个频道上，故只好各说各话。彼此虽观点针锋相对，且火药味十足，但其结果不过是互发一番感慨而已。身处圈内，于韩东而言，诗歌是神圣的事业，诗人是高尚的群体，故二者都是不容嘲笑的；不在圈内，于野夫而言，诗歌是无用的、边缘的，诗人是可有可无的、自生自灭的，故在当下皆可忽略不计。在我看来，由于论战双方着眼点不同，故很难说谁绝对对，谁又绝对错。野夫指陈诗歌的边缘化、当下诗人介入现实的孱弱无力，难道不是事实吗？但从本质和长远看，他的观点又是站不住脚的，诗人不可能永远"小众"，诗歌不可能永处边缘！反过来，韩东反击野夫，维护诗人形象，肯定创作成绩，能有什么错呢？有一大批优秀诗人、优秀诗歌存在着，你硬说没有或没看见，并把诗歌界说得一无是处，肯定会引来韩东的不满和反击。但诗歌界确实又问题多多，且相当严重，不正视或避而不谈恐也难以服人。其实，像野夫那样全盘否定、一棍子打死，像韩东那样爱屋及乌、自感良好，多少都有点自欺欺人的意味。真正的诗歌现场并不像二位设想的那样不堪或极好！

第四节　韩、于之争

2001 年 7 月，于坚[①]在致伊沙的一封信中，表达了对韩东的不满：

---

① 于坚，1954 年出生于云南，当代诗人、作家。十四岁辍学，当过铆工、电焊工、搬运工等。二十岁时开始写作。1985 年与韩东等创办民间刊物《他们》。曾获鲁迅文学奖、人民文学奖、朱自清散文奖、华语文学传媒大奖"2016 年度杰出作家"奖。1986 年发表成名作《尚义街六号》，1994 年发表的长诗《0 档案》被誉为当代汉语诗歌的一座"里程碑"。主要作品有诗集《诗六十首》《对一只乌鸦的命名》《便条集》，散文集《印度记》《昆明记》《朝苏记》《挪动》，文论集《于坚思想随笔》《棕皮手记》。现居昆明，为云南师范大学文学院教授。

"真正有力量的诗人，是不需要那种伪善的文学保姆的。诗歌不是什么的成长，需要园丁，开始就是结束。……我国喜欢当园丁的鸟人实在太多了。我这人有点残忍，我以为，写作是你自己的事情，是你一生一世的个人奋斗，或者手淫。不是什么扶老携幼的鸟运动。新人？新人与我有什么鸟关系。我就是不扶植新人。因为我不想当旧人，我也没有那个鸟工夫，去当一只假惺惺的老母鸡。我以为对于那些真正的创造者来说，这是对他的侮辱！你常常说受到我的某些影响，那是你和我的作品的关系，如果说有什么扶植，这就是扶植。我也在你的诗歌里得到过启发，这也是扶植。如果写得出来，你就写出来，写不出来，再怎么塑造，也是塑料的。……如果中国有那么多人热爱当保姆，让他们当好了。我不把这种人视为同志。……我对所谓'断裂'其实是深不以为然的，难道它会比爆响在自八十年代以来的在我们许多人的诗歌中的咔嚓声更有力？更具空间性和质感？"①

于坚对韩东的不满，主要是两点：一是韩东扶植了很多青年人，于认为"真正有力量的诗人，是不需要那种伪善的文学保姆的"，"对于那些真正的创造者来说，这是对他的侮辱"；二是对韩东参与领衔的"断裂"事件不以为然。关于第一点，这是于的一贯立场，早在编辑《他们》第6期时，两人就因此而产生矛盾，韩东编选了不少年轻诗人的作品，而于坚决不同意，最终弃编而去。

"《他们》当时的想法是轮流编辑，第6期是我编，稿子都已经寄到了昆明，吕德安的也寄来了，但韩东寄来的南京的某些稿子我不喜欢，主要是新人的，我就和韩东展开通信争论，两个人都很固执，我后来把稿子退回去了，没有编这一期。我当时倾向办少数同人的刊物，保证质量，更纯粹，而韩东想尽可能多地扶植新人，这是我们的分歧。第5期开始韩东已经扩大了《他们》的作者，第8

---

① 转引自伊沙网文《中国诗人的现场原声——2001年网上论争回视》。

期我没有参加，作者多达 34 人。后来《他们》发展成了四十多个诗人的大团体，我也就逐渐与之疏远了。"[1]

于信奉诗人的天分与绝对创造性，欣赏那种"在文坛的铁板下面自己拼开血路杀出来"的勇气，故他对伊沙这类依靠自身实力脱颖而出的青年诗人赞赏有加。其实，两人都是口语诗的代表，同是"他们"最重要的代表诗人，但两人在诗歌理念上也存在某种分歧，比如，于对韩东的"诗到语言为止"就多有质疑："'诗到语言为止'相对于意义独白的七十年代和八十年代是有力的，但相对于历史、文明和诗歌古老的使命，它只是诗歌常识之一，把它奉为诗歌真理，导致诗歌成为语言的智性游戏，恰恰与知识分子写作的修辞游戏殊途同归。"[2] 针对于的批评，韩东回应道："70 年代从来不是一个诗歌理论，它指的是 70 年代以后出生诗人和作家群，它也就是你说的'新人'。新老作家是有区别的，这区别当然不在谁优谁劣上。即使从发表和被关注的角度说，新作家处于弱势。他们的年轻、作品发表和被承认的困难都是一个物理事实。我对 70 后的支持和呼吁只于此。我不觉得他们比 60 后出生的作家写得更好，当然，我也不觉得他们就写得更差。当然，年轻一代的作家原则上不需要任何人的支持和呼吁。这种支持和呼吁帮不上他们什么忙，但如果说这样做会得罪什么人，想必会是 60 后或 50 后出生的作家，是他们心中有鬼。支持和呼吁会得罪一些人，说他们写得并不一定就差就更冒犯众怒了。我是否应像有人要求的那样，在此等事情上保持沉默？或者暗示年轻人的写作不值一提？如果我能明确表态老年人写得更好，那就更无可挑剔了？我并不想做什么代言人，如果你讨厌我这一点大可不必。像你一样，面对诗人或作家我会说三道四，赞赏一些人而反对一些人。不同的是你赞同李白和麦城，而我赞赏

---

[1] 于坚、张映光：《于坚：和"他们"在一起的日子》，《新京报》2005 年 5 月 12 日。
[2] 同上。

的是乌青、竖、尹丽川、李红旗、巫昂、朱庆和等等。"①

九十年代以来，韩东对青年作家的发现、提携是不遗余力的。朱文、乌青、竖、尹丽川、李红旗、巫昂、朱庆和等都得到他的大力推介。韩东基本以文识人，每读到好文，常不吝赞词，钟爱有加。他扶植的青年诗人很多就是这么认识的。其实，不论韩东还是学术界，作为一个概念使用的"70后"显然不是一个学术意义上的界定，而更多是一种策略上的考量，即随着一大批七十年代出生的优秀诗人、作家出场，并越来越成为文坛上一股不可或缺的新生力量，"70后"这一概念就有其存在与使用的合理性。在青年人出道之时，给予力所能及的帮助，这本是文学界的优良传统，为什么会让于备感不快呢？这让人颇感困惑。更何况，"70后"作家、诗人的崛起也是一个不争的事实，就整体而言，即使他们的作品不如"60后""50后"一代，但其中备受好评的作品也实在不少，想必，于是不会不知道的。照常理推导，即使于不热衷扶植青年人，那不参与或保持沉默即是，没必要非得和韩东一辩是非，乃至一度不相往来。这样看，韩、于因是否提携新人一事而引发争论，实在是无聊至极。但事情好像没有外人看到的这么简单，或者说，韩、于之争的根由不在此，而在彼。

"我以为此次论争真正的导火索在于：早些时候韩东曾在网上对于坚等诗人接受王强（麦城）资助并为其诗集撰写评论一事提出了公开的批评，使多年老友于坚感到愤懑和压抑，也为后来的论争爆发埋下了一个很大的'伏笔'。推不推新人不过是一个借口一个托词罢了。于坚在此次论争中拒不和论争的主要对象韩东正面交锋（这和于坚在'盘峰论争'中的姿态大相径庭），只是意在表明他对与韩东关系的失望和决绝。所以，此次论争的主要背景不过是两个诗人间的私人恩怨，尴尬有加的是其他几位以为又遇到什么原则问

---

① 转引自伊沙网文《中国诗人的现场原声——2001年网上论争回视》。

题而立刻跳出来表态的人，抓了满手芝麻。"①

当然，伊沙的观点也是一家之言，但无论属实与否，也提供了一个观察韩、于之争的角度。其实，韩、于之间在诗观与人生观方面的共识远大于分歧，且不说在八十年代同为"第三代诗歌"代表人物并且共同创办民刊《他们》而享誉诗坛，就是日常生活中也彼此欣赏与支持，故即使有分歧，即使争得面红耳赤，那也都是细枝末节、无关紧要的事。韩东的确有"好斗""得理不饶人"的天性："老于是一个天真的人，虽说口若悬河，惯于滔滔不绝，及时反应却比较的差。在争论中我不免占尽上风，并且得理不饶人，常将对方逼入一个死角。"②我猜想，韩一时的意气用事或许让于下不了台，加之，后者本来就对韩结社与办刊活动中的一些行为颇有微词，再加之，由韩早些年不留情面的批评给于所带来的"愤懑和压抑"，故韩、于之间的冲突在所难免。不过，韩对自己的所作所为是颇感内疚的："回想起和老于交往的历史，我当真是在欺负老实人啊。自己不过是伶牙俐齿，却自以为是邪不压正，这种良好的自我感觉到底是哪里来的？令人汗颜！我竟然没有意识到，这都是由于老于厚道，且念及当初的那个'同'字。"③"我是很激烈的，特别是年轻的时候，在待人接物这类事情上牙尖嘴利，甚至刻薄寡恩。我伤了不少人，尤其是好朋友。比如于坚，说了他很多难听的话，甚至进行道德批判。而实际上，只是观念的分歧，引发了我的恶语相向以及恶意。如今想来，自然很后悔。越是对我看重的人、亲近的人越是如此。这些方面我的确是有毛病的。"④

他也由衷地钦佩于的肚量与人格："两年前，我给老于写信，表达了和好的愿望。他的回信只有一句话：'怎么办呢？我到底比

① 伊沙：《中国诗人的现场原声——2001 网上论争回视》，《芙蓉》2002 年第 2 期。
② 韩东：《求异存同》，《一条叫旺财的狗》，重庆大学出版社 2011 年，第 123 页。
③ 同上。
④ 韩东、黄德海：《趋向完美的努力会另有成果》，《上海文学》2017 年第 2 期。

你大了几岁。'这就是于坚，话说得很大，肚量也的确很大，倚老卖老，的确也有东西可倚可卖。不服气还真的不行。"① 今天看来，韩、于在志业上的"求异存同"，在友谊上的彼此包容与扶持，在诗艺上的心灵相吸与共进，都堪称当代文人交往的典范。

第五节　韩、程之争

韩东在"断裂"事件中点名批评了《收获》，说它"是知识分子和成功人士平庸灵魂的理想掩体"②。这句话让《收获》副主编程永新大为恼火，他曾在三篇文章中公开表达对韩东及其"断裂"事件的不满。

一篇是在回答记者提问时捎带提及："韩东骂《收获》，逻辑上就说不通，他在搞'断裂'之前的重要作品都发在《收获》上，他不是在贬低自己吗？年轻的时候，我们也对传统文化中的很多东西置疑过，但在价值标准混乱的当下，知识分子应该为我们的时代确立一种价值标准做出贡献。遗憾的是，我们的社会精英们整个缺席和失语，所以我说，知识分子才是当下的弱势群体。古人说：滴水之恩，当涌泉相报。《收获》对韩东的岂止是'滴水'，是改变他人生的'涌泉'呵。"③

另一篇是在一次访谈中论及知识分子精神时作为一个例证而提到："西方真正意义上的知识分子不仅在文化上，在各方面都保持一种独立的批判精神，而我们都没有，所以价值标准非常混乱。像我之前举的韩东的例子，我跟他其实没有个人恩怨，《收获》对我

---

① 韩东：《求异存同》，《一条叫旺财的狗》，重庆大学出版社 2011 年，第 123 页。

② 韩东、朱文等：《断裂：一份问卷和五十六份答卷》，《北京文学》1998 年第 10 期。

③ 程永新：《文坛上那些人与事——〈一个人的文学史〉的问答》，《文学报》2008 年 2 月 28 日。

来说就是一个谋生的地方，但是他跟朱文后来搞'断裂'，骂《收获》，你韩东骂《收获》就是违反伦理，为什么？《收获》整个改变了你的生活境遇啊，狼仔对狼母也是有情的，何况是人。你连做人的起码道理都不清楚还混什么？不清楚可以去看看贾平凹的《怀念狼》。从这里可以看出当下价值的混乱。"①

还有一次公开声明，集中表达对韩东的不满："我们可以说说韩东、朱文，为什么我们后来跟他们疏远了？快十年了，我一直对这件事保持沉默。他们在九十年代后期，纠集一批刚刚学习写作的新人搞了个'断裂'，为了表示对现状不满，为了表示一种姿态，他们骂了很多东西，但是不应该骂《收获》。就像莫言说的那样，他们反对的很多东西也是我们所反对的。这是我很多年里，第一次正面谈这件事。那时的韩东和朱文从社会底层拱出来，内心比较压抑，对此我能够理解。其实说穿了，他俩就是嫌自己还不够有名。"②

"他们俩喜欢来事，却又缺乏搞运动的素质。对朱文我无所谓，我计较的是韩东。也就是说，任何人可以骂《收获》，你韩东不可以。什么道理我下面说。有一次上海写小说的张旻碰到我，为韩东说好话，他说韩东不知道我还在《收获》，我说我在不在韩东都不可以骂《收获》，因为《收获》是孵育你韩东长大的母亲。中国有句老话叫作：'子不嫌母丑'，这是道德底线。"③

比较上述三次发言，可以看出程的核心观点：《收获》对韩东有恩，是他和《收获》发现并培养了韩，因此，韩不能恩将仇报；在人文缺席、价值混乱的年代，韩作为社会精英群体中的一员应当率先垂范，致力于建设，而非破坏。韩东一直没有公开回应程永新

---

① 程永新：《和走走聊天》，《一个人的文学史 1983—2007》，天津人民出版社 2007 年，第 198 页。
② 程永新：《文坛上那些人与事——〈一个人的文学史〉的问答》，《文学报》2008 年 2 月 28 日。
③ 同上。

的批评，此事也就成为文坛掌故而被后人慢慢淡忘，但程的发声为我们研究九十年代初期韩东转向小说创作后的基本状态提供了第一手的珍贵资料。

程提到了韩东当年的落魄相："当年我去南京的时候，韩东他坐了辆'马自达'来见我，'马自达'就是三轮车。在茶馆见的面。他是经我同学黄小初推荐、介绍认识的。我知道他写诗，在诗歌界也有一定的影响，虽然并不属于我特别喜欢的诗。黄小初说他写了些小说，想见我。他用轻轻的声音告诉我他在大学里教学，讲课有心理障碍，不能当一个好老师，断断续续，嘟嘟囔囔，表达词不达意。很落魄的样子，给我一种病态的印象。后来他拿出一堆乱糟糟的稿子来，是他断断续续写的六七个短篇。当时因为是黄小初推荐的人，我把他的稿子带了回来。"①

程也提到了对韩的额外帮助："我第一次给他发了个很短的短篇，纯属是帮忙性质，严格的意义是人情稿。当然，他的文字很有特点，很洗练，很干净，叙述也很简洁，之前我听马原也提到过他，严格说，这篇东西按照我内心的标准，是不一定可以在《收获》上发的。但是出于情面，还是想帮他。后来我看其他杂志，如《作家》等杂志也发了他的短篇，这增加了他的信心，他连续写了不少东西，一直到他写出《反标》，那时我知道他一下子上来了，《反标》后来在文学界的影响也是比较大的，他后来一些重要的中篇都是在我们杂志上发的。"②

程揭露韩当年的窘迫处境，述说韩第一次在《收获》发稿的经历，旨在突出自己对韩的发现与提携之功。在韩转向小说创作的最初几年里，程对他的提携的确非同小可，这不仅给予其从事小说创作以巨大鼓舞，最重要的是，借助《收获》这种极富影响力的期

---

① 程永新：《文坛上那些人与事——〈一个人的文学史〉的问答》，《文学报》2008年2月28日。

② 同上。

刊平台，他仅凭借若干中短篇便能在小说创作领域打开局面，并初步显示了自身独有的特色。对此，韩当然不会无动于衷："关于我的小说你谈得很对，凭现在发和没发的几篇我是不能自信的。我的长处可能也就是语言能力稍好些，也许还有趣味不俗。但仅仅这些还远远不是一个好的小说家。你一眼就看出了我的问题（因为它毕竟是蒙混不过的），但来信中更多的部分是肯定。我想这和善良有关，是吗？当然，我也有我的'野心'，长、大一些的东西正是这个目标的一种说法。而且我始终固执地认为小说家就是写书的人，而书肯定是厚厚的一本。短篇集是一种折中办法。我信任好的长篇。但现在面临的是个人功力问题。写短篇是一种练习，一方面想写一个最好的短篇集，另一方面为以后的'巨著'训练自己。或者说，我的'野心'也是类型上的：最好的诗集、最好的短篇集、最好的长篇及其他。也许，我终会折在某一形式上，到现在还不自知。……我是非常需要你帮助和提醒的。而且我也没料到《收获》的影响如此之大：《同窗共读》发表后几乎所有碰见的人（包括同事）都向我提及，而且评价甚高。但我知道这样高的评价应属于你和小初这样的朋友，因我如不再次看到铅字稿已快遗忘这篇东西。……"[1] 十几年来，有"野心"的韩东以其不俗的成绩没让程永新失望，怀抱"巨著"梦想的韩东也一直笔耕不辍，并以《扎根》《知青变形记》《我和你》等长篇小说证明了自身实力。

从程的言辞与口吻看，他非常气愤于韩的言论，若非，他也犯不着——陈述那些实在拿不上台面的陈年烂事，为了展现韩早年的"落魄"与"病态"，甚至将其乘坐"马自达"来见面的场景以及上课时"断断续续，嘟嘟囔囔"的缺陷和盘托出。俗话说，打人不打脸，揭人不揭短，程既"打脸"，又"揭短"，大有不置人于"死地"绝不罢休之势。然而，韩、程之间素无恩怨，如此大动干戈，

---

① 《1991 年 11 月 15 日韩东致程永新》，程永新编著《一个人的文学史 1983—2007》，天津人民出版社 2007 年，第 20 页。

究竟为何？其实，这正如韩东在《备忘：有关"断裂"行为的问题回答》中所说"我觉得所有这些与我对它们的评价是两回事。如果有人因此指责我'忘恩负义'那也没有办法"[1]，韩批判的是对自由写作构成压力的现存文学体制以及坚决维护这种体制并自立为"正统"的作家，而并非针对具体的某人某事，相信即便在"断裂"行为发生的当年，韩对程以及作为刊物性质的《收获》都心怀敬意。程从个人立场以及传统道德角度指责韩，韩抛开个人立场，从文学体制角度批判《收获》，这是性质完全不同的两种"声音"。由于双方都有各自坚定的信仰，故也就无所谓谁对谁错。其实，早在十年前，韩就预料到程这类同行的指责："可见，对我们的指责来自两个不同方向。一来自现存文学秩序一方，说的是：你吃了我的用了我的还要骂我，可见是个小人。一来自渴望加入秩序而暂时不得的那些人，他们说：凭什么骂它（现存文学秩序）的是你？你吃了它的用了它的，骂它的应该是我们。这里，双方的聚焦处都是利益，由于利益的关系而得出我们的行为是否是道德和正当的结论。他们从来不问，我们反对的是否是应该反对的，我们所描绘的情形是否属实，我们的愤怒是否必要。"[2] 显然，程的指责应属于第一类，韩面对恩人的指斥，沉默或回避也许是最好的选择。因为这种论争很容易陷进传统道德伦理的范畴，对此，作为作家、诗人的韩东可以置之不理，但作为日常生活中普通一员的韩东能做到熟视无睹吗？

程说"《收获》对我来说就是一个谋生的地方"，但《收获》岂仅给予其"谋生"这样最低限度的利益！它在文学界的光辉历史及积淀下来的深厚的象征资本，注定让任何一个在此工作的人凭空增添不少荣耀。这荣耀既可转化为实实在在的物质利益，也可演变为某种受人瞩目的与文学秩序密切关联的权力或权威。程从普通编辑

---

[1] 韩东：《备忘：有关"断裂"行为的问题回答》，《北京文学》1998年第10期。

[2] 同上。

做起，一直到今天的副主编位置，见证了众多作家从青涩走向成熟、从默默无闻走向众人瞩目的发展过程，这也使得他有足够资本行使话语权力。新世纪以来，程身处当代文学现场的中心地带，揭批当代文学弊病；他以《收获》为中心助力大批青年作家的成长；他身处中心，指点江山，激扬文字，自是万分荣耀，但长此以来对文学权力的神话般的迷恋，也让"自我"深度致幻，即误以为自己就是标杆，就是正统，因而"地位"与"权力"也理所当然。这就是为什么发生上述"打脸""揭短"而不觉得有所内疚的根本原因了。其实，程所拥有的话语权力更多来自于现行文学体制，若脱离《收获》，他的存在也就黯然失色。在当代中国，无论谁担任《人民文学》和《收获》的主编或副主编，那无上的话语权都是一样的，差别顶多是谁含蓄收敛一些，谁外张凌厉一些。

韩东也无需回应程的揭批，因为他在《备忘：有关"断裂"行为的问题回答》中早就将此类事件说得明明白白。然而颇有意思的是，尽管他一再阐述"断裂"事件不是炒作，不是弑父行为，也不是利益之争，不是矫枉过正（虽有些偏激），而是理想、立场、原则，是为争取自由与创新而做出的集体行动，但十几年过去了，文坛中人依然不这么理解。然而，无论说他们思想狭隘、文人相轻的心理作怪也罢，还是自甘正统、不愿承认也好，都无法遮蔽以韩东、朱文、于坚、东西、李冯为代表的"新生代"作家的存在。如果说那些同体制共生共荣的作家由于坚守某种立场和信仰而持续发起的对韩东们的批判或"围剿"尚有其合理性，那些左右摇摆的"后起之秀"们则让人生疑。说白了，还是"利益"作祟，既企图以"认父"或"侍君"之态继承"文学前辈"们的位置与权力，又想在"坐稳了江山"后对他人发号施令，继续维护和延续体制赠予的利益。韩东将这部分人戏称为文学界的"新混混"："这帮年轻继承者可以'弑父'，亦可以与'父亲'亲密相处，一切由所处的时机和利弊决定。在必要的情况下他们也伪装成'前辈'文学努力上的继承者（投其所好）。但他们同时也知道，像卡夫卡、博尔赫斯这样的名字也是不可遗漏的，他们同样声称是这些人的儿子。这帮新混混的爹很多，凡是有足够权势的人他们都认。"[1] 文学纯粹品质的每况愈下，知识分子的集体堕落，与这些"新混混"们的捣乱密切相关。

第六节　韩东与两博士之争

《知青变形记》是韩东非常重要的一部长篇小说，自 2010 年出版以来，就好评不断。单从韩东好友所写的推荐语，我们就可对这部长篇小说的特色略知一二——

北岛（诗人、作家）：作为小说家的韩东和作为诗人的韩东是一脉相承的，他以特有的方式改变了中国当代小说的景观。

贾樟柯（导演）：韩东的小说告诉我们，生活里的平庸比我们知道的还平庸，生活里的诗意比我们能感受到的还诗意。韩东洞悉那些显而易见却不被我们发现的事情，成为我们这个时代最不动声色却最惊心动魄的讲述者。

苏童（小说家）：韩东也许就是中国版的雷蒙·卡佛，以其敏感掌控文字触觉，温和与锐利交集，直抵世态人心。

马原（作家）：这是一部伟大的小说。我以一个曾经的知青作证——它写出了许许多多知青深埋在心底里的感受。我以一个曾经的小说家起誓——它是部杰作，这样一本小书将与它所记述的历史一道，被人们长久铭记。

朱文（作家、导演）：韩东的第四部长篇，第三次回到下放生

---

[1]　韩东：《备忘：有关"断裂"行为的问题回答》，《北京文学》1998 年第 10 期。

活，历时两年写竟，其中一定有你非读不可的理由！①

　　上述荐语皆为溢美之词，不免有点夸张，但考虑到推荐者都是韩东好友，且是为新书出版所做的文学广告，故如此评价又合乎情理。朋友毕竟是朋友，即便他们看出其中缺陷，拆台砸场子的事是不会做的。世上本无十全十美之事，何况素无定论且注定接受来自文学现场各种力量检验的文学作品。接受不同层次读者的阅读与阐释，是任何一部优秀作品必然要经受的环节，而读者对包括文学经典在内的任何一部优秀作品的评价从来不是单一的。无论肯定、否定、既肯定又否定、先肯定后否定、先否定后肯定，还是在肯定与否定之间循环往复，这在文学接受领域都是正常的。《知

---

① 摘自棉棉新浪博客。其他推荐语还有："很神奇、怪异的小说，看着看着就觉得也许这是个真实的故事。年轻朋友看这本书比《鬼吹灯》好，更惊悚，就怕看不懂。"——洪晃（作家，出版人）"这简直不是人写出来的！因为你读着读着突然发现自己已成为故事的一部分，已无法脱身。"——棉棉（作家）《知青变形记》里既有熟悉的韩东——极冷静地说出极荒诞之事，也有新鲜的韩东——这一回的故事性称得上惊心动魄。"——尹丽川（诗人、导演）"一个小人物通过顶替他人而成为时代的牺牲品。每代人的青春都有自己的不幸，而他们（知青）似乎特别的不幸。"——老狼（歌手、音乐人）"韩东一直是我非常推崇的当代作家，他用幽默的汉语和劳模一样的写作，为我们讲述了最纠结扭曲，也最荒唐的具有人性深度的《知青变形记》。"——刘春（凤凰卫视中文台执行台长）"罗晓飞荒诞的人生经历让人扼腕悲叹。我以为当年的知青生活已渐行渐远，没想一部《知青变形记》又让它们扑面而来！过瘾！"——楚尘（出版人）"你想知道那个年代知青生活的骇人面貌，当读韩东的《知青变形记》。这是一本重写历史的小说佳作，一本激荡心神的好书。"——陈寅（《深圳特区报》总编辑）"韩东以他惯有的惊人耐心叙述了一个罕见的故事，用冷峻而温情的双重笔调讲述了一个知青无可选择的离奇遭遇。"——吴亮（评论家、《上海文化》主编）"以前我只读王小波，王小波死了以后只读韩东，《知青变形记》尤其令我满足。"——何多苓（艺术家）"看了开头一段——我起得早，喜欢在黎明时坐在马桶上看各种开头，后来就放不下了。中国式白描，比卡夫卡写得好看。"——于坚（诗人、作家）"记者写报道，却参与谎言，作家写小说，却接近真实。所有的故事都是'变形记'啊！"——苗炜（《三联生活周刊》副主编）"一个知青跨越生死的非凡故事，饱含了民族的伤痛和人生的苍凉。最荒谬也最真实，令人震撼！"——朱燕玲（《花城》副主编）"读《知青变形记》，我想到的不仅是知青，也不仅是那个变了形的年代，还包括现在我们变成了什么，以及将要怎么变。"——丁当（平安人寿保险公司总经理）

青变形记》的确是新世纪第二个十年中一部广受好评的作品，但它在未来经典化历程中依然是个未知数。好在韩东对此保有足够的认识："《知青变形记》出版后，赞誉一片，这让我心里很不踏实。因为我以为，一部有价值的作品必定是会招致反诘，甚至反对的。"① 而这"反诘"与"反对"最早是由复旦大学的两位博士发出的，即史元明的《一部缺乏心理分寸感的作品——读韩东新长篇〈知青变形记〉》和刘涛的《变形抑或变——读韩东〈知青变形记〉》。

史元明认为，《知青变形记》缺乏对人物心理把握的分寸感和精准度，由于略去了对人物情绪或情感发展逻辑的必要交代，故小说在情节与细节上是失真的，最后结论是："韩东在这部历时一年、三易其稿的长篇小说中所透露出来的，是他对人物心理把握能力的不足，他缺乏一个优秀作家应有的分寸感和精准度。"韩东撰文《真实的生活是违背"生活逻辑"的——读史元明博士〈一部缺乏心理分寸感的作品〉有感》，予以反驳：

1.《知青变形记》出版后，赞誉一片，这让我心里很不踏实。因为我以为，一部有价值的作品必定是会招致反诘，甚至反对的。现在好了，终于有了史博士的文章，认为这部书"难堪优秀"，并举例说明了若干理由。就此一点，我感谢史博士及时的评论。

2. 但就史博士的文章而言，我却认为观点庸常，概念紊乱，不仅没有击中要害，还暴露出某些专业方面的症状以及浅薄（史是复旦大学现当代文学博士）。首先史博士给《知青变形记》贴上了"现实主义"的标签，似乎除了"现实主义"和"卡夫卡的荒诞小说"（博士语）世上就不

① 韩东：《真实的生活是违背"生活逻辑"的——读史元明博士〈一部缺乏心理分寸感的作品〉有感》，见韩东新浪博客。

存在其它方式的小说了。韩东显然不是卡夫卡,《知青变形记》显然不是《变形记》,于是乎,一顶"现实主义"的桂冠或者大枷便轰然扣下或扣上了。

3.其二,既然《知青变形记》被史博士判定为"现实主义",有关的检测便顺理成章。博士先生对现实主义的理解我看了又看,无非是"情感逻辑"或者"生活逻辑"而已。不合"逻辑",缺乏过渡、解释,心理描写失度(不足)便成为诟病的焦点。我想说的是,即使是现实主义的作品,其精妙之处也在于"不合逻辑"。所谓的"情感逻辑"或者"生活逻辑"不过是评论家们的某种理论臆断,而非生活的真相本身。简言之就是(听好了):真实的生活是违背"生活逻辑"的,或者说只有违背所谓生活逻辑的生活才值得进入小说天地。在理论中,朋友不互相背叛是逻辑的,但在生活中,朋友为了自保或其它目的而彼此背叛却是真实。在理论中,对迫害的愤怒和反抗是逻辑的,但在生活中,面对迫害的隐忍或麻木则是真实。在理论中,恋人拒绝"我"的朋友或敌人的追求是逻辑的(朋友妻不可欺?),但在生活中,以身相许并与之结婚则是真实。在理论中,亲人或配偶的离去惟有悲伤是逻辑的,但在生活中,悲伤之际的偷欢享乐则是真实。我认为,情感或生活的"逻辑"首先是一种理论性的臆造,其次,将其应用于对真实的判断便会导致理解的平庸,导致粉饰和肤浅。文学或者小说和这类臆造的逻辑完全无关。说绝对一点,小说的意义(无论现实主义还是非现实主义)就在于发现生活中的非逻辑,某种难以言状、归类、纠结的复杂性,否则小说和揣度性的理论就一般无二了。

4.史博士文章的题目叫《一部缺乏心理分寸感的小

说》。他的意思大概是，《知青变形记》中的故事也许是成立的，但应该有更多的心理、情绪变化上的描写，应该有充分的符合"逻辑"的解释，用来形成可供理解的过渡。我要说的是，小说并不是电视娱乐节目，写作小说也不是在为节目写串词。从甲到乙，再从乙到丙可以有内容，但完全不必有说得过去的过渡。读者并非弱智或者具有理论癖的人，所有的跳跃和空白之处都构成了想象和再创造的可能。对作者而言，心理或者情感部分的描写也并非是用来解释的（如此，肯定是一个三流作家），而只能是用于小说自身的表达。说白了，心理和情感的描画只是一个值不值得写的问题，绝不是一个需不需要写的问题。

5.再次感谢史博士的评论，虽然他动用的是"生活逻辑"这把老朽而失准的尺度，虽然他对《知青变形记》的"制作要求"是娱乐节目式的。奉劝博士先生平时多读小说，少看电视，否则的话专业素养将下降为负。

韩东认为史用"现实主义""情感逻辑""生活逻辑"等文艺学概念来界定或分析《知青变形记》，并由此得出否定性的结论，是站不住脚的。在韩东看来，这些概念是评论家们一厢情愿地理论臆造的产物，并非生活的真相本身，"真实的生活是违背'生活逻辑'的，或者说只有违背所谓生活逻辑的生活才值得进入小说天地"；既然小说旨在书写并呈现这样一种"真实"，那么，"发现生活中的非逻辑，某种难以言状、归类、纠结的复杂性"就必然成为小说写作的根本意义；至于小说略去了有关人物心理与情绪的描画非但不是《知青变形记》的缺陷，更完全是出于小说自身表达的需要，"心理和情感的描画只是一个值不值得写的问题，绝不是一个需不需要写的问题"。很显然，韩东是从文学创作角度得出的结论，与史元明从研究角度得出的观点，两者正好截然相反，针锋相对。

也许深受"奉劝博士先生平时多读小说，少看电视，否则的话专业素养将下降为负"这类尖锐言语的刺激，史元明又写了《韩东的作品，文学性不高！》一文，将批判进一步扩大，他认为韩东"对文学、对文化的整体态度是多破坏而少建设"，其创作是"思想性大于文学性"，"缺乏一个优秀小说家该有的虚构能力"，"在处理长篇小说时，往往是将以前所作短篇小说的素材复制叠加、重复利用，缺乏新鲜感和冲击力"，"对具体人物心理的细腻之处缺乏分寸感和精准性"，再一次重申《知青变形记》"是一部水平线之下的作品。思想上，没有提供任何有别于之前知青文学的新元素，艺术上，细节与情节漏洞比比皆是"。史在这篇文章中的观点明显比前一篇多了一些"火药味"。前两条似乎在陈述一些基本事实，诸如"断裂"事件带来的不良后果，创作中存在思想大于形象的问题，第三、第四条倒提出了一些值得深入探讨的问题，但史的论证不让人信服，比如，题材的重复叠加、重复利用，的确是韩东小说创作中的突出现象，但这也的确是韩东有意而为之的，是出于一种艺术本体上的考量。至于最后一条，基本重复了他在第一篇文章中的观点，至于"就让时间来为它判处死刑吧"这种话，口气未免霸道，太意气用事了，显然不是正常的文艺争鸣。

面对史的攻击，韩东又撰写《不讨论，澄清和尊重——对史元明〈韩东的作品，文学性不高！〉一文的回应》，韩东首先对史"抛开原题不谈"，"罗列罪状和缺失"的做法表达了不满，说"史博士真的难以进入或者深入任何有趣的问题，其基本素养乃是捣鼓整人材料。为达毁人不倦之目的，不惜谎话连篇，强词夺理，有点不择手段和吃相难看了"。其次，对史提及的问题予以澄清：史之所以认为在1993年以前的小说99.9%都是"知青题材"，是因为他只看到《树杈间的月亮》（小说集），而没对同期出版的小说集《我们的身体》予以关注和分析之故，这种以偏概全、偷梁换柱的做法显然不服人；1990 年后仍然在写诗，只不过"九十年代以后我写诗不再向刊物投稿，大多刊载于民刊或见于网络"，故史认为九十年代后突然不怎么写诗的观点也不对；针对史"在韩东先生的小说创作中，隐约有一条道路通向《我们的身体》，通向《母狗》"这种"煽风点火"的做法，韩东予以嘲弄式回击。再次，针对史的观点，韩东从学理上逐条纠正或阐明：以杜拉斯的《情人》和《中国的北方情人》为例，阐明同一素材在小说创作中不仅可以重复使用，而且也合乎艺术本体规律。如何使用素材，怎样使用素材，是一个严肃的艺术问题。史以素材"重复"为由，既而否定其创作，韩东不以为然。

与此同时，另一复旦博士刘涛撰文 [①] 批判韩东的《知青变形记》，其核心观点认为《知青变形记》基本情节源于《扎根》："韩东将知青强奸耕牛与上门女婿代替哥哥这两个风马牛不相及的故事连缀在一起，强行说圆，于是有了《知青变形记》。……韩东念兹在兹，一而再再而三，'重言'知青生活。固然可以说，韩东是为了防止遗忘，但一个人念兹在兹的东西就是其症结和关键之处。成就此人的东西在此，局限此人的东西亦在此。……韩东不停地说知青如何如何，且几年内连续写三个长篇讨论知青生活。这是韩东的症结。韩东若将自己定位于此，其成就固然会不错，但亦了了。"再一次批评韩东素材"重复"问题："韩东的'我'太强，目前他尚未能突破这个'我'，他不是'虑空'，而是屡屡重复。……韩东尽管有这样的志向，惜乎其目光如豆，只是盯住'知青生活'，发誓要在这朵花中见出这个世界。"

对此，韩东撰文 [②] 反驳：一、认为刘文很多观点都是"臆想捏造"，比如说"几年内连续写三个长篇讨论知青生活"，"韩东生怕今日的读者已经忘记或者已经不能理解那段历史，他在《扎根》之

---

① 刘涛：《变形抑或变——读韩东〈知青变形记〉》，见韩东新浪博客。
② 韩东：《四点——驳又一位博士》，见韩东新浪博客。

后附了一个《〈扎根〉小词典》",实际情况并非如此,韩东对此予以重点说明。[①] 二、针对刘文提出的问题予以解答。[②] 三、对刘文中出现的"共业""阴阳"等佛教术语,以及亚里士多德、荷马等名号,予以回击。韩东认为刘在说"胡话",至于提及的亚氏、荷氏,则与论题更无任何关联。

应该说,韩、史、刘之间的论战还是很有针对性的,不仅针对韩东小说创作所存在的问题,还涉及当下一些悬而未决的文艺命题。如果刨除彼此之间意气用事的成分,他们提出的问题都值得深入探讨。只可惜,这些问题仅限于"提出"层面上,双方并未就此深入、充分论争下去。比如,素材与小说本体的关系;作为修辞的"重复"究竟为韩东小说提供了哪些新质;生活逻辑、情感逻辑在韩东小说中究竟是如何实践的;传统现实主义在当下还有何价值;《知青变形记》与其他"知青题材"小说相比,不同点在哪儿,有

[①] 以下为韩东的回复:"不仅连续没有写过,就是不连续也没有写过呀。刘博士显然指的是《扎根》《小城好汉之英特迈往》和《知青变形记》这三部小说。可《扎根》写的是城市干部家庭下放农村,《小城》则写一帮县城少年。其中虽然都写到了知青,但其篇幅最多只占全篇的二十二分之一。怎么就成了写知青的了?难道只要涉及知青就是写知青?那么一部小说里写了女人,是不是就是一部写女人的小说?或者一部小说里写了工人,是不是就是一部写工人的小说?如果我既写了女人又写了工人,那又该怎么算账?上世纪六七十年代,知青乃是广大人群,整整一代城市学生下放到农村,只要你描写乡村或者乡镇几乎避免不了涉及他们。但并不等于以那个时代为背景的小说都是知青小说,或者是写知青的。白纸黑字,我只有一部《知青变形记》是写知青的,主角是知青,也重点写了知青生活。'连续写三个长篇讨论知青生活'的说法如果不是故意的,至少刘博士的案头工作做得太少,情急之下大而化之,凭印象和想像办事,那是免不了的。'急就'可以,但总不能胡说八道呵。""实际情况是,《扎根》本无后面的那个小词典,后因出版社的要求才编撰的。今年《扎根》在花城出版社再版,我即取消了小词典。"

[②] "'强奸耕牛'和兄弟打架致一方非命的情节在《扎根》里的确出现过,但两则相加不会超过一千字。《知青变形记》版面字数二十一万,即使是将前者当成纲要敷衍而成,那也是原创性的。更何况'强奸耕牛'和'兄弟打架'在《扎根》中本无关联,只是作为见闻提及。我不明白刘博士为何因此诟病于《知青变形记》的创意。"

何突破，意义何在，等等。论战文章先是被韩东贴到自己的博客里①，后被网友复制到各网络论坛（豆瓣小组、新浪博客），遂得到广泛传播，并在圈子里产生了一定影响。随后的跟帖很有意味：基本一边倒地支持韩东，极力贬低史、刘，甚至无端上纲上线，以道听途说之辞实施人身攻击。由此可见，当下弥漫于整个社会的反智倾向是多么严重，人们已经无心平心静气地探寻本质、叩问真理了。实际上，韩、史、刘的观点和语气都存在一定的问题，应当具体对待，都不可意识用事。冲动是魔鬼！不能因为韩东是名家，就不能批评，也不能因为史、刘是后进，就一味地迁就。批评不批评以及如何批评，关键看谁握真理，谁逆真理。

---

① 截至 2018 年 3 月 12 日，在博文后面共有 105 条评论。见韩东新浪博客。

第三章　结社与编刊

第一节　韩东与《今天》

中国文人素有结社的传统。从明末的东林党人到清末的"南社"，从"五四"时期的创造社、文学研究会到后来的"七月诗派""九叶诗派""山药蛋派"，都展现了文学社团或流派在中国文学发展史上的重要地位与影响。"文革"结束后，文人结社活动又蔚然兴起，由"地下"转向公开，遂揭开了"新时期文学"生成与演进的序幕。1978年，《今天》创刊，围绕该刊物，逐渐形成了以北岛、食指、多多、杨炼为代表的"今天派"。"今天派"诗人或言说在严酷岁月里所遭遇的精神创伤，或表达个体穿越历史时的英雄主义情怀，或展现有关民族、国家或文化的未来想象，都经由对小我意识的表达，既而升华为对大我形象的建构。他们借助象征或隐喻，或批判，或反思，或自省，或重构，不仅使得新诗再次成为推进思想解放、引领时代变革的先锋，而且以崭新面貌开启了"新时期文学"演进的序幕。

北岛及其《今天》不仅在当时引发文坛轰动，成为一个时代的象征，还影响了一大批年轻人的思想及其创作。韩东就是其中之一。在当时，《今天》是"非法刊物"，只能以"地下"方式秘密传播。虽仅限于圈子内传阅，但其影响面几乎波及全国各大城市。韩东比同代青年更早地接触到了《今天》："我首次接触《今天》是1979 年。来源是我哥哥李潮。当时他与南京的顾小虎、徐乃建、叶兆言等也在筹办一个民办刊物。《今天》大约是叶兆言从北京带回来的，在圈子里流传。之后，我又将《今天》带到山东大学，在那里，我们亦有一个文学社。这是《今天》传播的一条路线。类似的路线应该有很多条。每一本《今天》都到了它该去的地方，物尽其用。"① 按照韩东的说法，《今天》经由叶兆言带到南京，又由韩东带到济南，从而在青年文学爱好者中间迅速传开。这不是自上而下的精神觉醒，而是由内向外的自我启蒙。他用"身神俱震"② 来形容初读《今天》时的感受，他用"长兄为父"来评价北岛在自己心目中的地位，足可说明，当时，他虽不是"今天派"成员，但在精神上与《今天》是一脉相承的，也可以说，他在思想上已经加入了"今天派"。

北岛及《今天》对韩东的影响是内在而深远的。他说："实际上，'今天'就是大陆新文学的源头。……'今天'的出现并非是延续，也不是复兴，不是所谓的'兴灭国，继绝世'，而是意义远为重大的开端。恰如北岛的一首诗的标题所示，是'结局或开始'。无中生有以及先知的色彩是不可避免的。我本人便直接受惠于'今天'的启蒙，是在它的感召下开始写作的。"③ 在韩东看来，北岛及《今天》是"新时期文学"的源头，而且，作为"开端"与"先知"的角色，它对当时及后世的影响极其重大而深远。"也许有必要重提'今天'的启示，这就是独立身份以及思想自由的必要。面对现实保持紧张和冷静，文学的力量理应产生于此。……'今天'在我看来不仅是一本文学刊物，不仅是一群写作的人以及某种文学

① 韩东：《长兄为父》，何同彬编《韩东研究资料》，人民文学出版社 2016 年，第 329 页。

② 韩东：《长兄为父》，何同彬编《韩东研究资料》，人民文学出版社 2016 年，第 330 页。

③ 韩东：《写于〈今天〉创刊三十周年》，见韩东新浪博客。

风貌，更是一种强硬的文学精神。"① 这些都充分表明，北岛及《今天》直接影响了韩东八十年代最初两年的诗歌创作。

"新时期文学"生成于"文革"废墟，虽与"十七年时期文学"有着无法断开的关系，但它所倚重、续接或借鉴的是中国新文学的启蒙传统和被翻译进来的各式各样的欧美现代文学的名家名作。然而对于韩东来说，他既没有建立起与前几代文学的继承关系，也来不及充分借鉴和吸收西方文学精华，他无任何"传统"可继，在最初几年，一切都要"摸着石头过河"，大有听天由命、走哪算哪的意味。"回首往事，我常常感到我们'出身'的贫贱。我的父亲就是写小说的，但我从来也没有觉得他是我文学上的父亲。我们反抗'传统'吗？但'传统'何在？在文学上，我们就像孤儿，实际上并无任何传承可依。"② 因为自感"'出身'的贫贱"，在面对逐渐走向贵族化、精英化的"朦胧"诗人们时，那种自卑感、知耻而后勇的复杂情绪就不可避免地发生了；因为时常觉得自己宛若是被遗弃的"孤儿"，所以在精神上对于"父亲"的寻找、认同或皈依也便在其意识与潜意识中潜滋暗长着。北岛是韩东唯一认可的"精神之父"，即他所言"长兄为父"，如此认父，并无丝毫勉强或夸张，而是切切实实灵魂共鸣的结果；阅读《今天》，他身神震颤，并由此开启了诗歌创作的道路，这是"父亲"指明的道路，赠予的灵感与力量。所以，基于这种切身感受，韩东把1976年当成新时期文学的起点，让人一点也不感到突兀："当代汉语文学是以'今天'和北岛为起始的，它的时间标志是1976年。无论人们是否同意我的划分，这却是我的实际感受。这种孤独无助感持续在几代（其实是几批）诗人作家中。九十年代所谓'知识分子写作'乃是一种否认自身贫贱的努力，试图把自己嫁接到西方的传统之上。如今有人倡导回到唐朝、唐诗宋词，回到李白，亦是幻觉。贫贱的我们只有长兄

---

① 韩东：《写于〈今天〉创刊三十周年》，见韩东新浪博客。
② 韩东：《长兄为父》，《作家》2003年第8期。

为父，除此之外别无它途。"[①]

文学精神上的"寻父"情结与"弑父"冲动似乎总是结伴同行或接续发生的。"父亲"的伟岸与高大都是相对而言的，当子辈"独立成家"，"Pass 北岛"就不是简单的行为艺术，而是必然要举行的"成人礼"。韩东说自己无"传统"可继，当然是相对于正统的文学秩序而言，从八十年代的文化语境来说，事实并非如此。从现有资料和早期创作情况来看，至少有两个"传统"曾经影响了他的写作：北岛及《今天》所开创的"即时传统"；经由翻译所形成的西方文学传统。前一个"传统"对韩东的影响时间较长，一直持续到 1982 年；后一个"传统"较为短暂，只是在他写诗的技法上产生过直接影响。但所谓"影响"都侧重体现在写诗方式的"模仿"，"模仿"当然不是创新，这对渴望在创作上"出人头地"，开创一番事业的韩东来说，作为"成人礼"仪式的"弑父"必然是首要选择。从精神到方法，他都是决绝地反叛："我们真正的'对手'，或需要加以抵抗的并非其它的什么人和事，它是，仅仅是'今天'的诗歌方式，其标志性人物就是北岛。阅读《今天》和北岛（等）使我走上诗歌的道路，同时，也给了我一个反抗的目标。此乃题中应有之义。有人说，这是'弑父原则'在起作用，姑且就这么理解吧。"[②]

韩东在文学精神继承关系上的自我了断，以及推倒后重建的文学革命精神，在新时期文学史上堪称极具震撼力和影响力的事件。"1982 年，我写出了《有关大雁塔》和《你见过大海》一批诗，标志着对'今天'诗歌方式的摆脱。在一篇文章中，我以非常刻薄的言词谈到北岛，说他已'江郎才尽'。实际上，这不过是我的一种愿望，愿意他'完蛋'，以标榜自己的成长。自然，这样的攻击于北岛本人无碍。"[③]所谓"说他已'江郎才尽'"，"愿意他'完蛋'"，

---

① 韩东：《长兄为父》，《作家》2003 年第 8 期。

② 同上。

③ 同上。

不过是对一个趋向式微的诗歌时代的形象预言。在"朦胧诗"日薄西山之际，在西方传统再次卷土重来的时代，韩东先是质疑与反叛，再是解构与建构，并以其文学领袖家的魄力与才识，为新诗重新开启了另一条皈依汉语本体的道路，这种卓有成效的探索与实践无论从哪方面来说都是具有重大意义的——于现实而言，当作家们一股脑儿投向西方，试图将中国新诗续接上这一传统，并且一厢情愿地认为这就是"正统"或"正道"时，这是对新诗过度"西化"的有益纠偏；于新诗发展实际而言，他强调语言（特别是口语）在诗歌创作中的重要性，并创作出《有关大雁塔》和《你见过大海》以做示范，不仅重新开启了新诗通向民间的路，也较早地自觉认识到"现代汉语"作为新诗载体或本体所展现的独一无二性——皈依汉语本体（包括古代汉语）难道不正是中国新诗最终的归宿吗？——这是对新诗语言脱离汉语本体的有力提醒与纠正。

当时过境迁，我们再回过头来审视北岛及其《今天》，无论从哪个角度评价其对"新时期文学"的推动作用都不为过。试想，在那个意识形态大一统的时代，北岛及《今天》就宛若沙漠里的一泓永不枯竭的清泉，给人以精神滋润；宛若一面永不倒的鲜艳旗帜，给远途迷路的人指明方向。北岛们不仅将精神启蒙的血液注入诗歌本体，也大大改观了当代文学的生成机制和运作方式。此后，顾城、舒婷、江河、梁小斌等诗人参加首届"青春诗会"（1980年），为"新时期诗歌"带来了崭新的诗风，并逐渐在全国青年诗人群体中铺展开。自办刊物，自由结社，四处串联，中国当代文学从来也没有如此自由、活跃，以至让八十年代成为历史的绝响。

第二节　韩东与云帆诗社

云帆诗社由山东大学中文系 1977 级创办。[①]"云帆"二字取自李白《行路难》："长风破浪会有时，直挂云帆济沧海"。社团刊物《云帆》1979 年才正式创刊。[②]刊物为刻印或打印，为 32 开本，25 页[③]，定价 1 角。创刊号上有吴滨的发刊词《飞向彼岸》、周寒松的《真歌哭你在哪里》、初志英的《"四·五"赞》、李安林的《放电》和《还乡》、耿建华的《春鸟》、火之的《炉台情歌一束》、杨戈的《花木篇》、万吉山的《写在烈士墓前》、王平的《松与藤》共九篇。1979 年 3 月 29 日、1979 年 6 月 10 日、1979 年 10 月分别出第 2 期、第 3 期、第 4 期，封面分别署"山东大学中文系云帆诗社""山东大学云帆诗社"。第 3 期末页有如下文字："《云帆》在此向那些素不相识的朋友们表示感谢！它将以更真挚、更美丽的诗来报答亲爱的读者，它将乘时代的风云向彼岸进发！进发！！"第 4 期末页《诗歌碎语》说："少女歌唱爱情，因为爱情是美好；百鸟儿歌唱春天，因为春天是美好；诗应该歌唱美好，因为我们的生活是美好。"由此可看出《云帆》的办刊风格：作为山大在校生的发表与交流平台，它为读者而设，也为读者而生，或者说，读者就是上帝；所刊

[①] 77 级、78 级的骨干成员主要有：初志英，经济日报出版社总编辑；王家良，淄博市出版局副局长，已退休；耿建华，山东大学教授、博导，诗人、诗歌评论家，曾任山东大学文学院院长；谭好哲，山东大学文学院院长，教授、博导；曹庆文，先后任淄博市文联主席、《淄博日报》总编辑、淄博市文广局局长；吴滨，诗人、小说家、影视编剧、策划人；张幼川，《青岛日报》文艺部主任；李安林，济南文联工作，曾主编《当代小说》，已去世；杨争光，诗人、小说家、著名影视编剧，深圳作协副主席；韩东，诗人、小说家，现居南京，《他们》主要代表成员；王川平，诗人，考古专家，重庆市三峡博物馆馆长。

[②] 韩东在《〈他们〉或〈他们〉》中，云帆诗社没有出过刊物，此说有误，见何同彬编《韩东研究资料》，人民文学出版社 2016 年，第 373 页。

[③] 第 3 期 35 页，第 4 期 36 页。

诗歌深受"朦胧诗"风格影响，或抒发爱情之美好与痛苦（比如张幼川《希望》与《痛苦》、火之《炉台情歌一束》），或介入与反思自我、社会（比如万吉山的《写在烈士墓前》、初志英的《"四·五"赞》），无论风格、内容，还是主题，都丰富多样。常在《云帆》上发表诗歌的作者主要有：耿建华、李安林、谭好哲、王平、吴滨、杨学锋、刘功业、杨争光、张幼川、初志英、英铭、曹庆文、火之、周寒松、韩东、王川平、叶梓（小君）、孙基林、郑训佐、张云海、张炜、庞立波、刘希全、吴冬培、万吉山、晓鹏、江济源、杨戈、柳耕、鲁青、双木等。云帆诗社原本只是中文系学生参加的文学团体，1980 年后，77 级骨干成员忙于毕业，逐渐退出云帆诗社，78 级接手后由于其他院系学生加入，遂成为校级社团。云帆诗社是中国新时期以来创办最早、影响最大的高校诗歌社团之一。其成员韩东、杨争光、耿建华、李安林、初志英、谭好哲、吴滨、曹庆文、刘功业、张幼川、王川平、叶梓（小君）、孙基林、郑训佐、刘希全等后来均成为中国文坛上有名气、有影响的著名作家、著名诗人、著名学者。

　　1978 年，韩东考入山东大学哲学系，入学后逐渐成为云帆诗社的骨干成员。当 77 级社团领导及骨干退出后，韩东事实上也就成为该社团的主要领导者之一。关于这次换届，刘功业说这是 77 级的主动"移交"："从八〇年下半学期，一起创办云帆诗社的七七级学兄因为学业安排和毕业论文写作，云帆诗社的工作移交给了七八级同学。七九级、八〇级也都加入进来。成员也陆续扩大到了其他系。杨争光、哲学系的韩东、历史系的王川平都成为诗社的领导者和骨干力量，组织了许多创作活动。"① 而有人则认为是"非法策动"，是"接管"："1981 年，文学社团遍地开花的时候，尚在大学读书的韩东跟王川平、杨争光、吴滨四人'非法策动'，接管了当时的

---

① 刘功业：《1980：山东大学中文系云帆社成员合影》，见刘功业新浪博客。

'云帆诗社'。"①考虑到这是针对韩东的采访稿，故这也很可能是他的观点。如若属实，这多少反映出 77 级与 78 级之间的对抗意味。但不管怎么说，换届后的云帆诗社及其骨干成员比前一届更具凝聚力、影响力。关于这次换届及分工情况，当年云帆诗社主要成员孙基林回忆道："1981 年 9 月国庆节前夕的某个晚上，在山东大学新校文史楼一间普通的 239 教室里，聚集了全校各个系科大约一百多名痴爱诗歌的热血学子。这是原本属于中文系的'云帆'诗社扩展为全校性的社团之后的第一次聚会。一个简短的仪式之后，新的'云帆'诗社宣告成立了，并且推举出中文系 78 级学生杨争光为新一届'云帆'诗社社长。其中新'云帆'主要成员还有王川平、韩东、吴滨、叶梓（小君）、郑训佐、孙基林、吴冬培等。此次会议为了彰显诗社的存在和影响力，最终还郑重拟定了几件应马上实施的事项：其一，由韩东负责诗社新成员接纳登记，并且规定，成员入社须交 2—3 首诗以备考察；其二，适当时候举办诗歌朗诵会或召集成员进行诗歌交流、座谈活动；再就是做出了一个更急迫的举措和决定，即马上在文史楼前两个海报栏上，举办一期庆祝国庆节诗歌专刊，并希望借此显示和传播自己的存在。"②

其中，韩东除了承担新成员接纳、登记工作之外，还提供不少极富建设性的活动方案。比如，云帆诗社最初曾以"传抄本"形式推进会员之间的交流，该"点子"就是由韩东想出来的。"当时韩东想出了个点子，弄了一个很厚的练习本，起名《班车》，在七十多号文学社员中流动，每个人写一首诗，写一页，然后递交给下一个人，再下一个人。"③《班车》也可看作是云帆诗社的另一种社刊。

在八十年代，高校里的各类文学社团活动非常活跃，北大的

① 蒯乐昊：《韩东：〈我和你〉就是你和任何人》，《南方人物周刊》2005 年第 22 期。
② 孙基林：《新诗潮场景或镜像：另一种喧嚣或裂变》，《山东大学学报（哲社版）》2004 年第 6 期。
③ 蒯乐昊：《韩东：〈我和你〉就是你和任何人》，《南方人物周刊》2005 年第 22 期。

《未名湖》、北师大的《双桅船》、人大的《七色虹》、中国政法大学的《星尘》、北京语言大学的《雨丝》、上海师大的《新浪》、复旦的《复旦风》、天津师大的《枫叶》、南大的《太阳黑子》、南京师大的《江南岸》、浙江师大的《黄土地》、川大的《十驾》、厦大的《鼓浪》、新疆大学的《瀚海浪》等都是很有影响力的校园文学社团刊物。这些社团吸引了大批的文学爱好者，是八十年代文学活动的重要组成部分。其中尤值一提的是，当时甘肃《飞天》有个《大学生诗苑》，发表了来自全国各高校大学生的诗歌，影响深远。重庆的《大学生诗报》、山大的《云帆》也都是专门的诗歌刊物。这些刊物虽是象牙塔里学生们的自办刊物，具有很大的开放性、自由性，但作为八十年代文学活动的组成部分，它们不可能逃离政治意识形态的监督与管制。比如，八十年代前期的"反对资产阶级自由化""清除精神污染运动"就直接影响到了高校里的文学社团活动，很多社团因此关停。云帆诗社及其社刊《云帆》就是在这次运动中被取缔的。

首先，由于王川平的《推石碾的小女孩》、韩东的《孔林的夜晚》等诗有所谓"不良情调"问题而引起校方的关注。韩东在诗中写道："我在这古老墓地上走着／我在这古老的夜里走着／无边的黑暗中／淹没了生者与死者的界限"，大概这里的"古老墓地""黑暗"易引发多种解读，给人以口实。据孙基林回忆，在批判韩东时，该诗被认为是宣扬了"历史虚无主义"。不仅如此，就连过个人生活方式不合乎国体，也有遭遇被批判的可能："大约是在1981年的12月23日下午，在我们最后一节下课后回宿舍的路上，恰好遇到韩东与小君，他们手里拿着树枝，我们就邀约去了我们年级的一个宿舍，并从饭堂里打了一些饭，唱歌、跳舞、做圣诞树，闹到挺晚，这被个别同学汇报上去了，说是过西方资产阶级的节日，于是就成了一个被批判的事件。"[1] 在当时的大学校园，同学之间的聚会原本司空见惯，但一旦被定性为"西方资产阶级腐朽生活方式"，麻烦便会接踵而来，轻则挨批评，写检讨，重则记过甚至被开除学籍。韩东一帮人上述活动被认为"崇洋媚外"而受到批判，就是一个很好的例证。

其次，又因为"诗社出了一期诗歌墙报，把大学里的一期宣传国共两党合作的墙报给覆盖掉了"[2]，加之，偷偷传播《今天》，更使得韩东等人成为校方格外注意的有严重问题的人。诗社和校方起冲突，事情闹得越来越大，学校领导过问，党委介入，事态非常严重，包括韩东在内的骨干成员都要面临受处分甚至被开除学籍的危险。诗社不得不解散，但谁来领受这份责任，则是摆在诗社领导者面前最为峻急的事。为应对危机，王川平、杨争光、吴滨、韩东等骨干成员订了"攻守同盟"，然而学校审查下来，防线崩溃。韩东在四人中年龄最小，但责任最终由他一人揽了下来。接下来，韩东一人接受学校专案组的审查："专案组由我们系的支部书记挂帅，老汉解放前干过武工队长，身高超过一米九。他将办公桌拍得山响……最后，还是我母亲拍了一封电报到系里：'母哭盼'。学校才放我回南京过年的。"[3] 整个过程可谓一波三折，有惊险，有转折。韩东一人承担了责任，解放了他人，也算是做了件英雄应该做的事。至于校方最后为什么没有严惩韩东，其因主要是：一、韩母暗中做了"工作"。"本来是要有很大的处分的，后来我妈去找人，找到我父亲的一个朋友，这个朋友跟我们家关系特别好，是当年我父亲地下党时的朋友，这个人一直在南大，他五七年的时候被打成

---

① 转引自耿立华《"反自由"浪潮下的山大〈沃野〉风波》，《历史学家茶座》2010年第四辑。

② 孙基林：《新诗潮场景或镜像：另一种喧嚣或裂变》，《山东大学学报（哲社版）》2004年第6期。

③ 韩东：《〈他们〉或"他们"》，何同彬编《韩东研究资料》，人民文学出版社2016年，第373页。

过右派，而把他打成右派的那个人，在他平反以后，心里一直很内疚，希望弥补一下。我父亲的朋友一直不愿理睬他，后来为了我这件事情，他去找了这个人，这个人后来调到了山东大学当党委副书记，主持日常工作。"① 二、因为八十年代前期政治意识形态上的飘忽不定，且绝对不可能采用"文革"时期的批斗方式，这就直接决定了校方在处理此类问题时的裁量权具有很大的游移空间。韩东传播"非法刊物"《今天》，以及作为骨干成员参与云帆诗社活动，虽与当时的政策有不符之处，但其裁量的尺度和空间也具有很大的伸缩性。然而即使如此，校方对他的惩罚还是不可避免的。1982年毕业后，他被分配到西安工作，韩东说，这是"发配"，不是"分配"。

现在来看，韩东及其云帆诗社同仁以其微薄的力量参与到了二十世纪八十年代"现代化"运动中来，其本身就是一个不可忽略的历史存在。自上而下的"现代化"运动与自下而上的启蒙运动在八十年代的同向而行，不仅又一次唤起了国人对启蒙、理性、自由、民主的强烈渴望，也使得"新时期文学"立于时代的潮头，审视个人与民族伤痕，正视自身愚昧与落后，并在对新生活、新世界的建构中留下了光辉的一页。然而伴随启蒙精神在后来的彻底夭折，以及知识分子趋向集体性堕落，曾经的参与者与建设者又该情何以堪？我总觉得，包括从云帆诗社走出来的诸多文化精英都不同程度地受到八十年代启蒙与自由精神的熏陶，而且作为精英知识分子如今大都功成名就、影响一方，那么，在"新时代文学"被提上日程的今天，他们身上所秉承的独立意识与所拥有的精神力量还会浴火重生吗？是的，今天的年轻人对那一代人的人生理想与精神追求早已有了巨大隔膜，可是，他们的未竟之路后人会接着走下去吗？

① 汪继芳：《写作者、战士——韩东访谈录》，见中国网络文学联盟网。

第三节　韩东与《老家》

1982 年夏天，韩东从山东大学毕业，当年被分配到陕西财经学院任马哲教员。自本年始，到 1984 年 6 月赴南京审计学院工作止，韩东在西安待了将近两年时间。韩东对校方分配的工作非常不满意，按照他的想法，即便去不了北京这样的大地方，最起码分到老家南京工作吧，但校方没这么做，而是直接将他"发配"到了西安："因为那时候就开始写诗，我们也搞文学社，就对抗精神上的压迫、体制上无处不在的东西，结果，那只能是发配啦，没办法治你，那就是分配工作时治你，我的工作分配得是比较差的，因为不能去北京的那些人也基本上能回到家乡。这算是一种惩罚吧，分到陕西财经学院。"[1] 天资聪颖，满腹才华，名校毕业，但这些好条件都没给他带来好运。在西安的两年里，孤独和自闭亦是其挥之不去的感受："我刚到西安时，几乎一个人也不认识。又正处于写作上的转变时期，以前写诗的朋友又都快毕业了。因为诗歌面貌的变化，也逐渐失去了以往的读者。在西安时，从各方面讲，我都比较孤独。诗歌不再见诸报纸杂志，人也在诗坛消失不见了。的确如此，在西安没有人知道我。"[2] 其实，韩东在当时还没有完全从受处分的阴影中走出来，远离朋友与家乡只身来到西安，其情绪上的消沉与内心的失望可想而知。但韩东很快就有了自己的志同道合者："一年后韩东山东大学毕业，分配来西安，在陕西财经学院马列主义教研室教哲学，与他同在一个教研室且同住一间宿舍的另一位青年教师刘文，刚好是我和丁当大学同班班长刘安的弟弟。刘安毕业

---

① 汪继芳：《"我们想做的只是放弃权力"——韩东访谈录》，何同彬编《韩东研究资料》，人民文学出版社 2016 年，第 313 页。

② 刘利民、朱文：《韩东采访录》，何同彬编《韩东研究资料》，人民文学出版社 2016 年，第 234 页。

留在陕财任教，是当年西安城里有名的经济学家和社会活动家，还有另一位爱好诗歌的同班同学张勇，也留陕财教书，两人与韩东很快熟悉结好，知道韩东写诗，便介绍他认识了丁当和我。丁当与韩东可谓一见如故，很是投缘，尤其在诗歌观念上一拍即合。"①

韩东依凭大学期间办刊所积聚起来的经验与人脉创办了《老家》（创刊于1983年）。这当然是其天性具有的办杂志的"癖好"使然，但取名"老家"，也可能隐含身在异乡、聊以释怀之意。《老家》共出三期，每期五十本，作者基本为韩东当年在山东大学读书时的同学或朋友，如小君、杨争光、郑训佐、吴冬培。《老家》为蜡纸刻印，纸张比较粗陋，每期二十多个页码，以发表诗歌为主，外加简短的读后感和通信摘录。关于《老家》创刊的原因、目的、经过，韩东的好友小海有详细记述："韩东1978年考入山东大学哲学系，大概在他读大二或者大三的时候我们开始通信联系。1982年他被分配至陕西财经学院工作后不久，就开始联络他在大学期间办文学社团'云帆'时结识的一批同学和朋友，准备办一个民间刊物将大家重新聚集起来，共同写作并鼓舞士气。因为大学时代他们那帮同学所办的文学社刊物被学校有关部门粗暴地查禁了，这个事情甚至还影响到当时一些人的毕业分配。加上大家各奔东西后，天各一方，需要彼此温暖，找到类似文学之家的感觉。我所以这么说，是记得韩东当时来信建议我和他的大学同学们如杨争光、王川平等人建立通信关系。……在韩东倡议下，就在西安办起了一份叫《老家》的刊物。韩东是当然的主编。"② 后来韩东离开西安，赴南京任教，《老家》也即宣布终刊了。尽管存在时间短，但《老家》创刊的意义不可小觑。一方面，它首次发表了《有关大雁塔》《我们的朋友》等标志韩东诗歌美学风格骤然转型时期的作品，具有划时代的意义；民刊与创作互动，既而孕育或生成崭新的文学思潮，在韩

---

① 姜红伟采访沈奇稿，未刊。
② 小海：《〈他们〉记事》，《西湖》2017年第1期。

东创办《老家》过程中也得到充分展现；即使从版本学上来讲，无论物质形态的《老家》，还是精神形态的《老家》，都成为八十年代诗歌生态场中的不可忽略的一环。另一方面，在西安的两年，创办《老家》是韩东最重要的文学活动，也是支撑其精神生活的最有益、最有力的活动。《老家》成了韩东的伴侣，伴随他度过了那段无依无靠的孤独日子。因此，《老家》也是研究韩东在西安时期诗歌思想和精神样态的一份重要文献资料。再者，《老家》是同仁刊物，作者基本为韩东山东大学的同学，也可以说云帆诗社是《老家》的源头，然而，诗作由济南到西安，既可看作是对早年诗歌活动与诗歌精神的承继，也见证了同学之间美好而真挚的友谊。这种以诗联络人、团结人，并以同仁小团体方式推动文学发展的现象比较典型地反映了"八十年代诗歌"所展现的自由、开放而又纯粹的独有特质。

在此过程中，韩东、于坚、王寅通过书信彼此交流，相互支持，特别是韩东与丁当的相识，都为后来《他们》的诞生与发展，打下了基础。

丁当是韩东在西安两年认识的最为重要的"同路人"。因为在他与外界最"隔绝"的时候，丁当为他打开了一扇通向外界（西安诗歌界）的门："隔绝是自然形成的，因为不存在进入的渠道。我已经不再在报刊上发表东西，也无机会参加当地文学社团的活动。办《老家》的后期，我遇见了丁当。由于认识了丁当，那么对西安整个诗歌界的写作状况就要重新地估计了。"[①] 作为好友的丁当宛若韩东的"眼睛"，不仅让他有效扩充了视界，看清了自己在西安诗歌界的位置，也为他在诗艺上的探索与实践提供了正反两方面的经验。即使多少年后，韩东对丁当依然称赞有加："我在西安的最大收获是认识了丁当，他并未在《老家》上发表过作品。我们一道传

① 刘利民、朱文：《韩东采访录》，何同彬编《韩东研究资料》，人民文学出版社2016年，第234页。

阅多多的组诗《感情的时间》，忙于恋爱。丁当相貌堂堂，尤其是眼睛迷离如梦，一望而知就是一个诗人，就是不写也是诗人。"① 如此欣赏，乃至在他的小说中常常引用丁当的诗歌，比如《西安故事》就通篇引用丁当写的诗《故事》。这是对挚友的最好礼赞。一经相识，便有相见恨晚之慨，由此结下的友谊在此后的岁月中继续发酵，遂成诗坛佳话。

封新城是韩东认识的第二个志同道合的朋友。《老家》创刊后，在兰州大学读书的封新城创办《同代》。② 韩东与他多有书信往来，相互支持，组成了一个小小的联盟。他们在各自主办的刊物上互发对方的诗歌，以文学方式紧紧地团结在了一起。《同代》作者遍布全国各地，主要有车前子、封新城、陆忆敏、韩东、王寅、于坚、普珉、北岛、严力、牛波、陈东东等。《同代》所刊发诗歌大多带有北岛风格，但"我们这一代"专栏中所刊发的韩东、王寅、于坚、普珉等人的诗就与之完全不同，初步显示了"第三代诗人"极具个人化的风格。

"当时我读他们的诗大有找到了同志之感，看来针对《今天》的美学反动并非是我一人的倾向，某种新的方向已经在不同的诗人那里酝酿。之后，我和于坚、王寅开始了频繁通信。"③

"由于和于坚、王寅、丁当等人的交往，我不再感到孤独，总算从被山大小集团逐出的失落中解脱出来。"④

如此看，《同代》让原本互不相识的诗人因趣味相投而走在了一起，并由此而成为后来《他们》的重要成员。一本小小的民刊就

---

① 韩东：《〈他们〉或"他们"》，何同彬编《韩东研究资料》，人民文学出版社 2016 年，第 374 页。

② 1984 年夏天创刊，创刊号为 16 开本，打字油印，70 多个页码。《同代》共计发表了 29 位当时活跃在八十年代大学生诗坛的诗人 60 余首作品和 3 篇诗论。

③ 韩东：《〈他们〉或"他们"》，何同彬编《韩东研究资料》，人民文学出版社 2016 年，第 375 页。

④ 同上。

能把全国各地的诗友联系在了一起，并由此逐渐形成了一个小团体或小流派，既而孕育某种诗学理念或风格的形成，这是八十年代的文学奇观。

最后，韩东及其《老家》对以西安、兰州为中心的西部新潮诗歌创生与发展的助推力不容小觑。且不说他的带有口语风格的成名作借助封新城的《同代》较早传播到兰州，单就彼时西安而言，由于这里高校甚多，西安交通大学、西北大学、陕西师范大学、西北政法学院、西北工业大学等名校都有很多校园诗人——尤以西安交大和西安纺织学院为最——韩东及其诗友经常举办小型聚会，交流诗艺，并通过在各大高校举行诗歌朗诵会形式，不断扩大自己在当地的影响力。他宛若"传道者""播火者"，不仅以其带有个人色彩、口语风格的汉语新诗写作，也以其作为"第三代诗人"旗手的巨大感召力，不仅对沈奇、丁当、杜爱民等当地诗人构成了巨大影响，而且事实上也内在而深远地影响到后来陕西先锋诗歌的发展。诚如沈奇所言："韩东作当代陕西先锋诗歌的代表，似有'拉大旗作虎皮'的嫌疑，但韩东这杆大旗又确实是在陕西这块诗歌版图上最早树起来的，且由此直接开启了陕西先锋诗歌之真正意义上的发生与发展，并内化为灵魂与血液性的存在"①。

"韩东在西安写出了他最具代表性的早期力作，如《你见过大海》《有关大雁塔》《我们的朋友》等，同时创办民间诗刊《老家》和进行他的诗歌观念的'布道'活动，一时风生水起，为陕西诗歌的发展开辟了一条新的道路，并沿为传统，一直影响到八十年代末回陕的伊沙等人"②。

从南京到济南，再从济南到西安，韩东就像布道者一样，每到一地，便会为当地的新诗创作注入新思想，既而引发新的发展可

---

① 沈奇主编：《你见过大海：当代陕西先锋诗选 1978—2008·序》，西北大学出版社2009 年。

② 同上。

能。1982 年，韩东的到来为以西安为中心的陕西诗歌注入了"先锋诗歌"的基因，不仅"为陕西诗歌的发展开辟了一条新的道路"，也为稍后崛起的"第三代诗歌"的深入发展拓展了空间。韩东在西安也就两年多，但他给西安当地诗歌创作的影响是深远的。其中，进入新世纪后，深受韩东影响的西安诗人伊沙通过卓有成效的诗艺探索与持续写作，通过举办"新世纪诗典"，撰写评论文章，大力推介优秀诗人及其作品，更是将韩东一派的诗歌事业发扬光大。韩东对中国新诗的贡献由此可见一斑。

第四节　韩东与《他们》

　　1984 年，韩东在南京筹办《他们》①，第二年年初出刊。关于刊名，韩东说："征求刊名时于坚在纸上写了一串寄来，印象最深的有《红皮鞋》。他声明这不作数，只是打开一个思维方向。当时在命名问题上普遍存在着耸人听闻的想法，反传统观念是一致倾向，即便这个传统是为了反对的目的而臆造出来的。"②"最后我决定用《他们》作为刊名。后来我经常被问及选择这个刊名的原因，比较难于回答。直觉上的喜爱是肯定的，还有我正在读美国女作家奥茨的同名小说。这个词透露出的那种被隔绝同时又相对自立的情绪也让我喜欢。而且'他们'没有分外的张扬。至今，我仍很满意这个刊名。"③关于宣言，韩东说："我一共起草了三个，终不能用。最后我开始怀疑这种形式本身。最初的怀疑是新鲜感方面的：所有的民刊必有其宣言，往往又等于危言耸听。另一方面，表态似乎是

---

① 封面由丁方设计。封面由一个肌肉发达的男人、一只大鸟、远山、太阳（月亮）等实物组成。封面深得韩东喜爱，认为"有一种笨重、古旧的力量"。

② 韩东：《〈他们〉略说》，《诗探索》1994 年第 1 期。

③ 同上。

必要的。这种必要就像亮相一样，总要给读者以某种形象记忆。既然集体不能纳入同一格式，就让他们分别亮相，以自己偏爱的姿势。大家的发言被安排在同一页纸，叙述是第三人称的。"这说明，尽管韩东及其同仁都一再宣称，"他们"作为一个流派是不成立的，因为它的内部组成极其松散，既没有统一的理论宣言，也无共同的创作倾向，但从韩东的"略说"中可看出，"他们"也的确有这方面的尝试，只不过难以取得一致认同罢了。

《他们》是一份综合性的纯文学民刊，既发诗歌、小说、散文，也发文论与对话，到了中后期，只发诗歌，同仁刊物倾向更为突出。前期办刊经费以自筹为主，偶有资助。[①] 其中，第 1 期主要由韩东、于坚以及南京的部分作家自筹。前七期的编选主要由韩东负责，第 8、9 期实行编辑负责制（负责人为吴晨骏、朱文、刘立杆），第 3、4、5 期的印刷、校对等工作由于小韦负责。第 1 期至第 8 期发刊时间分别为 1985 年 3 月 7 日、1985 年 9 月、1986 年、1988 年 7 月、1988 年 11 月[②]、1993 年、1994 年、1995 年。其中，1989 年至 1993 年休刊。[③] 1993 年复刊，至 1995 年共出四期，此后停刊。2002 年复刊，但为网刊。前三期印数分别是 2000 册、3000 册、100

---

① 《他们》第 2 期由"江苏青年艺术周组委会"资助，从第 6 期开始，主要由深圳一家艺术广告公司提供资助，赞助人为于小韦。

② 根据小海记忆："《他们》第五期出刊时间实际是 1989 年，但因当时特殊的政治气候，为了避免麻烦，特意在封底写上了 1988 年出刊的字样。"引自《〈他们〉记事》，《西湖》2017 年第 1 期。

③ 休刊的原因："出完《他们》第五期后，大家的生活都有了一些变故。先是上一年小君去了美国；再是南大的这批人毕业，除了李冯考研留校，杜马兰留校任教外，大多数人离开了南京。不久于小韦去了深圳，任辉跑北京圆明园画家村去了。因此，《他们》再出下去一时就显人手不够。当时，我们曾建议请外地的成员轮流来办，后来联系下来条件也不成熟。这样《他们》就只好暂时休刊了。""休刊期间，由韩东提议，出过两期名称为《诗选》的打印作品集，是 32 开本的。《诗选》之一的封面用了一张任辉的剪纸。诗作者为朱文、小海、柏桦、刘立杆、吴晨骏、马页、于小韦。《诗选》之二是韩东与朱文两个人的合集。印数很少，估计在 100 本上下。"引自《〈他们〉记事》，《西湖》2017 年第 1 期。

册。围绕《他们》形成了一个庞大的作者群。他们来自全国各地，自愿加入，自愿退出。最初通过通信建立联系，刊物影响扩大后，作者猛增，有些可能从未谋面。作者与刊物的关系比较松散，彼此之间几无约束力。

《他们》从创刊到终刊，断断续续存在了近二十年。由于作者的不断增多，办刊方针与策略也不断调整，每个时期的创作特点差异很大，因而，《他们》明显存在几个不同的发展阶段。至于如何划分，则观点不一。小海认为："《他们》前面三期的作者基本可以归于'他们'的第一个时期。从第四期开始，应当说是'他们'的中期，也是最热闹的兴盛时期。从1993年第六期重新出刊到1995年第九期终刊，应当算是'他们'后期了，除了我们这些老'他们'外，新的面孔是更多了，作者达到四五十人的规模了。有些作者我熟悉，有不少人我是只听说或者读过作品，面对面时并不认识。"[1]他以《他们》兴衰过程为准，将《他们》分为三个阶段：前三期为前期，第4期与第5期为中期，第6期至第9期为后期。他把2002年后的网刊时期排除在外。常立将《他们》分为三个阶段[2]：前期（1985年至1988年）、中期（1993年至1995年）、后期（2002年至今）。他这个分期较为合理，充分考虑到了《他们》的发展史，但没有考虑到《他们》的萌芽期。因为任何一个新生事物的诞生都不可能一蹴而就，而总是有一个较长的酝酿期。正是从这个意义上，笔者以两次停刊为区隔，将《他们》划分为四个阶段：萌芽期（1983年至1985年）、前期（1985年至1988年）、中期（1993年至1995年）、后期（2002年至今）。

《他们》在新时期诗歌史上有着重要的地位及意义。在《他们》上发表作品的作家也逐渐成为文坛生力军，但如何定义《他们》则一直争议不断。

---

[1]　小海：《〈他们〉记事》，《西湖》2017年第1期。

[2]　常世举：《新生代小说家的历史叙事》，南开大学2014年博士论文。

首先，围绕《他们》是否形成了一个文学派别？有人承认，有人否定。包括韩东在内的当事人并不承认所谓"文学流派""文学团体"的存在。韩东认为，"《他们》仅是一本刊物，而非任何文学流派或诗歌团体。它只是提供了一块园地，让严肃的富于才能的诗人、作家自由地出入其间。它没有宣言或其它形式的统一发言，没有组织和公认的指导原则。它的品质或整体的风格（如果有的话）也是最终形成的结果，并非预先设计。它不是一种倾向，而是一种状态。它不限制只提供，有悖于其它有目的文学集体的做法。"① 贺奕认为："如果《他们》确实给外人造成了一种文学社团乃至流派的印象，那我要说，这些人不过是受了那由来已久的以历史化约文学的狭隘观念的毒害。……有过《他们》，并不等于有过所谓的'他们'诗派。"② 而作为《他们》另一位重要作者和发起人的于坚则直接认为，以《他们》为中心，形成了一个纯粹的文学团体。"从'创造社'鲁迅到……非常纯粹的真正意义上的文学团体就是《他们》。"③ 在学术界，学者们觉得"他们"作为一个"流派"是可以成立的。比如，吴思敬认为："判定一个文学流派是否存在，不是看作者的声明与表态，而是看相关的创作活动与创作实绩。通常认为，文学流派是指在一定历史条件下，某些思想倾向、艺术见解和文学风格相近的作家自觉或不自觉地聚集在一起所形成的文学派别。构成同一流派的作家尽管思想倾向、艺术观念较为接近，但是各自仍保有独特的对人生、对艺术的理解，保有独特的艺术个性。流派的形成以诗人的个性为基础，却不是以泯灭个性为前提。基于这种理解，我们来看看《他们》——《他们》尽管是一块发表园地，但是不同于社会上的一般刊物，而是带有明显的同仁刊物的性质，有一个相对稳定的作者群，而这一作者群正是由于思想倾向、艺术

① 韩东：《〈他们〉略说》，《诗探索》1994 年第 1 期。
② 贺奕：《"诗到语言为止"一辨》，《诗探索》1994 年第 1 期。
③ 韩东、于坚、朱文等：《"他们"：梦想与现实》，《黄河》1999 年第 1 期。

观念较为接近才聚集到一起的。从这个意义上说，《他们》已具备了流派滋生与成长的基本条件。"①其实，文学创作与学术研究尽管联系密切，但终归分属不同领域，各自有着自身的独立性，所以，形成分歧也就不难理解。文学创作注重感性体验，聚焦文学现场的鲜活性，而学术研究侧重理性认知，始终以理论指导与逻辑推理见长。作家始终强调个体性、独异性，文学研究者则注重研究对象的普遍性、规律性，因此，有关是否存在"他们"的认定就必然存在分歧。我觉得，就实际情况而言，作为一个严格意义上的文学派别，"他们"是不存在的，韩东与贺奕作为当事人，见证了《他们》的发展过程，他俩的观点较有代表性。但这并不等于说，作为文学史意义上的"他们"是缺席的，后来的文学史演变恰恰证明"他们"是无论如何也绕不过去的存在，因此，吴思敬的观点也是经得起推敲的。

其次，《他们》是否具有统一理论思想和审美趣味？有人肯定，有人否定。肯定者认为，《他们》有共同的理论支撑，有大体一致的审美趣味。比如，韩东说："由于《他们》网罗了一批优秀作者；他们的主张或倾向不可能仅仅局限于个人范围而得不到任何共鸣。我们没有预先的理论设计，当回顾历史、开始总结时不难发现《他们》作为一个整体的影响力所在。"也就是说，韩东是承认《他们》有其整体性追求的。否定者认为，因为《他们》创刊时并没有统一的理论宣言，人员也不固定，出入自由，且较为松散，故《他们》仅是作者联系感情、经验交流的平台。比如，贺奕说："我宁愿把《他们》分解成一个个孤立隔绝的个人，也决不把《他们》拼凑成一个貌似强大的团体。我宁可推崇诗人之间因美学标准不合而导致的自然分化，也决不会为那种功利原则或权宜策略下的貌合神

① 吴思敬：《叶硬经霜绿，花肥映雪红——〈他们〉述评》，《贵州社会科学》2002年第4期。

离叫好。"① 可以肯定地说，这两派的观点都有其合理性。具体到每个作家，无论理念还是创作，当然各各不同，谁也不能替代谁，但又异中有同，从而显示了相对一致的审美趣味。韩东就试图对《他们》做过理论上的总结。其实，韩东在创办《他们》过程中就初步阐述过："排除了其他目的以后，诗歌可以成为一个目的吗？如果可以，也是包含在产生它的方式之中的……《他们》不是一个文学流派，仅是一种写作可能。《他们》即是一个象征。在目前的中国，它是唯一的、纯粹的，被吸引的只是那些对写诗这件事有所了解的人。"② 但更为系统化、成熟化的归纳还是在几年后，可以简称"三个回到"：

> 回到诗歌本身是《他们》的一致倾向。"形式主义"和"诗到语言为止"是这一主张的不同提法。诗人和任何非诗人的责任感无缘，或者他不能利用诗歌的形式以达到他个人政治的、社会的、道德的或其他价值判断方面的目的。诗人的责任感只是审美上的。把诗人坚持以诗歌自身成立为目的的写作解释成一种逃避行为是愚蠢的。

> 回到个人。未来的诗歌不是某种外在于我们的先验存在，不是跨越千山万岭经过九死一生才能获得的宝藏。它不在一个难以寻找但固定不变的地点，不在我们生存时空的任何一个永恒的位置上。但它又不可能是无中生有的。生命的形式或方式就是一切艺术（包括诗歌）的依据。生命的具体性、自足性、一次性、现时性和不可替代性必须得到理解。文化、教育等等因素必须通过个人才能发生作用。它制造多种类型的一般人格，为了保持的目的。而文化的变异部分（即创新部分）只能从个人的相对变异中去

---

① 贺奕：《"诗到语言为止"一辨》，《诗探索》1994 年第 1 期。
② 韩东：《为〈他们〉而写作》，《他们》第 5 期。

寻找。

回到为自己或为艺术为上帝的写作。这是一种写作态度，有别于写作方式。它使正当的写作方式得以保证，使回到诗歌本身、回到个人成为可行的现实的。在一个充满诱惑的时代里诗人的拒绝姿态和孤独面孔尤为重要，他必须回到一个人的写作。任何审时度势、急功近利的行为和想法都会损害他作为一个诗人的品质。他是不合时宜的、没有根据的，并且永不适应。他的事业是上帝的事业，无中生有又毫无用处。他得不到支持，没有人回应，或者这些都实际与他无关。他必须理解。他的写作是为灵魂的、艺术的、绝对的，仅此而已。他必须自珍自爱。[①]

韩东是其中最为重要的作者。他在"第三代"诗人群中的姿态与观点也极为惹人耳目。而且，他的理论与宣言极富系统性。但当他把这种个人观点试图当成《他们》共同理论基础时，就会遭到来自文学共同体内部的质疑或反驳。即便韩东的同伴，也对他的一些观点多有警惕："他们把《他们》视为一个当然的诗人集体。过于片面促狭的理解力，使他们把韩东'诗到语言为止'这一表述，断然视为整个《他们》奉行的最高创作原则。照我来看，第一个要作出检讨的或许正是韩东本人。当年他差不多是脱口而出的这六个字，竟然成了后来诗坛上诸多混乱的源头。"[②]虽然韩东是《他们》的创始人和重要作者，他的理论与实践也确实对"他们"作家群产生了重大影响，他也有将之纳为《他们》整体理念的想法与尝试，但是，他的诗学理念依然不能代替个体实际而被每位成员所一致认同。"十几年来也有一些波折，但绝不是利益之争。有些人跑到昆明来说韩东什么什么的，挑拨离间，但我对韩东的基本评价永远摆

---

① 韩东：《〈他们〉略说》，《诗探索》1994 年第 1 期。

② 贺奕：《"诗到语言为止"一辨》，《诗探索》1994 年第 1 期。

在那里。"① "我和韩东有段时间不太高兴，那是为什么？是韩东选择稿子的标准和我不太一样，不是为了其它什么事。"② 韩东本人对此也深有体会："我和顾前对哪篇小说好，哪篇小说不好，哪个人写得好，或者不好，都有分歧，这种分歧，永远得不到解决，也不需要解决。"③ 事实上，作为"第三代"诗潮中的"他们"本来就是在"反概念""反规约""反霸权"中确证自我的地位与价值，从而对来自他处的规约保持戒心，因此，"他们"中的每个成员怎么可能在对待韩东诗学理念方面会是完全一致呢？与韩东的拒绝被体制收编、拒绝非我写作一样，"他们"也拒绝被韩东收编，拒绝同质化，拒绝被其理念所俘虏。其实，何止"他们"，整个"第三代"难道不都是如此吗？

《他们》对新时期文学的贡献不只在诗歌领域。它以极具先锋性的探索与实践，成为"先锋小说"创作的源头。其标志就是被称为"先锋五虎将"之一的马原与苏童这两位小说家在《他们》上的出现。马原的《拉萨河女神》和苏童的《桑园留念》为《他们》增添了最富新时期文学本体特征的内容。1985 年后，马原凭借《拉萨河女神》《冈底斯的诱惑》等"先锋小说"而奠定了其在当代文学史上经典作家的地位。文学由"写什么"到"怎么写"的转变，在马原的文学实践中得到充分体现。作为小说美学要素的"结构""叙述""语言"超过"内容""思想""主题"而成为写作的一切。这是小说领域内的"革命"。他直接开启了一个小说创作的新时代，深刻影响了包括苏童、余华在内的一大批小说家。继马原之后，苏童以其"枫杨树乡"系列成为"先锋小说"的代表作家。他如今在文学上的功成名就不必细说。进入九十年代，"他们"中的

---

① 韩东、于坚、朱文等：《"他们"：梦想与现实》，《黄河》1999 年第 1 期。

② 同上。

③ 常立：《关于"他们"及其它——韩东访谈录》，见其 2004 年博士论文《"他们"作家研究：韩东·鲁羊·朱文》附录。

很多成员创作重心由诗歌转向小说，并以其"个人化"写作风范成为"新生代小说家"的代表。韩东①、朱文②、鲁羊③、李冯④、贺奕⑤、吴晨骏⑥、张生⑦等都是极具创作活力的作家，取得的成绩有目共睹。新世纪以来，韩东、李冯、贺奕等依然保持着小说创作的活力。这些作家继承了"第三代"诗歌精神，以鲜明的创作个性，在小说领域又一次表征了《他们》在中国当代文学进程中的重要地位。

当然，创作重心由诗歌向小说的转变，也是九十年代的文化语境使然。当商业浪潮席卷而来并大范围蔓延，当大众媒体及其依附的大众文化主导了日常，而被压抑的欲望、浅薄的世俗与平面的消费则登堂入室，成为时代的主角。写诗与读诗已经不再像八十年代那样崇高而平常。读者阅读只求瞬间愉悦，对文本快感的体验取代了深度思考，尊贵的诗人被无情冷落。在平面的影视面前，在琳琅满目的商品面前，诗人以及诗歌首先被极度边缘化了。九十年代注

---

① 韩东在九十年代后，将主要精力转到小说创作，共创作出了近30个中短篇、5部长篇，创作力惊人。

② 朱文1994年辞职，写诗，写小说。代表作有短篇小说《我爱美元》《因为孤独》《弟弟的演奏》，长篇小说《什么是垃圾，什么是爱》。

③ 鲁羊1984年毕业于南京大学外文系，后考入中国社会科学院研究生院，毕业后，任教于南京师范大学文学院。有小说集《银色老虎》《黄金夜色》《佳人相见一千年》《在北京奔跑》，长篇小说《鸣指》。鲁羊精通古琴，古文化功底深厚。

④ 李冯是南京大学专攻明清文学专业的研究生，毕业后回广西大学教书，1996年辞掉公职，专事写作，后从事影视编剧工作。有短篇小说《多米诺女孩》《16世纪卖油郎》，长篇小说《孔子》《碎爸爸》，小说集《庐隐之死》等。他给张艺谋写了两个剧本：《英雄》和《十面埋伏》。

⑤ 贺奕本科毕业于南京大学，硕士毕业于北京大学中文系，后任教于北京语言大学。近年来，他写了不少高校题材的小说。代表作有小说集《伪生活》，长篇小说《身体上的国境线》《第二支箭》《五道口贴吧故事》。

⑥ 吴晨骏毕业于南京工学院（东南大学）动力系，是朱文的同学。著有小说集《明朝书生》《我的妹妹》《柔软的心》，长篇小说《筋疲力尽》。

⑦ 张生，本名张永胜，硕博毕业于南京大学，先后任教于上海交通大学、同济大学。他是小说、理论皆有成就。有中短篇小说集《一个特务》《刽子手的自白》《地铁一号线》，长篇小说《白云千里万里》《十年灯》。

定不是诗歌的年代。任凭诗歌多么高大上，多么的无可取代，事实上，诗在九十年代已经被时代所冷落。在这种情况下，一大批诗人转向小说，未尝不是一种文学自救。

《他们》是当代文学绕不过去的存在，但从文学史角度来看，"他们"究竟是何种现象？作为一种遗产，它究竟给后世以何种启发？韩东总结道："它不是一个写作小组，不是一个功利团体，不是一个有组织的东西，也不是一本刊物，也不是一个诗歌学校，也不是一个文学宗教，不同于这个，也不同于那个。我平时也没想过，我自己总结的话，它就是一个沙龙性质的东西。我想这个沙龙里面的具体写作者的意义要大于这个沙龙。试想没有朱文、马原、于坚、吕德安、于小韦、顾前以及其他和'他们'沾边的人的写作实绩，'他们'最多也就是一个自生自灭的圈子。正是由于进出'他们'的这些具体写作者的个人的写作，都有了各自独立的气象，被读者、被很多人所认可，才使得'他们'这个本来空无一物的东西名声大噪，使'他们'在今天变成一种神秘现象了。人们会问'他们'究竟是个什么东西？为什么会使进出其间的人各有所获？你发现它原来就是一个沙龙。而在今天，沙龙的特点是什么？沙龙的意义是什么？我认为就是提供场所，提供支援，在一个恶劣的文学环境中，提供温暖、相互确认，提供一种抗击打的能力。这些东西在一个写作者的初期是非常重要的，他需要同志，害怕孤独，需要气味相投，需要确认，而沙龙能起到这样一个作用，我认为这就是它的意义。"作为"沙龙"的《他们》为一群极具才华的青年作家的成长提供了舞台，不仅为其初入文坛提供了发表作品的机会，也为其成名后的飞翔提供持续的动力支援。苏童、马原从这里出走，韩东、于坚在此驻守、经营，并各自成名、成家，吕德安、小海等一大批诗人成为诗坛主将，李冯、朱文等众多小说家快速崛起，足可证明其影响力之所在。无论作为物质形态的《他们》，还是作为精神形态的《他们》，都注定是文学史绕不开的存在。这是作为文学活动家的韩东为中国新文学发展所做出的又一重要贡献。

第五节 韩东与"他们"

在二十世纪八十年代前期，"朦胧诗派"无疑是影响最深远的诗人群落，但到 1985 年前后，伴随"第三代诗人"的快速崛起，不仅"Pass 北岛""打倒北岛""别了，舒婷北岛"的呼声日隆，还出现了"莽汉主义""海上诗派""他们""非非""汉诗""整体主义"等众多形形色色的诗歌团体。1986 年 10 月，《深圳青年报》和《诗歌报》联合举行"中国诗坛 1986 现代诗群体大展"，更是将这些以大学生为主体的自称"××诗派"的团体及其刊物集中推出，从而成为新时期诗歌史上的一件大事。一般认为，这些团体的出现昭示了一个新诗派的形成——"第三代诗人"①取代"朦胧诗人"，开始登上了历史舞台。其中，"他们"与"非非"是两个影响较大的团体。不过，与"非非"拥有系统的理论、统一的宣言和相近的趣味不同，"他们"自始至终都是一个相对松散的同仁团体，既无理论与宣言，也无统一的行动与美学趣味，但"他们"对诗坛的影响更大一些。出于对崇高理念式写作模式的反动，对"父亲"式新诗传统的极端反感，也出于对寻找存在感并获得认同的美学焦虑，"第

---

① 1983 年 1 月，由"成都大学生诗歌联合会"主办的《第三代人》创刊。他们将刊名定为"第三代"，可看成是"第三代"这一名号较早的使用者。1983 年秋天，兰州大学大学生自办油印诗歌刊物《第三代》，关于"第三代"的含义，作为该刊参与者之一的石厉先生后来在一篇文章中写道："建国以后真正的诗歌第一代是北岛他们，北岛的那些追随者们是第二代，我们是第三代。"引自石厉《诗歌第三代》，《诗学的范式》，中国文联出版社 2012 年，第 6 页。也有另一种观点认为，"文革"以前的那些诗人是第一代，北岛他们为第二代，以韩东、于坚、杨黎为代表的大学生诗人为第三代。"第三代诗人"是一个庞大的诗歌群体，主要由在校大学生、诗歌爱好者组成。他们大都生于六十年代，于八十年代中后期登上诗坛，反英雄、反崇高、平民化、反意象、反修辞、口语化，是其突出的审美倾向。

三代诗人"虽集体性地受到了"朦胧诗"的直接影响，但他们依然以"弑父"方式与"朦胧诗派"彻底诀别，并在此后的几年间成为八十年代诗歌另一个主流。然而，作为一个群体的"第三代诗歌"虽然以"Pass"模式进入新诗历史进程中，但并非"进化论"链条上的"取而代之"，而是生态场域中的"共生共存"。从一个乌托邦进入另一个乌托邦，正迎合了1985年后整个文化界的大转型。"向内转""主体论""方法论""后现代"等各种思潮竞相登台，成为"第三代诗歌"创生与复兴的文化背景。

在《他们》上出现的作者构成了"他们"的主体，具体来说，第1期刊载的小说家有李苇、阿童（苏童）、乃顾、马原①，诗人有于坚、小海、丁当、韩东、王寅、小君、斯夫（陈寅）、陆忆敏、封新城、吕德安。第2期诗歌作者有雷吉、小君、丁当、于坚、李胡、王寅、小海、韩东。十一人集栏目中的诗人有柏桦、张枣、普珉、徐丹夫、李苇、吴冬培、菲可、斯夫、裴庄欣、陆忆敏、陈东东。小说作者有张慈、乃顾、阿童（苏童）。第3期为油印打字本，没刊载小说，发表了贺奕的《绝处逢生——从中国当代诗歌谈起》（评论文章），诗歌作者有小海、丁当、于小韦、任辉、韩东、小君、于坚、普琅、吕德安。第4期除发表于小韦的诗和三篇小说、韩东和小海的论文、贺奕的小说外，还发表了任辉、海力洪、丁当、小君、小海、韩东、于坚等人的诗。第5期除了在以上各期经常出现的诗作者外，刘立杆、大西、肖明、谷梁、赵微石、杨黎、唐欣、张弛、文钶、赵刚、阿白等都是新面孔。第6期诗人有丁当、小海、朱文、刘立杆、于小韦、吕德安、吴晨骏、韩东、普珉、陈超、杜马兰、朱朱、刘磊、南嫫、斯夫、李冯、张枣。第7期除了上一期的大部分作者外，陈云虎、欧宁、伊沙、杨克等是新作者。另外，这一期还有于小韦、丁当、小海、韩东、于坚等五人的访谈录，普珉与欧宁的创作谈和沈奇的理论文章，还有任辉的十幅剪纸

---

① 马原是韩东的哥哥李潮介绍过来的。李潮时任《青春》杂志编辑。

作品。第 8 期作者队伍最庞大，除《他们》的基本作者外，又增加了侯马、王陵、皮皮、洪蓝、张生、马非、李森、阿坚、唐丹鸿、杨雪帆、徐江、非亚等新面孔。该期还有于小韦的访谈、张生的评论、朱朱的散论，以及杜马兰、伊沙、吴晨骏的创作谈。第 9 期中的杨键、鲁羊、吕约为新面孔，此外，还刊发了韩东、杜马兰、小海、吴晨骏、刘立杆等人的评论，以及张柠的《翟永明论》。2002年后为《他们》的网刊时代，韩东、于小韦等创办"他们文学网"，通过举办"他们论坛"、办网刊（1—10 期），又联络了一大批诗人。他们以"70 后"和"80 后"为主，主要有尹丽川、曹寇、乌青、杜撰、莫小邪、春树、朱庆和、李樯、巴桥、竖、欧亚、张海峰、陆离、李异、溜溜、张浩民、巫昂、魔头贝贝、彭飞、张力、赵志明、崔蔓莉等。其中，曹寇、春树、崔蔓莉等后来转向小说创作。

"他们"成员来自全国各地，平时书信往来，虽不少作者彼此间从未谋面，但以南京为中心的骨干成员之间的交流非常频繁、密切，然后波及西安、成都、上海、济南、北京，从而形成了颇为清晰的诗歌地理图。作为联络人，韩东的出场尤其关键："像王寅和于坚是通信认识的，看到他们东西就写信，谁给谁写信已经记不清了，反正在办《他们》之前好像就已经是通信上的朋友了，有同志的感情了。丁当是我在西安认识的，我当时在西安工作，他当时也在西安。像顾前在南京，我大学期间回家度假，就认识了。像李苇呢，跟顾前是亲戚，就认识了。马原当时是《青春》杂志的作者，我哥哥在《青春》杂志当编辑，马原到南京来玩，就认识了。认识苏童是因为封新城的《同代》，他跟封新城是朋友，从北师大毕业后分到南京，封新城给我写了封信让我们互相认识，就认识了。然后就办《他们》，《他们》是在南京办的，既有诗歌又有小说。"[1] 在南京，又由于他们很多是南京大学、南京工学院（今东南大学）、

---

① 常立：《关于"他们"及其它——韩东访谈录》，见其 2004 年博士论文《"他们"作家研究：韩东·鲁羊·朱文》附录。

南京师范大学、南京财贸学院等高校的学生或老师，他们彼此往来自由而方便，这就在事实上已经形成了一个成员颇为稳固的同仁团体。他们有相对固定的交流地点和相似的审美倾向："在南京，当时《他们》中的一批诗人、作家们的聚会场所主要是蓝旗新村（后来是瑞金新村）韩东、小君夫妇家，然后是南大中文系的宿舍，乃顾、李娟娟夫妇家，有时也去苏童和丁方执教的南京艺术学院，也定期不定期地去九华山、鸡鸣寺和鼓楼的茶馆聚会，大家见面总要拿出新写的作品来交流并供批评。西安的丁当，西藏的马原，济南的普珉，上海的王寅、陆忆敏夫妇也到南京来过几次，吕德安则利用假期或出差也来过几次，朋友们见面常常是通宵达旦谈诗、聊天，像过节一样。"① 这种集友情与相似文学趣味于一体的文学交流是同仁性质的，自由随意，随情随性，无任何等级与次序，而且，氛围、主题、精神都无不与"诗"息息相关。随着交流圈子的不断扩大，成员不断增多，在全国的影响力也渐趋大了起来。

　　韩东对文学的真知灼见以及对志同道合者的推介一直以来就为人乐道。1996 年，韩东主持《漓江》诗歌栏目，每期一人，共推出六人，他们是：刘立杆、李森、鲁羊、小海、杨键、朱朱。同年，他为《上海文学》"苏风"诗歌小辑编选诗歌时，对鲁羊、小海、刘立杆、杨键、朱朱、吴晨骏、于小韦、朱文、杜马兰、黎又等诗人予以重点推介。2017 年 10 月，他在《青春》杂志开设"青春剧构"栏目，"意在开掘一种新的文体或文本样式"，"凭借某种直觉，给一种业已萌动的写作大胆命名"，首期发表何小竹的《我在县城长大》。他那种作为职业作家的才情与识见以及对当代新诗怀有的宗教般的虔诚心态，那种对上述诗人的极富见地的评论与热情推介，无论当时还是今天都可作为一个"文学事件"而值得大书特书。韩东曾在采访中说，人生而平等，人之平等不在最低点，而在最高点。大概这种众生平等观深深影响了他对待文学及文学中人

①　小海：《〈他们〉记事》，《西湖》2017 年第 1 期。

的态度——不仅反对文坛中业已存在的种种写作霸权，还尊重每一位与文学有缘人的理想与实践，并乐意为其成长与发展提供力所能及的帮助。韩东对同道者的帮助与提携让众多受益者没齿难忘，乃至结成终身挚友。当年曾是文学爱好者，后来成为著名作家与出版人的楚尘回忆道：

> 1996年春天，我要去外地工作，不得不离开南京。临行时，托同学帮忙，去见了韩东。
>
> 那个下午，瑞金北村，短暂的一两个小时的会面。
>
> 我永远记得那个房间里的黑色沙发和茶几，白色的粗瓷杯里，刚泡的茶冒出热气，临北的窗户有明亮的光，白晃晃的折射在墙上。我甚至记得书架上摆着的十几本书的书名。
>
> 可是我们说了什么，一点也记不起来了。
>
> 我以为这不过是一个文学爱好者对于自己喜爱的作家的一次普通会面。却没想到，我们成了莫逆之交，一直到今天。[①]

记忆如此具体、清晰，是什么魔力让楚尘终生难忘？这恐怕不仅限于韩东的人格与才情，还有真正文人间的那种视对方为平等生命体，并因文学而彼此尊重、欣赏与共进之故吧！不仅韩、楚相识相伴堪称文人交往范例，韩、朱（朱文），韩、李（李冯）交往更被奉为文坛佳话。当年，李冯还在南京大学读书时，韩东已是文坛名家了。韩、李二人相识最早还是小海引荐的。小海因诗歌写得很好被特招入李冯所在的班，这样，李冯、小海成了同学。同时，小海又是韩东的好友和"他们"文学社核心成员之一，故李结识韩

---

① 楚尘：《韩东专栏开场白》，见"今日头条"。

以及很快融入校外文学圈实乃顺理成章之事。在此后的岁月中，韩东对这样一个"后生"的推介真乃不遗余力："向你推荐李冯的一篇小说，我认为非常之好，是真正的'专业水准'。作者二十二岁，已弄笔多年，这也是他最满意的一篇东西（之前从未发表过）。如有可能，你是否能和他直接联系？地址：南京大学中文八九研究生（邮编210008）。拜托了！"[①] 正是得益于韩东的力荐，李冯的作品在《收获》发表。《收获》号称"作家们成名的阶梯，更是中国当代文学史的'简写本'"，当代文学史上许多作品都是经由《收获》发表既而为读者所熟知。像李冯、朱文[②]这样的刚出道的新人，其作品能在《收获》上快速发表，显然与韩东的努力密切相关。此后，作为"广西文坛三剑客"之一的李冯的重要作品都在《收获》发表。

文人间因文学志趣和友谊而走在一起者不乏其人。闻一多与臧克家、鲁迅与瞿秋白堪称楷模。"人生得一知己足矣，斯世当以同怀视之"，鲁迅与瞿秋白的友谊谁不艳羡呢？然而，这样的友谊是彼此才华、气质、心性、机遇等诸多要素自由聚合的结晶，是可遇不可求的"人之子"们的灵魂相遇、拥抱与厮守。韩东与丁当、楚尘、朱文、小海、李冯、顾前、翟永明、贾樟柯等众多文人的友谊都可作如是观。韩东与"他们"因艺术趣味相投或生命体验相通而走在一起，不仅在此后的岁月中互帮互助、共磋共进，还通过创办同仁杂志，营构同仁文学场，陆续为文艺界带来新成果、新风格、新力量。因此，韩东对当代文学的贡献是双重的，既有理论与创作上的实践，又有文学活动方面的巨大作为。韩东与"他们"、韩东与当代文学生态场的关系，以及其几十年来有关左右进退、荣辱得失的经验，都值得学界予以全面梳理和深入研究。

---

① 《1991年7月29日韩东致程永新》，程永新编著《一个人的文学史1983—2007》，天津人民出版社2007年，第75页。

② 经由韩东推荐，朱文的短篇小说《小羊皮纽扣》在《收获》发表。

第四章 "断裂"与新生

第一节 "断裂"事件的发生

　　1998年5月1日，朱文与韩东在商谈后联合向全国各地的青年作家发出一份问卷，请他们逐一回答一些非常具体的问题。这些问题涉及中国文学的方方面面。5月2日至5月9日多次又就问卷展开进一步的讨论、修改。5月10日标准问卷定稿，并开始邮寄给全国各地的作家。在此后的两个多月内，问卷陆陆续续返回，截至7月13日，共收回问卷五十五份。与此同时，列有十三个问题的署名"朱文"的问卷在《街道》《文友》和《岭南文化时报》发表。8月21日，《精品购物指南》发表《断裂：一份问卷和五十六份答卷》。8月28日，《东方文化周刊》发表《沟通我们的一份问卷》和《备忘：有关"断裂"行为的问题回答》。整个活动紧锣密鼓地展开，二十世纪发生于中国大陆的最后一场对中国文坛生态产生重大影响的文学运动就此正式拉开大幕。

一

　　"断裂"问卷的参加者来自全国各地，各省名单如下：

（吉林）述平　金仁顺　刘庆

（辽宁）刁斗

（广西）东西　海力洪　沈东子

（广东）杨克　张梅　凌越

（浙江）王彪　夏季风

（云南）于坚　李森

（四川）翟永明

（福州）吕德安

（湖北）李修文　葛红兵

（天津）徐江

（北京）林白　李冯　邱华栋　金海曙　李大卫　贺奕　朱也旷　赵凝　田柯　侯马

（上海）张旻　棉棉　赵波　羊羽　夏商　西飏　张新颖　郜元宝　蒋波

（江苏）吴晨骏　鲁羊　韩东　刘立杆　赵刚　王大进　楚尘　陈卫　罗望子　黄梵　朱朱　魏微　朱辉　林舟　荆歌　顾前　李小山

从地域分布来看，以北京、江苏、上海为主；从人员结构来看，基本为八十年代以来活跃于诗歌、小说界的"新生代"作家；从年龄分布看，除少量"50后"和"70后"外，基本以"60后"为主。其中既有像韩东、于坚、翟永明这类在八十年代就已成名的作家，也有东西、邱华栋、荆歌、李修文、魏微、金仁顺这类在九十年代创作风头正茂的小说家，还有葛红兵、郜元宝、张新颖这类才子型的学院派文学批评家。从职业构成来看，既有自由作家，又有体制内作家，既有出版社、杂志社编辑，又有高校教师。其中，像东西、邱华栋、李修文等作家则是作协系统内的"官员"，是体制的直接受益者。这群作家作为文坛的新生力量，其写作既不同于秉承启蒙、革命、人道主义理念的前代作家，也不同于在"寻根""先锋""新写实"等文学思潮中奠定地位的同代作家（比如莫言、余华、苏童），而倾向于以个人化视角、日常化叙述、肉身化美学体验，书写九十年代以来的当下生活和历史进程。无论技术型（鲁羊、东西、述平）、写实型（韩东、朱文、邱华栋）、私语型（林白）、解构型（李冯、贺奕），还是诗意型（李修文、西飏），虽在具体写作和审美体验方面千差万别，但在认知范型、代际归属、经验实践（欲望化、私人化）方面有着较大的一致性。这也就是这批作家能够走在一起，合力出击，放大声音，上演世纪末这场突发事件的根本原因。

二

答卷数据统计如下：

发出问卷 73 份，收回 55 份，答卷回收率 75.3%。

一、69% 的作家认为，在中国当代作家中没有人对他产生过或正在产生着不可忽略的影响；25% 的作家认为有；另有 6% 的作家认为不能确定。

100% 的作家认为那些活跃于五十年代、六十年代、七十年代、八十年代文坛的作家中没有人给予他（她）的写作以一种根本指引。

二、98.2% 的作家认为，中国当代文学批评对其写作没有重大意义。

100% 的作家认为，当代文学评论家没有权利和足够的才智对作家的写作进行指导。

三、94.6% 的作家认为，大专院校里的现当代作家研究对他没有产生任何影响；3.6% 的作家认为有影响或有一点影响；1.8% 没有回答。

92.8% 的作家认为相对于真正的写作现状，这样的研究不能成立；3.6％ 的作家认为可以成立；3.6％ 没有回答。

四、81％ 的作家认为汉学家的观点不重要，也不重视；19％ 没有回答或不确定。

五、100％ 的作家认为不应该把陈寅恪等当作新偶像，反对造神运动。

91％ 的作家认为他们的书对写作没有影响，9％ 认为有影响或有一点影响。

六、91％ 的作家认为海德格尔等思想或理论权威对其写作无影响，5.4％ 认为有，3.6％ 不确定。

92.8％ 的作家认为没有必要，7.2％ 不确定。

七、98.2％ 的作家不以鲁迅为自己的写作楷模。

91％ 的作家认为鲁迅对当代中国文学无指导意义，3.6％ 认为有，5.4％ 不确定。

八、100％ 的作家认为不应该把基督教、伊斯兰教等宗教教义作为最高原则对写作进行规范。

九、92.8％ 的作家没有得到过作协的帮助。

96.4％ 的作家对作协持完全否定态度，3.6％ 弃权或没表态。

十、56％ 的作家对《读书》持否定、批评态度，29％ 未做评价，15％ 持肯定态度。

52％ 的作家对《收获》持否定、批评态度，40％ 未做评价，8％ 持肯定态度。

十一、91％ 的作家对《小说月报》《小说选刊》持完全否定态度，9％ 未做评价。

十二、94.6％ 的作家不承认茅盾文学奖、鲁迅文学奖的权威性，5.4％ 未表态。

问卷共设置了 13 个问题，涉及文学创作、文学批评、文学教育、文学组织、文学评奖、文学遗产等各个领域。问卷共发放 73 份，收回 55 份。朱文对这 55 份答卷进行了统计，结果显示，他们对 1950 年以来的作家、作品，对大专院校的文学教育，对同时代的文学批评和汉学家的观点，对中国作协及所属期刊在文学创作中的地位和作用，对鲁迅、海德格尔为代表的中外经典作家或学者的权威地位，等等，做了几乎全盘否定性的回答。

他们在与传统、历史的紧张对峙中，既反叛带有官方色彩的文学体制、文学活动和文学秩序，鄙视文学上的任何偶像崇拜和君临精神之上的宗教思想，也不把莫言、余华等同时代已经出名的作家列入自己的阵营内。这也反映出了九十年代末期新生代作家们自由而任性、创新又浮躁的心态。

其实，问题的设置很不科学，且具有明显的导向性，故供答卷者思考的空间极其有限。尽管答卷者对问题的回答表现出了较大的一致性，但答卷者在回答这些问题时的目的、心态以及事件发生后的反映也并非铁板一块。自"断裂"事件发生后，作为一个团队的新生代作家群体很快就分道扬镳了，除了韩东、朱文、鲁羊、贺奕、刘立杆、黄梵、楚尘等一小部分人将革命坚持到底外，大部分参加者纷纷改弦易辙。他们要么阵前倒戈，复归他们所反对的体制内；要么抛弃文学理想，转行影视；要么停闭歇业，远离文学界。即使依然以自由作家身份活跃于当代文坛者也对自己当年的行为给予深刻反思。比如，吴晨骏说："如果没有这个事情的话，我可能也会思考一些问题，或者也会反省一些事，但至少我在思考这个问题时，我是按照自己所设想的方法去思考。在我看来，介入幼稚的现实对艺术是有损害的。介入这种幼稚的现实，往往自己就变得很幼稚了。这是我不希望看到的。

"当时实际上我没有主动意识，如果我选择不参加，那是一种主动意识在里面，而这种主动意识是我不喜欢的东西。我的思维方式决定了我必须参加这个事情，必须说话，必须参加这样的行为，卷入这个事件之中。但这是一种悖论，我不可能不参加，但一旦我参加了，当这个事情指向一个结果时，我又很不喜欢。

"如《读书》《收获》这些问题我平时是不思考的，但回答问卷时，我采取了一种无所谓的态度，这种做法显然就是很欠妥的，因为这些杂志对目前的中国文学是有益的。"[1]

他觉得自己对有些问题的回答是很不负责任的，是"堕落的表现"，并对之心生"厌恶情绪"。应该说，吴的反思代表了部分问卷参加者的真实心态，即那种想参加、想发言但又被裹挟、被挟持的半自由状态让部分参加者感到对部分问题的回答太草率了。

三

关于"断裂"的原因，韩东曾有详尽的说明："'断裂'的发起人就是我、朱文等人。起因就是，我们写小说嘛，写着写着就要进入系统了，像我和朱文当时发了不少东西，又获得好评，然后感觉上就是，快要走苏童、叶兆言的那条道路了。我说的一个词就是'虚席以待'，我们可以去作家协会，去做专业作家，那条作家的道路就很明确了。当个专业作家之后，然后就到处开笔会呀，参加活动呀，当然还有各种各样的实惠。我和朱文都比较烦这些个东西，很多人是被我们带进来的，怀着不同的心情和目的，参与了这件事。我始终不愿意我的写作受到任何干扰，但是，如果你进入了作协这样的地方，那你就要走那条道路。比如说叫你去参加笔会，你说我不想去，他就会觉得奇怪，你不是写东西的吗？写东西你怎么会不去参加笔会呢？你会身不由己地去做一些事，然后你去参加作品研讨会，你去签名售书了，去给一个杂志创刊二十周年题个词，在文学馆的大花瓶上刻上自己的名字。你写作为了什么？不就是跟编辑搞好关系，在杂志上发作品，发完了以后结集出版，出版后现当代的研究者对你进行研究，然后你出席各种会议、各种场所，进

① 汪继芳：《"断裂"：世纪末的文学事故——自由作家访谈录》，江苏文艺出版社2000年，第85页。

入专业创作组,被评为一级作家二级作家。……我觉得这种生活方式比较讨厌。我写书就写完了是吧,写书之外,我愿意干吗就干吗,我愿意和朋友交往,我愿意上网,我不愿意受那么多的束缚。发起'断裂',就是和这种生活方式,和所谓的文坛断开。我和朱文当时就是这样想的,我们写了这么多年就是为了成为那样一种作家吗?就是为了去过那样一种身不由己的生活吗?所以我们就对当时的文坛方方面面进行了非常粗暴的否定,问卷是精心设计的,当然参与的人目的不尽相同。很多人都认为我们这样做是为了炒作和提高知名度,为了利益,其实是一种误解。事实上我们是自断退路,'断裂'以后很多事情再也不来找我们了。……"[1]

　　韩东所言比较清楚地说明了他们开展"断裂"的原因。在韩东看来,所谓"断裂"绝非是"改朝换代""炒作""路线斗争",以及争做话语霸权的集体行为,而是立场问题、原则问题。首先,他不愿进入作协这样的地方,不愿成为所谓"专业作家",而是为了追求文学写作的自由,并以决绝的叛逆意识和创造精神——"如果我的写作是写作,他们的就不是。如果他们的写作是写作,我的就不是"——重建全新的创作空间和写作可能。他要放弃"虚位以待"的权利而宁愿"自断退路",远离中心,和僵化的文学体制、腐朽的文学秩序告别;身处边缘,重申文学的理想目标,即"重申理想、创造、自由和艺术在文学实践中的绝对地位"[2]。其次,他也反感任何高高在上的权威、秩序、等级及其象征符号系统,反对任何压抑或扭曲文学理想的做法,而主张写作的自由与平等,认为文学并无本质上的高低贵贱之分。正是因为对这种人为设定的等级秩序的刻骨反感,他才对秉承知识分子写作精神一派动辄自我崇高化从而贬低或漠视其他类型写作的做法表示了极大反感。韩东们的"断

---

① 常立:《关于"他们"及其它——韩东访谈录》,见其 2004 年博士论文《"他们"作家研究:韩东·鲁羊·朱文》附录。

② 韩东:《备忘:有关"断裂"行为的问题回答》,《北京文学》1998 年第 10 期。

裂"活动，宛若一场急风暴雨，其突发性、彻底性，让世纪末的中国文学界为之震动，一定程度上削弱了传统话语的地位和权威。

<h2 style="text-align:center">四</h2>

"断裂"是一次有组织、有准备、有目的的活动，而非自发行为。以"问卷"方式发起运动，以集体力量冲击旧秩序，更为发起者和绝大部分参与者所欣喜。活动引起了各大媒体的集中关注。8月21日，《南方周末》以半个版的篇幅对这次活动做了重点报道。9月7日，《深圳风采周刊》以《打开文学这扇窗》为题，组织各界人士对该事件做专题讨论。不久，《北京文学》发表《断裂：一份问卷和五十六份答卷》①，一同发表的还有"问卷说明""答卷数据统计""工作手记"，韩东的《备忘：有关"断裂"行为的问题回答》等内容。这份问卷因其所提问题的主观倾向性与回答问题的极端颠覆性而引发了文坛的激烈辩论，遂成为当年文坛上的一件大事。

问卷甫一发表，便在文学界引起轩然大波。在此过程中，质疑与批判的声音一直就不绝于耳。② 为应对质疑和批判，他们主要做了三方面的工作：一、进行了富有针对性的回应。比如，10月23日，《东方文化周刊》发表了朱文、吴晨骏、韩东三人合写的《对匿名者的公开回答》。1999年夏，朱文发表了《狗眼看人——从断裂丛书出版谈起》。二、编辑和出版"断裂丛书"。这套丛书共推出了六位作家的小说集：楚尘的《有限的交往》、吴晨骏的《明朝书生》、顾前的《萎靡不振》、贺奕的《伪生活》、金海曙的《深度焦虑》和海力洪的《药片的精神》。三、广泛接受媒体记者的采访。《断裂：世纪末的文学事故——自由作家访谈录》收有魏微、陈卫、黄梵、

---

① 韩东、朱文等：《断裂：一份问卷和五十六份答卷》，《北京文学》1998年第10期。

② 比如，10月22日，《文论报》发表了陈冲的《玩一把思维游戏——也说〈断裂问卷和答卷〉》。

顾前、李小山、吴晨骏、赵刚、刘立杆、朱朱、鲁羊、楚尘、韩东、朱文共十三位作家的专访，他们从不同角度对"断裂"活动予以阐释。

<h2 style="text-align:center">五</h2>

如何评价这一文学事件？在九十年代的文化语境中，启蒙、崇高、理想主义、人文主义等大词并不受新生代小说家们的待见，而个人主义、日常性、私语化则一直备受这批小说家们的青睐。他们不满意于在文学领域内业已形成的等级秩序，因此，推倒或绕过就是这一代小说家们所秉承的必然策略。"断裂"即意味着"另起炉灶"，重新开始，即意味着对自由与创造的追寻，即意味着新式文学精神和文学样式的诞生，故对其正面价值和文学史意义应予充分肯定。但肯定其价值和意义，并不意味着该事件发生得恰逢其时、合情合法，相反，它所展现出的弊端还是相当典型和有警示意义的。

其一，"断裂"活动有着明显的"硬伤"。"断裂"活动也不可避免地带来一些负面问题。二十年后，韩东在总结"断裂"活动所带来的正、负两方面效果时，对这方面的内容予以特别说明。[1]他说："发起者欢迎这种裹挟，加强并利用之是一种不纯"，"为了效果而牺牲真实，就不再简单地是一个粗鲁问题了"，"针对流行是'断裂'难以被后来者理解的一个原因，也是一种急功近利，而且伤害了一些人的名誉。这些都构成了'断裂'的硬伤。他有关"裹挟他人""概念化的偏激""伤及无辜"的上述说明亦可看成是主要发起者对该事件的一次彻底反省。

其二，"断裂"活动给予作家们的创作导向以不小的误区。极度膨胀的自我、夸张的口号互为表里，显示了世纪末登上中国当代

---

[1] 韩东：《断裂之意》，见韩东新浪微博。

文坛的这批作家的叛逆姿态。他们以极度张扬的个性意识和极端的颠覆力量，不但与现代文学的传统隔绝，还与当前文学秩序断裂。这导致了其审美体验的另类风景。他们以叛逆者身份，重建自我和经验之间的关系，首先在思维和观念上主动割断了与现代文学史的关联。在他们看来，诸如前代作家的影响和指引几乎是不存在的。他们的文学语言只和自己的内心体验发生关联，刻意阻止任何具有启蒙性和革命色彩的语言进入文本，以此制造了中国新文学史上最为壮观的"小叙事"潮流。小情绪、小事件、小主题，叙述一味地从小到小，呈现了一地鸡毛式的碎片化景观。这种创作倾向自"断裂"事件发生后在中国文坛愈演愈烈，写作越来越封闭、狭隘，其结果必然将文学沦落为个人的修辞游戏，从而割裂与"大时代"的内在关联。

其三，"断裂"活动不可避免地引发了一系列后遗症。这种类"断裂"事件类似行为艺术，自然以其话语的尖锐和行为的极端引起文坛的广泛关注，也开启了此后一系列"造反"事件或炒作事件的序幕，比如《上海宝贝》炒作事件、葛红兵的《为二十世纪文学写份悼词》、"下半身写作""梨花体""新红颜写作"，等等。当作家不主要以自身修养和作品质量而以非文学的炒作彰显自身存在时，其文学崇高品性的丧失和对文学破坏大于建设的后果也就必然要发生了。他们沉陷于自我解放的快感中，不知不觉成了消费主义的附庸而失去了对现实发言的能力。毫无疑问，九十年代以来作家们在面对历史与现实问题时的集体沉默与持续堕落，是自新文化运动以来近百年历史上很罕见的事件；文学对社会的干预与引领几乎忽略不计，亦是百年新文学史所绝无仅有的现象。这不能不让人深思：九十年代以来新文学作家们是纸身木脑吗？在商业社会里竟然变得如此不堪！其实，作家们认领下作家作为"小时代"中边缘化角色的自我定位，本来就是自欺欺人、一厢情愿的认定，为何在此后的二十多年间竟演变为牢不可破的集体认同？作家们热衷于炒作，满足于表面的热闹和廉价的吹捧，不仅放弃了最起码的道义担当与社会责任，还自愿降格为世俗男女的视界与感官，与普通大众一起游戏人生。作家们自愿放弃基本职守，不问世间冷暖，不关心民众死活，发展至极致，便会成为"精致的利己主义者"而被时代和人民所双双抛弃！

第二节 "断裂"事件中的韩东言论

在这个断裂问卷中，韩东的观点及姿态尤其引人注意，以下是他针对提问所做出的回答：

一、当代汉语作家中没有一个人曾对我的写作产生过不可忽略的影响。五十、六十、七十、八十年代登上文坛的作家没有一个人与我的写作有着继承关系。他们的书我完全不看。

二、当代文学评论并不存在。有的只是一伙面目猥琐的食腐肉者。他们一向以年轻的作家的血肉为主，为了掩盖这个事实他们攻击自己的衣食父母。另外他们的艺术直觉普遍为负数。

三、大专院校内的当代文学研究者首要的意义在于职称评定，次要的意义在于培养一批心理变态的打手。它与当代文学评论有很大的重叠部分。相互重叠之处有如双重的昏昧与阴暗——深夜时分的深井。

四、除非将当代文学降低到汉语拼音标准，否则汉学家的权威便是令人可笑之事。当然他们能促成某些事情。但他们因为幼稚而损坏的方面将更多更深重。汉学家是一群添乱的人。

五、陈寅恪、顾准、海子、王小波是九十年代文化知识界推出的新偶像，在此意义上他们背叛了自己，喂养人的面包是砸向年轻一代的石头。对于活着并埋头于工作的艺术家而言他们更像是呼啸而过的噪音。

六、至于海德格尔、罗兰·巴特、福科、德里达等西方理论和思想权威在中国先后登场应视为文化交流的繁荣昌盛。他们的出现是时尚性的、符号化的。和九十年代的新偶像们一样，他们是居心叵测者手中的一块石头，对工作中的艺术家而言他们是干扰性的噪音。

七、鲁迅是一块老石头。他的权威在思想文艺界是顶级的，不证自明的。即使是耶和华人们也能说三道四，但对鲁迅却不能够。因此他的反动性也不证自明。对于今天的写作而言，鲁迅也确无教育意义。

八、任何宗教，只要它试图统一艺术家们的思想认识，垄断艺术创造的灵感源泉，那它就是邪恶的、非真理的。以真理之名就是反对真理，而真正的艺术作品就是真理本身。

九、各级作家协会是地道的权力机构，它代表政府管理作家。当然它只是管理形式之一种——较为隐晦和礼貌的一种。

十、我对《读书》和《收获》两大名刊的评价是：知识分子和成功人士平庸灵魂的理想掩体。

十一、我对《小说月报》《小说选刊》两大权威选刊的评价是：如果作为最差小说的选本，它的权威性将不容置疑。

十二、我对茅盾、鲁迅两大文学奖的评价是：如果作为当今最恶劣小说的奖项，它的公正性有目共睹。

韩东对所提问题基本做了反面的或否定性的回答，其言说的大胆、极端与尖锐振聋发聩。他直接省略了对于问题生成及演变过程的详细论述，而将主观营构否定性"结论"赤裸裸地和盘托出，并庄严宣告：这就是我们的立场与姿态，一切皆无可争议，无可妥协！

韩东及其同伴们的极端言论与行为是有预谋的。首先可以肯定的是，这种类似行为艺术的问答并非着力于建设，而是断裂，讨论并非学理化，而是情绪化。他们身处大众消费文化蓬勃发展年代，不仅深知个体微弱的力量无以撼动凌驾其上的种种意识形态霸权，因而必须采用集团冲锋与集体斗争形式，方能达成出其不意之目的与效果，还熟悉消费文化本质、媒介运营特点和大众审美趣味，深谙自我宣传与推销的技巧、时机，因而他们的"宣言"能够快速扩散，震撼人心。极端的言论与极端的行为将群体的"声音"放大，从而昭示一个作家群体的在场与不可妥协的姿态。应该说，他们达到了预想的效果。作为一个群体而存在的"新生代作家"，不仅以集体冲锋方式完成了与前代文学的断裂，还以其独异的文学景观初步奠定了在当代文学史上的地位。在这个过程中，韩东的姿态、观点及文学实践，都堪称是开创性的。他企图打破所有霸权意识形态樊篱，以自由、自在姿态，重建一种文学的民间秩序，开创一种全新的写作风尚。文学永远都是叛逆的，创新的，独一无二的，应该说，他的行为极具革命意义。

"断裂"得如此彻底，如此决绝，然而，韩东要和谁划开？"断裂"什么？为何"断裂"？"断裂事件"与九十年代文学有何关系，有何影响？文学史上有何意义？

一、坚守民间立场，重塑民间形象。

在二十世纪九十年代，体制内官员的下海经商，与体制内文人的辞职写作，似乎构成了上世纪末一道极为显眼的风景。官员的辞职是市场经济时代物质利益直接诱惑的结果，而文人辞职则更多是信仰层面上的理想驱动使然。韩东大学毕业后，先后在西安、南京两所高校任教，1992 年辞掉公职，专事创作，他由体制内的人变为体制外的自由人，这在新时期以来的文学场域中可算是崭新形象。辞掉公职，就意味着舍弃掉最基本的物质保障，置己于十字路口，单纯靠精神上的裸奔，这当然是一种冒险行为，但以自由撰稿人、"第三代诗人"旗手而迅速积累起来的象征资本也使得韩东及其创作成为当代文学绕不过去的存在。这一切表现在其文学理念与实践上便是对文学的"民间"立场的坚守。首先，这里的"民间"指一种虚拟的现代空间，它依托现代都市，指向个体精神世界的丰富与多元。它赋予韩东以对抗体制的根基与动力。正像十九世纪法国巴黎诗人反抗上层贵族文学一样，韩东对居于中心地位的带有官方背景或强烈体制内色彩的文学予以尖锐抨击。这是一场争夺文学话语权和存在空间的战争。他毫不畏惧，毫不退缩，一往无前。这场你死我活的没有硝烟的战争最终在彼此混战中落下帷幕。热战落幕了，冷战从此开启。这么说，并非指韩东做到了与其反对对象的彻底一刀两断，而是指他的民间立场根深蒂固，或退或进，总以此作为出发点打量周边，而不致迷失自我。比方说，韩东及其作品依然颇受《收获》《花城》等体制内杂志青睐并多有刊发，他依然保留着中国作家协会会员、江苏作家协会理事等体制内名号，也以"广东作协合同制作家"身份获得过体制内的实际利益，但韩东只能是那个秉承"民间立场"的韩东。他特立独行，拒绝被收编，而是试图重建有关写作的目的、方向、道路，重建文学革命的坐标和主流之外的空间形态。他写诗，写小说，拍电影，他有理论，有实践，他像一面镜子，时不时地映照出了体制内作家的卑微与不堪，但反体制并不是其目的，而是表明一种理想与精神。另外，韩东的"民间"还是一个与"知识分子写作"相对的概念。

二、实践彻底的"个人化"写作理念。

"个人化"写作是韩东从事文学创作的核心理念。他主张"个人化"，也即注重个人经验，忠实于自己的生活史与精神史，在经验（材料）处理上力求化腐朽为神奇，在艺术上建构以日常观照与感性体验为中心的审美范式。为此，他反对任何形式的霸权。前述韩东言论针对的都是业已存在的种种"霸权"形式，或者说，凡是"霸权、垄断、以正宗自居"的写作都是韩东所极力反对的，因为这对"个人化"写作构成一种不言自明的精神压力。长久以来，学界对韩东似乎始终存在一种误解，认为他是文学秩序的捣乱者、反叛者，是当代文坛的"异类"，出于争夺话语权的需要而与绝大部分作家不共戴天，其实并非如此："我不反对任何写作，任何写作都有它存在的理由。我反对的是文学写作的霸权。理想的写作应该是多元的，各有各的天地，也各有各的吃饭的地方。霸权、垄断、以正宗自居，是对写作事业的伤害，是对一代人甚至几代人文学创造力的伤害。……听见那帮成功人士整天唠叨着那几个人物，互相吹嘘，好像广阔的文学写作就是他们家的那二亩三分地，真是烦不胜烦。当代文学写作的深度与广度果真如他们划定的那样，那真的就是死路一条了。"① 因此，当"朦胧诗"横扫诗坛并被尊为诗之"正典"，当先锋思潮成为压倒性的存在并自诩为主流，当王蒙、张炜、韩少功、张承志等"主流作家"被奉为正宗并占据道德制高点，当莫言、余华、苏童、王小波、王朔等当红作家进驻文学现场中心，在韩东看来，他们都对"个人化"与"多元化"写作构成了潜在的压力与威胁。这倒不是说韩东要彻底否定他们的创作，而是不愿看到某种"霸权"或"垄断"。在庙堂与民间、一元与多元、多数与少数之间，韩东似乎都站在后者立场上。这种文学上的自由与平等意识一直伴随韩东文学生涯始终。很明显，他既反对以"启蒙""革命"等外力建立起来的现代文学规范，也不认同北岛及此后的"朦胧诗""先锋文学"所开创的文学传统，而是以"一切从头再来"的姿态企图重建当代文学秩序、规范、形态。但宣言、理念并不能代替实践，事实证明，九十年代末期涌现出来的这一批新

---

① 韩东、李勇：《对话韩东：我反对的是写作的霸权》，《小说评论》2008年第1期。

生代作家，其语言体验与实践并非完全与传统一刀两断，而总是若隐若现地发生着内在的关联。同时，作为一种自我警告：只说不做，要遭人讥笑的！对韩东而言，他不仅一直在说，还一直在做。他最终以不停歇的诗歌写作，以两年一个长篇，辅以数量和质量相当可观的中短篇，显示了他在当代文坛上的重要地位。

尽管如此，"断裂"事件依然持续给韩东带来非议。为了消除误解，韩东、朱文等发起人又对之做了全面而细致的解释，以维护其革命的合法性。[①] 在辩解的五个问题中，前四个是由韩东来回答的：

一、"断裂"是炒作还是行为？

韩东：不是炒作，而是一次行为。……行为与炒作的相似之处在于它们都是一桩有预谋的公共事件，并希望大众的加入。不同之处在于炒作的方式总是平庸乏味，甚至是卑劣的，它无条件地服务于其利益的目的……行为则以行为本身为目的，整个过程必须是生动有力的，它是创造性的、艺术的，它不是表演，而是演出。

二、"断裂"是为了"改朝换代"吗？

韩东：不是。……实际上这一行为要划分的是一个空间概念，即在同一时间内存在着两种水火不容的写作。……断裂，不仅是时间延续上的，更重要的在于空间，我们必须从现有的文学秩序之上断裂开……

三、"断裂"是不是要搞"路线斗争"？

韩东：我们的目的即是在同一时间里划分不同的空间。并非是要以一种写作取代另一种写作。……我们想明确的不过是在现有的文学秩序之外，有另一种性质完全不同的写作的存在。……它不是进攻性的而是反抗性的，并不以取代战胜对方为目的。最好的情况下它是肌体（腐朽的文学秩序）中的一根刺。我们就是要成为这样的一根刺，肌体之上的毒瘤、癌，成为身体里的异物，而不想成为

---

① 韩东：《备忘：有关"断裂"行为的问题回答》，《北京文学》1998 年第 10 期。

腐烂的肌体本身。

四、"断裂"是一次"弑父"行为吗？

韩东：显然不是。那些在年龄上是我们父辈的作家与我们的写作没有任何继承关系，我们不是看他们的书长大的。……我们的做法不是"弑父"（因为他根本不存在），而是为了揭露那些以我们的父亲自居的人。

韩东明确表示，"断裂"事件不是炒作行为，也不是"以一种写作取代另一种写作"，"它是创造性的、艺术的，它不是表演，而是演出"，是"为了揭露那些以我们的父亲自居的人"，是通过与现有文学秩序的断开、与体制内作家的区分，以标示一种全新写作群体的存在。韩东的解释无疑带有极其浓郁的个人风格，或者说仅仅是他的一种自圆其说，但他在客观上造成的影响并不像他一厢情愿的解释那样泾渭分明，澄清事实，平息争议。其实，正如韩东所言，它是"演出"，但并未深入考虑"演出"内容是否合乎实际，强调"在现有的文学秩序之外，有另一种性质完全不同的写作的存在"，但并未细致思考此种写作的可持续性以及被广泛接受的程度。说说也许容易，做起来那就难了。文学、文学秩序、文学史自有其内在发展规律，作家、作品、世界、读者自有其完整的互生互融机制，这些从来不像韩东所阐释的那样顺理成章。时过境迁，当年"断裂"事件中言辞最激烈的当事人很多消隐于"江湖"，或者重归体制，或者后悔当年所为，或者创作转向，这时我们再回过头来反思该事件，总觉得，韩东们对问题的认知和对形式的预判还是过于简单了。正如梁鸿所言："事情的本质意义与表现的形式是相当一致的，不可能做到像韩东所言的'区分'，而他人的'好说话'更证实了韩东的'错误'。'断裂'问卷是对时代专制主义和庸俗精神的一次反抗，但无意间却成为更大的同谋，'革命话语'，无论是从历史上，还是从当代看，从来都不像表层意义那样斩钉截铁，而如抽刀断水，充满着暧昧与混杂的意味。"① 因此，如何客观评介韩东及其同伴们的"断裂"行为？我觉得，既要肯定其积极意义，也须警惕此类事件给文坛带来的消极影响，应是题中之义。

---

① 梁鸿：《暧昧的民间："断裂问卷"与九十年代文学的转向》，《文艺争鸣》2009 年第 6 期。

第二编

诗 歌 论

第五章　八十年代诗歌论

第一节　模仿期（1980—1982）：
汇入时代大潮的抒怀

　　新时期文学的发生是从对过去尤其"文革"时期的极左文艺政策与观念的反思、批判开始的，而作为先锋的新诗在八十年代初期拨乱反正、思想解放潮流中的作用及影响则是相当显赫的。八十年代的确属于诗歌的时代，诗人们纷纷结社，自办刊物，率先举起了新时期文学的大旗。北岛、《今天》、"朦胧诗"，作为一个时代的象征，八十年代的文学青年鲜有不受其影响者。1978 年，韩东考入山东大学哲学系，在校期间，作为云帆诗社的骨干成员之一，较早地融入到八十年代新诗创作阵营中来。1979 年，韩东接触到了北岛及《今天》上的诗歌，仿佛迷途中遇到了先知，突然醒悟，从 1980 年开始，在《青春》《诗刊》等刊物上发表了《昂起不屈的头》《迎春》《湖夜》《春天的细雨》《山民》《山》《无题——献给张志新》《女孩子》《我是山》《老渔夫》《一个黎明》《果实》《热爱春天》等模仿北岛及"朦胧诗"风格的诗；再加上大学时期未在正式刊物上发表的诗作，总量达二百多首。应该说，模仿期的创作数量相当可观。

　　韩东模仿期的诗歌创作，无论主题、风格，还是修辞，都深受主流文学影响。这一时期的诗歌常不乏北岛式的冷峻、质疑与控诉，反映出一代青年人由迷惘走向清醒的心路历程。高扬理想主义大旗，相信明天，相信未来，构成了这一时期写作的统一基调。比如《无题——献给张志新》："当黑夜围拢的时候 / 唯一发白的 / 是你失血的脸庞 // 这是冰凌 / 是岩石构成的月亮 / 封冻着潮水般的感情和思想 // 沉重的夜 / 把你挤碎 / 都化作一颗星光 // 从此 / 天空布满了冷峻的眼睛 / 大地回荡着爆裂的声响"。

这是青年韩东献给烈士张志新的一首赞歌：发白的脸庞、"潮水般的感情和思想""冷峻的眼睛"，是对张志新形象的简洁素描；"黑夜围拢""沉重的夜"自然是对残酷历史的指涉。张志新既是英雄，也是启蒙者，即使被"沉重的夜"碾碎，最终也化为"一颗星光"，唤醒沉睡的人们。很明显，黑暗与光明、压迫与反抗，是这首诗侧重表达的主题。尽管历史很沉重，现实也很残酷，但觉醒后的青年人不惧压迫、毅然前行的反抗精神和独立人格是坚挺的：

"压过来的是整个天空 / 我也要举起挑战的手 / 闪电的鞭子把我抽成网 / 对着陌生的宇宙 / 我还是要发出雷的怒吼：拒绝跪下"。（《山》）

"天空挂满了纱布 / 殷红的血液 / 从那看不见的伤口中 / 慢慢地流出 // 请不要悲伤 / 不要恐怖 / 血液不总是代表死亡 // 难道你失去了记忆 / 忘记了那最初的啼哭 // 让黎明上升 / 融化你的孤独 / 让太阳照亮你的脸庞 / 照亮习惯于黑暗的痛苦"。（《一个黎明》）

"在这节气，/ 我愿做一张犁，/ 一张犁。/ 划破残雪，/ 走向天地，/ 翻起黑色的泥。/ 唤醒，/ 唤醒沉睡的土地。// 在这节气，/ 我愿做一张犁，/ 一张犁。"（《迎春》）

"把穷孩子的梦守护 / 我用沸腾的血浆 / 喷射出漫天星斗 // 我给树木以生命的流 / 我在云的旗帜上书写自由 / 我走进铁窗上的图画 / 把希望凝入那凝视的眼球 // 我从海底上升 / 在地域到天堂的路上行走 / 谁也不能把我引诱 / 谁也不能把我挽留"。（《昂起不屈

的头》)

这四首诗充分展现了一种慷慨激昂的英雄主义精神。它不是集体发生的，而是个人的、自发的，带有自我启蒙色彩。黑暗、淫威、死亡、痛苦、伤口、悲伤、孤独、铁窗、沉睡的土地，都是带有特定含义的词汇，控诉与批判的矛头直指那段人妖不分的历史时期，但"拒绝跪下"，"让黎明上升"，"我愿做一张犁"，"我用沸腾的血浆／喷射出漫天星斗"，又分明昭示出抒情主体人格的高度独立、对未来的无限信心、无惧无畏的战斗意志以及超越"小我"的奉献精神。这是拨乱反正、走向现代化的时代精神在诗人精神谱系中的投射与呈现，在此，小我与大我融为一体，个体和社会共同前进，代表了八十年代初进步青年人的主流倾向。

"朦胧诗人"对个体生命意识的表达，对一代人理想诉求的言说，足以引发一代人的精神共鸣。舒婷在《致橡树》中所表达的爱情观："如果我爱你——／绝不像攀援的凌霄花／借你的高枝炫耀自己……我必须是你近旁的一株木棉／作为树的形象和你站在一起……爱——不仅爱你伟岸的身躯／也爱你坚持的位置，身下的土地"，在《神女峰》中那两句极富穿透力的话："与其在悬崖上展览千年／不如在爱人肩头痛哭一晚"，都曾感动过无数青年的心。那种心潮澎湃的生命体验，那种从未有过的对独立人格的高调弘扬，那种个体独立意识的觉醒以及觉醒后备感自由与豪迈的意识，作为八十年代人文精神的核心内容，对青年人的影响都是内在而深远的。每个人的青春都是独一无二的，对青春与成长的体验也是异彩纷呈的，因而，诗人鲜有不表达爱情，他们对爱情的表达从来都是备受瞩目的向度。韩东自然也不例外，比如《女孩子》：

你跑来

从大路上向我跑来

赤着脚，伸开双臂

太阳在你的头顶颠簸

像一圈晃动的花环

你踩着自已的影子

像驱赶着残存的夜

你的头发飘来甩去

是一股绿色的风

你的眼睛像新生的露珠一样闪光

你的嘴唇是两片苏醒的花瓣

海潮曾漫过你的全身

退落时留下了波浪的线条

你跑来

从大路上向我跑来

空气中颤动着你青春的旋律

你把欢乐的初次感受

和热情的海

一起推向我

你跑来

从大路上向我跑来

霞光撒开一张大网

要捕住你

捕住我

捕住这个瞬间

　　"女孩子"是诗人想象的对象，是爱与美的化身。"你"向"我"跑来，由远及近，所以，"我"也就彻底看清了"你"美丽动人的形象："你的头发飘来甩去／是一股绿色的风／你的眼睛像新生的露珠一样闪光／你的嘴唇是两片苏醒的花瓣"。"你"的美丽撼人心魄，让我情不自已。"太阳在你的头顶颠簸／像一圈晃动的花环"，"空气中颤动着你青春的旋律"，这是诗人"心像"的瞬间呈现。这首诗以通感手法表情达意，写得生动、形象、热烈，感染人。

韩东写了不少有关"山"的诗歌，可以说，"山"是其这一时期诗歌创作格外关注的意象。代表作有《山民》《我是山》《山》（组诗）。《我是山》：

是什么时候
大海的波浪凝固了
地平线上升起起伏的群山

我是山
我把头颅伸向天空
不是为了回忆蓝色的喧嚣
我召唤白云
就像召唤纯洁的鸽群
让那无声的鸽哨
带走我的心事
它们是温柔的雪
是我的诗笺
随着鸽子闪光的羽毛
飘向每一支河流
每一条大道
飘向每一寸原野
每一座小岛……

我是山
我的衣服
被闪电的鞭子抽成布条
我的手臂

被雷的大锤击碎

我无数次地昏死过去

倾盆大雨也不能把我浇醒

但是，只要我活着

就不会跪倒

不会求饶

只要我的心还在跳

就有青春的来潮

就要长出树林

流出瀑布

就不能沉默

就要喊叫

我是山

也许我已苍老

但我躯体上的每一部分青春的诗

都是开凿纪念碑的石料

也许我已喑哑

但我留给未来岁月的

是一阵阵飘拂在心田的笑

明天，我将熔化在霞光里

为了新的开拓

为了新的创造

　　山的形象与精神也即作者自况，无论抒怀青春、寄语未来，还是表达不畏艰难险阻、开拓创新的精神，都可看出诗人积极而达观的入世情怀。以托物言志、简单的象征手法表达一种青春思想，也是对八十年代初期青年人精神形象的集中写照。

在新诗史上，"山"和"海"作为一个相互对立的意象被诗人们反复使用。山的闭塞、保守，与海的自由、开放，形成了一个鲜明比照。从乡土文明一步步迈进现代文明的中国诗人鲜有不从对"山"及其象征义的体验与书写中走向未来的。山是起点，不是归宿，山是旧梦，不是新梦，山是此在，不是彼在……山之子们从未放弃过走出大山的脚步，但山那边还是山，在相当长的时期内，它成为阻挡现代人拥抱现代文明的绊脚石，然而，人们既爱又恨、既依恋又想逃离的心路历程，却又充分展现了在一代代人由"山"走向"海"的过程中两种文明所上演的博弈景观。比如："是的，我曾一次次地失望过／当我爬上那一座座诱惑着我的山顶／但我又一次次鼓起信心向前走去／因为我听见海依然在远方为我喧腾"①。在七十年代末八十年代初诗人笔下的"海"即是理想与文明的象征，而有关"山那边是什么"的疑问着实发生于每一位诗人心灵深处。这似是必经的自我启蒙，韩东自然也难脱此道，但他似比王家新展现得更悲壮："他想，这辈子是走不出这里的群山了／海是有的，但十分遥远／所以没等他走到那里／就会死在半路上／死在山中"，但决心也更彻底："他觉得应该带着老婆一起上路／老婆会给他生儿子／到他死的时候／儿子就长大了／儿子也会有老婆／儿子也会有儿子"②。韩东在《山民》中所表现的"愚公精神"恰恰说明了八十年代初韩东、王家新等青年诗人在诗观、诗思与诗艺上有着大体的一致性。③但

① 王家新：《在山的那边》，《长江文艺》1981 年第 5 期。
② 韩东：《山民》，《青春》1982 年第 8 期。
③ 虽然 1982 年以后，以王家新、江河为代表的知识分子写作与以韩东、于坚为代表的民间写作，最终分道扬镳，但在一些汉学家看来，他们之间依然有着很多相似性。比如，德国汉学家顾彬认为："王家新可以划归到'第三代'诗人中去"，"王家新的政治性和北岛的政治性具有完全不同的性质。在王家新的诗里说话的是一个个体，而不是一代人的声音。王家新更接近第三代诗人，他们拒绝北岛、杨炼的高调的抒情语言，用的是更为日常的生活语言。但是王家新的这种朴实的散文式表达不能掩盖一个事实，那就是他的诗中有一种强烈感人的戏剧性"。顾彬：《王家新的诗》，张桃洲编选《王家新诗歌研究评论文集》，东方出版中心 2017 年。

站在同一起跑线上的韩、王二人很快就分道扬镳了，他们对"海"之精神的体验与把握自然迥然不同。

除上述几方面外，韩东此时期还写了很多表达小感悟、小情绪、小情感、小智慧的诗。这一类诗皆率性而为，写法自由灵活，形式不拘一格，洋溢着青春烂漫的生活气息。比如："一只九龙杯，／一杯满满的酒，／一颗橘黄的夜明珠。／／四个朋友／在杯沿上行走／他们没有喝／醉得手拉手。"（《湖夜》）

"霞光浸红了雾的面纱／你年轻的面孔在晃动／干枯的皱纹一夜间全都消失／只有欢乐的泪水在流淌／云霞的手掌拂去你顶上的白霜／晨风托起你绿色的头发／你呼吸着／烟筒里吐出烟云的波浪／你歌唱着／大路上涌来人流的喧响／你的鼻尖闪着光／那是未竣工的大楼上的玻璃／在招引太阳／／我踢开小窗／奔向你／'大地呵，你早……'"（《大地呵，你早！》）

在艺术实践上，此时期的诗歌与"朦胧诗人"并无二致。在当时，韩东诗歌主要以其青春思想、积极向上的生命体验，以及在不到二十岁年龄上展现出的写诗的天赋而赢得同行们的关注。他的诗歌之所以能发表，编辑们正是看中了他这方面的特点：

> 在我们的新诗坛上，韩东是个初露头角的新作者，今年只有19岁，山东大学学生。
>
> 他的诗有力度。对生活热爱，对未来自信，"压过来的是整个天空。我昂起不屈的头"，向天堂行走"谁也不能把我挽留"。
>
> 他的诗有形象。在他的眼眸中，雾是大地的面纱，霞光里"年轻的面纱在晃动"，"未竣工的大楼上的玻璃"是"你的鼻尖闪着光"，"在招引太阳"。啊，展现在我们面前的大地，多么美好，多么可爱！
>
> 读完这组短诗，我禁不住也同作者一起"久久地凝

望"，仿佛看见诗的森林中，升起一片晨曦，无数新人正
向诗坛涌来，他们唱着早晨的歌，开拓自己的路。"于是，
那失去的重音，又在我衰老的心胸里回响。"①

这是《青春》杂志的编辑在刊发《昂起不屈的头》《山》《大
地》等诗歌时所写的编后语。编者特别强调"韩东是个初露头角的
新作者"，认为"他的诗有力度"，"有形象"，能够给人以希望和
光明。确实，韩东此时期的诗歌绝无颓废、虚无思想，高扬理想主
义、英雄主义精神，堪称"绿色精神食品"。而且，有些诗歌也展
现了较多个性色彩，比如，《女孩子》对美的形象与情感的瞬间体
悟，《山民》对"山民"形象及其寓意的呈现，都经得起反复阅读
与阐释。但诗艺上并无创新，几乎就是"朦胧诗"的翻版或继承。
比如，惯用传统的抒情方式，强调语言的修辞，呈现鲜明的形象
（意象），等等，都说明此时期韩东的语言意识及修辞策略还依附于
主流模式。这么说，并不是要否定他在这一时期的诗艺实践，而是
说，他在这一阶段并没有形成自己独有的艺术风格。

第二节　反叛期（1982—1984）：Pass 北岛及其他

1982 年下半年至 1984 年在韩东人生履历上注定是一个异常重
要而特别的年份。说它"重要"，是因为自 1982 年韩东从山东大
学毕业，被分配至陕西财经学院担任马哲教员这两年里，创作出了
《有关大雁塔》《你见过大海》等与 1982 年以前创作风格完全不同
的诗歌，从而不仅标志其美学风格的彻底转型，还以此奠定了在新
时期文学史上的地位；说它"特别"，是因为从 1982 年到 1984 年，
他总共创作了十首诗歌，不仅数量极少，不足以与这种"地位"相

---

① 《青春》1981 年第 1 期。

匹配，而且，即便这十首诗，彼此风格差异也很大。因此，从总体上看，此时期尚处于摸索阶段，实验色彩非常明显。正是基于上述考虑，我将1982年下半年至1984年划为"反叛期"，以显示这一时期在其诗歌创作历程上的过渡性。而1985年后，韩东的诗歌创作数量才明显多了起来，不仅质量大大提高，美学风格也趋于稳定。

韩东在"反叛期"的文学活动主要是创办民刊《老家》，诗歌创作反不是重心。这的确是值得关注和深入研究的现象。究其原因，一方面是由于美学风格正在由对"朦胧诗"的模仿转向面向现实的独立思考阶段，理论基础与实践方法的不成熟、不稳定，似也决定了数量上不可能有大的突进。韩东说："当时我面临变化。写得少与这种转变的艰难有关。这十首与我以前的诗截然不同。如果是一种改良、一种激进的话，产量或许还能保证，而它完全是推倒重来或从零做起。我觉得，量少也意味着心思的复杂。在进行中的困难和困扰也特别多。"[1] 1982年对韩东来说既是模仿期的终点，又是反叛期的起点。在这一年，审美思想与诗艺实践的新老杂糅非常明显地体现在他的创作活动中。另一方面由于操持编务（一人组稿、编辑、印刷、寄发），占去了绝大部分业余时间而无暇顾及创作。因为首要目标在颠覆并争得在文学现场中的话语权，故期刊阵地建设、有针对性的写作或论辩，就成为头等重要的事情，包括创作在内的所有文学活动都要服从于这个"首要目标"。再者，韩东创作《有关大雁塔》与《你见过大海》，意图重在反驳并颠覆"朦胧诗"那种带有精英知识分子意味的诗歌语言及修辞策略，而对诗艺的内部建设没有也来不及给予充分考虑。事实上，有关口语诗歌的理论建设及其实践绝不是一蹴而就的，只能留待后来逐步展开。这也决定了此时期的韩东不可能创作出数量可观的口语诗。

---

[1] 刘利民、朱文：《韩东采访录》，何同彬编《韩东研究资料》，人民文学出版社2016年，第233页。

这时期的诗除发表于《青春》上的《春天的细雨》《山》《山民》等带有"朦胧诗"风格的作品外，其他带有口语特色的诗歌主要发表在自办刊物《老家》和兰州封新城创办的《同代》上。具体来说，《有关大雁塔》《一个孩子的消息》发表于《老家》第 1 期，《我们的朋友》《水手》发表于《老家》第 2 期，上述诗歌又重复发表于《同代》（1983 年）。这些诗歌与 1982 年以前的创作相比，除《有关大雁塔》与《你见过大海》这两首真正表现出了美学风格的根本转向外，其他几首体现得并不明显。另外，即使不再模仿"朦胧诗"套路，但又陷入了另一种模仿圈套，即这些诗歌总带有西方翻译小说的某些烙印，比如叙述化、虚构性、猎奇色彩，等等。这是因为，此时期的韩东大量阅读过西方翻译小说，这种经由阅读后所积淀下的经验直接影响了他的诗歌创作。关于这一点，韩东毫不避讳："现在看来，我的一批反驳性质的诗作，和数年来大量阅读翻译小说应该是大有关系的。这批诗歌包括《海啊，海》《我不认识的女人》《一个孩子的消息》《水手》《山民》等。其中的叙述性、象征性、虚构性、猎奇以及传奇一望而知。小说读了很多，但其中只有一部分被运用于诗歌。这一部分不见得是最好的（就小说本身而言）。比如卡夫卡、加缪就从来没有进入过我的诗歌。而一些并非一流的作家，比如勒克莱齐奥，因其显然的诗意、优美、异国情调却给了我很大的启发。但这一时段很快就过去了（大约一两年）。"①

这也充分表明，韩东此时期创作依然带有许多不确定性，无论主题思想，还是美学风格，都处于发展过程中。或者说，他在诗艺探索与实践上并非只有"口语化"这一条路径。除此之外，他还将西方小说艺术方式引入诗歌，借此创生新的文体。比如，《我不认识的女人》《一个孩子的消息》《我们的朋友》宛若一篇篇超微小

① 韩东：《一个孩子的消息》（《三十年河东狮吼》一），见韩东新浪博客。

说，有故事，有情节，有人物，特别是有关"女人""孩子"命运的讲述，都展现诗歌写作的小说化倾向。这也不妨看作是诗歌创作在文体上的另一种实验。

在《我不认识的女人》中，大山的"女人"做了"我"的老婆，"她一声不响地跟我穿过城市／给我生了一个哑巴儿子"，但她从不开口说话（或许她也是哑巴），故有关她的身世以及那座大山就是谜一样的存在。一方面，"她走出来的那座大山／我什么也不知道"，另一方面，老婆不说话，儿子是哑巴，"我"不得不生活在一个沉默的世界里，所以，我就从想象中获得自我安慰："她是我的老婆／总有一天她会开口／告诉我山里的事情"，可问题是"但没准什么时候我就死了／她咽下没有讲完的话／动身回到山里"。如此一来，"我"只好自祈："看来我要活得很长／活到那座大山也死了／死得无影无踪／而山里走出来的女人／是不会老的"。这首诗似乎触及"爱情"这一主题，但既不是直白式言说，也非极其隐晦或高度形而上表达，而是借助"故事"得以自动呈现。"故事"是借助第一人称限定性视点讲述出来，"我"既是故事的讲述者，也是"故事"中的角色，诗意就是在"讲述"中得以显现。

在《一个孩子的消息》中，从南方来的这个"孩子"虽眼瞎嘴结，但其身世和人生履历皆不同寻常——他"有不少心眼儿"，"有条金嗓子"；很早以前"他就走遍了世界／见过大世面"；他有很多对他忠心耿耿的女人。"他是来投奔我／他听说我是北方的豪杰"，是"那些骑马的人／给我带来那孩子的消息／说他还在途中／艰苦地跋涉"，为此，"我"一直在等着他，即使"北方已经开始下雪了／还不见那孩子来／也听不到他的消息"，"我"也没有放弃："我和我的妻子／整天坐在火炉旁／等着那孩子／一声不吭"。这首诗以"我"和"他们"（即"那些骑马的人"）为视点，以既交叉又分离的方式，从不同侧面讲述了"孩子"的传奇故事。"孩子"类似小说中的虚构人物，形象和言行都给人以神秘之感，而故事的主题清晰可辨，即表现一种民间意义上的英雄主义精神。

如果说《我不认识的女人》和《一个孩子的消息》带有明显的叙述性、虚构性、猎奇性特征，那么《我们的朋友》《水手》则相对淡化这一倾向，而更多表现为对事件、人物或某种关系的直接言说。

《我们的朋友》通篇都是"我"讲给"我妻子"听的话，主要涉及三方面的内容：讲述朋友们来"我们"家的原因，"我的好妻子／只要我们在一起／我们的朋友就会回来／……只因为我们是非常亲爱的夫妻／因为我们有一个漂亮儿子"；讲述朋友们的悲伤情事，"他们和我没碰三杯就醉了／在鸡汤面前痛哭流涕／然后摇摇晃晃去找多年不见的女友／说是要成亲／得到的却是一个痛快的大嘴巴"；表达"我们"的态度，"我的好妻子／我们的朋友都会回来／我们看到他们风尘仆仆的面容／看到他们浑浊的眼泪／我们听到屋后一记响亮的耳光／就原谅了他们"。其实，对上述三方面内容的讲述，都始终围绕"我"与"我妻子"的美好情感展开，表面上看，是在述说朋友们的故事，实则是在言说"我"与妻子的幸福生活。一边是爱如火焰，一边是冷若冰山，两相比较，正是表达了对来之不易的美好爱情的珍惜与呵护。《水手》的主题显然也与"爱情"有关："顺流而下的水手，告诉你／大河上的见闻／上游和下游的见闻／贫穷的水手／卖给你无穷无尽的故事／两片嘴唇／满是爱的痕迹／连同明亮的眼睛／一闪而过"。水手不仅带来"大河上的见闻""上游和下游的见闻"，还有"无穷无尽的故事"。故事的主角是水手，水手贫穷，但收获爱情。水手与爱情构成了这首诗全部诗意的来源。

上述诗歌带有很强的叙述性、虚构性，实验色彩很浓，但"叙述"重点不在"事"，而在"叙"，在"说"，诗意就从这种"叙"或"说"中像山泉一样，汩汩流出。而且，以简明的叙述语言取代贵族化的抒情语言，以虚拟性的人物与场景取代有特定象征义的意象（比如杨炼的"大雁塔"、江河的"纪念碑"、舒婷的"神女峰"），以虚构的审美空间自动呈现的意蕴隔绝外在理念的强势侵入，这不仅是一种具体的修辞策略，也是一种文体实践方式。无论取材的猎奇性、故事的传奇性、人物的虚构性，还是对诗意的呈现方式，都与八十年代初"朦胧诗"的文体特征有着根本的不同，故也可看作是韩东对前代诗歌规范的反叛。但韩东并没有沿此路走下去，很快就改弦更张，趋向于日常，专注于口语诗的写作实验。《你见过大海》《有关大雁塔》是这方面的代表作。

在韩东看来，这十首诗歌的意义仅仅在于标志一种写作的开始，而非任何形式的圆满与成熟，但它打开了韩东诗歌创作的全新视界。诗歌回到语言，回到日常，不再只是流于口号式的宣言，而是切实落实到了具体的创作实践中来。因为在反叛，极端和偏激是必然的，若非，也就不会戳中诗坛命门。在此过程中，有质疑，有批驳，有颠覆，也有重建，应该说，韩东在八十年代的诗艺探索与实践是极具建设性的。在"朦胧诗"被尊为"正统"的文化语境中，韩东那些有意冒犯主流诗坛的话语，特别是其中有关诗歌语言的极端而尖锐的观点，显然更多出于论战策略上的考虑。他屡屡强调口语的重要性，强调到了无以复加甚至不惜背离基本常识的地步；他严格按照这种审美观、语言观创作出《有关大雁塔》与《你见过大海》。韩东这种从理论到实践所做出的成就，不仅从根本上动摇了主流诗坛赖以存在的根基，并使得他们在继续从事诗歌创作时不能不考虑韩东的影响，而且，因为口语是和个体生命息息相关的纯粹语言，它不再自我膨胀、凌空高蹈，而是回归日常，以此作为诗歌创作起点，自然就与"朦胧诗人"所操持的那种贵族化的独白语言区别开来，这就预示一种全新的新诗美学思想与风格的生成。

韩东作为八十年代最早自觉萌生语言意识的少数几个诗人之一，其在新时期文学史上的地位不应低估，但是一直到现在，学界对韩东的评价仍然不够客观公正，甚至屡屡出现意气用事式的毫无来由的非议。实际上，"口语诗""身体性""世俗性""个人主义"等概念并不能全面而准确地评定其形象、地位与创作成就。当时过境迁，我们完全有条件、有必要、有能力对韩东在八十年代诗歌生态中的形象与地位做出合乎实际的认定。虽然自1995年以后，有关韩东的研究论文逐渐多了起来，但在诗歌研究领域真正有说服力的文章多出现于二十一世纪第二个十年中。其中，小海对此时期韩东创作成就及地位的评价最合乎实际："首先，在这些诗歌中，剔除了流行的主流诗歌中强加的伪饰成分，使之从概念化、模式化的语言回复到现实生活中的本真语言，并具体到个体手中；其次，他使诗歌这种古老的艺术品种从矫情泛滥回到历史源头，回到表意抒情的初始状态。可以讲，他无意中完成了对现行诗歌语言的颠覆和内部革命，是对诗歌语言本体的最早觉悟者。"[①]虽然韩东未必是"对诗歌语言本体的最早觉悟者"，但他一定是对诗歌语言本体最早实践的少数几个觉悟者之一。韩东以其始终不渝的先锋精神、"儿童般的领袖欲"（陈超）、"第三代诗歌"代表诗人身份，对新时期以来的诗歌发展做出了重要贡献。

第三节　建设期（1985—1989）：
一种新诗美学风格的生成

八十年代是人文知识分子的黄金时代。作家们在精神上的自由与解放也是少见的。虽依然有来自政治意识形态的屡屡规约，但整体上并没有根本性地迟滞思想解放、艺术革新大踏步向前迈进的步伐。国家层面上的"现代化"与文学艺术领域内的现代性追求，在1985年后逐渐呈现加速前进态势，尽管依然有迷茫或困顿，但"前

---

① 　小海：《韩东诗歌论》，《东吴学术》2015年第5期。

方"似乎永远可期、可达，则更是让中国作家们群情激奋、锐意创新；偶然的迷茫是有的，盲目与急躁也时常发生，但那股子不服输的心气与坚定信仰，则始终贯穿整个八十年代。1985年对于中国文学来说绝对是一个丰收年[①]，同时也是一个转折年，自此，中国新文学又一次发生了翻天覆地的变化。

诗歌在八十年代后半期展现出了异常繁荣局面，而韩东作为最早"Pass 北岛"并引领新诗创作思潮的少数几个诗人之一，在1985年后更加活跃，且成绩卓著。此阶段的写作不再像前一阶段那样刻意追求诗艺实践上的极端效果，因此，像《有关大雁塔》《你见过大海》这类旨在追求极端实验与风格的作品在1985年后并不多见。这说明，反叛期的写作也仅仅是一种探索，诗艺的极端实践也仅仅是昭示一种风格，一种方向，而并不具有实际的推广意义。或者说，极端的反叛更多是一种策略上的考量，它只能出现一次，且只能是韩东的那一次，除了"这一次"，其他任何模仿都不具有诗学意义。[②]

---

① 本年度，刘索拉的《你别无选择》、王安忆的《小鲍庄》、莫言的《透明的红萝卜》、张贤亮的《男人的一半是女人》、韩少功的《爸爸爸》、马原的《冈底斯的诱惑》等标志新时期文学重大成就的作品陆续发表；阿城的《文化制约着人类》、韩少功的《文学的根》、李杭育的《理一理我们的根》、郑义的《我的根》等有关"寻根文学"的理论文章集中出现；黄子平、陈平原与钱理群合写的《论"二十世纪中国文学"》、刘再复的《论文学的主体性》等对当代文学、当代文学史产生重大影响的理论文章"横空出世"；外国文艺翻译丛书开始大规模引进。这些变化都标志着1985年是一个异常重要的年份。自此，伴随"第三代诗潮""寻根文学""先锋小说""新写实思潮"等新思潮的陆续涌现，中国新时期文学迎来了新的机遇。

② 按照诗评家陈超观点：真正的创新，应是前人不曾有，一旦创生，后人也无法模仿。《你见过大海》《有关大雁塔》这类诗歌极易被人模仿，因而我觉得这不算真正意义上的"大创新"。比如史元明博士就曾写作《有关韩东的作品》来调侃韩东："有关韩东的作品 / 我们能读到些什么呢 / 有很多人把书买来 / 为了读一遍 / 笨一点的读两遍 / 或者更多 / 那些喜欢断裂的人们 / 那些附庸后现代的人们 / 统统拿起韩东 / 读一读 / 然后扔掉 / 转眼不见了 / 也有无聊的 / 在雪白的纸上涂上满满的赞誉 / 那就算作帮派了吧 / 有关韩东的作品 / 我们又能读到什么呢 / 读一读 / 然后扔掉 / 转眼给了收废纸的黄大爷"。这说明，他的这类极端实验的作品，无论风格，还是结构模式，都极易被人模仿，稍不留神，就演变成打油诗了。

当"弑父"目标完成，所谓"极端"也就不复有现实意义。反叛过后，必须矫正，必须建设，这是正道，也是必然。

一

虽然"口语化""日常化""平民意识""世俗性"等概念并非出自韩东之口，但他的写作充分体现了这方面的倾向则是不争的事实。他主张以口语入诗，以及后来提出"诗到语言为止""第一次抒情"，都在强调语言在诗歌创作中的重要性。他首先突破了被学界界定的"口语诗""口语写作"等概念樊篱，而竭力在现实精神、日常情绪、生活场景或其他任何俗常经验中搜寻诗意，诗与现实生活的亲密关系在此获得了神性般互指互涉，特别是 1986 年后，对日常生活经验的发现与表达，成为其诗歌创作的绝对主流，彻底改变了前期的半推半就局面①，《常见的夜晚》《下棋的男人》《你的手》《在玄武湖划船》《郊区的一所大学》《一幅画》《妻子的拖鞋》《写作》等堪称这方面的代表作。他以不高于也不低于生活的审美姿态与美学视角，祈灵于日常，诉诸灵感，发现并表达有关"日常"的奥妙与本质。甚至，有些诗歌与其生活经历具有某种直接的同构性，比如《这个夜晚》②："这个夜晚很常见／你来敲我的门／我把门打开一条缝／灯光首先出去／在不远的地方停住／你的脸朝着它／看见了房间里的一切／可我对你还不大了解／因此没有把房门全部打开／你进来带进一阵冷风／屋里的热浪也使你的眼镜模糊／看来我们还需要彼此熟悉／在这个过程中／小心不要损伤了对方"。

这首诗就真实记录了一次陌生朋友来访，初次碰面时的情境及感受——"我"：朋友敲门，我打开一条门缝，射出灯光，看到了

<hr>

① 1982 年至 1984 年，只有一首《我们的朋友》类似此时的风格。

② 最早刊于《诗刊》1987 年第 1 期。在收入《你见过大海：韩东集 1982—2014》（作家出版社 2015 年）时，改题为"常见的夜晚"，见该书第 19 页。

你。"你"：你也看到了我及房间里的一切，你带来的冷风与屋内的热浪相碰，于是模糊了你的眼镜。"你我"：彼此陌生。事实上，这首诗歌对见面过程的细致描写并不能给人以深刻印象，在此，只不过如实再现了一次开门与友人相见的场面。如果止于此，平铺直叙，其实并无多少诗意。诗之所以成为诗，关键在于经此铺垫后最后两句的突然出现："在这个过程中／小心不要损伤了对方"。韩东的很多诗歌都是如此：绝大部分篇幅用在看似平常、琐碎或无聊的书写上，但到最后突然冒出一两句，于是，诗意瞬间而至，直透人心，境界全出。诗意突然降临，如同辽阔的海平面，突然跃出一头巨鲸，瞬间打破沉静，给人以震撼。[①] 关于这首诗的创作灵感，韩东说："《常见的夜晚》的写作灵感来自王寅、陆忆敏的来访，他们在我家住了有十天。我有一套自己的房子，这在当时是极大的奢侈，常有人携女友过来投宿，但我不是什么人都接待的。见面之前，我和王寅已通信很久，他和陆忆敏都是我最为看重的诗人，并引为同道……但此诗的最后一句'小心不要损伤了对方'，竟然一语成谶。我和王寅近年来虽然见过多次，但早已形同陌路，不再亲密了。责任肯定在我，这里不提。我想说的是，一首成功的诗有时是有预言功能的，不仅仅是生活的一个记录。所谓的诗意也许就隐藏在这部分的神秘之中。当年我不是很懂，不懂生活和诗歌的这种更深层次的互动。"[②]

所谓"一语成谶""预言功能""神秘的诗意"，即从时态的"日常生活"与诗中（审美转化）的"日常生活"发生了神奇的回转，"生活"与"诗"在此反而成了既亲密关联又独立存在的互镜关系。八十年代后半期，韩东的生活相对安逸、稳定，这不仅使得他与日常生活的关系变得更为亲密，也使他对诗与生活关系的美学思考推进到了一个新的高度。在审美思想上，此前那种剑拔弩张、云雷奋

① 这种策略与效果在九十年代创作的《甲乙》一诗中得到最佳展现。
② 韩东：《常见的夜晚》（《三十年河东狮吼》三），见韩东新浪博客。

发逐渐被后来的顺其自然、静穆平和所取代，生活中的韩东与诗歌中的韩东似乎有了更多的一致性[1]，语言、生活与诗的同构现象变得比任何时期都要明显。

"这一时期正是他个人生活的稳定期，也是与外部世界构成的一次'蜜月之旅'。反映在他的诗歌中，我们感受到诗人拓展诗歌新天地的不懈努力和激奋情绪。他以日常生活的种种物事、情境入诗，并试图破解生活的秘密，获得真谛。他似乎与现实生活中的万事万物发生着浑然一体的紧密联系，从而使他的诗歌洋溢着一股迷人的、直觉的哲学意味。"[2]

在修辞策略上，顺从语言召唤但不唯语言至上，诗大于语言，而非口号上的"诗到语言为止"，作为终极意义上的追求，有关诗与真理、诗与虚无的探索与实践，虽然也一直在持续发酵，但对日常情态、事态、物态表达，其精准、神奇、有力常让人拍手称快。

当然，这个时期与反叛期（1982 年至 1984 年）相比，无论创作思想，还是艺术风格，都有其一脉相承的一面。从某种意义上来说，韩东在反叛期创作过的《有关大雁塔》《你见过大海》也仅是偶尔为之的实验品，由于过多聚焦外部功利，比如，急于实验一种诗歌范式，力求宣示一种姿态，因此，他来不及当然也无力展开内部诗艺建设，故有关诗艺的真正探索与实践只有待 1985 年后才能有效展开。自《他们》在 1985 年创刊后，韩东发表了一系列践行"诗到语言为止"或者近似于此种理念的诗歌，从而彻底改变了 1984 年以前那种美学思想与风格上的游移状态。《妻子的拖鞋》《郊区的一所大学》《墙壁下的人》等诗歌是延续了《有关大雁塔》《你见过

---

[1] "他的诗歌所保留的个人信息是那样清晰而无需破译，这明显的个人标识正契合了一个时代对诗歌的要求。他以个人的坦率告白折射了一个时代即将到来的共同的情感氛围，这就使得他的诗歌具备了先觉意识和前卫性。由此，他对当代诗歌的走向也就不言而喻地起到了示范意义和导引作用。"小海：《韩东诗歌论》，《东吴学术》2015 年第 5 期。

[2] 小海：《韩东诗歌论》，《东吴学术》2015 年第 5 期。

大海》的路子，堪称这方面的绝佳代表。拒绝语言之外的理念与意义，诗的语言具有高度的自指性，如说有"意义"，那只能从语言自身的流动状态中产生，比如："妻子的两只拖鞋／一只落满灰尘／一只让我浮想联翩／两只拖鞋／一只在床前／一只在墙角／迈了一大步／一只崴了脚脖子／一只做了老鼠窝／一只张嘴骂人／一只小声哭泣／一只拖鞋向东／一只拖鞋向西／走了两条路／两只拖鞋／一只落满灰尘／一只满是灰尘"。（《妻子的拖鞋》）

全诗就是反反复复言说"两只拖鞋"的各种存在状态，既不指涉任何外在的概念意义，也不展现与之相关的情感与情绪。"拖鞋"就是拖鞋，一只这样，另一只那样，"这样"和"那样"就组成了一首诗。显然，作者有意杜绝意义与情感的介入，只是沉溺于对"物"之本真状态的描摹与再现。而且，采用惯用的陈述句，描态摹物精准到位，但语言回环往复，带有明显的流动性，诗即语言，且到达语言，也止于语言。这显然带有实验期的鲜明特色。

再比如："郊区的一所大学／下午四点左右／工地上的大楼已砌到三层／路的另一边／是半年前竣工的宿舍／结构和正在建筑中的一样／楼与楼之间／现在还是一块空地／不断有人走过／似乎在测量距离／一阵风来自这个季节／校园里没有任何响动／一张纸在沙石下面／树木在施工时移开／下午四点／一片云影带来了凉意／我走向学校的大门／并计算所用的时间"。（《郊区的一所大学》）

这首诗的句行类似"流水账"：校园工地上的再建大楼，在空地上测量的人，吹来的一阵风，沙石下面的一张纸，天上的一两片云，等等。在日常生活中，这些事物都司空见惯，而且，它们之间也毫无关联，只是凭借作者的意识被强行撮合在一起；叙述极其冷静，无情感介入，恰若摄像机镜头自动拍摄的画面，如说"意义"，那仅在于展现了若干事实、状态或场景，或者说，这些画面留有很多空白，等待读者去"读解"与"填充"。如此平铺直叙，不表露任何主观情绪，显然是诗人有意为之的策略，或者说仅仅是一种语言实践上的"实验"，因为，这首诗除了完全采用地道的日常口语以拒绝感念（已被理念化）语言侵袭外，其实并无其他深层意义。

二

避免抒情，避免随意流露主观情绪，表达上尽量客观冷静，不使表现对象灌注于"我"之意识，是其诗歌创作最为明显的特征之一，而与之相反，《温柔的部分》《一切安排就绪》《春天》《今天有人送花》《在玄武湖划船》《迟到的雨》等创作于1985年、1986年的诗代表了此时期韩东诗歌的另一种倾向，即它们或以情感、情绪入诗，或以场景、细节呈现诗意，或以叙事、绘物揭示存在本质，而整体风格趋于平和、澄明，并以暖色调彰显诗之颐养人性、呵护生命的审美倾向。比如："一切安排就绪／我可以坐下来欣赏／或在房间里／踱来踱去／这是我的家／从此便有了这样的感觉／卧室里／我妻子的船只出没／梵高的成熟的向日葵／顿时使四壁生辉／四把椅子／该写上四位好友的大名／供他们专用／他们来／打牌至天明鸡叫／有时候安静下来／比如黄昏／从这个房间／可以看到另一个房间／一块漂亮的桌布／一本书／都使我的灵魂喜悦／又总怀疑它们不该为我所用"。（《一切安排就绪》[①]）

"今天有人送花／你会幸福一天／仿佛空空的花瓶／已等待了多日／而这一天又是来得如此突然／对于送花的人来说／这只是一件小事／她家有一个小小的花园／退休的父亲每天料理／但她不把花送给别人／因为你们是朋友／你才得到了这份荣耀／现在房间里插满了鲜花／你们在里面说话／这是幸福的一天／还有人记得你／你也要记住她"。（《今天有人送花》[②]）

在《一切安排就绪》中，房间里诗意弥漫，"我可以坐下来欣

---

① 创作于1985年，发表于《诗刊》1986年第11期。

② 创作于1985年5月11日，发表于《诗刊》1986年第11期。

赏"，或者"踱来踱去"，静享这份天赐的幸福；房间里的一切都是美好的，都被"我"的意识所包围，无论梵高的画、四把椅子、桌布、书本，还是由此而想到的一系列活动，都给我以心灵上的轻松与灵魂上的喜悦。在《今天有人送花》中，朋友送花，不期而来，多么幸福的一天！被"她"记住是幸运的，诗人感动于这样一个美好的时刻，遂感觉生活中的美好无处不在。这两诗比较直接而充分地反映了八十年代后半期韩东家居生活的真实情貌——生活安稳，家庭温馨，岁月静好！从生活中发现诗意，并与自己的生活形成互照，既而直接表达某种美好的体验，就实属必然，非常合乎韩东这一时期从生活到精神的基本状态。

韩东此时期的很多诗歌并不避讳生活经历、日常情感的直接入诗，也不乏小生活、小情调、小温暖的刻意表现，但对情绪与情感的表达绝不放纵，而总是富有节制地加以控制，尤其避免空喊、泛滥。比如，在《回家》中，诗人记述一次夜晚回家见到母亲时的情景："我多么紧张／很久听不见母亲的声音／她的步履蹒跚／从后门响起……这样的灯光已和我相隔多年／它投下亲人长长的身影／永远朝着某个悲哀的方向"。

这首诗表达的是最富中国传统的伦理情感，也几乎是每一个人都曾经过或必将经过的生命历程。在《哥哥的一生必天真烂漫》中，诗人写了哥哥童年时的天真烂漫——他的勇敢、聪明、好心肠，以及爱汽车与速度，也交代了后来人生的不幸——因病卧床，发胖。这首诗以细腻的笔触记录兄弟之谊，表达血浓于水的亲情，真挚而感人。《温柔的部分》《明月降临》等名篇更是将精神中最为柔软的部分展现得淋漓尽致。

"我有过寂寞的乡村生活／它形成了我生活中温柔的部分／每当厌倦的情绪来临／就会有一阵风为我解脱／至少我不那么无知／我知道粮食的由来／你看我怎样把清贫的日子过到底／并能从中体会到快乐／而早出晚归的习惯／捡起来还会像锄头那样顺手／只是

我再也不能收获什么／不能重复其中每一个细小的动作／这里永远怀有某种真实的悲哀／就像农民痛苦自己的庄稼"。(《温柔的部分》[1])

　　每一个曾经扎根农村，后来迁入城市的人对韩东在这首诗中所表现的生活和所表达的情感一定不会感到陌生。乡村的贫穷与落后，乡土之子们对其既依恋又无奈、既依靠又想逃离的复杂情感，使得诗人们在面对乡村，书写乡愁时，那或优美而感伤或沉重而压抑的笔触总会让人感同身受，既而身心共鸣。韩东自八岁就随父下乡，有过长时间的乡村生活经历，所谓"我有过寂寞的乡村生活／它形成了我生活中温柔的部分"，就是对这段生活经历和生命体验的集中表达。显然，"温柔的部分"即是一种乡愁，首先，它是美好的、让人留恋的，因为"每当厌倦的情绪来临／就会有一阵风为我解脱"，尽管生活很清贫，但"能从中体会到快乐"；同时，它又是让人忧伤的，因为"我再也不能收获什么／不能重复其中每一个细小的动作／这里永远怀有某种真实的悲哀／就像农民痛苦自己的庄稼"。在这首诗中，温柔与清贫、快乐与隐痛、寂寞与悲哀，作为一种挥之不去的共生意绪贯穿于表达始终，并以其真挚的情感和朴实的形式而格外感人。韩东一向抑制情感或情绪的直接介入，而《温柔的部分》则恰好相反，富有节制的忧伤的抒情，朴素动人的情感表达，使其成为继《有关大雁塔》《你见过大海》之后又一首备受好评、广为流传的代表作。

　　再比如："月亮／你在窗外／在空中／在所有的屋顶之上／今晚特别大／你很高／高不出我的窗框／你很大／很明亮／肤色金黄／我们认识已经很久／是你吗／你背着手／把翅膀藏在身后／注视着我／并不开口说话／你飞过的时候有一种声音／有一种光线／但是你不飞／不掉下来／在空中／静静地注视我／无论我平躺着／还是熟睡时／都是这样／你静静地注视我／又仿佛雪花／开头把我灼

---

① 创作于 1985 年 3 月，发表于《诗刊》1986 年第 11 期。

伤／接着把我覆盖／以至最后把我埋葬"。(《明月降临》)

月亮最易触发灵感，引发诗情，可以说，古往今来，凡是诗人，大概没有不写月的。在《明月降临》中，月亮不期然地来到窗前，月辉洒下，诗人便被温柔包围，并在与月的彼此对视中，表达某种真切的感受。月之温柔一击，诗意瞬间降临，于是，诗人先从月的位置、形态、距离写起，接着由实转入虚，既而触发"我"之种种感受和想象。"我们"一词即意味着"我"和"月亮"的对视或对话是完全独立的、平等的。然而，因为"你背着手／把翅膀藏在身后／注视着我／并不开口说话"，故接下来围绕"月亮"的自问自答基本是诗人内在精神的直接外化。无论听觉、视觉效应（比如"你飞过的时候有一种声音／有一种光线"），还是联觉效果（比如"静静地注视我"），都是诗人移情于物或寄意于物的审美结晶。同时，这首诗以暖色调写月的形态、大小、色彩，又以冷色调表现月的神韵，但当月长时间地静静地注视着我，这"注视"让我发怵："又仿佛雪花／开头把我灼伤／接着把我覆盖／以至最后把我埋葬"。这一暖一冷、由外到内言说过程，正好反映了诗人在对月时心灵瞬间变迁的最初景观。

三

在 1985 年、1986 年、1987 年这三年中，韩东写了不少诚挚地表达温情的诗，但有论者也注意到这种写作所显示出的某种危险性："这种诚挚的温情在韩东最初一批诗作那里，有时会被一种庸凡的幽默和琐碎的轻松感所消除或变质，变形为《我们的朋友》《给病中的哥哥》等。对韩东来说，像这类小打小闹、装疯卖傻的变体性诗作，带给他的是一种看不出多少独创性，并且有趋时媚俗之嫌的危险。……考虑到韩东在'第三代'诗中的某种领风气之先的特殊位置，这类诗对'第三代'中曾经泛滥一时的趋赴凡庸的冲动，负有不可推卸的责任。"[1]

好在，这种倾向并没持续多久，1987年后那些取材"日常"、表现"日常"的诗歌一点也不"日常"。他依托日常，表现日常，言说日常，但并未被其所埋没；他沉迷于生命体验，固执且自负，但并未深陷形而下世界中，就表现内容而言，他的诗歌既无习见的人间烟火色，也无一般口语诗那种赤裸裸的世俗相。他追求简单、清晰、和谐的艺术品质，善于精准捕捉与表达瞬间而至的抽象意念。

例一："这只鸟儿已不知去向／原来的位置上甚至没有白云／一切空虚而又甜蜜"。(《写作》)

例二："多么安静／好像隔着一层玻璃／多么安静多么清晰／然而它们并不和我接触"。(《黄昏的羽毛》)

例三："灌木中放出的钩子钩住了我的肉／我以花朵的名义流血／如果有一万人在海面打捞／我只对你吐露珍珠／坚信道路的孩子幻想／地球是圆的，而距离／一再加长"。(《等待》)

例四："波浪涌起，以另一种电讯的方式／传入我的脑海，在那里考验我灵魂的船／汽车的前灯照亮她衣襟上的花朵／而尾部的红灯照亮正离我远去——电话挂断了"。(《挂断电话》)

例五："她唱歌在夜色深处／而声音继续限制在嗓眼／风中垂直的事物更加有力／缄默在这里多么嘹亮"。(《女声合唱》)

例六："悲痛的时候从眉梢往下滴水／我的每片指甲都在出汗／消息像一只飞不动的鸟／翅膀一直触到淤泥"。(《潮湿》)

他的每一首诗都很干净，很纯粹，绝不鄙俗，绝不肤浅。在例一中的"这只鸟儿"指"爬上电线杆的一个人"，正在写作的"我"看到了他从出现到消失的整个过程，于是"等我终于写完最后一页／这只鸟儿已不知去向"时，"我"对他在过的那个"位置"（空

---

[1] 李振声：《诗意：放逐与收复——论"第三代"诗中的"他们"与"莽汉"现象》，《文学评论》1995年第3期。

153

间感）的感觉真是妙不可言："一切空虚而又甜蜜"！在例二中，因为"黄昏降临／我坐在家中／窗外一片静谧"，"我"被"那巨大的翅膀拂中"，所以，实体的"我"与虚体的"羽毛"（"黄昏之静"的化身）相触、相遇，尽管"金色的羽毛漫天飞舞"，它安静而清晰，然而"并不和我接触"。在例三中，"钩子钩住了我的肉"，"以花朵的名义流血"，"只对你吐露珍珠"，无不指向抽象，接近虚无。标题"等待"到底有何意？等待什么？其实并没有清晰的答案。在例四中，电话挂断的那一瞬间，来自不同方向、不同空间、不同时间的事件、场景、特异感觉被整合在一起，特别是那些虚空、渴望、冷漠等人物心理或精神层面上的情绪因子，虽大体可感、可知，但只可意会不可言传。这就像海浪击打岸边，碎珠瞬间生成，晶莹剔透，貌似有形有态、可触可感，但又瞬间消失，归于无形。在例五中，她唱歌是在"夜色深处"，不是"在夜色里"，然而，"里"与"深"虽是包含与被包含关系，但不是同一概念，就像"石头中的石头""水中的水""阳光里的阳光"一样，"夜色深处"是一个极为神秘的领域，是诗意栖居的故乡。以此而论，限制在嗓眼中的"声音"，风中垂直的"事物"，"缄默"作为"嘹亮"的"形态"，在此，语言直达本质并趋向敞亮，都可见出诗人灵思慧心的不同寻常。在例六中，作为一种物理现象的"潮湿"给人的身心感受本来并无本质不同，但在诗人审美体验与实践中，它指向或转化为更多物象或心像："潮湿的夜""打嗝声""水雾""生锈的铁""腐烂的木头""再也不能吸水的海面"等，无不与之息息相关；至于"河蚌中的灯"，"我甚至翻不动一页书"，"悲痛的时候从眉梢往下滴水／我的每片指甲都在出汗／消息像一只飞不动的鸟"，等等，则趋于抽象、虚幻，需要读者抽象思维的深度参与，方能悟出其中奥妙。

由上可知，韩东对虚幻世界（"彼岸""无中生有""虚无""无限的未来"等）保有强烈的探知兴趣，不仅试图"从接近事物开始接近真理"（《接近真理》），还将触角绵延至无穷的精神宇宙。所谓"日常"不过是诗人依托的背景，是灵感产生的媒介，是进入宽广世界的入口，仅此而已。虽用口语，且多用完整的陈述句，但它并不通俗易懂，反而很抽象，很内在；由于拒绝情绪、情感的直接流露，特别是拒绝意象抒情，加之，向内深度开掘，空白太多，而诗行之间缺乏必要连贯，故很多诗歌并不容易被理解。即便每句诗大体明透、可解，但连贯成整体却不易解。比如，《一堆乱石中的一个人》《逝去的诗人》《接近真理》《远行的人》《我听见杯子》《下午》等诗歌，或由于拒绝一切先验论内容的介入，或偏于智性的极度私我经验的隐秘表达，因而意旨并不明晰，而总是在隐与显之间将诗引向极度陌生化的领域；而像《天堂》《远征》《渡河的队伍》《墙壁下的人》《航行》等指向神秘之境的诗歌都展现了超自然的气质，不仅诗意依靠内部逻辑自动生成，而且其显现过程及方式也不易把握。由此亦可看出，其诗歌的预想读者并不是普通大众，而是具有一定文学修养和专业能力的中高层次读者。

为什么会出现这种实践效果呢？这与韩东所秉承的审美思想和修辞策略密切相关。我们知道，他把"从感官到语言再到具体情景"看作是完成一首诗的基本次序，而大异于"从概念到意象再到象征"的传统路径。这是一切创造型诗人的必然选择，强调生命的即时体验和灵感捕捉，一切建立在天才般的感应基础之上。这就根本性地杜绝了非诗因素的侵入，其突出表现就是，概念化的或被强行改造过的语言被隔离或清除。如此一来，诗不再与政治、文化、历史纠缠不清——不再被其奴役，不再被其所用，更不会去主动迎合——而是回到语言，回到日常，回到个体的生命之源。但由于诗人天才般的自负，且固执地醉心于一己世界里，并一厢情愿地认为这才是真正的诗歌，又因为其表现的内容都非寻常经验，特别是对所谓"真理"或"虚无"的高度形而上探求，从而使得其诗歌创作最终远离"日常生活""日常精神"，而沦为类似"一个人的宗教"

式的精神活动。因此，他的诗歌就必然给人以读解上的阻力，而且由于对历史、政治与文化的偏狭式理解与隔绝，致使其诗歌气度与格局狭小而难有大突破，因而，在很多批评家看来，韩东及其诗歌并不能代表或者引领当代诗歌发展方向。这也可能就是为什么其诗歌创作尽管笔耕不辍，且渐入佳境，优秀作品也不少，但就是提不起诗评家们持续跟踪与研究兴趣的重要原因了。韩东设想的读者会越来越少，也许遗世而立、唯我独尊、孤芳自赏未尝不是一个天才诗人的存在状态和处世方式，但中国当代诗歌发展趋向似乎并非如此。

除"日常"外，"自我"也是考察韩东八十年代后半期诗歌创作的另一关键词。自我，即以自身为表现对象所形成的各种意识的总和。这个"自我"是"纯粹自我""精神自我"，是勾连内外的"信息枢纽"和"意识融化器"。自我作为审美主体贯穿于创作的每一个环节。在诗艺实践中，它既可向外指涉，也可反身自指。比如《一幅画》："关于那个夜晚／我只是记得两个身影／他们坐在桌子边／其中的一个是我／／那天晚上啊／一定充满了喧嚣／可我记忆里的／这幅画没有声音／／我经常想起／这一情景／两个人坐在桌子边／一个是我／一个在不断变换／／我经常想起／也经常看见／就像一幅画没有声音／我和另一个人在其中"。

诗人"关于那个夜晚"的记忆最终聚焦于"两个身影"和一幅画："我"是清晰的，另一个是模糊的；那个夜晚是喧嚣的，那幅画是安静的。诗中的"我"即"精神自我"，是确定的形象，但另一个在"不断变换"，因而形象是模糊的。之所以"我经常想起／也经常看见"，是因为"另一个"实则是"自我"的幻化或分裂，是"自我"的镜像。"自我"和"另一个"合二为一便是"超我"："就像一幅画没有声音／我和另一个人在其中"。

四

在八十年代后半期，还有两类诗歌格外引人关注：一类是着力于表现即时感知、呈现意识或潜意识中隐秘风景的诗歌，比如《一种黑暗》《灰》。不仅韩东本人[①]，不少论者也善以《一种黑暗》为例来分析诗歌与语言、语言与经验、经验与想象、生活真实与诗歌真实等众多诗学命题。

"我注意到林子里的黑暗／有差别的黑暗／广场一样的黑暗在树林中／四个人向四个方向走去造成的黑暗／在树木中间但不是树木内部的黑暗／向上升起扩展到整个天空的黑暗／不是地下的岩石不分彼此的黑暗／使千里之外的灯光分散平均／减弱到最低限度的黑暗／经过一万棵树的转折没有消失的黑暗／有一种黑暗在任何时间中禁止陌生人入内／如果你伸出一只手搅动它就是／巨大的玻璃杯中的黑暗／我注意到林子里的黑暗虽然我不在林中"。（《一种黑暗》）

开头一句"我注意到了林子里的黑暗"是实写，以下提及的各种"黑暗"皆为虚写，由实入虚，即由一种黑暗到另一种具体的黑暗；不同层次、不同性质的黑暗逐个显现，依凭我们的经验认知或记忆储备，已无法对之做出真实的界定或准确的描述；最后再次转到开始的状态："我注意到了林子里的黑暗虽然我不在林中"。在此过程中，语言无条件地服从于诗人的感官思维——此时，诗超越语言，或者说诗大于语言——由此，所有负载于"黑夜"一词身上的种种象征义被彻底擦除，即刻体验到的"黑夜"呈现出了崭新的意

[①] 《一种黑暗》创作于 1988 年 8 月 26 日。韩东在《〈一种黑暗〉的写作后果及我的初衷》一文中对这首诗的写作过程、艺术理念做了详细分析。见《韩东散文》，中国广播电视出版社 1998 年，第 144—146 页。小海称韩东的这种诗艺实践为"丧失经验的写作"："它不是从现成的经验出发，而是即时即刻的感官冲动出发，将它固定并使用原生态的语言使之无条件服从于作者的意志，笔者将它称为'丧失经验的写作'。它的由来是一场即时性的生命体验。"小海：《韩东诗歌论》，《东吴学术》2015 年第 5 期。

蕴。《灰》的写法也近似《一种黑暗》："降雪以前的天空 / 湖水的适当深度 // 穿过云层的机翼 / 是另一种银灰 // 小学生玩弄一块柔软的泥巴 / 诗人在灯下欣赏食指的投影 // 第三种生物——灰母鸡 / 她的装束阴晴不变 // 当我们面对面包上的霉点 / 以及爱人病弱的脸颊 // 灰色是一种暧昧的感情 / 在一张纸上 // 你也许调不出任何颜色 / 但最后的灰已确定无疑 // 现在我可以说 / 灰色的太阳、灰色的家 / 一切不可能的鲜艳的灰色"。

诗中的各种"灰色"有实有虚，都是诗人即时感知（视觉、听觉、触觉）的结果。它们的色彩、质地、生成方式、存在特征，以及给人的感受，等等，都与人们的寻常认知完全不一样。前五节中的"灰"为实存，指向实实在在的日常生活；后三节中的"灰"为虚拟，指向情感或生命。当然，"灰"不只诗中出现的这些，它的存在异彩纷呈。它虚虚实实，实实虚虚，寓言了生活与生命的种种可能。

另一类是引入小说、戏剧笔法，革新诗歌文体的创作，比如《二十年前剪枝季节的一个下午》《从白色的石头间穿过》。这类诗歌中大都带有明显的叙事性，客观冷静、不动声色，善以第一人称限定性视点展开叙述，且竭力制造某种类似戏剧的间离效果。比如，在《二十年前剪枝季节的一个下午》中，诗人以独白兼回溯方式，讲述了"我"在孩童时期的隐秘情感与心理，涉及荣辱（前三句）、依恋（"我想用孩子的手 / 再一次牵动母亲的衣角"）、恩怨（"在一个从未到过的院子里 / 由于他的原因母亲开始和一个人争吵"）等成长主题。但这首诗给人以更深刻印象的还是其文体样态，即它恰似一出独幕剧——

时间：二十年前剪枝季节的一个下午。

地点：某院子。

人物：孩子与母亲。

道具：一棵果树与一架梯子。

剧情：围绕"孩子"所发生的或隐或显的事件。

布莱希特式的戏剧化效果:"现在我可以轻松地打掉那树上的树叶 / 我可以扛走梯子 / 可以这样也可以那样","我"突然介入,极似戏剧中的某一"演员"突然脱离剧情,评价剧中人物或故事,与观众形成互动。

第四节 《有关大雁塔》的版本、接受及其他

杨炼以创作"文化诗"而著称。《太阳每天都是新的》《礼魂》《西藏》《诺日朗》等大型组诗都是这方面的代表作。这种写作是典型的"知识分子写作",作为八十年代新诗写作的主流路径,无论在当时还是后来都产生了很大影响。杨炼在"朦胧诗"中的显赫地位,特别是其践行的文化史诗路径,对韩东的影响在一开始就是耐人寻味的:"杨炼不是来访,而是钦差巡视。他是《今天》诗人群中重要的诗人,我等不由仰视。酒肉款待是免不了的,我们还陪他逛了夜色中的南京长江大桥。那时的杨炼身材颀长,面目清秀,但我不喜欢他的所谓史诗,因此暗自刻薄评论:像个县级文工团跳舞的。"[①] 韩东把杨炼的这次南京之行看成是"钦差巡视",说"我等不由仰视",由此可见杨炼及其文化诗在当时影响之大、之广,但随之而来的"暗自刻薄评论"又充分展现了韩东对这位"钦差"的不满,他对权威的挑战与不屑跃然纸上。但杨炼被后人所熟知,不只是因为他是"功勋卓著"的"朦胧诗"主将之一,还因为他的《大雁塔》被韩东的《有关大雁塔》彻底"Pass"而成为一个诗歌时代渐趋式微的象征。

"在中国 / 古老的都城 / 我像一个人那样站立着 / 粗壮的肩膀,昂起的头颅 / 面对无边无际的金黄色土地 / 我被固定在这里 / 山峰

---

① 韩东:《〈他们〉或"他们"》,何同彬编《韩东研究资料》,人民文学出版社 2016 年,第 373 页。

似的一动不动／墓碑似的一动不动／记录下民族的痛苦和生命"，这是杨炼长诗《大雁塔》中的诗句。在此，大雁塔是历史的亲历者，是民族苦难的见证人，当然也是诗人形象与力量的外化。这是典型的文化史诗写法，情绪浓烈，风格沉郁，内蕴深厚，主题厚重。而韩东的《有关大雁塔》恰恰相反："有关大雁塔／我们又能知道些什么／有很多人从远方赶来／为了爬上去／做一次英雄／也有的还来做第二次／或者更多／那些不得意的人们／那些发福的人们／统统爬上去／做一做英雄／然后下来／走进这条大街／转眼不见了／也有有种的往下跳／在台阶上开一朵红花／那就真的成了英雄／当代英雄／有关大雁塔／我们又能知道些什么／我们爬上去／看看四周的风景／然后再下来"。这首诗以反文化、反传统精神，彻底颠覆了杨炼诗中有关大雁塔的宏大形象，大雁塔不再是历史文化的象征，所有附加于其上的宏大思想或文化精神都被消除。这预示着新诗美学风格的重大转变，由宏大转向日常，由集体转向个体，由崇高转向世俗，由书面语转向口语。

历史上的大雁塔高大、气派，杨炼诗中的"大雁塔"蕴意崇高，而韩东笔下的"大雁塔"从形象到内涵都显得平常而普通。这种审美体验与美学效果的最终形成并非一蹴而就的，而是经过了两年多的酝酿期。按韩东说法："八二年到八四年，我在西安陕西财经学院教书，我们学校就在大雁塔的下面。从大雁塔上看到我们学校就像一个财主的院子。同样，从学校的院子里看大雁塔也挺令人失望。当时我是个'诗人'，来西安之前刚读过杨炼的'史诗'《大雁塔》。在这首浮夸的诗里大雁塔是金碧辉煌、仪态万方的。我的失望之情开始针对大雁塔，后来才慢慢转向杨炼的诗。在此刻单纯的视域里，大雁塔不过是财院北面天空中的一个独立的灰影。它简朴的形式和内敛的精神逐渐地感染了我。这是我的美学观形成的一个重要时期。"①

① 韩东：《有关〈有关大雁塔〉》，《韩东散文》，中国广播电视出版社1998年，第156页。

诗人与审美对象的长期互视互审，并经过充分的主客融合后，必然要有所表达。那个"独立的灰影"的"简朴的形式和内敛的精神"，不但成为诗人韩东精神结构中挥之不去的心像，也是激发其诗歌美学探索的动因之一。这一切在经由诗人长期的审美体验与积聚后，最终借助某一契机而凝聚与物化为诗。对这一"契机"的降临与把握，韩东也有详细描述："一天，我记得是在学校外面排队，很可能是领取过冬的大白菜（也许不是）。队伍很长，移动的速度很慢，我在队伍之中。当时又看见了大雁塔，由于无事可干试着作起诗来。'有关大雁塔／我们又能知道些什么'，开始的句子很自然地流露出来了。也许这个开头的出现是完全不自觉的，它出现了我才意识到可以写诗。"① 这就是《有关大雁塔》：

> 有关大雁塔
>
> 我们又能知道些什么
>
> 有很多人从远方赶来
>
> 为了爬上去
>
> 做一次英雄
>
> 也有的还来做第二次
>
> 或者更多
>
> 那些不得意的人们
>
> 那些发福的人们
>
> 统统爬上去
>
> 做一做英雄
>
> 然后下来
>
> 走进这条大街
>
> 转眼不见了

---

① 韩东：《有关〈有关大雁塔〉》，《韩东散文》，中国广播电视出版社1998年，第158页。

也有有种的往下跳

在台阶上开一朵红花

那就真的成了英雄

当代英雄

有关大雁塔

我们又能知道什么

我们爬上去

看看四周的风景

然后再下来

可是

大雁塔在想些什么

他在想，所有的好汉都在那年里死绝了

所有的好汉

杀人如麻

抱起大坛子来饮酒

一晚上能睡十个女人

他们那辈子要压坏多少匹好马

最后，他们到他这里来

放下屠刀，立地成佛了

而如今到这里来的人

他一个也不认识

他想，这些猥琐的人们

是不会懂得那种光荣的

《有关大雁塔》曾在《老家》《同代》《星路》《他们》等多个民刊上发表过。与流行版本相比，最明显不同处在于，由十四行组成的第二节在流行版本中被悉数删除。初刊本第二节表述的内容更具世俗性：那些大块吃肉大碗喝酒杀人睡女人的英雄好汉，与如今到这里来的那些游人的猥琐不堪，形成鲜明对比。诗人非常明显的抑此扬彼更突显了对民间立场及其价值判断。因此，若单从诗的内容来说，初刊本更能代表韩东在八十年代初期的诗艺思想，但第二节与第一节很不一样，虽也都是口语，但语感滞涩，不流畅，节奏有点凌乱，且无规律，不像第一节那样，通篇给人以行云流水之感。这样，第一节和第二节就存在非常明显的不和谐之处。而删除第二节后，第一节独立成篇，不仅依凭口语的自身流动，形成某种妙不可言的诗意，而且，反文化、反崇高的意味更浓。更重要的是，第二节将"大雁塔"拟人化，并在其想象中完成上述两类场景的呈现，但这与韩东还原历史本相、追求生活真实的写作意图是相矛盾的。若要颠覆杨炼赋予"大雁塔"那种虚幻的历史文化内涵，不能以此种"想象"质疑彼种想象，而必须以实实在在的生活真实与历史本相颠覆有关大雁塔的宏大精神建构。故韩东删除第二节也实属必然，尽管他的好友丁当不以为然，但韩东认为"此举是关键性的成功"[1]。这种从内容到形式的和谐统一正是包括韩东在内的"第三代诗人"所极力追求的艺术效果。

《有关大雁塔》是韩东的成名作、代表作。该诗发表后，杨炼那种弘扬崇高理念的"文化诗"也渐趋退出文坛[2]，而颠覆传统价

---

[1] 韩东：《有关〈有关大雁塔〉》，《韩东散文》，中国广播电视出版社 1998 年，第 158 页。

[2] 杨炼的《诺日朗》、欧阳江河的《悬棺》、宋炜的《大佛》等堪称此类诗歌的代表作。以韩东、李亚伟为代表的"第三代诗歌"兴起后，此类"文化诗"也便渐趋式微。"但无论如何，史诗一支的崛起都可视为'今天'写作群开始衰微的一个征兆。一方面是北岛、芒克、多多等人个人主义的、反抗的、诗意的写作，一方面是江河、杨炼为首的壮怀激烈、英雄主义的意识形态。北岛之流相对隐秘，杨炼等则四处出击，所到之处播撒诗歌革命的种子。当年川中的'四君子'（柏桦、张枣、翟永明、欧阳江河）的写作启蒙大约和杨炼的南下有关。杨炼同样也抵达了南京，受到了热情的款待和追捧。直到一九八六年我和小海、贺奕到成都，与第三代诗人中的一些人见面（杨黎、万夏、宋氏兄弟等），史诗引起的轰动效应仍未平息。"韩东：《你见过大海》（《三十年河东狮吼》二），见韩东新浪博客。

值，消解崇高，践行口语美学，则一直是后人在评价这首诗时所反反复复解读的重点。凡研究韩东或"第三代诗歌"的论文似乎若不提及《有关大雁塔》是不行的，久而久之，观点的重复达到了惊人的地步，反文化、反传统、反崇高，等等，已是被用烂了的关键词，但学者们依然在喋喋不休地说，这也堪称诗歌研究界的奇观。但回顾新文学发展历程，我们会发现，如同胡适的《尝试集》、郭沫若的《女神》、汪静之的《蕙的风》这类主要借助文学运动或文艺思潮取得文学史经典地位（而非"文学经典"）的作品在其内在品质上并无多少可阐释的空间一样，有关《有关大雁塔》的定位也与此类似。也就是说，《有关大雁塔》只能是"文学史经典"，而非"文学经典"，其外部价值远远大于内部的艺术价值，它可供阐发的空间极其有限。若要阐发出新意，必须跳出八十年代的语境，如此一来，这就不单纯是对于文本的内部研究了。

学哲学出身的韩东似乎总是对"简洁""内敛"这种诗艺实践效果情有独钟。这在《有关大雁塔》和《你见过大海》中体现得尤其明显。据此，有些学者从韩东诗歌中读出一种"禅意"来了："何况反过来一想，若说近乎易，缘乎道，也倒还可以讨论的，道家思想的精义其实正在于主张'消解'，易是以最简化和抽象的方式来解释世界的，所以简单化和'拒绝意义'的世界观，倒实在是得易与道之神韵的。无论老庄，还是禅宗，在哲学的本体论和认识论上，讲的都是'无'，这个既是前提，也是结果，'有'是暂时的、相对的，存在和探求都是这相对和短暂的过程之物。从这个角度来说，那个写反诗的后生，其诗倒反有几分'禅意'了。"① 把韩东及诗歌创作与道家精义、佛家禅意联系起来，并从哲学本体论和认识论上的"有"与"无"的辨析出发，既而推导出韩东诗歌的"禅意"特色，这种解读是否站得住脚，韩东是否同意，都不重要，重要的是它给我们的文学研究以莫大的启发，即任何研究或阐释活

---

① 张清华：《巧遇诗人》，《海德堡笔记》，中国人民大学出版社 2012 年，第 138 页。

动也都是相对的，我们不必也不能受制于任何条条框框，人文学科研究永远都是开放性的。

只要解读韩东，只要研究"第三代诗人"，这首诗都逃不过被一次次没完没了阐释的命运。按说，这该是韩东的幸运，他以此成为诗坛名人、"第三代诗歌"主要代表，他和这首诗也较早地进入了经典化通道，接受来自文学现场中不同力量的检验，并在世纪末前后基本完成经典化任务。然而，韩东也是不幸的，一旦经典化完成，他就被脸谱化了，贴上了固定的标签，那些创作于九十年代的远超《有关大雁塔》的优秀诗歌被搁置不议。对作家来说，过早的经典化似乎也是一把双刃剑：一方面作家早出名，作品较早进入被阐释范畴，地位较早得到文学史承认，自然都是求之不得的好事，但另一方面，作者仍在，创作不止，那些后来创作的未进入经典化通道的作品往往被边缘化。这样的"冷待"韩东深有体会："就像当年《有关大雁塔》发表以后，我的诗歌写作似乎再无意义。尽管我自认为诗越写越好，别人却不买账。由此我知道所谓'代表作'的有力和可怕。"[①]我觉得，韩东的警惕是必要的，代表作的确能成就一个人，也能遮蔽乃至完全废掉一个人。这方面的例子不胜枚举。比如，"文革"中的浩然可谓独步文坛，而新时期以来浩然创作的作品质量并不差，但几乎无人问津；以创作《回答》和创办民刊《今天》而扬名诗坛的北岛，不管后来创作了哪些了不起的诗歌，今人对他的解读依然停留在过去；以《伤痕》扬名的卢新华在八十年代"伤痕文学"思潮中可谓火得一塌糊涂，但被贴上"伤痕"标签后，不管他后来创作出什么作品，都被人们所逐渐淡忘；创作"文化史诗"的杨炼，创作《乔厂长上任记》的蒋子龙，创作《白鹿原》的陈忠实，提倡"废话体"的杨黎，《面朝大海，春暖花开》流行后的海子，创作《穿越大半个中国来睡你》的余秀华……莫不如此，一旦被标签化，被"代表作"化，此后创作活动及作品

---

① 韩东：《我的中篇小说》，《我的柏拉图》，陕西师范大学出版社2000年，第1页。

都有可能遭遇被冷遇的危险。为避开这种"危险"，真正的作家必须在艺术上不断探索，在实践中不断创新，无论文体还是思想都忌停滞不前。"永在路上"是作家的宿命，创新是作家立足文坛的前提。

表面上看，"朦胧诗"与"第三代诗歌"似乎依然遵循着文学进化论的规则，即优胜劣汰规律使得后来者一定优于已存者。但事实上这种"认识"往往经受不住细细的推敲，因为，文学上的进化论与生物学上的进化论完全是两码事。承认"一个时代有一个时代的文学"并没有错，但说后一个时代的文学一定优于前一时代则肯定是不符合实际的。比如，当代诗人谁敢说自己超过了唐代的李白、杜甫？今天谁敢说自己的写作超过了鲁迅？韩东的"大雁塔"和杨炼的"大雁塔"分别代表了两种不同的诗学理念，带来两种不同的修辞景观，但我们不能说，前者好，后者差，或前者差，后者好。只能说，这是两种不同的写作，虽然一个在前一个在后，但各自都有其不可取代的价值和贡献。杨炼将个体的体验（个人情绪、个人忧伤、个人反思等）与时代主题（历史、民族、文化等）结合起来，将诗歌写作的空间引向宽广与深邃，因此，他对新时期诗歌发展是做出了贡献的。但他最终还是被韩东们盯上了，作为一个活靶子，遭受其话语之箭的猛烈射击。不过，韩东对"文化诗"作者的反感是诗艺上的，而非个体人格上的。确切说，他反感的是"文化诗"的正统地位以及由此而带来的对"第三代诗人"的压迫。他的一切所为不过是为"第三代诗歌"争取到言说的权利和地位，并让所谓"正统""主流"承认这也是一种合法且平等的写作，实际上并无取而代之之意。当然，也不是单单针对杨炼一个人。也许为了消除误读或误解，九十年代韩东还单就此做过声明："三年前在伦敦又见到杨炼，他立刻表示，有人觉得我的《有关大雁塔》是针对他的《大雁塔》的，而他并不以为然。因此我们之间不存在芥蒂。我以为杨炼的话只说对了一半。的的确确《有关大雁塔》不是针对杨炼的《大雁塔》的，但它针对的是一个更为庞大的东西。就像《你见过大海》并不是针对那些以大海为题写作的诗人及其作品的，但它针对一种语言文化或使用的积垢。"① 非但如此，韩东对杨炼及其诗作还是给予肯定的："据说，写史诗的杨炼如今开始写艳诗了。三十多年来他的心路历程是怎样的？但不管怎样，我相信其人的才华和干劲都一样可观。"② 代表不同理念和风格的两代知识分子二十多年后的这次相遇不免给人以物是人非之感。有道是"英雄莫问出处"，我觉得，无论杨炼还是韩东，都让后人敬仰。

《有关大雁塔》以极为客观、冷静的语调，以朴实、平淡的语气，以压抑主观介入方式，力图呈现某种真实，从而达到对杨炼诗歌中"大雁塔"形象的解构，但这里似乎始终隐含着这样一种反问：这难道不也是一种真实吗？如果承认，韩东写作《有关大雁塔》的目的也就达到了。可这"目的"不是韩东一个人的追求，而是整整一代人的探寻。

第五节 《你见过大海》的语感及其他

古今中外的文人围绕"大海"写了太多的篇章③，抒发了太多

---

① 韩东:《你见过大海》(《三十年河东狮吼》二)，见韩东新浪博客。

② 同上。

③ 不妨举几例："东临碣石，以观沧海。水何澹澹，山岛竦峙。树木丛生，百草丰茂。秋风萧瑟，洪波涌起。日月之行，若出其中；星汉灿烂，若出其里。幸甚至哉，歌以咏志。"(曹操《观沧海》)"海上生明月，天涯共此时。情人怨遥夜，竟夕起相思。灭烛怜光满，披衣觉露滋。不堪盈手赠，还寝梦佳期。"(张九龄《望月怀远》)"青沉沉的大海，波涛汹涌着，朝向东方／光芒万丈的，将要出现了吆——新生的太阳。"(郭沫若《女神》)"海涛拍击岩石和沙滩的声音永无休止地喧响着。几乎像一条白线似的浪花从远处奔腾而来，猛碰到岸边，发出富有韵律的激溅的声音，然后进着泡沫，消失在沙石之间。后面一排浪花又紧接着追逐上来……"(秦牧《黄金海岸》)"在苍茫的大海上，狂风卷集着乌云。在乌云和大海之间，海燕像黑色的闪电，在高傲地飞翔。"(高尔基《海燕》)"月亮已经升得很高了。天空和大海也显得更加清明可爱了。风，轻轻地吹着，掠过了银波闪闪的

的感情，表达了太多的思想，生成了太多的主题。无论古人视界或想象界的"大海"，还是越出现代人精神谱系中的"大海"，都几乎成了一个与"人类""宇宙""天空"等并列，无所不包的大词、好词。作为实指，它是人类物质文明的摇篮；作为虚指，它是人类意志与精神的对等物；作为意象，它是诗人移情与审美转移的栖息地。但这一切在韩东的《你见过大海》中又全然恢复到本初状态：

> 你见过大海
>
> 你想象过
>
> 大海
>
> 你想象过大海
>
> 然后见到它
>
> 就是这样
>
> 你见过了大海
>
> 并想象过它
>
> 可你不是
>
> 一个水手
>
> 就是这样
>
> 你想象过大海
>
> 你见过大海
>
> 也许你还喜欢大海
>
> 最多是这样
>
> 你见过大海
>
> 你也想象过大海

海面，带来了周围小岛上的五月的花香。在那银波粼粼的海面上，有一条显得特别明亮的银色的光带，笔直地通往月亮升起的地方，使人联想起这是一条通往月宫的大路。这大路，就好像是一片灿烂的碎银铺成的。我们的船，就沿着这条碎银铺成的大路，迎着月亮，向前飞驰前进。"（峻青《海燕》）

你不情愿

让海水给淹死

就是这样

人人都这样

《你见过大海》通常也被看作是韩东的代表作，在八十年代，先后被收入多个权威选本。关于这首诗的创作时间，在《中国当代实验诗选》[①]中标注为 1983 年，另一首《有关大雁塔》标注为 1982 年，而韩东则说《你见过大海》"写于《有关大雁塔》后不久（大约几个月）"[②]——引文中的"大约"二字表明，韩东对该诗的写作时间也不能精确指认——那么，这首诗到底是创作于 1982 年，还是 1983 年？这不是一个小问题，因为时间越靠前，韩东这几首诗才有谈论的必要。考虑到韩东在 1982 年至 1984 年总共创作了十首诗，因此，搞清楚每一首诗的确切创作时间就显得非常重要。因为《有关大雁塔》与《你见过大海》在语言风格和修辞策略上如此相似，如果是 1982 年，则更能说明他在八十年代初期审美趣味和诗歌美学的转型几乎就是一蹴而就的；如果是 1983 年，则表明这种转型还是经过了一年多的时间。须知，同是在 1982 年 4 月，韩东创作的《山民》所依循的完全是"今天派"的路子，如果认定《你见过大海》也创作于这一年，那么，我们就更有理由确定，韩东的诗歌美学在 1982 年下半年已基本定型。如果越出 1983 年，我们谈论韩东的意义可能就会有所减损。后来，我通过微信联系韩东，向其求证，可以明确确认：《你见过大海》创作于 1983 年。

关于写作缘起、经过及最初理念，韩东说："写于《有关大雁塔》后不久（大约几个月），则是一气呵成。除了个别的字词，全诗几乎没有改动过。两诗的方式和指向有其相似处，都有拨乱反正

---

① 唐晓渡、王家新编选：《中国当代实验诗选》，春风文艺出版社 1987 年。

② 韩东：《你见过大海》（《三十年河东狮吼》二），见韩东新浪博客。

的意思，都有针对性的大概念，最后都企图将凌空蹈虚归于实处。只不过《你见过大海》针对的概念是'大海'，《有关大雁塔》针对的是'大雁塔'。前者的概念更大、更为抽象，也由于借喻更多被污染得更严重。"①诗人的"拨乱反正"即是横扫一切强加于"大海"之上的宏大理念，不论西方文化理念中的海，还是中国文人笔下的海。自由、民主、科学、文明、崇高、伟大、希望、未来、梦想、激情、光明、故乡、恋人、彼岸、爱、力、美……这些附着于"大海"之上的美好概念被韩东彻底解构。大海只是大海，不再负载任何超脱于其上的深层意蕴。这种反拨及影响不可谓不大。"发生于20世纪九十年代初期的这次思想裂变，在诗歌的书写中，却是在一九八〇年代初期，就以超验的形式预演了这场蜕变。在时间的行程上比整个社会思潮的转变整整提前了十年。人们可能不会注意到韩东诗歌所扮演的思想者的角色，而只关注他诗歌写作在当时的实验性先锋性。"②九十年代知识分子的分化已不可避免，1993年发生的人文主义大讨论则是极具标志性的事件，自此，知识分子人文精神的坚守和退守更呈两极分化态势发展。正是从这个意义上说，韩东及其《你见过大海》似是对一个时代文化整体转型的预言——他预言了传统知识分子在九十年代所遭遇的尴尬境地以及现代性在中国所经历的悲喜剧。

对韩东而言，有关海的体验无非就是：

一、你见过大海 / 你想象过大海；

二、你想象过大海 / 然后见到它；

三、你见过了大海 / 并想象过它 / 可你不是 / 一个水手；

四、你想象过大海 / 你见过大海 / 也许你还喜欢大海；

五、你见过大海 / 你也想象过大海 / 你不情愿让海水给淹死。

① 韩东：《你见过大海》(《三十年河东狮吼》二)，见韩东新浪博客。

② 韩一宇、王耀文：《由"山"到"海"的跋涉——韩东诗变的诗学意义》，《文艺争鸣》2009年第8期。

一和二是一种客观的"见过"和"想象过"，无任何情绪反映，差异仅在于次序上的不同；三是一种客观的"见过"＋"想象过"，"可你不是／一个水手"；四是"想象过"＋"见过"＋"还喜欢"；五是"见过"＋"想象过"＋"不情愿让海水给淹死"。这就是有关"你"与"大海"的一切，除了"也许喜欢"，"不情愿让海水给淹死"外，再无其他情感或情绪上的反映。这首诗里的"海"只是客观存在的海，人们面对它时的反应极其庸常。至于美学上的崇高、思想上的厚重、视界上的神秘等附加于"大海"之上的意识压根就是虚妄的预设。

这首诗歌堪称"口语诗"的完美代表作。诗的形式很有意味："就是这样……就是这样……最多是这样……就是这样／人人都这样"，语言回环往复，让人感觉有点绕，且略显单调，但这是语言的自身推进，意义就是在流动中得以突显。语言即存在，即生命，即形式，即意义。语言在场，在动，在说，在表现，在延伸。"《你见过大海》有显然的节奏回旋，虽然单调乏味，但我喜欢的就是这种单调、枯燥乃至没完没了的重复。有点像咒语，或者念经。超越诗歌指向之上的语言自觉在这首诗里已经可以清晰地感觉到。"[1] 节奏、语气、语感与生命的感应皆是"内在律"驱动的结果，与"外在律"已无关联，语言流动，如行云流水，恰似生命的常态呼吸，匀速、舒缓；意义呈现完全来自语言自身的流动，是真正的情绪的体操，特别是，朴素的、直白的、回旋式述说更显"声音"在诗意生成与显现上的关键作用；语感与生命的感性，瞬间呈现为"诗"，"诗"的降临得益于语言的澄明与纯粹，而意蕴完全来自诗歌内部，更是语象自动呈现的结果。这首诗展现了在形式美学上不同寻常的价值，"从感官到语言到具体情境"[2] 策略得到近乎完美的实践。

---

① 韩东：《你见过大海》(《三十年河东狮吼》二)，见韩东新浪博客。

② "我否定了从概念到意象到象征的传统路径，从感官到语言到具体情境是我完成一首诗的时间次序。"韩东：《〈一种黑暗〉的写作后果及我的初衷》，《韩东散文》，中国广播电视出版社 1998 年，第 144 页。

第六章　九十年代诗歌论

第一节　韩东与"九十年代诗歌"

二十世纪七十年代末八十年代初，中国社会正处于一个急剧变革时期。那种与这种变革与演进密切相关的文类必然最先占据时代"中心"位置并产生重大影响。这一历史使命最早是由诗歌来承担的。事实上，不仅"新时期文学"的开启与产生影响是从诗歌开始的，而且在整个八十年代，诗歌始终处于显赫地位。在此背景下，韩东通过诗歌理论探索、"口语诗"创作，以及创办民刊《他们》而一举奠定了在诗歌史上的地位。因此，韩东的快速脱颖而出，与八十年代新旧更替、开拓创新的整体文化语境息息相关。时代需要诗人，文化呼唤诗歌。时代给韩东以机遇，韩东也创造了时代。

进入九十年代，以市场经济和消费文化为中心的意识形态主导了大众生活，并全面而深入影响了其文学阅读趣味。不仅八十年代高扬的人文精神、启蒙意识、先锋艺术都不再激起人们的兴趣，而且，诗歌的快速"边缘化"的幅度与速度都超出了诗人们的预想。那种笼罩于专职诗人头顶上的神圣光环，那种作为代言人的文化角色，都已荣光不再。原因是多方面的："诗歌读者日减；在社会大众的文化消费中所占分量本来极小的'诗歌消费'，也与优秀诗人的写作脱节。从大学文学教育的方面看，对当前新诗的关注也在很大程度上被忽略。因而，从九十年代诗歌的'存在方式'的基本征象看，它确在朝向写作的'圈子化'的方向转移。"① 这都充分表明，在九十年代，无论诗人的身份、职业、思想、审美趣味，还是诗歌创作、发表（或出版）、阅读与接受，都已完全不同于八十年代。但是，作为一个概念的"九十年代诗歌"是否可以独立使用，"九十年代诗歌"是否存在整体上的转型，都还存在较大争议。②

在九十年代，诗人们或转行，或停笔，或倔强地挣扎于自己的诗性王国里，与曾经辉煌的八十年代相比，总给人以物是人非之感。其突出的表现就是，理论探索与创作实践都失去了轰动效应，诗人们各立山寨，各自举起理论大旗，虽也不停地摇旗呐喊，但也难掩处境的艰难和身份的尴尬。身处边缘不甘寂寞也好，毅然转身他处寻梦也罢，九十年代的诗人注定不再是文学的宠儿。极端化的个人化写作，特别是诗人那种极端的小我或私我境界，使得诗歌在九十年代失去突入现场、干预社会、凝聚精神的潜能。皈依世俗，消解传统，亵渎崇高，趋向碎片化写作，整体上呈现出一地鸡毛式的纷乱景观。不论学界，还是读者，对九十年代诗歌的失望是普遍性的："对于九十年代文学，一些批评家也表示不满，但对诗歌写作的不满则几乎是批评界的'共识'。九十年代诗歌既不能满足大众的文化消费，也难以符合对抗'现实'的批判性功能的预期。一些在八十年代积极支持朦胧诗和'新生代'诗歌探索的批

---

① 洪子诚、刘登翰：《中国当代新诗史》，北京大学出版社 2010 年，第 294 页。
② 比如，臧棣把"九十年代初的个人写作的诗歌"作为一个独立阶段提出来，并与"朦胧诗""第三代诗歌"并列，构成"中国现代诗歌"三大系谱之一。臧棣：《后朦胧诗：作为一种写作的诗歌》，闵正道主编《中国诗选》，成都科技大学出版社 1994 年，第 354 页。而"民间阵营"的诗人则认为，九十年代诗歌就是"第三代诗歌"的一个延续，很多概念在八十年代就已经出现，因而，"九十年代诗歌"并不成立。但大部分论者还是倾向于"九十年代诗歌"与八十年代诗歌存在继承关系。

评家，对诗歌现状和前景也十分忧虑。这种情形，导致新一轮的新诗'信用危机'的出现，新诗的价值、'合法性'的问题再次提出。"[1] 但韩东并不这样认为，他对九十年代诗歌持有乐观的肯定："我们并不能据此认为九十年代是一个'新人'及其创造力匮乏的时代，只不过由于历史进程的重大变故直接导致的审美风尚的变化，诗人的写作及其活动被分成不同的层面。"[2] 韩东这种由于坚守"民间立场"，有感于一批"老诗人"[3] 对"第三代诗人"的压迫而做出的判断自有其现实针对性，但他的判断并不合乎九十年代诗歌的实存本相。文学普遍被边缘化，诗歌尤甚，这是事实，但由外部转向内部，诗歌现场又是另一番景观：它依然热闹，依然争论不休，依然亮点不断。诗没有死，也不死，诗人们仍寂寞地创造出许多热点以表征自我的存在。不论"知识分子写作""中年写作""第四代诗人""民间写作"等新概念的提出，不论《倾向》《南方诗志》《反对》《北回归线》《发现》《阵地》等民刊的出现，不论郑敏、昌耀、韩作荣、王家新、欧阳江河、西川、陈东东、张曙光、孙文波、柏桦、钟鸣、萧开愚、臧棣、西渡、杨键、张枣、吕德安、伊沙、沈浩波、尹丽川、翟永明、赵丽华、冉冉等一大批活跃诗人的出场，还是女性诗歌、网络诗歌屡屡成为热点话题，都充分表明九十年代诗歌依然活跃。然而，这种"活跃"不再展现为八十年代那种远超诗歌本身的广场效应，而仅仅是小圈子里的自娱自乐。

九十年代的文学环境相对自由而民主，群体与群体、诗人与诗人之间，经常因诗歌理念的差异而展开争鸣。针锋相对、火药味十足的论争屡见不鲜。其中，围绕"知识分子写作"与"民间写作"

---

① 洪子诚、刘登翰：《中国当代新诗史》，北京大学出版社 2010 年，第 294 页。
② 韩东：《附庸风雅的时代》，《北京文学》1999 年第 7 期。
③ 指以欧阳江河、西川、王家新为代表的高调宣扬"知识分子精神"的诗人。韩东对此素有反感。他觉得这构成了对"民间写作"的压抑。

所展开的论证是九十年代诗坛最为引人关注的风景。[①] 或许，八十年代末的风光与荣耀让韩东这种诗界圣徒们虔诚地相信：真正的诗人从不惧非诗因素的干扰或侵袭，"边缘化"恰是纯粹诗人、纯粹诗歌所应处的位置；这种局面不是悲剧的，也非喜剧的，而是正剧的。所以，在九十年代，他在诗学理念上的探索与阐释从未因文学边缘化处境而有所弱化，相反，他依然故我，无论发动"断裂"事件，还是阐释"民间"理念，他都充满激情，锐意前行。对文学所持有的圣徒般的信仰，对自我个性与审美观的强力认知，对文坛走向的敏锐把握能力，以及潜意识中潜滋暗长着的"儿童般的领袖欲"[②]，使得韩东在九十年代的文学现场中依然保持八十年代那种对文学的热情、识见和把控力。"韩东曾是一个能够制造真正文学'事件'的强劲的艺术家，他有着卓越的清晰的思考力、孤傲的反抗精神、专注而赤诚的职业态度，又先天拥有革命家和煽动家的'领袖'气质。这使得韩东以反抗和个人独特性的符号特征，在一九八〇年代以来中国当代文学精神版图上，留下自己卓异而持久的印记，对于那些具有强烈的反叛冲动或者与社会、体制之间有明

---

① 这次论争导源于 1999 年 4 月 16 日至 18 日在北京平谷召开的一次诗歌研讨会（如今被习惯称为"盘峰诗会"）。研讨会由中国社会科学院文学研究所、北京市作家协会、《诗探索》编辑部、《北京文学》编辑部共同举办。论题为："世纪之交：中国诗歌创作态势与理论建设"。与会专家围绕中国新诗历史、现状及诗学理论展开研讨，但最引人关注的还是围绕两册诗选《岁月的遗照》和《1998 中国新诗年鉴》所展开的有关"知识分子写作"与"民间写作"的论争。前者对"朦胧诗"和"第三代诗人"展开批评。后者坚决捍卫新诗写作的"民间立场"，对《岁月的遗照》有意忽略许多诗人提出了质疑。本来围绕新诗理论与创作所展开的争论都是正常且必要的，但这些论争都没有将讨论引向实质，而过多地将精力用于无甚意义的外部争执乃至无聊至极的人身攻击上了。不仅会上彼此讨伐，会后更是彼此攻讦，给人感觉：诗人们在联袂演戏！

② "他太高傲了，以至于他儿童般的领袖欲表现在，仅仅提携与他相像的青年人。同时他又仅仅提供一种姿态和可能性，就赶紧摆脱众人，继续向前。这使得韩东成为一个神秘人物，受到人们不同念头的关注。"陈超：《韩东——精神肖像和潜对话之二》，《诗潮》2008 年第 2 期。

显的疏离倾向的青年写作者而言，韩东始终具有强大的典范性和指引性。"[1] 或许正是由于"知识分子写作"在九十年代的再次崛起，以"民间立场"自居的韩东有感于这种压力，重又开始了诗学理念的思考与总结。任凭外界如何变迁，韩东对诗歌的信仰永不变。

九十年代，韩东创作重心转向小说，作为小说家身份出场的韩东不断给文坛带来惊喜，1993年后，作为诗人身份的韩东似乎被学界逐渐弱化。其实，他的诗歌写作一直持续进行。九十年代公开出版或内部发行的诗集有四部——《白色的石头》《九二、九三年诗选》《九三年诗选》《广东七首（外三首）》；在期刊上公开发表的诗歌（含理论）主要有《工人新村（外一首）》《禁忌》《同学（外一首）》《松针》《牧草》《关于诗歌的十条格言或语录》《沉默——歌词（六首）》[2]《时间：1990—1995》[3]《时间：1990—1995（组诗选二）》[4]《诗十六首》[5]《韩东诗歌九首》[6]《韩东诗歌十首》[7]《韩东诗歌十首》[8]《韩东诗三首》[9]《自然现象》《韩东诗歌》[10]。这可说明：诗歌创作主要集中于前三年，但后七年每年都有诗歌发表；理论探索与诗歌创作同步展开；无论数量还是质量都不低于八十年代。[11] 韩东素有修改旧作的习惯，即以前写好的诗歌，此后屡屡修

---

[1]　何同彬：《文学的深梦与反抗者的悖谬——韩东论》，《文艺争鸣》2016年第11期。

[2]　发表于《天涯》1996年第1期。

[3]　发表于《作家》1996年第8期。

[4]　发表于《诗刊》1997年第1期。

[5]　发表于《大家》1997年第2期。

[6]　发表于《山花》1997年第3期。

[7]　发表于《花城》1997年第3期。

[8]　发表于《人民文学》1997年第5期。

[9]　发表于《上海文学》1998年第5期。

[10]　发表于《大家》1999年第4期。

[11]　比如，在2015年出版的《你见过大海：韩东集1982—2014》中，收入76首创作于九十年代的诗，多于八十年代的69首。《甲乙》《打鸟的人》《机场上的黑暗》《爸爸在天上看我》《手工课》《小姐》等诗歌都堪称优秀。《甲乙》被诗评界广泛认为是韩东代表作之一。

改，整个九十年代，他不急于发表，而在修改上下功夫。这个习惯，外加进入九十年代后诗艺上的日趋成熟和稳定，也就基本能保证其诗歌创作质量不会出现大的落差。事实上，韩东九十年代的诗歌创作大体能够保持八十年代后半期的水准并有所突破。不过，此时期的诗歌创作主要集中于九十年代前三年，其他年份的写作都是断断续续，不成规模，并未表现为一个质的突进。[①] 因此，从整体上看，无论理论还是具体实践，韩东在九十年代诗歌活动相比于八十年代大大减弱，但"减弱"并不意味着诗歌创作质量的下滑，更不意味着韩东在九十年代的诗歌创作不值一提，相反，它们在艺术质量上是对八十年代的继承与深化，更多展现了沉潜期的博观约取、厚积薄发特征。打个比方，如果说八十年代的诗歌是含量不纯的黄金，那么，九十年代的诗歌则是纯粹的真金白银。而目前，学界对其评价似乎依然停留在八十年代的认知水平，"口语诗""反传统""反文化""反崇高""平民化""日常主义"等似乎成了其诗歌创作的永恒标签。当然，这种评价比较符合八十年代"实验期"创作特征，但自八十年代后半期，特别是进入九十年代后，其诗歌创作除继承前期风格外，又有了新的发展。如继续保持原有认知水平，那就与其创作实际有较大出入了。

在新时期以来的当代诗人群中，韩东算是一位在理论准备和创作实践两方面都很自觉且卓有成就的诗人。韩东对中国诗人所扮演的三个角色——"卓越的政治动物""稀有的文化动物""深刻的历史动物"——素有批判，并把摆脱了这三种世俗角色看作是开始诗歌写作的基本前提。诗歌在他这里就成了一项甚为严肃的事业。这首先导致了他在九十年代的诗歌创作向着民间立场及方向的深入发

---

① 在 2015 年出版的《韩东的诗》一书中，前三年共收入 57 首诗。其中，1990 年 18 首，1991 年 19 首，1992 年 20 首。这说明，韩东在九十年代初期的诗歌创作依然保持一个不错的数量。《你见过大海：韩东集 1982—2014》共收入九十年代诗歌76 首，由此可推知，他在后七年的创作数量极少（共 19 首），年平均不到 3 首。确切地说，从 1993 年开始，诗歌创作数量锐减。

展，而"民间立场"就意味着自由、多元，意味着进一步延续与"日常生活"的亲密关系。由此，在九十年代，"口语"与"日常"依然成为韩东从事诗歌创作离不开的基本依托，但与八十年代相比其不同在于，此时期的诗歌创作向内开掘更深，更内在，更个人化，更多灵思，更多独一无二。

第二节 别具一格的小诗体

小诗体给人深刻印象。所谓"小"是指诗的行数少，一般控制在五行以内，并以轻灵的形式表现瞬间的生命体验。但体量上的"小"并不意味着内部精神空间的窄或蕴意的单薄，相反，像《雨夹雪》《认识》《弧光》《纪念》《微笑》《华灯初上》这类由三五句组成的诗歌，由于对诗意的表现更精警，更浓缩，更抽象，因而，若想精准把握或理解，其实并不那么容易。

例一："雪珠，多么好听的名字 / 好听还因为落在车棚上的声音"。(《雨夹雪》)

例二："我记得洗面奶的瓶子是黄色的 / 看见白色我多么意外 / 倒空以后是无色 / 不可能的是我—— / 在一个地方两次出错"。(《认识》)

例三："一个坐着出汗的人，同时看见 / 下面店铺内的弧光 / 他看见干活的人 / 每个动作都在思想面前"。(《弧光》)

例四："今晚我穿过城市 / 在一辆出租车上看见美丽的灯火 / 看见黑暗的衬里附近皮肤的闪烁 / 每个女人都很美丽，神秘的微笑 / 映在我脸上，成为我的微笑"。(《微笑》)

例五："发光的海盐擦亮沉船 / 在岁月深处点灯 / 鲸的脂肪，和下面的石油 / 红色的珊瑚礁附近死者的灵魂幽暗"。(《纪念》)

例六："我滞留在四壁的阴影里不点灯 / 眼睛张开窗户张开。我吐出／对面大楼上的灯火，我叙述／灿烂火红的夜晚。你神奇深奥的喷火者／我是我的提着红色灭火器的虚无的消防队员"。(《华灯初上》)

这六首诗无论表情达意还是形式建构都高度内敛、浓缩，都是诗人即时生命体验的艺术结晶。有的侧重感性体验的瞬间捕捉，比如例一。全诗仅两句，高度凝练。这首被沈浩波称之为"柔弱的小情调"[①]的小诗体把对雪的喜爱具体转化到两个层面：名字"好听"；"落在车棚上的声音"的"好听"。前者是视觉与听觉联合（"联觉"）作用的结果，后者是在单纯听觉意义上生命感知的结晶。有的偏于生命的智性体验与表达，比如例二和例三。在例二中，记忆中的瓶子是黄色的，现在看到的是白色的，而根据常识，"倒空以后是无色"，"认识"直达同一个事物（瓶子），结果出现这三种不同结论，到底哪一次是真实的？是人的"认识"不可靠，还是瓶子本身就无法被描述？在例三中，"弧光"和"干活的人"是"一个坐着出汗的人"同时看到的，由此看，动作先于思想（或意识）而发生。我们常说，思想是先导，它指导或决定人的行动，但在此正好反过来，动作先于思想而发生。韩东从这种为普通人所习焉不察的常识或日常现象中获得灵感，并呈现出某种"事物"或"关系"本身存在的逻辑与真实。有的专注于生命的感性把握与瞬间呈现，比如例四。在例四中，无论"美丽的灯火""黑暗的衬里附近皮肤的闪烁"，还是美丽女人脸上的"神秘的微笑"，都是"我"感官瞬间捕捉到的"形象"，也可以说都是"我"生命意识的瞬间外化，特别是当美丽女人的微笑"映在我脸上"，并"成为我的微笑"时，这种"外化"达及体验的高峰，即他者形象投射于"我"，"我"之意识瞬间迎接，譬若水与水的相遇，云与云的相碰，两两相遇并合二为一，恰若"羚羊挂角，无迹可求"。有的趋向生命的神秘体验和高度形而上表达，诗意极为抽象，即使意会也不易捕

①　沈浩波：《不仅仅说给韩东听》，《作家》2001 年第 3 期。

捉，甚至不可解，比如例五和例六。在例五中，"沉船"喻指悲剧事件，"死者的灵魂"象征灾难，海盐擦亮沉船，光穿透阴暗，照亮"灾难"本身。语言如光，澄明地到达，真相得以复原，历史被唤醒。在例六中，"我"身处"四壁的阴影里"，与华灯初上的夜晚对视，对视的结果是"我"沉入幻境："对面大楼上的灯火""灿烂火红的夜晚"都是"我"之精神臆造物。"我"吐出灯火，"我"叙述夜晚，因而，"我"是创造者，也是主宰者。我是"喷火者"，也是"消防员"，因而，"精神自我"不再单一。这首诗想象奇诡，体验超拔，灵思飞扬，堪称妙绝。

韩东在九十年代还写了很多短小精悍（基本在五行以上，十行以内）的诗，主要有《剪刀》《比如》《雾》《晨光》《畸变》《十二月》《邂逅》《具体的爱》《木工》《美国之音》《一刻钟》《多么冷静》《在深圳……》等。这些诗歌大都围绕某个人物、场景、事件或物件写起，虽仍然以对瞬间感受的捕捉和表达为重心，但愈加抽象，偏于智性，趋向神秘，特别是其中对有关生存与生活的未知领域的开掘和对日常生活神圣性一面（大部分人所不易觉察的）的察觉，则更可见出韩东天生具有的不羁的想象力和持续的原创力。比如：

例一："一个男人从理发店里出来／头上带着剪刀的印痕／他走过一块刚刚休整过的草地／小贩过来，向他兜售刷子／他看见豪猪越过稻田／将军被箭矢所伤／星光和锯齿，他回到／窗台上的仙人球"。(《剪刀》)

例二："木工车间里工人们躺在刨花里干活／没有门，没有窗，也没有墙／只有芦席围起三面的金色工棚／只有阳光、刨花和木料和／已雕刻成型的各类农具的柄／没有门，没有窗，没有桌凳和门槛／没有床。是木工取消了木工／刨花掩盖了泥地"。(《木工》)

例三："在太阳和风中眯起眼睛／在城和石头间慢慢地走／远处大山的褶皱像脸／房屋和人家，并非两种可能的事物／十二月的果

摊仍然火红 / 这个季节，头顶白毛的谦逊最相宜"。(《十二月》)

例四："翅膀的投影落在稿纸上 / 翅膀的拐弯处无人抚摸 / 夹着笔，连字也在飞行 // 我从背后感觉到一束异样的目光 / 一张白纸上是它狂奔的爪牙 / 黑影正练习起飞 / 升起在电灯熄灭之时"。(《畸变》)

例五："雾从四面压迫一所房屋 / 给它一条缝 / 进来，贴底面爬行 / 在两墙相交的地方汇合、上升 / 掩去天花，从里向外 / 推倒四壁 / 持灯者的手消失 / 而灯光测不准他居所的深度 / 与此同时别处的雾消散 / 就像被收回这屋中"。(《雾》)

例六："在你的床上睡觉不梦见你 / 和你熟悉的人交谈不提及你 / 进入你的校园回避你 // 在你来信的日子不走近你 / 被欲望左右的时候另有高尚的借口 / 爱上你的敌人，诋毁你的姐妹 // 在你也想到我时改变题目 / 需要回答时颠倒词序 / 还有一部分不能看也不能听"。(《比如》)

例七："多么冷静 / 有时我也为之悲伤不已 / 一个人的远离 / 一个人的死 / 离开我们的两种方式 / 破坏我们感情生活的圆满性 / 一些相对而言的歧途 / 是他们理解的归宿 / 只是他们的名字遗落在我们中间 / 像这个春天必然的降临"。(《多么冷静》)

在例一中，前四句陈述一种事实，属于已有之事；后四句皆为想象的产物，属于无中生有。不过，无论越过稻田的豪猪、被箭矢所伤的将军、星光与锯齿，还是仙人球，都与"剪刀"给人的第一直觉有关，直觉接通潜意识，潜意识激活联想通道，既而萌生诸多幻象。在例二中，前六句描述木工劳动的场景、环境，揭示其劳作的状态，后两句直击事件本质："是木工取消了木工 / 刨花掩盖了泥地"。木工"躺在刨花里干活"，在"没有门，没有窗，也没有墙"的空间里日复一日劳作。无论他们无欲无求、自得其乐也罢，还是无可奈何、单调乏味也好，都很容易让人联想到工业文明时代作为个体的"人"被"物"所化、被"技术"所主导的不自由状态。在

181

例三中，无论对"眯起眼睛""慢慢地走"等神态或动态的直陈，对"远处大山的褶皱像脸"，"十二月的果摊仍然火红"等物象的描写，还是最末一句（"这个季节，头顶白毛的谦逊最相宜"）的突发定论，都是对"十二月"这个词本身所负载内涵的崭新阐释。它和我们对这个月份的认识完全不一样。在例四中，一旦"翅膀的投影"在纸上复活，"我"之意念就随之而去，所谓"一束异样的目光""狂奔的爪牙""黑影正练习起飞"不过是生命即时感知到的神秘存在。与其说它是影子的自我呈现，还不如说它是自我的镜像，虽虚无但不乏神性，虽非实物但真切可感。在例五中，诗人如实描述了雾在房间内蔓延的过程、效果以及给人带来的感受，至于"与此同时别处的雾消散 / 就像被收回这屋中"，则只能算是诗人自己的慧心之思了。在例六中，所罗列的种种人性关系，既相关，又相对，既普遍存在，又趋向悖论。这首诗触及了当代社会普遍存在的主题——人与人之间的关系：貌似亲密，实则疏远；貌似熟悉，实则隔膜；看似友爱，实则伪善；或同床异梦，或形同陌路，或南辕北辙，或离心离德，或绵里藏针。在例七中，"我"是冷静的，他们是悲伤的。因为面对离别（"一个人的远离 / 一个人的死"）这类事，冷静是"我"的常态（可能也偶有悲伤，但肯定是暂时的或偶发的），故"我"能对之做出客观分析——因为他们把"一些相对而言的歧途"理解为某种归宿，故他们虽有悲伤，但离开得也足够从容。也许感情生活压根没有圆满，但即使如此，为了免遭折磨，也要坚信某种美好："只是他们的名字遗落在我们中间 / 像这个春天必然的降临"。

也许由于"他擅长运用内在的想象（一种内视力）笔直地走进事物中去"[①]，因而，他的诗总是过于抽象，跳跃过大，空白过多，故有些诗对读者接受构成了巨大阻力，甚至无法解或不可解。比如《晨光》："他在纸折的眼皮后面做梦，好像 / 失眠者用一盏灯连续着

---

① 小海：《韩东诗歌论》，《东吴学术》2015 年第 5 期。

白天 / 早晨是其中最脆弱的部分 / 他们各自拥有一半面孔"。在这首诗中，"他"容易产生歧义——到底指代"晨光"，还是某人？如果是前者，那就导向对"晨光"本质属性的即时体验与把握，尚具有一定的可解性；如果说是后者，那这首诗就极为费解了——"他在纸折的眼皮后面做梦"与最后两句没有多大关联性，故一切处于不可解的境地，或者说这首诗是诗人一个人杂乱不堪的梦话，到底传达了什么，或许连他也说不清吧。这种写作带有冒险性，不通约的写作究竟意义何在？

第三节　叙事性：卓越的诗艺实践

韩东向来重视叙事在诗歌创作中的重要地位。在他看来，正如叙事是小说、影视、戏剧之必需一样，它同样适用于诗歌："文学能力几乎等于叙事能力。语言、风格、学识、形式等等与叙事相比得靠后站。叙事是文学的基本功能亦是重要目的。文学在电影、戏剧甚至诗歌中举足轻重的地位不过是因为叙事，因为叙事之必需。倒过来，影视、戏剧、诗歌中叙事的成败也是文学性成立与否的关键。"[1] 叙事性是九十年代诗歌创作最引人注目的现象。绝大部分诗人都能意识到"叙事"对于诗歌创作的重要价值，并从多方面展开探索与实践。叙事几乎被当作是诗歌创作中最先锋、最前卫的话语方式。在九十年代，韩东无疑又一次走在了这股创作潮流的最前面。《存车时看见一只猫》（1990 年）、《甲乙》（1991 年）、《手工课》（1991 年）、《剪刀》（1991 年）、《打鸟的人》（1992 年）等作品不仅"叙事"功能进一步强化，而且叙事在诗歌中的本体地位得到前所未有的重视，并由此而继续引领新诗先锋创作的潮流。有论者认为："九十年代以来的诗歌叙事反映了文学内容对文学形式的内在

---

[1]　见 2017 年 7 月 24 日韩东新浪微博。

要求，是当代现实及精神格局对诗歌话语方式施加决定性影响的必然结果。换言之，九十年代以来的诗歌叙事是诗人们为了应对时代剧变、维护写作有效性而作出的一种历史选择。"① 这种"选择"既有必然性，也是被迫性。一方面，以 1989 年海子之死为标志，中国诗学的抒情传统在达及高点后开始慢慢回落，并逐渐被骤然兴起的写实叙事思潮所取代，从而昭示一种集体性话语范式及美学风格的出现。另一方面，1992 年后市场经济全面铺开，八十年代那种不及物写作已经与时代的精神气候严重脱节，因而，诗人们必须重申并重建与时代的关系，以此维护与延续诗人在时代大潮中的尊严、地位。重建与日常生活的亲密关系，必然大大拓展新诗表现的空间，从而有效修复诗歌与现实的关系；大大增加叙事成分，必然进一步挤压抒情存在的可能。因此，包括韩东在内的九十年代诗人所展开的诗歌叙事化实践既可看作是一种修辞策略，也是一种新诗写作的美学转向。其实，早在 1986 年，他就创作出了《你的手》《在玄武湖划船》这类具有明显叙事色彩的诗歌。此后几年，《哥哥的一生必天真烂漫》（1987 年）、《渡河的队伍》（1988 年）、《二十年前剪枝季节的一个下午》（1988 年）、《从白色的石头间穿过》（1989 年）等诗的叙事化倾向更为明显，强调客观写实，语言偏冷、偏静。当然，这不仅是对中国诗歌抒情传统的颠覆，也是新的话语方式和美学风格的生成。但是，八十年代的叙事性以反抗浪漫主义诗学传统为主要目标，而并非九十年代那种从理论到实践都属于本体论意义上的自觉行为。当然，韩东诗歌中的"叙事"倾向也并非传统叙事诗模式，它既不以故事与情节要素为重，也非着力于人物刻画，而是以琐碎的细节、丰富的场景、微妙的心理为表现重心的叙事。

九十年代韩东诗歌中的叙事与宏大无涉，基本聚焦小我与日

---

① 李志元、张健：《20 世纪 90 年代以来的诗歌叙事》，《北京师范大学学报（社会科学版）》2006 年第 2 期。

常，尤其避免与神圣、理想、信仰相关的大概念、大词汇侵入文本；虽不乏形而上的体验与探索，但对形而下的亲和力与表现欲望远大于对形而上的追求。《存车时看见一只猫》记述一只猫的日常。它既小又脏，庸常无奇，但它信任我："鸣叫，注视，接触／信任我的手就像信任另一只猫"，而我对它也报以同样的信任感吗？"它让我觉得，中途停留／是一个微笑的情感错误"，这种不对等性是显而易见的。《手工课》记述童年的一段往事：父亲买来红萝卜，教孩子如何制作白皮的老鼠。这里触及亲情和记忆，是对往事的再现。《和方世德一家回洪泽》记录三口之家回乡路上的经过，文笔俏皮而纯真，格调朴实而温暖。这三首诗都以叙事为主，前两首是现在时，另一首是过去时，且都是小事，但都体现了诗人内在体验的独特性。然而，诗人热衷于"叙事"，并不纠缠于事件本身，而试图借此打开更广阔、更深邃的精神世界。这有两个不同向度：一是以内为本，向外指涉。西川、王家新这类代表知识分子写作型的诗人就依循这种路径。在他们看来，因为"在抒情的、单向度的、歌唱性的诗歌中，异质事物互破或相互进入不可能实现。既然诗歌必须向世界敞开，那么，经验、矛盾、悖论、噩梦，必须找到一种能够承担反讽的表现形式，这样，歌唱的诗歌便必须向叙事的诗歌过渡"[①]，也就是说，为了求得"异质事物互破或相互进入"和"找到一种能够承担反讽的表现形式"，所以他们纳"叙事"入诗，并以此重建诗歌与世界的关系。二是以外为据，向内拓展。韩东努力探索与实践"写作与真理"的关系，并认为"如果和真理不挂钩不沾边，那样的写作都是毫无意义的"，就典型地体现了这种创作倾向。在外与内的双向互动中，"外"是契机，是机缘，是起点；内是根本，是目的，是终点，由外到内，即意味着由实入虚，既而再由虚入虚；与此同时，生命的反向体验也瞬间发生，即再由里向外，由

---

① 西川：《90 年代与我》，王家新、孙文波编《中国诗歌：九十年代备忘录》，人民文学出版社 2000 年，第 265 页。

虚入实，即意味着对事物本质与精神的直达或把握。

其实，对韩东而言，叙事性总是与戏剧化密切关联。诗人通过营造假定性场景，设置个性化角色，压制情感到零度状态等多种手段，从而赋予文本以某种间离效果。《打鸟的人》《机场的黑暗》《甲乙》《横渡伶仃洋》等堪称这方面的代表作。《机场的黑暗》既以隐喻与象征手法表达诗人在时代变迁中的沉痛体验（"温柔的时代过去了，今天／我面临机场的黑暗"）和无处诉说的孤独感（"繁忙的天空消失了，孤独的大雾／在溧阳生成"，"雾中的陌生人是我唯一的亲爱者"），也以对空间性体验（"机场"即为虚拟的空间；"几何的荒凉犹如／否定往事的理性"即是对时间关系的不信任，从而转换为对"空间"的即时体验）及其"间性关系"（"我"与机场，"我"与陌生人，"我"与大雾，大雾与机场，陌生人与陌生人，等等）的营构，表达在特殊境遇中真切的生命感受（"近在咫尺的亲爱者或唯一的陌生人"）。《打鸟的人》记述"打鸟人"日常的猎鸟行动与内心的悲欢。他享受"打鸟的乐趣"、收获的喜悦（"脚边的塑料袋被猎物撑得发亮"）和满载而归后的温馨与幸福（"回到自己的家，回到／麻雀汤的晚餐和乌鸦肉的夜晚"）；因为猎人与猎物之间敌意或对抗是永恒存在着的，所以，他也必须面对随时而至的怨恨，忍受相伴而来的悲痛（"准星后独眼人具有的怨恨／是另一只眼睛被鹰隼啄食"）。这一喜一悲恰恰揭示了生活本身的实存景观。同时，因为杀戮即意味着生命的消亡（不只是小鸟），因为黄昏时分"鸟儿入林"以致他便无鸟可打，故"枪声过后是冬日黄昏的哀伤"一句中"哀伤"也就有了双重含义。《甲乙》叙述甲乙二人做爱结束后百无聊赖、互不关心的心态与情景。诗人将绝大部分笔墨付诸甲的行为状态的描述——他一直在看窗外的街景，而无视刚才与之肉体缠绵的乙。同样，乙也如此，她的目光始终不在甲。叙述极其客观冷静，一切就像摄像机拍摄的画面一样，自动呈现，几无情感与情绪的流露，但一向不加主观评判的叙述者突发议论："……只是把乙忽略得太久了。这是我们／（首先是我们）与甲一起犯下的错误"，并交代："当乙系好鞋带起立，流下了本属于甲的精液"，如此一来，一种类似布莱希特式的间离效果便瞬间产生，从而给人以接受上的巨大冲击力。《甲乙》不仅被公认为韩东在九十年代的重要作品之一，还和于坚的《0档案》、伊沙的《结结巴巴》、西渡的《在硬卧车厢里》、萧开愚的《动物园》等作品构成了九十年代诗歌的重要收获。

第四节　诗缘情：一个考察向度

表达某种情感，或者说，把自己的内心体验作为一个重要的表现对象，是诗歌最基本的功能。任何一首诗歌的诞生最初无不导因于某种情感或情绪的萌动。当然，诗歌中的"情感"绝非普通情感的生理宣泄，而是审美主体重新体验、组织与创造的艺术结晶，这样，对原始情感的选择与抑制不仅必要而且也是必然，但即使处于策略上的再严格的主观抑制，也不可能完全避免"我"之情感或情绪的渗透。

"诗是强烈感情的自然流露。它起源于在平静中回忆起来的情感。诗人沉思这种情感直到一种反映使平静逐渐消逝，就有一种与诗人所沉思的情感相似的情感逐渐发生，确实存在于诗人心中。一篇成功的诗作一般都是从这种情感开始，而且在相似的情形下展开。"[1]

诗人对日常生活中的种种"情感"长久沉思之后，在某个机缘（灵感）的感召下，对之重新组织，并赋予审美形式，遂生成了一首诗。中国诗歌更是有着悠久的抒情传统，并留下了不计其数的经

---

[1] ［英］渥兹渥斯：《〈抒情歌谣集〉一八一五年版序言》，曹葆华译，刘若端编《十九世纪英国诗人论诗》，人民文学出版社1984年，第13页。

典作品。其中，无论叙事诗，还是抒情诗，对亲情、爱情、友情的表达都是其永恒的主题。抒情的兴起有其复杂的原因，是历史发展与个体审美综合营构的结果。在古典文学理论中，关于诗与情感，陆机有个经典的说法："诗缘情而绮靡"，意思是说，诗人作诗缘于情动，并因此而彰显诗在整体形式上的美好。这种偏于文体与形式美学意义的阐释与界定对后世影响深远。

之所以对"诗与情感"的关系做上述简单阐释，是想强调：尽管韩东诗歌创作中向来节制情感表达，并以驱除"我"之意识、追求纯客观为目标，但这也仅是一种修辞策略上的考量，且在具体实践中也不可能完全做到；在他九十年代创作的广受好评的诗歌中，很多都是以对日常情感特别是亲情的直接表达而备受关注（比如《爸爸在天上看我》《和方世德一家回洪泽》《为病中于小韦所作》），这至少表明，诗人因情而动，而思，而写，并以此而感动别人，体现了韩东诗歌创作中朴素而真挚的一面。在九十年代，韩东写了不少表现日常情感的诗。这些诗歌或记事，或说理，或言情，或表现独到的生命体验，虽仍不乏趋于抽象命题的表达（比如《片章》《爱情曲》），但大都及物，且以情感人。

韩东写了不少致友人或与友情相关的诗。于小韦、丁当、朱文、翟永明等诗人、作家都是韩东所敬佩的好友。于小韦[①]是韩东所敬佩的少数几个诗人之一，与韩东一起办《他们》，深得韩东喜爱；丁当是韩东在西安认识的好友，在西安两年，若没有丁当相伴，韩东的生活还要黯淡不少；朱文写诗，写小说，搞"断裂"，与韩东的关系不必说，既是战友，也是至交；翟永明诗歌界的形象及光彩自不必说，作为同行，两人之间的友谊一直就被传为佳

---

① 韩东评价："于小韦的诗集《火车》出版后，得到好评。我在橡皮论坛看到，一年轻诗人说，买了《火车》后舍不得读，一天读一点。这就对了，于的诗永远不会被'大众'欣赏，他永远也吃不了诗歌这碗饭。但它们会被遥远的时代里一个陌生的青年偶尔发现，一读就放不下了。十几年并不算遥远，对于这样的天才来说，遥远的还在后面。他的诗歌将穿越岁月。"

话。他们的形象与事迹都被韩东以诗歌形式记录了下来。在这些诗歌中，或旅途起意，诉说沿途所感所想，寄托对好友的想念，比如《苏州—大厂（给朱文）》；或杂谈世事，感悟生活，分享人生，比如《致丁当》；或述说好友的不幸命运遭遇，表现某种莫可名状的情感，比如《为病中于小韦所作》；或展现好友的盖世才华与不俗成就，由衷表达对其敬意或敬佩之情，比如《读〈翟永明诗集〉并致翟永明》；或记述与朋友们的交往经历，并借此表达某种生活观念和对时代的认知，比如《在深圳——致朋友》，都比较充分地展现了韩东与朋友之间那种因彼此才华或志同道合的趣味所建立起来的友谊的珍贵与美好。

其中，《在深圳——致朋友》颇值得一提。这不仅因为其长达五十四行而在韩东的所有诗歌中显得有点突兀①，更因为它揭示了九十年代中后期韩东在与时代建构新型亲密关系后所展现出来的最初实景。在这首诗中，"我"是一个不折不扣的顽主形象："我只是来玩乐 / ……我宁愿去发廊，见另一类姑娘 / 请别眼红我加速的堕落 / 既不是来奋斗 / 也不试图理解 / 让我生活在灯红酒绿的表面…… / 请别对我讲责任，讲底层的欲望 / 要讲就讲强盗和小偷……要讲就讲好玩的，可乐的 / 讲我在深圳，如何浮光掠影和走马观花"，由于"我"对责任、奋斗、崇高不感兴趣，"我只是来玩乐"，因此，诗中的"我"就与任何道德形象无关，"我"不过是俗世中的一顽主罢了。"我"的好友们亦然：对小丁而言，"他拒绝恋爱中的女人进入……而妓女们的蜜蜂飞来飞去 / 劳动采蜜于小丁的钱包"；对陈寅来说，"肥胖稳定了他钟摆般的心脏……他的焦虑就像熏鱼 / 还要去洪湖公园烤肉、冒油 / 还爱上了风鸡腊肉的美好口味"；对"我们"而言，"我们在二楼吃穿山甲 / 去一楼木棉树的根部呕吐……我的一泡带体温的小便为其施肥 / 我的，小丁、陈寅和耶稣的，还有曹旭、李潮的 / 我们围成一圈，将泥地淋湿 / 希望获得好运"。总之，这首

---

① 韩东的诗歌都不长，这是我目前见过的最长的一首诗。

诗以平实的笔法记述了在深圳的见闻及与朋友交往的经历，显示了韩东在写作此类诗歌时所展现出的较为宽广的视野、对浮华时代的表现力以及"躲避崇高"的精神意念。

韩东此时期的诗歌也较多触及爱情或与爱情有关的话题，代表作有《爱情曲》《爱的旅行》《片章》《抚摸》《横渡伶仃洋》《火车》。《火车》是对男女之爱的直接表达。你我之爱甜蜜而美好，但由于距离遥远而不得不自寻安慰；由远方而来的"火车"如同信使，他送来的是温馨，是幸福，这让我激动不已。一切皆因"你"而美好，"因为你，使我看见了良辰美景"。《抚摸》[①] 揭示了爱与情欲的另一种生成方式：以抚摸代替做爱，爱照样赤裸而热烈，而"情欲在抚摸中慢慢地产生 / 在抚摸中平息"。这首诗探讨的是爱与情欲存在方式的多样性。当然，韩东所侧重表达的"爱情"并非指向男女间因生理相吸或心理共鸣而产生的两性情感，而是由情入理，揭示"爱"之本质，探讨"我""你""他"在"爱"中的主体间性关系，带有明显的哲理表达倾向。在《片章》中，"属于我和不属于我的部分""爱我和不爱我的时刻"都是"我爱你"的内容，而且"我的爱"先于"我"而到来，故"我"与"我的爱"不是同一个事物，"我"要跟随或听从"我的爱"，"使你的离去变成归来"。最后一节中的"她"自然是"爱情"的象征，"归来，离去，离去，归来……"是其固有的存在方式；所谓"飞鸟在风中放纵 / 反复确认着墓地和家园"，也即象征着"爱"在生与死之间的轮回。由此看，爱是永恒的，也是相对的，它是运动的，不是静止的。在这首诗中，诗人将对"爱"的沉思引向深处，达及本体，堪称极致而抽象。《爱情曲》探讨"爱"的存在方式以及爱发生时双方意念与身体既统一又背离的关系。探讨首先从"假设"开始："让我们

---

① 这首诗在收入《你见过大海：韩东集 1982—2014》时删去了"我的进攻并不那么坚决 / 你的决绝也一样"，"就像老年的爱，它的热烈无人理解 / 我们没有互相抵达"。

把脑袋互换／比彼此进入要奇妙许多／当我们彼此进入／脑袋并不安于立在各自肩膀上"。"爱"意味着"彼此进入"，如此一来，双方自然就不安分了（"脑袋并不安于立在各自肩膀上"），然而，当"把脑袋互换"，即意识（"脑袋"）与身体（"躯干们"）彼此错位，于是，戏剧性的一幕便发生了——"躯干们扭在一起／腰与腰彼此粘牢"，而在这个过程中，"爱"同时指向（或属于）"自身"与"对方"。"爱"不再以"彼此进入"方式存在，而是雌雄同体，即"我们是共同的男人和共同的女人"，因此，所谓"爱情曲"也即诗人有关"爱情"存在方式及发生机理的意念式想象。

在九十年代，韩东写了几首表现亲情的诗，其中有两首时常被读者提起，一首是《爸爸在天上看我》，另一首是《手工课》。

就情感表现样式而言，上述诗歌可明显分为两类：一类是抑情式，即由于极力抑制情感的直接抒发和节制情绪漫溢，故表达也就变得异常冷静、含蓄。但这正如我们眼中的大海，只是表面平静，内里暗流涌动，澎湃不已。比如《为病中于小韦所作》："一个男人养成了临睡前阅读的习惯／他放弃了另一个习惯——大声朗读／职业是制作模型、楼群和花园／以及怎样安放一个月亮／一个男人甚至放弃得更多／遗忘书本，顷刻入睡／枕头上留下难忘的面孔图案／在睡眠中他放弃了炎症，就像／放弃一个男人的婚姻那样正当"。这首写给诗友的诗以写实方式平静叙述于小韦病中情景：他养成了临睡前阅读的习惯；他不得不放弃很多，比如"大声朗读"，比如不能再像以前那样放飞设计灵思；他遗忘书本，能够"顷刻入睡"；甚至"在睡眠中他放弃了炎症"；病魔摧残了他，他已经不能如常人一样把握自己。在这首诗中，诗人只是在平静言说，不抒情，不议论，不做主观评判，但透过这些文字，那种对友人的关爱、惋惜以及无奈之感还是能够被明显地感觉出来。诗人虽然记述的是普通事件，表达的是普通情感，但由于对情感、情绪富有节制的、有分寸感的控制与把握，反而使得在隐显与明暗之间自动呈现出来的诗意不期然戳中了生命的最柔软处。当然，所谓节制也都是相对而言，毕竟，作为修辞策略上的节制与作为个体生命体验中的"内在律"并不一致，就如压抑已久的火山，不可能永远平静，总会偶尔喷发一次。

另一种是直呈式，即不再一味强调节制情感或情绪，而是出乎情，染乎情，直接言说，正面表达。这在韩东的诗歌创作历程中形成了一个很耐人寻味的现象，即他的一些诗之所以广为流传，倒不是因为"入虚"或抑情，而恰恰相反，是因为侧重写实或直接表达感情，比如八十年代的《温柔的部分》，九十年代的《爸爸在天上看我》。《爸爸在天上看我》可谓一反常态，丝毫不避情感地直接表达："九五年夏至那天爸爸在天上看我／老方说他在为我担心／爸爸，我无法看见你的目光／但能回想起你的预言／现在已经是九七年了，爸爸／夏至已经过去，天气也已转凉／你担心的灾难已经来过了，起了作用／我因为爱而不能回避，爸爸，就像你／为了爱我从死亡的沉默中苏醒，并借助于通灵的老方／我因为爱被杀身死，变成一具行尸走肉／再也回不到九五年的夏至了——那充满希望的日子／爸爸，只有你知道，我希望的不过一场灾难／这会儿我仿佛看见了你的目光，像冻结的雨／爸爸，你在哀悼我吗?"韩东的诗向以平实、冷静著称，尤其注意情感的节制和情绪的抑制，而这首诗却正好相反，完全打破已有规则，反而主要以情感人。韩东的父亲方之[1]是著名作家，故诗中称父亲为"老方"。在这首诗中，诗人把父亲当成靠山，他宛若一个受伤的、脆弱的、乖顺的孩子，在向其诉说自己的不平遭遇以及内心的委屈。父亲的预言，父亲担心的灾难，"为了爱我从死亡的沉默中苏醒"，都是这首诗关键字眼，到底有何深意，固然可做出多方面的阐释，但诗人在这首诗中所寄托的

---

[1] 方之（1930—1979），原名韩建国，祖籍湖南湘潭，生长在南京，著名小说家。五十年代江苏"探求者"社团成员之一。其小说故事性强，对话生动，擅长心理刻画。《内奸》是其代表作，1979年被评为全国优秀短篇小说。

生者对死者的无尽怀念则是确定不移的，为此，诗人完全不避讳情感、情绪的流露。这类诗歌既是对自我情感的直接表达，也是对大众情感或社会意识的集中呈现。由于韩东在诗中所表达的情感或意识不再完全局限于一己狭小天地，故他那些不期然戳中大众心灵疼痛处或柔软处的诗句便有了格外感人的力量。这正应了莱蒙托夫的观点："'仅仅对一个人有价值的东西是没有价值的'，这是文学的铁的规律。"① 是的，诗歌对情感的表达，既是个人的，同时又是社会的，方能昭示出其深远的文学价值；即便对迷茫、痛苦、孤独等深层生命体验的开掘与表达，也只有在与社会、时代或历史产生某种关联时，诗歌也才有其更为宽广的发展空间。九十年代以来，包括韩东在内的很多诗人自闭式的、极端私我的、高度不及物的写作逐渐沦为小圈子里的文字游戏，其弊端是显而易见的。"对于只发挥自己个人哀愁的人，我们可以借用莱蒙托夫的话来说：'你痛苦不痛苦，于我们有什么关系？'"② 是的，真正有出息的诗人，绝不能仅限于小打小闹、小情小调，而应该有与大时代同行、写不朽之作的抱负与实践。

九十年代中后期，韩东还创作了《三轮车工人》《在深圳的路灯下……》《小姐》《一个吸烟者的姿态》等反映底层人底层生活世相的诗歌。这些诗与世俗社会靠得更近，姿态更低，充分展现了诗人对世俗生活的亲和力与表现力。自然，对世俗社会中小人物生存状态的揭示，特别是对世俗社会中世俗情感的表达，就首先成为这一类诗歌所侧重表现的主题。由于对民间立场的坚守和对民间精神的追求，韩东在表现"三轮车工人""小姐"等形形色色小人物生存、生活以及精神状态时所秉承的观念立场既不是批判性的、反思的，也不是人道主义怜悯式的，而是以既不高于也不低于民间生

---

① ［法］瓦莱利：《诗与抽象思维》，伍蠡甫主编《现代西方文论选》，上海译文出版社 1983 年，第 37 页。
② ［俄］别林斯基：《别林斯基论文学》，梁真译，新文艺出版社 1958 年，第 32 页。

活的姿态力图揭示一种切近人物本身或生活本质的真相。比如，在《三轮车工人》中，诗人对"三轮车工人"命运际遇的揭示——"像所说的那样：把车拉进坟墓／有病，但不是要人伺候的那种"，以及对其职业特点的展现——"在城里寻找他凋零的伙计／带着他的车，便有了充分的理由"，都很让人痛彻心肺。即便诗人并没有加入任何主观评价，但由这类诗句所折射出的共通情感还是让人为之动容。在《小姐》中，像"她的衣服从来不换。／我注意到，它是美丽的、肮脏的"，"她的青春在搬动桌椅中度过一年"这类诗句无不聚焦某种真实或本相的表达，并在这种表达中寄托某种心照不宣的情感指向。但民间毕竟是一个藏污纳垢的地方，当诗人审美中的"民间"遭遇现实境遇中的"民间"，即便有身心上的相通与共鸣，但戏剧性的背离便不可避免地发生了。比如，在《在深圳的路灯下……》中，诗人对"小姐"这种带有某种"职业"特点的人群给予宽容与理解——"我欣赏她编织的谎言／理解了她的冷淡／我尤其尊重她对金钱的要求"，描述她那稍纵即逝的美善形象——"我敏感的心还注意到／厚重的脂粉下她的脸曾红过一次／我为凌乱的床铺而向她道歉／又为她懂得诗歌备感惊讶"。但"小姐"毕竟是一种"职业"："我和橡皮做爱，而她置身事外／真的，她从不对我说：我爱"。这里不再是那种"同是天涯沦落人，相逢何必曾相识"的心灵相通，而所有一切似乎都是"我"的一厢情愿的想象。

第五节 《甲乙》：九十年代诗歌代表作

诗中的人物甲与人物乙姓甚名谁、职业、年龄、穿着、相貌，两人什么关系，因何在一起，等等，我们都无从获悉，人物就像一个符号或客观存在的物件，其意义或形象只在叙述者的缓缓"叙述"中才显现出冰山之一角。然而，即使这"一角"也不过是揭示了一件毫无意义的俗事——一场男女间的性事。更有意思的是，明明写性事，但诗中又丝毫不提与性有关的过程、身心感受、精神状态，而重在展现人物甲眼中的风景和人物乙下床、系鞋带等行动。这样，性事成了背景，并被置于后台，诗中留下了太多的空白。

读《甲乙》，最容易让人想起罗伯格里耶的那句熟悉的名言："世界既不是有意义的，也不是荒谬的，它存在着，如此而已。"照此推导，人物甲、人物乙、人物甲看到的街景、人物乙看到的餐具、从人物乙那里流出的精液，以及叙述者与作者，他们存在着，如此而已。意义不是事先设定的，它只能借助读者的想象方能呈现。在诗中，能够直接呈现意义的，或者说带有一定情感（情绪）倾向的，似乎只有这三句："只是把乙忽略得太久了。这是我们／（首先是作者）与甲一起犯下的错误"。在此，表面上看，叙述者在指斥人物甲对人物乙的冷漠与无视，但实际上，叙述者即作者的代言人，而包括叙述者、作者在内的"我们"与人物甲有着某种相似性，既然"这种错误"是"我们"时常犯下的，那么，叙述者、作者、人物甲在道德上高低优劣的界限也就被抹平。虽然这是"叙述者"的议论，但由于以"我们"名义发出，故它还是无意中较为充分地呈现了当代社会普遍存在着的另类风景——人的物化、工具化，以及人与人之间的隔膜，不仅司空见惯，而且愈演愈烈。

《甲乙》在写法上展现为三个突出特征：焦点透视、零度情感、叙述化。具体来说，《甲乙》分别以外聚焦（叙述者的讲述）、内聚焦（人物甲、人物乙）立体化地展现人、事、物及其关系的原生风貌，视点不固定，即分别聚焦于叙述者（或作者）、人物甲、人物乙，但它的移动或交叉是有章可循的；力避主观情感、情绪的介入，避免描写对象带有"我"之主观色彩；追求叙述化，但在"叙"与"事"之间，格外强调"叙"的意义，务求呈现某种戏剧化效果；文字不断延展所映现的画面如同一架摄像机录制下来的风景，随着角度、焦点、距离的变化挨次显现。《甲乙》将西方叙述学的焦点法则、叙述艺术引入诗歌，从而在文体样态上极类小说笔法，为当代诗歌写作注入了活力。这就又一次刷新了我们对"诗歌"这种文体的认知。

《甲乙》在我们俗常认为有意义的地方宕开不写，反而在无意义的地方不厌其烦地写。用无意义映照有意义，显然这是主动的修辞选择。从远景到近景，从整体到细部，详细地展现人物甲视觉中的风景。第一次"看"（正面看、回看）主要是展现看到的事物，比如街景、窗户、墙、树身、树枝、树梢，等等，以及未看到的（可能存在的）事物（"直到末梢／离另一边的墙，还有好大一截／空着，什么也没有，没有树枝、街景／也许仅仅是天空"）。第二次侧重展现"往回看"的动作、姿态，但所写更是无聊、无意义，竟翻过来倒过去地探讨人物甲到底向哪边移动了五厘米，至于述说左眼和右眼之间的距离、睁与闭的次序，以及如何看、看到什么，则纯属多余。而对人物乙也略略提了一笔："她（乙）从另一边下床，面对一只碗柜／隔着玻璃或纱窗看见了甲所没有看见的餐具"。其实，这也没多大意义，但"碗柜""餐具"似在提示甲乙在此共同生活很久了，可他俩之间的关系到底是夫妻还是情侣，则并不能确定。然而不管哪种关系，甲看到的，乙看不到，乙看到的，甲看不到；甲不关心乙，乙也不关心甲；两人各自百无聊赖地沉浸在一个人的世界里，宛然此前的性事压根就没有发生。全诗百分之九十的句行就是展现这些琐碎的无意义的内容，如果到此为止，独立成为一首诗，倒也说得过去，毕竟罗伯格里耶式的叙述风格和"镜头"式的呈现方式足可引领先锋实验的潮流。但最末一句陡然一转："当乙系好鞋带起立，流下了本属于甲的精液"，至此，前述占据整首诗巨大体量的"无意义"部分瞬间产生了巨大"能量"——它和这两句以互文方式生成了巨大意义，足以力透纸背，让人目瞪口呆。

《甲乙》被认为是韩东在九十年代的重要作品之一：

甲乙二人分别从床的两边下床

甲在系鞋带。背对着他的乙也在系鞋带

甲的前面是一扇窗户，因此他看见了街景

和一根横过来的树枝。树身被墙挡住了

因此他只好从刚要被挡住的地方往回看

树枝，越来越细，直到末梢

离另一边的墙，还有好大一截

空着，什么也没有，没有树枝、街景

也许仅仅是天空。甲再（第二次）往回看

头向左移了五厘米，或向前

也移了五厘米，或向左的同时也向前

不止五厘米，总之是为了看得更多

更多的树枝，更少的空白。左眼比右眼

看得更多。它们之间的距离是三厘米

但多看见的树枝都不止三厘米

他（甲）以这样的差距再看街景

闭上左眼，然后闭上右眼睁开左眼

然后再闭上左眼。到目前为止两只眼睛

都已闭上。甲什么也不看。甲系鞋带的时候

不用看，不用看自己的脚，先左后右

两只都已系好了。四岁时就已学会

五岁受到表扬，六岁已很熟练

这是甲七岁以后的某一天，三十岁的某一天或

六十岁的某一天，他仍能弯腰系自己的鞋带

只是把乙忽略得太久了。这是我们

（首先是作者）与甲一起犯下的错误

她（乙）从另一边下床，面对一只碗柜
隔着玻璃或纱窗看见了甲所没有看见的餐具
为叙述的完整起见还必须指出
当乙系好鞋带起立，流下了本属于甲的精液

第七章　新世纪以来诗歌论

第一节　延续与超越：创作概论

2000 年以后，韩东文学创作重心在小说，但诗歌创作的数量和质量都相当可观。他先后公开出版了四部诗集：《爸爸在天上看我》①《重新做人》②《韩东的诗》③《你见过大海：韩东集 1982—2014》④；自编两部诗集《半坡即景》（共六十八首）与《韩东诗选》（共五十首），并在新浪博客上公开发布；在国内期刊上发表了大量的诗歌，比如《给翟永明》《夏日窗口》《一声巨响》⑤《2001 年诗十首》⑥《当代诗坛二人行——韩东近作十五首》⑦《这些年》⑧《小姐》⑨《记忆》⑩《黑人》⑪《诗九首》⑫《起雾了》《走走看看》

---

① 河北教育出版社 2002 年 8 月出版。

② 重庆大学出版社 2013 年 1 月出版。

③ 江苏文艺出版社 2015 年 1 月出版。

④ 作家出版社 2015 年 3 月出版。

⑤ 这三首皆发表于《诗潮》2002 年第 1 期。

⑥ 发表于《花城》2002 年第 5 期。

⑦ 发表于《延安文学》2003 年第 5 期。

⑧ 发表于《书城》2004 年第 9 期，《诗探索》2006 年第 4 期重刊，《诗潮》2008 年第 8 期再刊。

⑨ 发表于《诗选刊》2005 年第 2 期。

⑩ 发表于《诗潮》2007 年第 6 期。

⑪ 发表于《人民文学》2009 年第 3 期。

⑫ 发表于《上海文学》2009 年第 3 期。

《爆竹声声》①《那地方（组诗）》②《广场（外三首）》③《电梯门及其它》④《冬：五行》⑤，等等。另外还有许多诗歌发表于博客。其中《你见过大海：韩东集 1982—2014》共收入一百一十六首创作于新世纪以来的诗歌。由此可看出，2000 年后，韩东诗歌的发表渠道进一步拓宽，其突出表现：一是，他的新作在《人民文学》《诗刊》《花城》《作家》《上海文学》等国内名刊、大刊上频频露面，而且，多以"诗 × 首"或"组诗"方式集中发表。这与九十年代诗作的发表途径及方式截然不同，后者基本见诸民刊，而较少公开发表，且多以"内部交流"方式流传。二是，他的以《你见过大海》《有关大雁塔》《甲乙》《爸爸在天上看我》为代表的旧作也不断重刊。这至少表明，进入新世纪后，韩东的诗歌创作呈现一个良好的可持续发展态势，并以其稳定而成熟的风格显示了其在新世纪诗坛上的重要地位。

对日常生活经验的慧心发现，一直贯穿于韩东诗歌创作的始终。他不仅利用智慧去发现平凡生活中人、事、物及其关系的情态、事态或某种状态，还在此基础上以积极的创造精神建构新关系、新世界。在当代诗人群体中，韩东也堪称"智性写作"的绝佳代表。在他的任何一本诗集中，这类作品可谓不胜枚举。《黑人三首》《日子》《今夜》《投递》《细节》《烟雾使思念变形》《二选一》《旅行者》《西蒙娜·薇依》《电梯门及其他》等都是颇值一提的优秀之作。形制上的短小精悍、表达上的举重若轻与风格上的飘逸轻灵，常使得这类诗歌更近于"纯诗"的质地——或宛若春花飘舞的姿态，雪花落地的声息，给人以优雅、和谐之感，或如冬风穿墙而过，夏雨急袭大地，给人以透彻的顿悟或理解上的醍醐灌顶之感。

---

① 以上三首发表于《天南》2011 年第 3 期。
② 发表于《文学界（专辑版）》2011 年第 10 期。
③ 发表于《山花》2011 年第 15 期。
④ 发表于《诗刊》2011 年第 24 期。
⑤ 发表于《西部》2012 年第 9 期。

韩东的慧心发现与表达主要表现在两个方面：其一，对澄明之境的形象表达。在《今夜》中，对夜之静的触摸——"夜静如水，也夜凉如水"，对人、鱼、水草在夜中存在状态的想象——"人睡着了，鱼也睡着了／水草醒着／如沿街的灯杆"，以及对自我内心的触摸——"物质清明之时／意识模糊／黑夜漂出污染／心变得干净"，都显得单纯、雅致与澄澈。而在《旅行者》中，同样是对"宁静"的感知与表达，当"旅行者归来／回到宁静的桌边"，并"展开一张白纸／或者让显示屏整夜通亮"时，意识的通感便使之延伸并接通了神秘的感知区："就像积雪覆盖在高山之上／等待霞光的映染／他就那么宁静／压抑着下面的荒草／怪石"。语言的澄明使意识直达彼岸，身心合一内在想象遂转变为有关自我感知的生命图像。其二，对智性体验的瞬间把握。生活是丰富多彩的，必然存在着各种未被发现或察觉的"关系"。正如牛顿从一枚苹果落地现象中获得启发并发现万有引力一样，以诗歌方式发现、体悟并言说这种"关系"同样给人以透彻的智性启迪。无论《延误》由弥漫的大雾联想到被裹挟的生活——"大雾继续在外面弥漫，被裹挟的生活／仿佛在云中穿行"，《日子》由"日子是空的"所引发的有关"日子里有什么"的回答——"一些人住在里面／男人和女人／就像在车厢里相遇／就像日子和日子那样／亲密无间"，《烟雾使思念变形》由缭绕上升的烟雾过渡到对"思念"存在形态的言说——"为去室外抽一支香烟／烟雾使思念变形"，还是《人生》中对"人生"的丈量——"人生漫长，其实很短／很短，又如此漫长／就像某物，可供伸缩／没有刻度却用于丈量／直到失去弹性／像永恒的赘物那样／垂挂着"，都是从现实生活中某一具体可感的实在之物写起，既而转入与这种实在之物外在形态或动态具有某种神思关系的抽象之物的描摹。比如，这两首诗中的"被裹挟的生活""日子""思念""人生"本是无法加以具体描述的抽象存在，但由于分别与缭绕上升的大雾、动态的空间、吐出的烟雾、可伸缩的某物建立暗喻关系，因而，它们又成为可被形象言说或定义的存在之物。这种化抽象为具体、化虚物为实在的表现手法正是诗人智性发现与慧心体悟的艺术结晶。

这时期的创作明显地增加了现实主义的内容，对生活中形形色色小人物的生活与情感投入了较多笔墨。无论表现底层人生存本相或零余体验，并着力呈现某种透入骨髓的生命真实（比如《这些年》《强奸犯、图钉和自行车》《井台上》《无人大街》），还是描述卑微小人物的日常生活，并侧重挖掘庸常生活或平凡人性中的闪光点（比如《菜市场》《卖鸡的》《卖报纸的》《工人的手》《乡下人》《斯大爷》），都可看出悲悯、众生平等、现实融注等个体意识在新世纪以来的诗歌创作中得到全面贯彻和深入强化。虽然自九十年代以来，韩东的诗歌从来不乏现实生活烟火色，但是如此聚焦形形色色的零余者形象，并从中展现民间生活世相，无论在深度还是广度上都比九十年代有了一个长足掘进。《卖鸡的》记述的是卖鸡人的日常生活，但诗人由他的杀鸡技术写起，既而深入展开有关人性、伦理的深层次探讨："残暴与温柔也总是此消彼长"，"我总觉得这里面有某种罪恶的甜蜜"。这种由现象直达本质的写作实践总会给人以意想不到的心灵触动感。《菜市场》先是以近于写生手法描述了菜市场里的情景——"鱼虾在塑料盆里游着／孩子在蔬菜丛中酣睡／猪肉在案板上失血／你的晚餐已摆上了餐桌"，后以介入方式深入触及底层生活本相——"菜市场，菜市场／既是喂养你长大的地方／也是屠杀生灵的场所"，最后作结振聋发聩："笼中鸟，被捆绑的螃蟹／被贫贱束缚在此的灵魂／油腻血性的钞票在叫卖中流通／化整为零"。这首诗聚焦底层，揭示底层人的生活本相，其表达的真切与尖锐让人震撼。《工人的手》是对某一正在作业中的工人的手所展开的种种联想，关键是最末两句（"如果是个恋物癖就这样恋吧／工人的手也是最棒的工具"）一语道出了其中的沉重寓意。

此外，还有以下几个方面也格外引人关注。第一，表达个体独到的生命体验，比如《圆玉》《天气真好》《某一世》《电视机里的骆驼》《起雾了》。其中，像《看电影〈海豚湾〉》这类诗歌除表达一己独特感受外，还加入了理性批判精神，这非常难得，因为韩东的诗歌向来不是介入型写作典范。第二，对亲情伦理的真诚表达，比如《侍母病》《亲爱的母亲》《扫墓兼带郊游》《怀念父亲》《写给亡母》《忆母》《思念如风》《六口之家》《我们不能不爱母亲》。亲人的生死深刻地影响了韩东，为此，他为父亲、母亲、哥哥、爱人写过不少诗歌。这类表达亲情的诗歌多是怀念亡父、亡母之作，无不真挚感人，数量和质量都相当可观，其艺术成就远超九十年代。其中，《侍母病》《扫墓兼带郊游》与《写给亡母》在网上广为流传，深受读者喜爱。不过，这种影响更多是一种沉潜式的。第三，对自我的反省，特别是有关爱情、欲望、生死的思考，成为此时期韩东诗歌创作的重要主题。这类诗歌或审视自我（比如《自我认识》），或反思人生（比如《重新做人》），或参悟生死（比如《冬至节》《天气真好》），或探索爱情本质（比如《野草之事》），都表征了诗人不停止的探索精神。第四，对关系、真理等哲理范畴的深度开掘，也向来是韩东诗歌最富特色的内容。《我和你》《西蒙娜·薇依》《格里高里单旋律圣歌》《食粪者说》等都是这方面的代表作。第五，对小说、戏剧笔法的征引，特别是倚重小说叙述功能（客观、冷静地叙述），突出故事或情节要素在文体实践中的意义等文体实践继续得到充分展开。《山中剧场》《玉米地》《强奸犯、图钉和自行车》《井台上》等诗歌都带有明显的叙述化倾向。总之，以上几个方面都比较明显地延续了九十年代诗歌创作路数，或者说，这些路数一直贯穿于其二十多年的创作历程中，显示了其在诗歌创作上的连贯性和稳定性。

综上，韩东新世纪以来的诗歌创作基本是对九十年代诗歌创作特点及风格的延续，但延续并非说该时段的作品无甚突破，而实际情况恰恰相反，在语言、文体以及常见的几个书写向度方面都有了一个较好的突进。这些始于八十年代、中经九十年代实践所形成的写作向度，在新世纪以来的十几年间更是达到了炉火纯青的地步。这些路数让我们记住了诗人韩东：他在精神坚守上的韧性、孤傲和信仰，他在诗歌创作上的自负、持续与卓越，连同他在偏见、狭隘上的自我认同，在中国当代诗坛上，都是少见的。

第二节　漠视或忽略：接受概论

一般认为，韩东及其诗歌在 2000 年前后就基本完成经典化。那么，2000 年以后的诗歌该如何认定和处理呢？这是一个颇为棘手的问题。有意思的是，成功阐释和推介韩东此阶段创作实绩的并非来自学界，而是得益于像小海、伊沙、孙基林这类"同道人"长期不遗余力的跟踪与研究，当然评价也比较高。他们对韩东的推介及阐释方式主要有：一是撰写理论文章。小海的《韩东诗歌论》是一篇对韩东诗歌做出全面、系统梳理与研究的长篇论文。不仅论述了各个时期的创作概况、风格及转型的内在因素，特别是详细阐述了其在八十年代诗歌场域中所发挥的核心作用和为当代诗歌发展所做出的重要贡献，还通过对新世纪以来诗歌创作情况的详细梳理，分析了其给当代诗歌提供的新的美学经验。朵渔的《面向真理的姿态》是一篇着力于理论阐释与文本分析的论文，不仅对韩东诗学理念中的真理观以及具体实践做了深入研究，还从中外诗学理论方面对韩东的写作理念、写作行为、写作风格做了极富深度的阐释。这可能是第一篇从理论角度系统研究韩东及其写作行为的论文。孙基林的《生命与空间：韩东诗的另一种解读》通过对韩东诗歌中两种生命最常见的存在方式和展开方式（"游走"与"关系"）的阐释，对其做出了极富理论深度的哲理化阐释。但这篇论文所用例子大部分为九十年代创作的诗歌，比如《像真的似的》《飞着去，游着回来……》《日子》《机场的黑暗》《爱的旅行》《火车》等，对新世纪以来的诗歌少有涉及。二是利用网络新媒体传播。伊沙通过主持《新世纪诗典》栏目，在韩东专栏中，推出《这些年》《卖鸡的》《工人的手》《看电影〈海豚湾〉》《月经》《格里高里单旋律圣歌》《起雾了》《食粪者说》《写给亡母》《思念如风》《强奸犯、图钉和自行车》《乡下人》《忆母》《二选一》《井台上》《梁奇伟》《电视机里的骆驼》《某一世》共十八首诗，并附以点评，集中展示了韩东新世纪以来诗歌创作成绩。李之平主持《新世纪先锋诗人三十三家》（诗人展），该栏目第七辑为韩东篇，推出《在世的一天》《格里高里单旋律圣歌》《食粪者说》《山中剧场》《马上的姑娘》《母亲的样子》《这些年》《玉米地》《爱真实就像爱虚无》共九首诗歌，并附以韩东的访谈文章《韩东：中国三十年诗歌景观整体扭曲》和沈浩波的论文《缓慢而情深　流水之于圆石》（节选）。这两者借助微博、微信、博客、各类诗歌网站等媒介而在网络空间中广为传播，其影响力远大于纸媒。

相比于九十年代，韩东在新世纪的诗歌创作亦是可圈可点，但以韩东新世纪以来诗歌创作为研究对象的论文极少，除了小海的《韩东诗歌论》、朵渔的《面向真理的姿态——重论韩东》、沈浩波的《缓慢而深情　流水之于圆石》、吴昊的《论韩东诗歌创作中的"自身互文"现象》《如果韩东是一只蝴蝶——论韩东诗歌叙述中的"关系"》、何同彬的《文学的深梦与反抗者的悖谬——韩东论》、常立的《"他们"作家研究：韩东·鲁羊·朱文》（博士论文）、姜飞的《韩东：诗的现象学和现象学的诗》、但家祥的《韩东诗歌艺术探讨》、孙基林的《"游走"与"关系"：生命存在的空间形式——韩东诗歌解读新视角》、周航的《韩东"民间写作"诗歌观念再考察》等有限的几篇论文部分涉及外，并没有一篇系统性的研究论文出现。其中很耐人寻味的是，韩东的诗歌创作并未得到学院派批评家的普遍认可，与同道者们千篇一律的赞歌式评论相比，学院派批评家在评介韩东及其创作时显得更加客观而冷静，赞歌式评论几难见到。其中，何同彬的《文学的深梦与反抗者的悖谬——韩东论》是一篇近些年来出现的难得一见的评论文章。这篇论文以韩东近三十年来的创作（诗歌与小说）、文学活动、文学理念为研究对象，在对其创作历程与文学活动的全面梳理基础上，既有对其文学成就与贡献的细致阐释，又有对其缺陷与弊端的精到论析。

事实上，自九十年代以来，韩东都保持着一个相当不错的创作水准，用他自己的话说就是"诗仍然在写，并自觉成绩显著"①，而且也不乏《甲乙》《月经》《格里高里单旋律圣歌》《这些年》《卖鸡的》这类广受好评、流传甚广的优秀之作。尽管韩东早在九十年代就认为自己的诗歌创作成绩显著，也曾对评界的漠视委婉表达过不满②，但在学院派评论家看来，"他的九十年代诗歌创作则相当疲软"③，即使在同仁内部，也不时出现否定性的声音，比如，沈浩波甚至全盘否定："我认为你韩东在九十年代的写作大部分是失效的……这个韩东已经失去了诗学上的自觉，已经陷入了日常生活的幻觉，已经沉浸在自己的所谓'玄思'当中，已经不再向往诗歌美学突破的可能，已经过于随心所欲、信手拈来了，这样的韩东，我不喜欢……我觉得韩东太迷信自己的感觉了，太迷信自己的那种才气了，事实上他忽略了一点，在诗歌写作中，唯感觉和小才气几乎是最隐蔽但也是最致命的毒素，小才气和小感觉绝不是真正的诗歌才华，在写作上过于聪明的人往往会适得其反。"④ 这种漠视或低评在新世纪以来的十多年间依然延续着，批评家对其诗歌的跟踪与解读热情依然不高。在九十年代，韩东将部分原因归结为出版与发表途径的逼仄："如果确实有这样耐心的人，他亦不知从何处才能

---

① 韩东：《"诗九首"编后》，《韩东散文》，中国广播电视出版社1998年，第150页。

② 参见韩东《"诗九首"编后》，《韩东散文》，中国广播电视出版社1998年，第149、150页。

③ 刘继林：《在话语的反叛与突围中断裂——韩东诗歌行为的回顾性考察》，《学术探索》2005年第5期。

④ 沈浩波：《不仅仅说给韩东听》，《作家》2001年第3期。

保证找到你的诗。我们的诗歌出版和发表是大有问题的。诗歌的进展基本上处于公开出版物之外。而民间流传的交流资料又因种种原因是极不稳定的，它们的印数极少、周期漫长，并且统统短命。再加上人为的欲望之争和政治的干预，其面貌就更加模糊不清，以致最终丧失了其严肃性。"① 2000 年后，韩东的诗歌出版与发表已大为好转，而且，他已将绝大部分诗歌在微博与博客上公布，按说他的诗歌已很容易找到了，但批评家对其创作的跟踪与研究与九十年代的冷清局面相比依然没有改观多少，即便有跟踪者——除了小海、伊沙、朵渔这些同仁外——也多泛泛而谈，并没有展现出全面而深入研究的兴趣，而且在整体上评价也并没有超越此前的认知水平。

为什么会出现这种局面？

首先，消费文化语境使然。在现世安稳、大众娱乐的时代，诗歌被冷落、被边缘的命运是注定的——像八十年代那种引领思想解放潮流的先锋角色以及在整个文化领域内的备受瞩目效应一去不复返了。新世纪以来的文化语境使得诗歌进一步边缘化，诗人的生存空间进一步萎缩，特别是当诗人们自闭于狭小空间而失去把握与表现历史、现实问题的兴趣及能力时，诗歌甚至沦为小圈子里自娱自乐、孤芳自赏的精神游戏，而且愈演愈烈。在后现代语境中，高雅与崇高注定是小众的。如果说小说可以与影视联姻，散文有其稳定的接受群体，因而既可以直接关联现实生活，也可保持与大众的有效互动，那么，诗歌就没那么幸运。它不可能像小说或散文那样可以凭借自身文体优势获得相对可观的读者群。诗歌与时代的关系注定是异常尴尬的，它若抹平与现实生活的距离，沉溺在浅薄的形而下世界里，那么，诗歌这种文体也就失去了其本身价值。我们常说，诗是文学中的文学，它注定是边缘化的。如果不情愿被无视、

① 韩东：《"诗九首"编后》，《韩东散文》，中国广播电视出版社 1998 年，第 150 页。

被边缘，那么，它就必须借助非诗因素，拼命制造新闻热点——比如，"下半身""梨花体""废话体""脑瘫诗人余秀华"等明显带有娱乐化倾向的命名或现象——以迎合大众猎奇心理和浅薄的消费趣味方式表征诗人或诗歌的在场感。当然，这完全可看作是诗歌在新世纪消费语境中的一种直接而有效的自救行为，但这不是根本所在，而只能是辅助，是形式（不是目的）。真正的诗歌必须回到自身，回到语言，回到本体，但如此一来，它必然是极度小众的。韩东自九十年代以来的诗歌不被充分关注与阐释，甚至作为八十年代"第三代诗歌"主将和旗手也被冷落或搁置不议，从根本上来说，这都是大环境使然。这种冷落或漠视不只指向韩东一人，它针对整个诗坛上的所有诗人。

其次，理论与创作实践的悖论使然。早在八十年代，韩东就提出了一系列较为完备的理论与宣言，但纵观其诗歌创作所遵循的基本原则及思想，则不过是其在决绝反叛"三个世俗角色"之后，既而在重新选择或寻找"世俗角色之外的角色"过程中，由个人性与日常性互聚互生而形成的未定体系。此后二十多年间所始终坚守的这种体系不过是他一个人的乌托邦式臆想，且不说他在理论上的卓绝探索与在具体实践上的孱弱无力存在着显而易见的巨大鸿沟，单就艺术活动本身而言，任何诗人都不可能做到与"卓越的政治动物""神秘的文化动物"和"深刻的历史动物"的彻底断裂。韩东的韧性与可爱就在于，他要把这种"不可能"变成"可能"，他要背对历史，弃绝政治，隔绝文化，并为此而赴汤蹈火，不达目的誓不罢休。然而，他的理论带有空想色彩，既凌空高蹈，又高度不及物，而他的写作又近于闭门造车，不仅通道越来越狭窄，而且意义趋于悬空。他的执拗坚守如同西绪弗斯滚巨石，意志与精神足够感人，这不是"不撞南墙不回头"，而是即使撞了也不回头。尽管韩东在诗歌创作上用心、用力，并自感良好，而且，事实上也确实走向成熟，更不乏优秀诗作，但评论界就是不买这个账。其根本原因可能就在于，他的"诗歌理论话语的背后却缺乏强有力的创作支撑，也没有针对文坛的现状提出更真正有建设性的诗学主张。因为在其决绝反叛的背后，是一种'无根'意识的悬浮与虚无情绪的流露"①。新世纪以来，他的那些展现独到生命体验的诗歌确实给人以深刻阅读印象，不仅充分地践行了上述理论，也展现了其诗歌创作的最新成就。但是，即使这类诗歌在有些论者心目中也不足以展现其超凡脱俗的意义："那些所谓复杂、深刻、独到的生命体验只有在厚描式的反复阐释和声嘶力竭的自我描述中才能勉强成立……作为一个无奈的随波逐流者，其价值和意义也已经消耗殆尽，其'示范意义和导引作用'也只能局限在一个旨趣相近的'圈子'和利益共同体内。"②事实也确实如此，给予韩东及其诗歌较高评价的基本是于坚、小海、伊沙、朵渔这些同道者，圈子以外的评论家或者保持沉默，或者评价平平。

再次，"代表作的有力与可怕"以及自负与清高使然。过早出名或过早定型并不一定是好事。《有关大雁塔》与《你见过大海》让韩东名扬天下，并以此奠定了他在新时期诗歌史上的地位，但直到今天大部分人对其认知与评价也并未真正有所超越。虽然在他本人看来八十年代不过是其诗歌创作的开始阶段，九十年代才真正进入创作成熟期，但认知惯性使得今人不愿也懒于去跟踪并阐释其新世纪以来诗歌创作的真实风貌。要扭转这种认知惯性，必须有超拔的诗歌理论与创作成就做坚实支撑，然而，自韩东在九十年代将创作重心由诗歌转为小说后，其在小说领域内的开掘猛进以及成就不菲，大大遮蔽或弱化了其诗歌创作成绩，在这种背景下，人们更愿意称其为"小说家"，其诗人身份反而成了陪衬。这当然是一种误判，但也实属无奈，因为认知一旦形成，就很难更改。除非，他在

---

① 刘继林：《在话语的反叛与突围中断裂——韩东诗歌行为的回顾性考察》，《学术探索》2005 年第 5 期。

② 何同彬：《文学的深梦与反抗者的悖谬——韩东论》，《文艺争鸣》2016 年第 11 期。

诗歌领域内的创作同样高歌猛进、成就非凡，但事实并非如此。新世纪以来，韩东以小情绪、小意识、小抒情为基调建立起来的诗歌世界，虽不乏独特新颖之处，且时常给人以意想不到的智性风景或独到的生命体验，但不足以达及超拔于传统与现实的令人震撼的艺术效果，因而，单凭这些诗歌根本没法盖过早期诗歌的影响力。另一方面，自"断裂"发生以来，韩东在文学界的持续"革命"给人以破坏严重、建设甚微之印象，从而使得部分批评家对他采取敬而远之、搁置不议之策略。加之，他对文学批评界所采取的一贯蔑视乃至敌视态度及极端言论，也使得部分批评家对他心生反感。这也就不难理解为什么其诗歌创作虽然笔耕不辍且成就不凡，但主流批评界就是不予跟踪与阐释了。这样，有关韩东及其诗歌的肯定性评论与研究只能集中于以下两个群体：韩东的好友以及与其诗学观点相似的同行；高校及科研院所的研究生。

最后，作家身份转向使然。自九十年代转向小说以来，韩东更多以"小说家"身份被提起，进入新世纪后，他接连创作了几部长篇小说，并在文坛产生了一定的影响。在此过程中，他虽然从未放弃诗歌创作，但也毕竟不是主业。尽管他本人一再宣称，自己首先是诗人，其次才是小说家，但在绝大部分批评家看来，新世纪以来的韩东首先是小说家，其次才是诗人，而作为诗人身份的韩东基本定格于八十年代。与此相伴随的是，批评家对其小说创作的跟踪与阐释远大于对诗歌，也因此出现了大量有关其小说的研究论文。当然，任何时候，诗人身份都是其重要标志，但在新世纪以来的十几年，由于其在小说创作上的成就非凡，确实大大削弱了其诗人身份。因此，评论家侧重关注、跟踪与阐释其小说创作，而漠视或忽略其诗歌创作，也就是顺理成章的事了。更为重要的，韩东在此阶段的诗歌创作虽数量和质量都相当可观，且不乏优秀之作，但毕竟与以往相比没有大的超越，也没有给新诗发展带来什么特殊贡献。因此，与其在小说领域内所取得的成就相比，其诗歌创作就暗淡得多。这也是其新世纪以来诗歌创作遭受冷遇的一个重要原因。

韩东始终是体制外写作或曰"自由写作"的典型，二十多年来的打拼及不懈追求，他的存在给当代文学留下了足够丰富的文学经验与启示。他那种与权力秩序不和解的姿态、置之死地而后生的勇气、超拔的自负与野心，以及不免带有英雄色彩的不得不写、不得不为之的悲剧形象，都让人肃然起敬。无论褒也罢，还是贬也好，韩东注定是当代文学迈不过去的存在。当曾经的人际恩怨、意气用事以及人生浮沉趋于平静，当彼此不再以体制或非体制来强行划定"楚河汉界"，当他不再以极端或臆想式的文学理想对他者不依不饶，我想，来自学院派的批评家一定会对韩东及其诗歌创作展开全面、客观、深入的研究。即使这是一个美好的梦想，他在过去三十年间的文学形象也足以让人心生敬意："我们仍旧要对韩东这样的文学形象表达足够的敬意，与那些同样经历革命的文学氛围却坠入权力的温床的'成功者'相比，韩东的书写与实践无疑显得真实和诚恳得多，作为一个'事件'、一种'症候'和精神现象，他起码经得起注视和辩解；而他的同代人，曾经的革命者或者至少分享过革命欢乐的人，如今则过得腐朽而毫无生气，抑或'生机勃勃'到令人窒息……"[①] 正是因为"他起码经得起注视和辩解"，韩东及其创作注定是一个永远也说不完的话题。

第三节 "舌尖上的母语"：论韩东的口语诗

口语，即口头交际使用的语言，与书面语相对，主要靠声音传播，它是人类最早使用的语言形式。口语入诗可谓源远流长，从《诗经》、乐府诗、南北朝民歌到唐诗宋词，以当时鲜活口语为载体

---

① 何同彬：《文学的深梦与反抗者的悖谬——韩东论》，《文艺争鸣》2016 年第 11 期。

的诗歌并不少见；而从黄遵宪喊出"我手写我口，古能岂拘牵"到胡适、钱玄同、周作人等人开展"白话诗"运动，则更显示出口语在汉语诗歌由旧体向新体、由古代向现代过渡与转变中的主导力量。在近百年新诗史上，虽有关口语诗地位与特质的认知一直分歧不断，但对口语与新诗关系的探索与实践始终在延续着。如果说二十世纪八十年代是口语诗发展的自发阶段，九十年代是自觉阶段，那么，新世纪以来的十几年间则是口语诗发展的自由阶段。从自发、自觉到自由，虽并不意味着汉语新诗进入成熟阶段，但却昭示着新诗发展在当代有了新的可能。在这个过程中，以韩东、于坚、杨黎为代表的"第三代诗人"，以及伊沙、朵渔、侯马、尹丽川、巫昂、沈浩波、轩辕轼轲等大批更年轻一代的诗人，对推动口语诗全面而深入的发展做出了重要贡献。

诗歌不仅以形式语言（有文字，有声音）表达寻常经验，也以非形式语言（没有发声，也不能言说）开掘未知世界的种种可能，更以"没有发声也无法被文字所记录的，发生在人类心灵和感知体验状态的语言"，或以"没法表达出来而又显示为精神或情感状态的语言"[①]呈现极限、超微或神秘世界里的"存在"。这一切单靠已被规约化、删减了的普通语言（比如启蒙语言、革命语言，以及如今推行的"普通话"）是难以直达的。而言语不等同于语言，口语即言语，其外延与内涵远大于语言；前者侧重表达普通意义，后者则更多表达特殊意义。因而，诗歌与口语的关系是天然的，并非诗歌需要口语，而是存在之必然。把韩东的诗歌定义为口语诗肯定有不确之处，更何况口语诗千差万别，本质上拒绝定义，但他的诗歌语言基本是现代口语则是确定无疑的，他说："人们如何说话，如何措辞和转折，对我都特别重要。就像大地一样，是我依附其上的东西。自然，我的语言不能说是和日常会话等同。但口语显然是我

---

① 刘恪：《现代小说语言美学》，商务印书馆 2013 年，第 9 页。

的一个源泉。"① 然而，口语仅是诗歌创作的源头，是诗人选取的某种语言形式，从口语到口语诗，中间尚隔着一大段距离要走。口语诗不是口水诗，口水降低了诗人准入的门槛，口语增加了写诗的难度；口水诗人大批涌现，口水诗肆意泛滥，是新诗发展的逆流。口语诗则不然，口语合于现代诗歌发展的整体趋向，是新诗回归本体、走向正途的最光明、最宽广的通道。在当代诗人群体中，我觉得，在口语与新诗关系的处理与实践方面，做得最合乎汉语本体、成果最突出的当数韩东。

韩东认为口语是诗歌的源泉，其实践路径是从口语到书面语，而不是从书面语到书面语。"外来语也罢，古代汉语也罢，方言也罢，它都必须进入这块语言的原生地，进入这口化学的大锅，进行搅拌、发酵。只有这样，诗人们的语言之树才能从此向上茁壮成长起来。忽略口语，即是忽略了根本。"② 秉承这样的口语理念，经过长期摸索与实践，到新世纪，他的口语运用可谓炉火纯青，更加地道而成熟，表达更加简洁、自然、流畅且及物。如果说在九十年代尚保有刻意为之的雕琢印痕，语言带有一定程度的滞涩感，那么，在新世纪基本不存在这方面的问题。当对语言简洁性的追求由刻意发展为自然，就预示着一种语言美学风格的成熟。比如《这些年》："这些年，我过得不错／只是爱，不再恋爱／只是睡，不再和女人睡／只是写，不再诗歌／我经常骂人，但不翻脸／经常在南京，偶尔也去／外地走走／我仍然活着，但不想长寿／／这些年，我缺钱，但不想挣钱／缺觉，但不吃安定／缺肉，但不吃鸡腿／头秃了，那就让它秃着吧／牙蛀空了，就让它空着吧／剩下的已经够用／胡子白了，下面的胡子也白了／眉毛长了，鼻毛也长了／／这些年，我去过一次上海／但不觉得上海的变化很大／去过一次草原，也不觉

---

① 刘利民、朱文：《韩东采访录》，何同彬编《韩东研究资料》，人民文学出版社2016年，第246页。

② 同上。

得／天人合一／我读书，只读一本，但读了七遍／听音乐，只听一张 CD，每天都听／字和词不再折磨我／我也不再折磨语言／／这些年，一个朋友死了／但我觉得他仍然活着／一个朋友已迈入不朽／那就拜拜，就此别过／我仍然是韩东，人称老韩／老韩身体健康，每周爬山／既不极目远眺，也不野合／就这么从半山腰下来了"。

全诗共四节，每句皆为口语，或客观叙事，或直抒胸臆，但无不干净利落。在内容上，对接自我，指向日常，无论言说生活，还是感悟生命，都至诚至切；在表达上，娓娓道来，轻松自然，无半点滞涩感，及物且通俗易懂；在句式上，内部回环，高低起伏，带有很强的流动感和音乐性，从而使得语言的形式意义得以突显。像《这些年》这类诗歌应该归入现代汉语优秀诗歌之列。

韩东颇为重视口语的表音系统在诗意生成与传导中的能动性。诗歌要回到语言，回到本体，声音、节奏、语调、语象、语式等语言形式要素在诗歌文体实践中的独特价值与意义必然得到前所未有的重视。"现代汉语很适合写诗，因为它的根子是示意性语言，因为两字和四字的组合词语具有天然的节奏"[1]，汉语独有的发声特点与内部节奏往往赋予现代汉语诗歌以美的形式。语言的内部回环、重复、转折、并置、位移以及前景化都可以生成崭新的诗意。韩东自始至终都非常重视语言的形式要素在文体实践中的重要价值。比如，《你见过大海》是以语言的自身流动与内部回环生成新意，《甲乙》采用呈现语式（类似小说）讲述故事，并以冷抒情策略和场景戏剧化突显意义，就是典型例子。经由近三十年的不断探索与实践，韩东的诗歌语言在某些层面上已经形成了相对稳定的风格。他善以语流与语义的突然陡转呈现不同寻常的诗意，或善以语言的回环、重复制造语义表达上的波澜，比如《走走看看》："去下面走一走／去附近看一看／办一点琐碎小事／看一片辽阔风景／／看一看那

---

[1] 韩东：《你见过大海：韩东集 1982—2014》，作家出版社 2015 年，第 361 页。

些树／看一看头上的天／看城市道路四通八达／车辆畅行无阻／／看一看人，看一看狗／看一看人遛狗／看人穿衣很正常／狗穿衣就不一样／／看一看商店／琳琅满目／看一看书店／让写书的我绝望／／看一看摩天楼／看一看立交桥／看一看工地和儿童／死的活的都在长／／趁某根神经还在／多看几眼姑娘吧／愿时光永驻／色香味俱佳／／去下面走一走／去附近看一看／最后盯住手表一通猛看／幻景顿时烟消云散"。

《喷嚏人生》："嘴张开／吸一口气／等待着那股动力／但是没有／／嘴张开／再吸一口大气／等待着那股动力／说着就来了／／啊嚏／／有时候是／／啊嚏／啊嚏／啊嚏／／或者／／啊嚏啊嚏啊嚏啊嚏／／但不是／三股动力／而是一股"。

这两首诗都以相似的句法结构和语词的重复生成新意。在《走走看看》中，"看一看……"（或"……看一看"）句式重复十二次，"看……"句式重复五次，"……走一走"句式重复两次，很显然，作为这首诗的核心句式，不断往复循环，形成错落有致的节奏，富有音乐美，因而，语言即形式，形式即语言，它们本身就是"有意味的形式"。《喷嚏人生》描述了人打喷嚏的过程，因而，语言是描述性的。无论"啊嚏""啊嚏／啊嚏／啊嚏"，还是"啊嚏啊嚏啊嚏啊嚏"，都是对日常生活中人们生理状态的真实描摹。"喷嚏人生"也即"打喷嚏"这一短暂发生过程给人的快感体验。

我们知道，自"朦胧诗"以来，诗歌语言上的变形已司空见惯。早期"朦胧诗"由于依靠大量的意象表意或抒情，辅之必要的语言变形，从而一时引发中国当代诗歌语言上的"革命"，所谓"朦胧""含蓄"意即由此。"朦胧诗"之后，先锋诗歌鹊起，语言变形乃至晦涩成一时之风，并被很多诗人奉为衡量诗歌现代与否的重要标尺。由于过度欧化，抛弃汉语本体，从而又使得诗歌变得异常难懂。九十年代后，这种风气非但未被抵制，反而得到更大程度的扩散，包括西川、王家新、欧阳江河在内的很多诗人无不醉心于此。邓程把这类通过故意扭曲现代汉语形态、语法而写成的诗歌称为"病句诗":"新诗当前的主流体裁就是病句诗,它是新诗的真正的癌症。病句诗通篇都是隐喻,用所谓的象征手法做成无数谜语。这些隐喻又纯粹来源于作者自己个人隐秘的私事,手法又类似于古人结绳记事的方法,其意象的象征意义纯粹是自己胡乱加的。作品中又找不到一句正常的话,看不到合乎语法的句子,全是病句。病句诗肢解汉语,扭曲汉语,新诗成了汉语的屠宰场。汉语遭此劫难,可谓一厄。更可怕的是,一些中学生考进大学后,便开始写诗。不会写诗不要紧,会写病句就行。于是中学生摇身一变,成了谁也不懂的诗人了。这不是害人么?"[1]

尽管他也评判了以于坚、韩东为代表的"民间诗人"的写作,并讥讽为"薛蟠体",但对韩东的指责并不合乎实际,事实上,韩东的诗歌语言向以简洁、纯粹、合乎现代汉语规范而著称。经过过去二十多年的探索与实践,新世纪以来他的诗歌语言已是比较纯正的经由现代汉语演变而来的当代诗歌语言,比如:"我是一个孤儿,/靠食粪为生,/佛陀拯救了我,/让我放弃那肮脏的恶习。/他让我去清凉的河水里洗干净,/给我穿上衣服,让我跟随他,/踩着他的脚印前进。"(《食粪者说》)

"很多奇异的事发生在夜晚,/玉米地里站着一个白衣人。/外公走过,听见落水的声音,/玉米地里现在只有玉米。/比人高的玉米,深绿的玉米叶/在月下反射亮光。/他看见的是一个鬼,或者是一个贼。/大胆的外公一直走到小河边,/水面有一些夏夜的动静。/一只绿蛇缠住了一只绿蛙,/即使在朦胧中外公也能看清那颜色。/他是否觉得自己是一个鬼?/但至少今天已经是了。/亲爱的鬼站在我家屋后的玉米地里,/月光染白了他的衣服。"(《玉米地》)

"高高兴兴地来,就应该高高兴兴地去,/你是骑在马上的姑

---

[1] 邓程:《病句诗与薛蟠体——新诗90年代的两种表现》,《常德师范学院学报(社会科学版)》2003年第4期。

娘。// 我是青山绿水，不是岩壁上的草药，/ 请带走宝物而不是大山的阴影。// 你的离去和遗忘都是美妙的，因为 / 你是骑在马上的姑娘。山上没有客房。// 马蹄声得得，应伴着雄鹰高飞，/ 拓展了你的世界我的视野。// 也不要有悲伤。这儿只有遥远，/ 和远方的遥远接上，就有了近乎无限。// 你在扬起的尘埃中隐匿了，一会儿又冒了出来，/ 但是更小了。// 青山也会再次枯黄，但轮廓线不变，/ 你我互为透视的焦点和跨越的地平线。// 高高兴兴地来，就高高兴兴地走，/ 留下的时空将下雨，洗涤这个故事。"(《马上的姑娘》)

这些句法与句型都是严格按照现代汉语形式特征排列而成，一般都是完整的主谓宾结构，极少出现先锋诗歌那种句法或句型上的变异、拆解、调序现象，且单个句子和日常口语并无二致。可以说，它们都是正常、健康的现代汉语，合乎最一般的现代汉语语法特点，毫无扭曲、变异之嫌。这些诗歌也并不晦涩难懂，并不是只有自己懂而别人不懂的私人语言，它们以清晰明透的质理和一般语法规范皈依汉语本体，成为当代汉语诗歌写作的典范。而像"很多奇异的事发生在夜晚，/ 玉米地里站着一个白衣人。/ 外公走过去，听见落水的声音，/ 玉米地里现在只有玉米"这类带有小说叙述风格的语言，像"青山也会再次枯黄，但轮廓线不变，/ 你我互为透视的焦点和跨越的地平线"这类带有表意抒情色彩的句子，都在表明，诗人完全没有通过有意扭曲句型、句法以制造陌生化接受效果的意图，他的语言从来都是干净、通透、合规、有序，即使有接受上的难度或阻隔，其因也不在此，而在内部诗意生成与扩散上的层次感与繁复性。

第四节 "自身互文"：一种创作倾向

"互文"是一个重要文艺学概念。在西方，又称"互文性""文本间性"，它是结构主义、后解构主义思潮中最重要的概念之一。文本批评意义上的"互文性"概念最早由法国学者朱利娅·克里斯蒂娃于二十世纪六十年代提出："一篇文本中交叉出现的其他文本的表述"[①]，"已有的和现有表述的易位"[②]，"任何作品的文本都像许多行文的镶嵌品那样构成的，任何文本都是对其他文本的吸收和转化"[③]，后经其丈夫索莱尔的再阐释——"任何文本都处在若干文本的交汇处，都是对这些文本的重读、更新、浓缩、移位和深化。从某种意义上讲，一个文本的价值在于对其他文本的整合和摧毁作用"[④]，这一概念遂在文化（文学）批评领域产生了重大影响。其实，在中国，"互文"被作为一种具体的修辞策略而被广泛应用于诗词创作实践中，一般分为同句互文和邻句互文。这种在具体句法、语法上的互文现象在古代文学语言中随处可见。前者如"秦时明月汉时关"，"烟笼寒水月笼沙"，后者如"不以物喜，不以己悲"，"东市买骏马，西市买鞍鞯，南市买辔头，北市买长鞭"。但最具中国古典文学特色的莫过于在诗词中对典故的引用，韩愈、陆游、苏轼、辛弃疾等诗词大家更是将这种独具中国特色的"互文"修辞运用得出神入化。当然，广义的互文并不仅限于此，既然"互文性是一个文本（主文本）把其他文本（互文本）纳入自身的现象，是一个文本与其他文本发生关系的特性"[⑤]，因而，任何一个文本都存在互文现象，或者说必然存在某种文本间的关系互涉。在具体实践中，引用（明引和暗引）、拼贴、戏仿、模仿、改编、修改、重写，等等，都可以生成互文效果。

---

①　转引自［法］蒂费纳·萨莫瓦约《互文性研究》，邵炜译，天津人民出版社 2003年，第 3 页。

②　同上。

③　［法］朱利娅·克里斯蒂娃：《符号学：意义分析研究》，转引自朱立元主编《现代西方美学史》，上海文艺出版社 1993 年，第 947 页。

④　转引自秦海鹰《互文性理论的缘起与流变》，《外国文学评论》2004 年第 3 期。

⑤　同上。

"自身互文"现象普遍存在于现代作家的创作中。比如，杜拉斯的《中国的北方情人》和《情人》在场景、人物、故事方面多有雷同，鲁迅常将自己创作的旧体诗词引入杂文创作中，冯至的散文集《山水》与其十四行集存在明显的呼应，红柯在《西去的旗手》《乌尔禾》等小说中经常引入自创的诗歌，李冯通过历史事件、历史人物的再改写而创作《孔子》《唐朝》《庐隐之死》等小说，等等。这里既有不同文体之间的互文，也有同一文体内部的互文。作家通过这种修辞策略将自我与历史以及自己的"前史"联系起来，以此开启了新的审美通道，再次打开了新的创作可能性。其实，对于作家而言，包括自己曾经创作出的作品在内的所有文本皆可为我所用，都是第一手的素材，它们经由审美加工和转化后，便会生成了新的意义。那些已经存在的自有文本同样可以被多次纳入审美观照与互聚生发的备用材料。比如，鲁迅在创作《为了忘却的记念》时，再次发现并捕捉到其旧体诗《惯于长夜过春时》所蕴含与辐射出的巨大精神能量。当作为素材的这首小诗与整个文本体系融为一体，并彼此发生化学反应，那么，它就不再是原先那个自足存在的文本了。它本身就是新文本不可或缺的组成部分。再比如，红柯在其小说中经常引入自创的诗歌，特别是那些以或粗犷或细腻的风格表达新疆腹地独有自然风貌和文化特色的诗歌更是为其小说增添了某种神韵。他的小说善以讲述和呈现两种语式的交替展开而生成一种诗化效果，而单靠叙述所不能达及的效果（比如情调、意韵的营造）往往借助诗歌的表现功能予以实现。

　　韩东也擅长采用这种互文策略，或者在小说中引入自创的诗歌（比如《西安故事》《农具厂回忆》《我的柏拉图》），或者在诗歌中采用自己写小说的笔法（比如《甲乙》《打鸟的人》《石头孩子》），很好地拓展了写作视野，生成了全新艺术效果，创作出了不少优秀作品；他的绝大部分小说都侧重对人物之间各种关系的探讨，带有很明显的互文特征；他在小说创作中也经常出现一题同作现象，比如小说集《我们的身体》中的《同窗共读》与小说集《树杈间的月亮》中的《同窗共读》就构成了自我互文关系。在诗歌中，自我互文的另一种表现形式就是对某一意象的反复运用。围绕某一意象反反复复创作，从不同角度、不同侧面言说不同体验，这些有关生命的即时体验彼此呼应和关联，从而形成的文本间的自我互文现象。当然，韩东向来拒绝古典诗词中的那种意象抒情，也对意象本身的肌理与形式特点不感兴趣。他所谓"意象"也即直达人、事、物及其关系或探索某种神秘存在的方式或手段。比如，韩东对"雨"这种意象（事物）就情有独钟。这两种自我互文现象，此处暂且不谈，笔者重点谈一谈他诗歌创作中的自身互文现象。

韩东在诗歌创作中自身互文最突出的表现就是一题多作现象。《交谈》（1986、1991、1996）、《记事》（1989、2010）、《记忆》（1990、2002）、《讲述》（1990、2002）等作品就是这方面的典型代表。这些以同一个标题所创作的跨越不同时期的作品充分展现了诗人在审美理念、文体探索与精神诉求方面的独特追求。它们虽然标题相同，但彼此之间并非改写与被改写的关系，而是各自独立的语言文本。吴昊博士最早注意到韩东诗歌创作中的这种现象，并撰文阐释道："这些具有相同标题的文本之间在语言方面互为独立的实体，并没有出现语词方面的明显重复现象，但这些文本字里行间所潜伏着的思想特征和诗中的人物关系，则呈现出某种一致性，这也使文本间的'互文'上升到'主体间性'这一哲学层面，即强调主体间的相互关联。"① 她关注的是这些不同文本中的"间性关系"，在她接下来对《交谈》（1986、1991、1996）的详细解读中，也始终立足于这种生命哲学层面的探索与阐释："对于韩东而言，'自身互文'可以使其诗歌、小说、散文写作模式得以相互贯通、互相补充，也有利于他在创作中随时回溯自己过去的创作经验和态度，在

① 吴昊：《论韩东诗歌创作中的"自身互文"现象》，《文艺争鸣》2015 年第 11 期。

原有的基础上进行再创造，使其作品形成一种‘自我对话’，从而构成一个完整的思想和艺术体系，这也是韩东在写作过程中更看重‘关系’这一理念的表现。"① 吴昊博士注意到了"关系"这一哲学范畴在其诗歌实践中的显要地位。事实上，韩东也在文章中提到这种"关系"范畴与其创作的深度关联："对关系的梳理和编织是我特殊的兴趣所在"②。虽是针对小说，但同样适用于其诗歌创作。互文即对话，自我互文即面向自我的对话；对话是广义的，沉默也是一种对话（交流）。自我互文的理想结果是在对话中建构某种平等关系，并在自我心路历程的勾勒中，展开有关生命、人性或存在的深入思考与探索。因此，互文性就不仅是一种修辞策略和手段，也是一种人文理论和思想体系。

《记忆》（1990）与《记忆》（2002）的自身互文也充分表现在对生命存在的人际间性的独特体验与建构上。《记忆》（1990）的间性关系是以对空间的即时体验和人与物关系的瞬间把握得以生成的："一只橘子 / 在一只衣袋中 / 隐藏 // 一个名字 / 和一种水果 / 并列，等于 / 一种容貌 // 一个女人 / 把一只橘子 / 从一只衣袋 / 移入 / 一个胃 // 一棵橘树 / 脱离了所有果实 / 停留在 / 一扇窗前"。

诗中存在四种关系：一、一只橘子与一只衣袋；二、一个名字与一种水果；三、一个女人与一只橘子；四、一棵橘树与所有果实。一与四为物与物的关系，二与三为人与物的关系；一、三、四为"实 + 实"关系，二为"虚 + 实"关系。四种关系，既各自独立，又相互关联，但无论哪种关系，在整体上又都以对"空间"的大幅位移和无限拓展而生成崭新意义。一好理解，诗人描述了一种司空见惯的关系；二将"一个名字"与"一种水果"予以并列，最终会生成一种什么效果？诗人用"等于 / 一种容貌"（"名字" + "水果" = "容貌"）来加以形象说明；三将"吃"这个动作细分成几个

① 吴昊：《论韩东诗歌创作中的"自身互文"现象》，《文艺争鸣》2015 年第 11 期。
② 韩东：《我的中篇小说》，《我的柏拉图》，陕西师范大学出版社 2000 年，第 2 页。

过程，这也恰若一种"空间"的位移，而不是常人所常见、所理解的"吃橘子"这种现象；四是对"关系"的反向追问——如果说橘子最后脱离橘树是为大家所熟悉的生物学现象，那么，反过来说，橘树主动脱离橘子，且"停留在／一扇窗前"，读者不禁要问：为什么会这样？进一步追问，以上四种关系和记忆又有何关联？"我们置身同时性的时代，我们身在并置的时代，远与近，肩并肩，星罗棋布的时代，人类正处在这样的时刻：我们对于世界的经验，不像是穿越时间而发展出来的长远生命，而像是纠结联系各点与交叉线的网络，而韩东笔下错综复杂的人际网络'关系'，恰好表达了这样真实的世界体验。"① 如果把"记忆"这种思维活动也看作一种"存在"，那么，韩东在这之上发现和重构了另一个生命景观。如果说《记忆》（1990）突出的是关系与空间的独特意蕴，那么，《记忆》（2002）则聚焦时间与关系的双重体验。不过，这首诗中的间性是围绕人与人之间的关系而建构起来的。记忆中的某个场景清晰如昨："那年冬天她在路边等我／刚洗完澡出来／头发上结了冰／那年冬天多么冷呀"。很显然，这是对一段美好爱情的表达——"她"在等"我"，关键是为了等"我"，"她"的"头发上结了冰"。这样的爱恋的确动人心魄。但"寒冷和温暖都已过去"，再美好的爱情也只能是"曾经"，当时过境迁，不但"我不记得我们曾经相爱"，而且即使"想起了这件事"，也"就像打开一本书／里面是一本空白的纸页"。可见，经由时间的历练或沉淀后，"我"对今天的"她"以及曾经的爱情已经极其冷静。当然，也必须冷静，原因很简单，"爱情"并非生活的全部，彼此不打扰或许是最好的相处方式。然而，无论今天意念中的无意识映像（"封面上的小姑娘／头发上结着冰"），还是若干年前的那个真实场景（"刚洗完澡出来／头发上结了冰"），都是"爱"的表现方式与结果。

---

① 孙基林：《生命与空间：韩东诗的另一种解读》，《山东大学学报（哲社版）》2009年第6期。

不仅着力于间性关系的建构，更在于力图呈现日常现象，特别是抽象事物背后为常人所忽略的或意想不到的世界形态。八十年代创作的《我听见一只杯子》《时间》《二月一日》《牧草》《今天》，九十年代创作的《爱的旅行》《爱情曲》《粮食》《墙》，新世纪以来创作的《圆玉》《一种平静》《天气真好》，都是这方面的典型代表作。《讲述》（1990）、《讲述》（2002）属于一题同作也比较明显地体现了这个创作倾向。它们都拒绝有关意义的阐释，或者说，它们的意义就在于拒绝意义的生成。在《讲述》（1990）中，讲述，也即编织话语，而话语是虚构的，因此，其背后的关系或由其组成的世界形态也必然是观念中的存在。在第一节中，在"他们各自说出一段经历"后，既而依此去"寻找相似的事物"，这必然是一个抽象到具象的非逻辑命题。在第二节中，"友情或言辞中的抚摸"是看不见摸不着的，但它在讲述中是着实存在着的。在第三节中，正如"丛林隐藏着藏身的丛林"，讲述也隐藏在讲述中，彼此构成了一个独特的世界。这也好比天空中的天空，石头中的石头，海洋中的海洋，色彩中的色彩，水中的水，虽无法对之做精确描述，但它们是独立存在的。为什么"当他终于说出／只听见喉音或腹语"？因为超脱于我们经验视野的"存在"压根就没法描述或不可言传。诗人正是通灵者，当他将不可言说之事、不可道之理讲述出来，一种存在意义上的新形态或新世界就生成了。在《讲述》（2002）中，讲述的唯一话题是"爱情"："不渴望爱情／也不渴望其他／也不以不渴望的方式渴望着／请听幻灭者那平静的讲述／／讲述我们都是尘埃／单独的和堆积成山的／幽灵般漂浮不定的和／嵌入眼目中坚硬的／／一阵风把我们吹起来／然后落下／爱恋就是这阵风／它吹拂着、吹拂着这惟一的世界／／创造了我们的生命／创造了我们的尸体／它创造了幻灭正确的景观／以及讲述者深长的呼吸"。

正如诗先于诗人而存在，"爱情"也先于"我们"（包括讲述者）而存在，故"不渴望爱情／也不渴望其他／也不以不渴望的方式渴望着"是理应秉承的姿态；因为"我们都是尘埃"，微不足道，且不能自主，故"一阵风把我们吹起来"；"爱恋就是这阵风"，因此，"爱恋"创造了"我们"，而非"我们"创造了"爱恋"。

韩东的诗歌创作一直呈现可持续发展状态。与九十年代相比，韩东在新世纪的诗歌创作既有延续，也有超越。按照哈罗德·布鲁姆"影响的焦虑"理论，由于前驱诗人及其伟大作品的存在对后辈诗人的创作造成一种阻拒，为摆脱这种阻拒以及由此而产生的焦虑，迟来的强者诗人必须对前驱诗人及其作品进行弑父式误读与修正。"所谓诗人中的强者就是以坚韧不拔的毅力向威名显赫的前代巨擘进行至死不休的挑战的诗坛主将们。"[①] 韩东就是这样的一位"迟来的强者诗人"。对韩东而言，占据新诗正统地位的启蒙传统与革命话语、八十年代的"朦胧诗"、九十年代的知识分子话语，以及一直以来弥漫于中国文学界的西方话语，都对他构成了潜在压力或焦虑。为摆脱这种影响的焦虑，他在八十年代决绝反叛北岛及其诗歌，提出"诗到语言为止"，并引领"第三代诗歌"运动；在九十年代与秉承"知识分子写作"理念的诗人、批评家论战，阐述民间立场、民间理论，参与并主导了轰动一时的"断裂"事件；在新世纪揭批以西方文学为圭臬并自立为正统的各种现象，提出"中国当代诗歌到现实汉语为止"，等等，都是为摆脱这种影响焦虑所毅然做出的革命行动。然而，颇有意味的是，当他完成对"三个世俗角色"批判并与之决绝割裂后，互文性的影响逐渐由他者转向自身，即如何摆脱自八十年代以来所形成的固化形象以及创作成就成为韩东所努力的方向。他要摆脱"代表作的有力与可怕"，就必须寻求突破，而他这个突破定位于对自己前史的超越。然而，这毕竟是他一个人的理想，幸福，还是孤独，自是冷暖自知。

---

① ［美］哈罗德·布鲁姆：《影响的焦虑》，徐文博译，江苏教育出版社2006年，第3页。

第五节 "雨"：一个常用意象

雨的形态多种多样，质地各各不同，喻意丰富多彩，凡作家、诗人极少有不写雨的，但像韩东这样不间断地写、屡写屡新且自成一体的中国当代诗人则实属少见。在过去三十多年里，韩东创作了《写这场雨》《在雨中》《雨停了》《迟到的雨》《大雨》《雨夹雪》《雨》《神秘》《听雨》《雨中游戏》等十几首以"雨"为基本素材的诗。这些诗歌分布于从八十年代、九十年代到新世纪以来的各个时期，比较典型地代表了各个历史时期的创作风格。解读这些诗歌，将有助于我们充分体悟诗人最为日常而朴素的情感，比较便捷而直观地呈现过去三十多年间其最为特异、隐秘的内心风景。

在八十年代，韩东关于雨的诗歌尚较多描述了自己在面对雨时的内心感受，比较明显地展现了情景相生、以我体物、物我交融等传统诗学景观。《写这场雨》描写一场极其普通的春雨给诗人带来的不同寻常的感受。雨打梧桐，光亮窗台，雨润春花，一切皆和谐而温润，诚如诗人所言："这是一场春雨／花儿不会因此凋零／只有喜悦的啜泣声／在周围的世界里此起彼伏"。更有意味的是，写雨不倚重视觉，而主要诉诸听觉——"昨夜我坐在房子里／我的窗户也已关闭／我的灯光熄灭了／雨打在叶子上／又清脆地落在地上"，既而从"听雨"中悟得生活内面柔婉、温暖的质地——"看来这样的雨还要再下几场／才能吐尽各人心中的悲欢"，并期待"真正的幸福降临"。春雨喜人，它有情有性。诗人对之投入了真情，和盘托出一己内心的温柔，让我们看到了一个亲切的诗人韩东。《雨停了》描写雨停后的美妙场景：太阳没有出来，鸟儿飞出来，人们走上大街；鸟鸣、电锯声等各种声音声声入耳，让人陶醉其中。诗人敏锐地捕捉到了这样一个动人细节："这都是由于用心倾听／不急于发出自己的声音／那时他们还保持着几分机警／推开房门的手迟疑了

225

片刻"。这是对生活的诗意发现。诗人对外物的灵敏感应与其轻松、自由状态下的生命景观相映成趣:"一场迟到的雨/但它总是要来临/并且在整个夜晚喧嚣不停/用了十倍的努力/弥补它的过失/我在梦中几次被惊醒/听着门发出的警告/而白天来得这样迟/我起床的时候/室内仍然一片黑暗/接着我看见了这场雨的业绩/春天已经过去/而夏天又被遏止/树披着绿装在两者之间/尴尬地站着/就像不久前的草地/在雷声下面簌簌发抖/我因此无话可说/作为一个诗人/我远比它们来得迟钝"。(《迟到的雨》)在这首诗中,对环境的描写,对氛围的渲染,对场景的描摹,都可看出诗人因雨而生出的智性与灵思。在诗人笔下,雨是有生命的:因为"迟到",它"用了十倍的努力/弥补它的过失";雨下得很大,它几次弄醒了睡梦中的"我"。它多么调皮可爱!夜雨止息,清晨来临,春夏之交的景致扑面而来,但作为生命,它们先于"我"而苏醒("我远比它们来得迟钝"),故"我"只好"尴尬地站着"。其实,如此站着,也是一道亮丽的风景。

在九十年代,由于叙事成为诗艺实践的主导方向之一,侧重对人、事、物及其关系的客观呈现常成为其诗歌写作的重要特征。这也使得他对雨及相关事物的描述也常带有这样的倾向,比如《大雨》[①]:"最先开始的是大雨到来以前的黑暗/树叶们无法握紧拳头。蚂蚁爬回自己的家/沿途抛掉背上的食物。耗子全体聚集在洞口/人分散在各地,看见那些伸出的帽檐//这是开始的时候,大雨到来以前/万物同时置身于黑暗的水果内部/腐烂前的芳香使它们陶醉,在地面滚动/随后被踏在泥泞中。大雨更猛烈地横扫//我在两场雨之间探出头去,像摸索另一片衣领/人们陆续从避雨的地方走出来,上了大街/一只落单的鸟穿越楼群上面的天空,放弃了/三片叶子下的安全,寻找它永久的庇护所//蚂蚁是否能找到并搬回它的食

---

① 发表于《绿风》1991年第2期。

物／而鼠类已蓄积一年的饮水，只要洞底不被泡烂／在阴雨、夜晚、林荫三样交叠的黑暗中／一辆汽车坚持驶向大地纵深的喉咙"。

诗共分四节。第一节描述大雨来临前的情景：天色黑暗，蚂蚁回家，耗子聚集在洞口，人们寻找避雨的地方。第二节描述大雨初至时的状态：万物融于黑暗，气息开始弥漫，旋被大雨横扫。第三节描述大雨间歇时的景致："我"探出头；躲雨的人走向大街；一只鸟出来，"寻找它永久的庇护所"。第四节描述大雨过后的某种境况：大雨考验着蚂蚁的生活；雨水灌进鼠类的洞穴；一辆汽车驶向夜色深处。总之，《大雨》以冷静的笔致描述了大雨前、大雨中、大雨间隙、大雨后的景致，带有突出的自然主义的写实特征。

到了新世纪，韩东对雨本身的描述似已不感兴趣，更多时候，雨只作为一种背景或媒介而被描述，比如《雨》。对诗意的发现与表达更显轻灵、率性而为，而自然性情、偶发的野趣、妙手偶得的意趣却时常流露笔端，比如《雨夹雪》："雪珠，多么好听的名字／好听还因为落在车棚上的声音"。虽是侧重日常叙事或对生命即时体验的捕捉，且多为"生命不可承受之轻"式表达，但蕴含于其中的情感与主题并不单一，比如《雨中游戏》描述的是雨中或轻松、或喜悦、或沉重的种种"游戏"：

一、致亲爱的大猩猩

雨让人兴奋，让淋雨的人沮丧。
他狂奔进屋，用浴巾把自己擦干。
这时窗外的街上已是汪洋一片，
他又兴奋了。

雨停以后，有人提着鞋子在水里走。
他长袖善舞，必须练就一种风度。
暴雨如鞭的画面里拼命拍打多毛的胸部

已经不时兴了。

二、人或为鱼鳖

雨能下多久？持续的时间能有多长？
有多少雨可能成为传说？
"当年，南京人坐在城墙上洗脚！"
"当年，我们卸了门板当船，摆渡收钱！"
洗脚的事还是闹长毛的时候，
卸门板也是三十年前。
"有一次大雨下了九九八十一天，
人都死绝了！"
这不是在说当年，大概是以后吧。

在《致亲爱的大猩猩》中，人因雨而兴奋，大猩猩亦然。街上"汪洋一片"让他兴奋，他用"拍打多毛的胸部"这种"不时兴"的方式表达这种喜悦。在《人或为鱼鳖》中，先是由现实进入历史，描述"闹长毛"时的天灾人祸；再由历史转向未来，预言重蹈悲剧的可能性（"这不是在说当年，大概是以后吧"）。同样写雨，前者洋溢着轻松、欢快的调子，后者让人备感沉痛和压抑。

通过上述解析，韩东以雨为表现对象的诗有其独特性：

首先，韩东这些写雨的诗明显有别于古典诗词中有关雨的描写。在古代，诗人们或记事，或言志，或抒情，创作出了许许多多流传后世的经典作品，比如，杜甫的《春夜喜雨》、杜牧的《清明》、王维的《山居秋暝》、张志和的《渔歌子》、陆游的《十一月四日风雨大作》、王昌龄的《芙蓉楼送辛渐》、王维的《送元二使安西》、苏轼的《饮湖上初晴后雨》，等等。古代诗人描写雨，无论实境还是虚境，无论有我之境还是无我之境，不外乎侧重景中寄情、情中有景或情景交融这三种境界的营构，而且无论表达何种情感或意境也不超脱离情别绪、喜怒哀乐、忧国忧民、壮志难酬等寻常经验范畴。韩东的诗歌很明显不再表达这种带有浓重情绪和情感意味的常见经验，甚至他对雨本身也不感兴趣，比如《神秘》："雨的气味是回忆的气味/所有的事并不是第一次更好/就像在河边，我们想起上游和下游/通过某人，感觉到他无限的姐妹/一场具体的雨是所有妩媚之雨的代表/或许它还代表爱恋，代表河道/所有的事并不是第一次更好"。在这首诗中，诗人没有描写雨的形态，也不表达由雨而来的情绪或情感。雨不过是媒介，"气味"触发诗人的感官，借此打开神秘的通道，直达生命瞬间体验到的真实，它发生的顺序和规则是：从无到有，由一生多，由有限到无限！

其次，它们也不同于现代诗人笔下的雨。现代诗人虽也多是侧重某种情绪、情感的表达，但大都以展现现代人的现代性生命体验为重心，或流露感伤、苦闷的时代情绪（比如戴望舒的《雨巷》），或表达某种轻灵的生命体验（比如穆木天的《雨丝》和《雨后》），或直接表达真、善、美（比如郑愁予的《雨说》），或状写现代人的爱情心理（比如余光中的《等你，在雨中》）……而且，在手法上更加灵活多样，特别是暗示、象征、比喻等手法的运用。韩东有关雨的表达不附带任何外在理念，是不依赖任何知识体系的"第一性"呈现；他对上述现代诗人的书写向度也从来不感兴趣，也不依赖修辞突出某种语言效果，而总是以规范的现代口语直呈内心的感受。比如《雨》："什么事都没有的时候/下雨是一件大事/一件事正在发生的时候/雨成为背景/有人记住了，有人忘记了/多少年后，一切已经过去/雨，又来到眼前/淅淅沥沥地下着/没有什么事发生"，在前两句中，因为"什么事都没有"，所以"下雨"是大事。这种状态似乎只有在一个人的童年时期或没有任何人生经验时方能发生。在中间三句中，雨成为背景，表达重点不在它，而在与雨有关的人与事，或者说，由于事务繁杂、身处逆境或其他无以释怀的命运遭际，"某人"已无力或没时间关注"下雨"这种现象；

在后面四行中，"下雨"复归平常，不再给人以新奇感。雨与人各自独立，彼此互无关联，也无法生成某种关系。这种状态似乎只有在沉沉暮年时，或心如朽木时，或经历大起大落，看淡人生后才能发生。这首诗没有描写"下雨"的场景，也没有展现其状态，而始终在侧重创设一种情景，并引领读者走进来。诗人似乎有意把解释的权力完全让渡给读者，至于能得到什么，那就看读者的悟性了。在《听雨》[①]中，诗意更多借助于语言的回环而生成："他喜欢下雨，同时也知道，很多人都喜欢下雨。/他喜欢听雨声，和雨挨得很近，同时也知道/很多人都喜欢听雨，和雨挨得很近。/他不在雨中，在雨的旁边。很多人都在雨的旁边，/不在雨中。"这很容易让人想起《你见过大海》式的句法表达，语言流动，且曲折回环，富有节奏感和音乐性。"他仍然坐在小板凳上，听一些声音或者等待一些声音"，"小板凳上有一个听雨的姿势"，这首诗自始至终都在描述"他"在听雨时的姿态、动态及神态，至于"他"为何独自听雨，听到了什么，心理如何活动，"他"有何背景，有何故事，则一概被隐匿不谈。实际上，有些诗意只可体悟，却无法把握、无法说明，这隐匿不谈的部分恰恰构成了诗人最想表达的部分。

第六节　自我、爱与生死：一个表达向度

韩东从事文学创作三十多年，进入新世纪后，对这一过程的回顾与反省从来也没有像近些年表现得如此强烈而真挚。《自我认识》《抒怀》《重新做人》《愤怒》《总得找点事情干》等诗歌充分表达了这种个体意识。这些诗歌平白如话，无一丝雕琢，无一点做作，坦诚而朴素，或如蓝天白云，辽阔而忧伤：

"夜晚街灯如花白天灰白一片/黄土已埋到双乳/人生也一分为

---

① 创作于 2015 年 2 月 15 日。

二／忆往昔，狼奔豕突／无的放矢／看明朝，曙光乍现／疑是黄昏／人生大事一件未办／娶妻生子／生后空名／什么没有吃过？／只是未尝其味／什么没有干过？／一切还得推倒重来／日复一日／年复一年／就像磨刀／尖锐处自有圆滑／闪光处水分最多／父死母尚在／孩儿不远游／责任重如山／光阴疾如电／路有冻死骨／熟视而不见／吟风弄月，写狗屁文章／内心唠叨，像两口儿吵架／街灯美如花／与我何相干？／灵魂轻似灰／迷了自家眼／人穷无钱可花／惟有浪费生命／车轮骨碌空转／只因脱离了轨道／天生我才何必有用？／穷则思变因而更穷／大道如青天／真理窄如缝／富贵请看大冢／觉醒如浴春风"。(《抒怀》）

"多年来，我狼奔豕突／又回到原地／变化不大／／多年来，我鸡零狗碎／进三步退两步／空耗时光／多年来，我的野心／和我的现实／总不相称，一味地／自我感动／我精神恍惚／目光迷离／总也找不准方向／／看着看着，我就眼花了／坐着坐着，我就心慌了／既想被什么牵引／又想被自己推着／／总之是太聪明／不够笨／总之是小聪明／大笨蛋／／我是庸碌之辈／却于心不甘／雄心勃勃／却少应有的平静／／多年来，风景如画／一晃而过／剩下的时间／已经不多了"。(《自我认识》）

"所以他进退两难／迟疑不决／心生怜悯／并悲剧性地看着这一切／／甚至不能点燃自己／不能破罐子破摔／被裹挟而去／对愤怒的渴望是习惯于愤怒者的／晚年不幸"。(《愤怒》）

"因为无力深入和洞穿／只有进三步退两步／／致命的暧昧胜过了你的雄心和虚心！"(《总得找点事情干》）

自"断裂"事件发生以来，韩东与主流文坛的关系变得愈加紧张对立，他这种无畏无惧、自断后路的做法等于把自己彻底逼上梁山，如此一来，他必须以切实的行动来证明那些尖锐而极端言行的合法性。除了不断探索和不断创作外，他别无出路。他做到了，而且直到今天，他依然故我。但"狼奔豕突"的感觉、"鸡零狗碎"

的创作、"进退两难"的处境、"天生我才何必有用"式的自嘲，实际正是表达了对自己的不满乃至不可饶恕。"车轮骨碌空转／只因脱离了轨道"，"总之是太聪明／不够笨／总之是小聪明／大笨蛋"，"迟疑不决／心生怜悯／并悲剧性地看着这一切"，他的剖白不可谓不真诚，其反思自我的力度与自我怀疑的精神不禁让人肃然起敬。因为那些曾经与他一道闹革命的同伴并非都是永远的战友，他们中的绝大部分在分享革命果实后，很快就与之分道扬镳，作鸟兽散了——有的被体制重新招安，有的被市场彻底俘虏，有的自动皈依高校，有的安心当了编辑……他们大都找到了躲避风雨的庇护所，但韩东依然漂泊在江湖，路需他一个人走，当然，不免孤独，也不免悲壮。"黄土已埋到双乳"，"人生大事一件未办"，"吟风弄月，写狗屁文章"，"我是庸碌之辈／却于心不甘"，"剩下的时间／已经不多了"，这是圣徒们的事业，若无对文学的坚定信仰，何来如此深刻反省？他就是传说中那个逐日英雄，向着那个未知的远方，跑啊跑，哪管时空业已沧桑，前路业已荒芜。这似乎是古往今来一切英雄的最终宿命。对他而言，怀疑精神是伴随始终的，早在1993年，他就如此表达过："对能力的怀疑是经常的。对从事的工作的怀疑是根本的。那就像一个黑洞，需要回避它，不涉及它，和遗忘它。在一个没有前提的地方我们建立起写作的前提，只有这样，我们的写作才能进行下去。……连人类生活是否有意义都是一个问题，更不用说写作这回事了。要把写作建立在没有怀疑的、坚实可靠的基点上，几乎是没有可能的。但是我们千万不能把这个深渊、这种根本性的虚无带入具体的写作中。"[①] 因此，怀疑是必然发生的，但怀疑也是催促自己不断前进的动力，三十多年来，韩东以持续的且卓有成效的探索与创作反抗并超越"这个深渊、这种根本性的虚无"。其实，即使他从此搁笔，比起那些"过得腐朽而毫无生气，抑或

---

① 刘利民、朱文：《韩东采访录》，《韩东散文》，中国广播电视出版社1998年，第297、298页。

'生机勃勃'到令人绝望"的同代人、"'拽入权力温床'的曾经的革命者或至少分享过革命欢乐的人"[1]，韩东已足够让人肃然起敬。至少，他及其创作经得起后人的反复说道或阐释。

人到中年，也许深感于人生变故的不同寻常，韩东在其诗歌创作中逐渐增加了关于生死的思考与书写力度。这些诗歌或以生死体验喻指生命中瞬间而来的某种独特感受——"美得过分、多余／空出了位置／就像和亲爱的死者／肩并着肩／和离去的生者／手挽着手"（《天气真好》），"一些人活着就像墓志铭／漫长但言辞简短／像墓碑那样伫立着／与我们冷静相对"（《一些人不爱说话》）；或以独有的生死意识探索另一世界的存在之谜——"走呀走呀，谁遗留了世界／就像遗留了我们？／谁以旧换新／校正新年？爆竹声声，扩大了空间／从此与死亡更亲"（《爆竹声声》）；或以无从跨越的生死之隔反讽熙熙攘攘的现世俗态或悖论式景观——"山坡上的石碑如椅子的靠背／层层叠叠，漫山遍野／坐等人间精彩大戏"（《扫墓兼带郊游》），"死于何时？／肯定是死了／好事者开始寻找他的墓地／像生前的居所一样／有着确切的地址、编号／也许风景更佳"（《怀念》）；或以生者与死者的对话与交流展现朴素而真挚的人性风景——"这些活着的人变成了一些影子／去亲近消逝的死者／在街边，在墙角，在亲人生活过的院子里／损失和愧疚使他们得知／另一个世界的存在"（《冬至节》）；或在面对亲人的病痛或行将死亡时，表达锥心刺骨般的内心体验——"用我的眼睛看她尖细的骨头／轻巧如小鸟的翅膀／正穿越乌云／唉，垂暮昏沉的是我／聒噪绝望的是我"（《侍母病》）；或以极致体验探讨死亡的终极意义或爱与死的辩证法——"没有死亡，只有一个完成"，"如履薄冰的垂亡多么优美"（《病亡》），"不可能再相爱／因为／他们只能爱你／不可能再爱生活，因为／他们更爱死亡"（《石头孩子》）……都从不同角度、不同侧面充分反映了诗人对死亡及其价值的思考宽度与深度。

---

① 何同彬：《韩东创作论》，《韩东研究资料》，人民文学出版社 2016 年，第 19 页。

爱情也是韩东诗歌中一个常写常新的主题。韩东书写爱情，但极少写"情"，甚至对生理与心理意义上的"爱之发生"也不感兴趣，而总是以偏于理、偏于智的方式探讨"关系""哲理"等抽象范畴。《我和你》与《野草之事》是这一时期的代表作。《我和你》探讨的是爱情在发生学上的本质特征，即一切都是"偶然性"的。无论"我和你相遇、相爱、相伴随"，"你对我的依恋及不幸"，"我和你灵魂相亲又相离"，还是"迟到的事物""获得的性别"和"来到这个人世"，莫不如此。"偶然性"赋予"我和你"爱情的发生，当然也预设下某种潜在的危险。因为"偶然的人世像骰子摇晃"，或者说由于"爱发端于一个孤立的自我，进入一种有着特殊技术要求的与另一个自我的关系中，但它本身并不是一种技术，甚至是反对任何束缚的（包括技术手段）"①，这就必然导致一个结果——"爱直接导向毁灭，爱的实质就是毁灭"②，也即诗中所言："一是一点血／六是两行泪，只有这是必然的"。因此，"爱的责任就是承担起毁灭，而非期待成功，然而这几乎是不可想象的事"③。显然，这里存在着巨大悖论，既然爱是"偶然的"，且注定走向毁灭，那么，"爱"的双方为什么还会飞蛾扑火般投入情感呢？这只能说，爱的结果不重要，重要的是过程——过程养育了爱，维持着爱，成就了那被奉为神话的瞬间拥有。他对"爱情"理解与认知并不统一，时而怀疑，时而肯定。一方面，他在《消息》《讲述》（2002）、《纯粹的爱》中多表达一种对爱的虚无感、幻灭感："听说，她要走了／我在想，这对我／不意味着任何东西"（《消息》）；"不渴望爱情／也不渴望其他／也不以不渴望的方式渴望着"[《讲述》（2002）]；"亲爱的／我爱你的不存在／就像你／爱我的不可能"（《纯粹的爱》）。另

---

① 韩东：《投入感情》，《你见过大海：韩东集 1982—2014》，作家出版社 2015 年，第 352 页。

② 韩东：《投入感情》，《你见过大海：韩东集 1982—2014》，作家出版社 2015 年，第 353 页。

③ 同上。

一方面，他又在《野草之事》中表达了对爱的坚定信仰："爱并不荒芜 / 荒芜的是想象"，"爱并不荒芜 / 只是不活跃"。情欲和怨恨的纠结让爱放逐，为了让其并不荒芜或保持活跃，那就必须避免浅薄之爱的肆意泛滥。捍卫真爱，或者说重新创造爱，那必首先从真我做起："唯有注视着 / 方见日出月升"。在游戏爱情或爱情被普遍放逐的物欲时代，不是有必要而是必须重建有关爱情的神话："我相信爱，捍卫爱，也是哲学的一个任务。也许，正如诗人兰波说，爱需要重新创造。——实际上，世界充满新奇。爱情应当在这种新奇之中加以领会。必须重新创造爱的历险与传奇，反对安全与舒适。"[①] 爱情是与个体生命息息相关的神秘宗教，没有爱情的世界该是多么荒芜，它不应被遮蔽、被恶搞！

母爱与父爱是人世间最平凡最普通也最伟大最震撼人心的人类情感，千百年来，古今中外的优秀诗人为之写下了数之不尽的诗歌。亲人的接连病故或离世给予韩东的体验与思考是极其复杂而深刻的。新世纪以来，韩东写了很多表达亲情的诗歌。这类诗当然不乏对伤痛、怀念等日常情感与意绪的直接言说（比如"九五年夏至那天爸爸在天上看我 / 老方说他在为我担心"），但超脱于日常人伦表达而展开对生死、存在等形而上命题的不同寻常的反思、开掘与表达，则是其最为突出的特征。比如《我们不能不爱母亲》："我们不能不爱母亲，/ 特别是她死了以后。/ 衰老和麻烦也结束了，/ 你只须擦拭镜框上的玻璃。// 爱得这样洁净，甚至一无所有。/ 当她活着，充斥各种问题。/ 我们对她的爱一无所有，/ 或者隐藏着。// 把那张脆薄的照片点燃，/ 制造一点烟火。/ 我们以为我们可以爱一个活着的母亲，/ 其实是她活着时爱过我们。"

"我们不能不爱母亲"，意即对母亲的爱我们是没有任何理由予以拒绝或排斥的，但所谓"爱"也仅是在其"死了以后"："你只须

① ［法］阿兰·巴迪欧：《爱的多重奏》，邓刚译，华东师范大学出版社 2012 年，第42 页。

擦拭镜框上的玻璃";一遍遍做着擦拭镜框的动作，说着好听的话，但在此，无论真假与否，深浅如何，爱俨然成了一种仪式，一种表演。对于母亲施之于后代的爱，或者说有关母爱到底是一种怎样的爱的认知，我们并不能确切把握并了然于胸；在母亲死后，我们所做的一切到底是不是一种爱呢？诗人说，我们"爱得这样洁净"，但也爱得"一无所有"，而事实是，"我们以为我们可以爱一个活着的母亲，/ 其实是她活着时爱过我们"。对于后代而言，我们究竟是在爱那个"衰老和麻烦也结束了"的母亲，还是"活着时爱过我们"的母亲呢？我们是否真的爱过母亲？我们在母亲死后所做的一切是否就是真爱呢？这不仅是诗人自己的拷问，也指向大千世界中的芸芸众生，它让每一位身处其境的人深思并感慨：我们真的爱过母亲吗？我们所做的一切真的是一种爱吗？

第三编

小 说 论

第八章 创作论

第一节 韩东小说发表概论

九十年代以来，韩东的创作重心转向小说，发表了大量的中、短篇小说和《扎根》《知青变形记》《中国情人》《小城好汉之英特迈往》《欢乐而隐秘》《我和你》等长篇小说。韩东在小说创作上所取得成绩为其赢得了莫大的荣耀。具体发表情况如下：

1991年3个短篇：《同窗共读》（《收获》第3期）、《假头》（《花城》第6期）、《杀猫》（《作家》第6期）。

1992年5个短篇：《反标》（《收获》第2期）、《单杠·香蕉·电视机》（《钟山》第4期）、《母狗》（《收获》第7期）、《于八十岁自杀》（《作家》第8期）、《文学青年的月亮》（《作家》第8期），1篇创作谈：《小说的理解》（《作家》第8期）。

1993年5个短篇：《假发》①、《西天上》（《作家》第6期）、《田园》与《掘地三尺》（《北京文学》第8期）、《树杈间的月亮》（《人民文学》第8期），1部中篇：《本朝流水》（《作品》第6期）。

1994年11个短篇：《描红练习》（《大家》第2期）、《房间与风景》与《新版黄山游》（《花城》第3期）、《西安故事》《长虫》与《火车站》（《钟山》第4期）、《重复》（《收获》第4期）、《请李元

---

① 发表期刊不详，后收入小说集《我们的身体》（1996年出版）。

画像》(《收获》第5期)、《烟火》(《青年文学》第6期)、《接待》(《山花》第8期)、《下放地》(《作家》第10期),2篇文论:《有别于三种小说》(《花城》第3期)、《小说问题》(与王干、鲁羊、朱文合作,《上海文学》第11期)。

1995年7个短篇:《前湖饭店》(《收获》第3期)、《同窗共读》(《收获》第4期)、《大学三篇》(《钟山》第5期)、《雷凤英》(《花城》第6期)、《十把钢丝枪》与《失而复得》(《作家》第10期)、《富农翻身记》(《青年文学》第11期),1篇中篇:《障碍》(《花城》第4期);出版小说集1部:《树杈间的月亮》(作家出版社12月出版)。

1996年5个短篇:《此呆已死》(《山花》第1期)、《曹旭回来了,又走了》(《天涯》第2期)、《红毛其人——献给鲁羊》(《大家》第4期)、《双拐记》(《今天》第4期)、《明亮的疤痕》(《人民文学》第7期),1部中篇:《小东的画书》(《收获》第2期),3篇文论:《信仰与小说艺术》(《天涯》第3期)、《小说与故事》(《作家》第4期)、《今天的"理想主义"》(《南方文坛》第6期);出版小说集1部:《我们的身体》(中国华侨出版社1月出版)。

1997年2个短篇:《放松》(《长城》第1期)、《双拐记》(《北京文学》第3期)。

1998年3个短篇:《无是无非》(《小说界》第1期)、《姐妹》(《青年文学》第7期)、《我们的一天》(《山花》第10期),3部中篇:《在码头》(《收获》第2期)、《杨惠燕》(《今天》第2期)、《交叉跑动》(《花城》第5期),2篇文论:《备忘:有关"断裂"行为的问题回答》(《北京文学》第10期)、《关于〈弟弟的演奏〉》(《作家》第11期)。

1999年1个短篇:《清凉》(《朔方》第11期),2部中篇:《花花传奇》(《花城》第6期)、《古杰明传》(《北京文学》第6期)。

2000年4个短篇:《敲门》(《山花》第1期)、《南方以南》(《作家》第2期）、《艳遇》（《山花》第3期）、《归宿在异乡》（《作家》第11期）；出版中篇小说集1部：《我的柏拉图：韩东小说集》（陕西师范大学出版社10月出版），内收《同窗共读》《小东的画书》《交叉跑动》《在码头》《我的柏拉图》《古杰明传》《花花传奇》《革命者、穷人和外国女郎》《美元硬过人民币》共9部中篇。

2001年1个短篇：《挟持进京》（《作家》第11期），2部中篇：《一百美元》（《芙蓉》第4期）、《绵山行》（《花城》第6期）。

2002年1部中篇：《贫困时代》（《山花》第1期）。

2003年1个短篇：《十年一梦》（《作家》第10期），1部长篇：《扎根》（《花城》第2期）；出版长篇1部：《扎根》（人民文学出版社7月出版）。

2005年1部长篇：《我和你》（《当代（长篇小说选刊）》第6期）；出版中篇小说集1部：《明亮的疤痕》（华艺出版社1月出版），长篇1部：《我和你》（上海文艺出版社8月出版）。

2006年1部中篇：《美元硬过人民币》（《太湖》第6期）；出版中篇小说集1部：《美元硬过人民币》（上海人民出版社8月出版），内收《美元硬过人民币》《花花传奇》《我的柏拉图》《交叉跑动》《在码头》《障碍》《三人行》共7部中篇。

2007年1部长篇：《英特迈往》（《花城》第5期，同年《当代（长篇小说选刊）》第6期给予选载），1篇文论：《韩东：我写小说是为了……》（《西湖》第3期）；出版中短篇小说集1部：《西天上》（上海人民出版社2月出版）。

2008年出版长篇1部：《小城好汉之英特迈往》（上海人民出版社1月出版）。

2009年出版短篇小说集1部：《此呆已死》（上海人民出版社1月出版），长篇2部：《扎根》（英文版，夏威夷大学出版社出版）、《小城好汉之英特迈往》（韩文版，韩国雄津出版社出版）。

2010年2个短篇：《呦呦鹿鸣》（《作家》第1期）、《崭新世》

（《今天》秋季号），1部长篇：《知青变形记》（《花城》第1期），选载1部：《小城好汉之英特迈往》（《长篇小说选刊》第1期）；出版长篇1部：《知青变形记》（花城出版社4月出版），再版长篇2部：《扎根》与《我和你》（花城出版社4月再版）。

2011年1个短篇：《恍惚》（《文学界（专辑版）》第10期）。

2012年1部长篇：《中国情人》（《花城》第3期）；出版《扎根》日文版（饭塚容译，日本勉城出版社出版）。

2013年出版长篇1部：《中国情人》（江苏人民出版社1月出版）。

2015年1部长篇：《欢乐而隐秘》（《收获》第4期）；出版长篇1部：《爱与生》（原名《欢乐而隐秘》，江苏文艺出版社11月出版）。

2016年出版短篇小说集1部：《韩东六短篇》（海豚出版社12月出版）。

由上可看出，从1991年开始，韩东在中短篇小说创作领域全面发力，不仅其作品接连在《收获》《花城》《作家》《钟山》《北京文学》《青年文学》《山花》等全国各大文学名刊频频露面，还通过与友人通信、接受媒体访谈、组织文集（丛书）出版等活动深入探讨、宣扬自己的小说观念，从而在几年内就成功实现从诗人到优秀小说家身份的转换，并以其数量与质量都相当可观的中短篇小说创作奠定了在九十年代文坛中的地位。

2000年后，韩东的创作重心转向长篇，在此后的十多年间，以平均每两年1部的速度创作了6部长篇，创作力可谓惊人。其中，1994年（11篇）、1995年（7篇）是其短篇小说创作的两个高产年；《扎根》备受各界好评，是其长篇小说代表作；他的绝大部分作品都初刊于《收获》《花城》《作家》《钟山》这四家刊物上。总之，身兼诗人与小说家两种身份，诗与小说（短篇54个、中篇10部、长篇6部）齐头并进，成就卓著，且创作一直保持可持续性，这在九十年代以来的当代文坛并不多见。

第二节　韩东小说创作概论

按照韩东的说法，其小说创作开始于八十年代前半期："我发表第一篇小说大约是一九八四年，发表在《作家》杂志上，是一个短篇，叫《助教的夜晚》。……我开始写小说的历史很久远，大概在我写诗三年之后就写了，但比较集中地去写，是九十年代以后的事。"① 也许由于其诗人身份的耀眼光环遮蔽了其作为小说家的天赋与潜力，《天知道》② 与《助教的夜晚》③ 等创作于这一时期的作品并未引起评论界的注意。在韩东看来，这有限的几篇小说基本都是失败之作，故没有收入后来公开出版的小说集中，但实际并非如其所言的一无是处，而是初步展现了其小说创作在八十年代文学场域中不同寻常的一面。比如，《助教的夜晚》所表现的大学青年教师因没有电影可看也没有舞会门票所导致的苦闷与无聊感，与后来出现的《无主题变奏》（徐星）、《你别无选择》（刘索拉）等标志"现代主义"创作潮流的代表作品不谋而合。在此，叙述的琐碎化、审美的私语化以及回归个体生活的审美趋向，都较早显示了新时期小说创作从主题到形式都行将发生根本转变的趋向。

韩东的"文革"叙事不再试图建构与民族、国家密切关联的宏大话语体系，而是大踏步退回到个人立场，关注起"文革"中日常而琐碎的个体生活。韩东从事小说创作最早就是秉承这样的审美理念，以一批表现"文革"期间的知青生活和下放经历的作品而为人

① 李勇、韩东：《最伟大的书只能由佛陀这样的人写成》，《文学界（专辑版）》2011年第 10 期。
② 发表于《钟山》1987 年第 1 期。
③ 发表于《作家》1989 年第 8 期。

所熟知。《反标》《恐怖的老乡》《树权间的月亮》《乃东》《农具厂回忆》《西天上》《描红练习》《母狗》《下放地》《掘地三尺》《团圆》《田园》等都是引人关注的作品。这些作品反映的都是一些极其普通的日常生活，虽深深地透出"文革"年代的独有风貌，但小说中那些形形色色小人物的吃喝拉撒、喜怒哀乐、爱恨情仇、生老病死并没有超脱于"人""人性"这一基本范畴："我关注的不是'文革'题材而是日常生活，只是它恰恰发生在那个时期。这种生活是实际的，不是概念。比如我说'文革'是一场灾难，就是一个政治概念。对于具体的人，他感觉到的可能是一些琐碎的细小的事情。他需要把日子一天天过下去。他有日常的欢乐和悲伤，以及生老病死。这些和我们今天的生活是一样的。"[1] 由此可看出，"文革"被韩东处理成了一种历史背景，而人有屈从于历史的一面，也有独立于历史之外的一面。韩东侧重表现的是那些虽与历史有一定关联但更多表现为独立性的人性因子。从这个意义上讲，这些小说以其对"文革"历史非本质化、非整体化的书写策略和日常化、片段化的写实风格而颠覆了此前有关知青叙事的写作传统。从韩东近二十年的小说创作历程来看，早年随父在农村的生活经历的确赋予韩东小说创作以取之不尽用之不竭的基本素材与写作灵感。2010年后，韩东在早期创作的十几个中短篇基础上转入长篇小说创作，并以《扎根》《知青变形记》《小城好汉之英特迈往》三部长篇一举确立了其作为当代一流小说家的地位。谈及韩东早年经历与小说创作之间的关联，其中有个耐人寻味的现象颇值得关注，即他总是对有些素材情有独钟，并将之一而再、再而三地运用于不同篇目中，从而形成了有意思的自身互文现象。比如《扎根》与《农具厂回忆》《田园》《母狗》《西天上》《小东的画书》《富农翻身记》《描红练习》就密切关联。这些篇目中的许多场景、细节及人物关系在《扎

---

① 韩东：《答〈南方都市报〉记者黄兆晖问》，《明亮的疤痕》，华艺出版社 2005 年，第 227 页。

根》中屡屡出现。

　　韩东从事小说创作，其素材与灵感不仅来源于早年随父下乡经历，还始终与其大学毕业后的人生历程及生活、工作、处事方式密切相关，特别是在辞去公职后，其身份的转变与把控时间的自由，使得他更加关注自身及所从事的文学事业。定居南京后，他每天活动于家与工作室之间，交友、写作、思考，冬去春来，年年如此。生活赐予韩东的不过是"日常"二字，吃喝拉撒睡乃常态，诸如亲朋好友离世就算人生大事了，这就决定了其写作的格局与美学倾向，即对日常生活的依赖与坚守，以及在此基础上生成有关日常的深度体验、书写与美学追求。其中，对诗人、大学生活或与之相关经历的书写，也是其早期小说创作极富特色的内容。《助教的夜晚》《西安故事》《同窗共读》（短篇）、《请李元画像》《假头》《假发》《利用》《禁忌》《杀猫》《单杠·香蕉·电视机》等小说主人翁大多是诗人、在校大学生、大学教师、刚大学毕业不久的自由职业者，其日常生活与情感经历虽无大起大落，其言行、思维等也都与常人无异，但韩东硬是将这些司空见惯的人物、事件、场景、细节，通过超常的艺术整合与转化能力，从而建构出异常新奇的世界。他那种化腐朽为神奇的艺术创造力常让人拍案叫绝。

　　韩东的小说素以对当下以作家、诗人、画家、艺术市场经纪人为代表的知识分子群体的生活和精神风貌的原生态书写而著称，尤其注重以轻灵、内敛而又略带幽默笔触揭示这一群体既游戏人间、俗不可耐，又有所追求、寻求真我的种种生活样态和精神世相。他们有激情但落魄，潇洒但无所事事，执着但穷酸困厄，自由但无聊而苦闷，而且，其言行与心态大都近于非常态，甚至卑下猥琐、荒诞不经、不可理喻。比如，《三人行》展现了诗人们的庸俗生活，无论玩枪战游戏、虐猫暴行，"用女人的乳房或臀部或大腿结束一场有关文学的谈话"，还是因破门取物而被学校保安部"抓获"，都充分表明所谓诗人生活也不过如此。而在《绵山行》中，一行几人到山西一个名为绵山的地方开会，但开会是由头，公款旅游与玩耍最重要。王丰与女学者差点勾搭成奸，老安看上了拉二胡的女孩子，"我"对服务员小花有所触动。而对"我"来说，"没有去任何景点"，最后乏味而归，回城的"我"却因那个从绵山尾随而来的小姑娘而稍感欣慰。小说中的作家与学者要么卑微不堪，要么迷恋肉欲，要么品行低下。这些被很多作家予以屏蔽或抛弃的材料重被韩东整合进了小说中，且能时常出彩、出新，这也是奇迹。

　　九十年代中期以后，韩东小说创作在题材与审美视角方面发生了重大转移，即由描写"文革"中知青生活与下放经历转为对当下现实生活的同步关注与即时书写。经由几年的写作，韩东小说的日常生活叙事成为继知青叙事之后另一个引人瞩目的书写向度。在这些小说中，韩东讲述了一群灰色人物的灰色生活，比较深入地反映了他们在社会场域中的种种行状，展现了他们在俗世生活中的尴尬处境。一个很有意味的现象是，韩东笔下的人物大多是作家、诗人、画家、媒体人等都市里的文化人，但他们在专业领域内的成功并不能带给他们以生活的体面和精神上的欢愉。这些小说或展现他们在日常生活中的乏味、无趣与无聊（比如《新版黄山游》《三人行》），或反映当代都市生活中都市之子们受压抑的生存景观（比如《房间与风景》《烟火》），或描述现代人种种不堪的身心经历和尴尬处境（比如《文学青年的月亮》《山林漫步》《为什么？》《和马农一起旅行》），或探讨与表现爱、性、欲望在当代生活的实存景观（比如《美元硬过人民币》《障碍》《交叉跑动》《我的柏拉图》），或记述他们卑微而肉欲、荒诞而无序，但也不乏温情的生活（比如《太阳妈妈，月亮妈妈》《归宿在异乡》《绵山行》）……不仅以其对"现代书生和庸众""发育不良的'小资'或'中产阶级'趣味"的熟稔，"为真实性日益稀薄的'当代文学'提供了可贵的内容"[1]，还以其

---

① 郜元宝：《卑污者说——韩东、朱文与江苏作家群》，《小说评论》2006 年第 6 期。

对生活细部的精雕细刻，对关系诗学的精准把握，以及对诸种可能性的锐意探索而显示了其在当代小说创作格局中非同寻常的地位。

韩东沉醉于对日常生活经验的书写，所写多为凡人琐事，即一切皆从小处着眼，从小处写起，也从小处结束，若单从小说素材来看，韩东的小说的确平淡无奇，比如，《失而复得》讲述的是一个孩子离家出走的闹剧，《曹旭回来了，又走了》记述了一个人到另一个城市的游走，《太阳妈妈，月亮妈妈》记述了"我"和宋露露（夜总会小姐）的三次往来，《归宿在异乡》讲述了一次同学之间的短暂聚会，《挟持进京》讲述了"我"与朋友间的一次会面，《绵山行》描述的是一次参加会议时的即时心态。这些小说所采用的材料看似平常、琐碎、无意义，但最终所呈现的意蕴并不单调。它们一旦被韩东引入小说，便从中生出化腐朽为神奇的意义，从而显示了将小说写作的"不可能"转为"可能"的令人不可思议的转化力。上述六个短篇即是如此。小说皆撷取生活中的某一片段，或是一次聚会，或是一次出门远行，或是一件突发事件，虽无大起大落的情节，但通读之，皆意味深长。比如，在《太阳妈妈，月亮妈妈》中，"我"和已有孩子的小姐的三次来往既让人嘘唏长叹，也让人无言以对。"我"奔女人的身体而来，寻求感官享受。宋露露两次向我借钱，"我"应允。在此，嫖客与小姐的买卖关系大有演变为知识者与沦落女之间同命相惜、互帮互助的趋向。然而，作者及时打断了这种可能，似有意向读者公开表明："搞一把"是我唯一目的，赚取嫖资是宋露露唯一目标，绝无"同是天涯沦落人，相逢何必曾相识"之感慨。在《失而复得》中，钱玫的突然失踪引发一系列连锁反应，先是其母唐爱云的焦虑不堪，继则周围人的纷纷猜测，但当钱玫安全归来，一切似乎尘埃落定时，新的隐忧其实也正在潜滋暗长着。我们不禁要问，在这样一个扭曲的家庭环境中成长起来的钱玫在未来生活中会幸福吗？韩东的这类写作取材宽泛，既忠实呈现世相，又精准反映世态，且表现自由而灵活，充分展现了小说写作的当代性特征。这也再次说明，素材并无优劣之分，其价值如何、意义有无，关键在如何将日常纳入审美并对之展开转化与创造。在当代小说家群体中，极少有像他这样，以个人主义视角关注与审视日常生活，竭力从为人们所司空见惯的人、事、物及其关系中表达出新意，并从常态生活中发现与表达某种可能的趣味，或以其对小处、细部的精准描述呈现存在的无限可能。

进入新世纪后，韩东的创作重心转向长篇小说，先是《扎根》为其带来极高声誉，后以《知青变形记》与《小城好汉之英特迈往》再次确证了其在以"文革""知青"为题材的当代小说创作中的独特地位，再接连以《中国情人》《我和你》《爱与生》（原名《欢乐而隐秘》）三部关注当代生活、聚焦当代情爱主题及其深层内蕴的小长篇而备受关注。韩东的这六部长篇小说都堪称别开生面，无论对历史性和现实感的体验与把握，还是对小说素材和主题的慧心剪裁与意义拓展，都提供了很多值得反复说道的话题。其中，有两点变化颇值得一提：一是，这一时期的创作明显加强了思想性，而且进一步增强现实感的同时，创作格局较以前有所拓展。比如，《爱与生》不仅讲述爱情故事，探讨爱情本质，与此同时，还将同性恋、堕胎、素食主义、因果轮回、宗教迷狂等众多问题融入小说中，并将之作为问题予以表现和探讨。正是从这个意义上，韩东称《爱与生》可能是他写得最好的一部小说。很明显，深刻的思想内涵构成了这部长篇最值得阐释的内容。二是，这一时期的创作强化了故事要素在小说中的能动性，不仅可读性大大增强，而且讲述方式、方法也多种多样。比如，《中国情人》《爱与生》和《我和你》三部长篇小说讲述的都是爱情故事，广泛采用回溯、呼应、并置、重复、反转等艺术手法编织一波三折的故事，从而增强了小说的可读性。

韩东不仅有过长期校园生活经历，自从辞去大学教职后，社会阅历更为丰富，他的很多小说素材就直接来源于自己的真实经历。在这些小说中，人物名字、故事及其关系可能是虚构的，但蕴含于其中的情感则近于非虚构性。比如，《西安故事》记述了三男（老荒、"我"、何飞）一女（刘吉）在西安的交往故事。他们最初因孤独走在一起，可谓情同道合。作为大哥的老荒追求刘吉而不得，并因此陷于巨大痛苦之中；作为老二的"我"虽与刘吉心有灵犀，但碍于兄弟之谊而不能稍有越轨；作为老三的何飞从中热心周旋，以正直品性呵护彼此间的友谊。小说也揭示了人性中自私、丑陋的一面，比如老荒私下写匿名信致使刘吉考研失败。但从整体上看，小说描述了一段美好且值得永生纪念的生活，其中，老荒的勇敢、"我"的善良、何飞的正直、刘吉的美丽都给人以深刻印象。《曹旭回来了，又走了》讲述了"我"、陆菁菁、曹旭、骆军等一帮朋友在南京的相聚过程，其中所述场景很难分出哪是虚构，哪是写实，很明显，小说中的那些人与事虽不能等同于生活实际，但至少来源于韩东具体的所见所感。无论休产假的期刊编辑、放浪形骸的各地作家，还是丢失原稿、欲走还留的曹旭，都能在韩东的现实生活与交往经历中找到原型。他们追求真正的自由，虽着实随意、猥琐，但也不乏真实与可爱。《我和你》讲述了"我"与苗苗之间的一段刻骨铭心的爱情经历，细致描写了深处其中的"我"的身心感受及有关"爱情"的哲理认知，此外，还穿插交代了"我"与朱晔（有情爱，无性爱）、苗苗和李彬的情感经历。这部长篇小说就是根据作者的亲身经历写成的，虽然其中人物、故事、场景是虚构出来的，但"我"的幸福、痛苦以及对"爱情"的形而上认知与作者的体验几乎是同一的。《小城好汉之英特迈往》讲述"我"、朱红军、魏东、丁小海等人在一个小县城里的成长经历，特别其中所涉及的"我"的转学经过和在学校里与同学们的相处，父亲入党经历及后来遭际，都有真实的生活依据。《扎根》体现得就更明显，基本是以当年随父下乡的有限记忆写成。总之，韩东的小说中的人物大都有生活原型，那些人物关系、具体的场景与生活细节也大都有据可考。韩东以其写法上的"飘"与经验上的"实"，呈现了小说写作的崭新可能。

韩东从事小说创作横跨二十世纪八十年代、九十年代和新世纪三个时期，其创作既表现出了超级稳定性的一面，也显示了其变化的一面。就前者而言，语言实践上的简省、干练、朴素，审美趋向上对日常生活的情有独钟及对写实风格的美学实践，创作内容上对饮食男女间爱情故事的讲述和对情爱本质的探讨，个人抱负上以文学为志业的理想及永不停息的探索与实践，等等，就像一条条红线贯穿于其创作始终。就后者而言，主题深度上的不断开拓，语式运用上的持续探索，小说修辞上的多样实践，也都显示了韩东不满足于现状而表现出的孜孜以求的创新精神。但上述题材划分或从内容出发所做出的简单归类对把握韩东及其小说创作并无多大意义，因为题材仅是一种源头或依托，本体意义上的虚构才是根本，更何况他对具体的历史或现实生活表象并不感兴趣。之所以做出上述归类，笔者想强调：生活经历对其创作构成了重大影响；韩东对历史和生活的理解与他人迥然有别。因而，要破解韩东及其小说，必须回到具体的文本中去，那里藏着有关文学的所有奥妙。

第三节　韩东小说传播概论

一

从整体上看，有关韩东及其创作的研究除在九十年代前半期的几年间形成一个持续研究的发展趋向外，其余二十多年间一直冷热不均，不温不火。截至 2017 年 10 月 30 日，在中国知网上可查阅的公开发表的研究论文共 107 篇，其中期刊论文 70 篇，研究生论文 37 篇。具体数据如下：

研究生论文和期刊论文每年发表篇数①

年份 类别	1994	1995	1996	2000	2001	2004	2005	2006	2007	2008	2009	2010	2011	2012	2013	2014	2015	2016
期刊	1	3	6	2	1	7	3	5	2	11	3	1	5	4	2	2	4	6
研究生	0	0	0	0	0	2	2	2	2	5	2	2	1	2	2	5	2	4
合计	1	3	6	2	1	9	5	7	4	16	5	3	6	6	4	7	6	10

从以上数据可看出：一、从 2004 年起，每年平均有近 3 篇研究生论文出现，主要分布在吉林大学（3 篇）、复旦大学（2 篇）、山东大学（2 篇）、苏州大学（2 篇）、华东师范大学（2 篇）、山东师范大学（2 篇）、广东技术师范学院（2 篇）、江西师范大学（2 篇）等 10 所高校。二、从 1994 年起，期刊论文除 1997—1999 年、2002—2003 年为 0 外，其他年份每年平均有近 4 篇论文发表。至于为什么出现上述五年研究论文为 0 的现象，其因大概与以下两点有关：一是这几年发表的作品极少，五年内仅发表了 9 篇（部）作品，虽然长篇《扎根》发表于 2013 年，但引发热议则在 2013 年之后。二是 1998 年的"断裂"事件让一部分学院派批评家失去了关注韩东及其小说创作的热情，在此背景下，他便被有意搁置或忽略了。而韩东与学院派批评家的关系也似乎跌入历史低谷，彼此之间互不往来，彼此较劲与对抗，一直到几年后才稍稍有所缓和。即使得到学院派批评家关注，但评价并不高，且多以批评为主。三、1996 年、2004 年、2008 年、2016 年是韩东小说研究的四个热点年份，而 2008 年是最高年份。这不难理解：1994—1996 年，是韩东小说创作的高峰期，仅这三年创作总量就达 25 篇（部），外加多篇文论，因此，有人说 1995 年的中国文坛堪称"韩东年"，这种状态在 1996 年依然火热（5 个短篇，1 部中篇，3 篇文论），更重要的是，这几年是韩东小说美学理念最终形成和创作喷发期，故 1996 年成为韩东的"研

---

① 硕士研究生论文按主题词"韩东"搜索，期刊论文按"韩东小说"搜索，时间截至 2017 年 10 月 30 日。时间后延，相关数据也会发生变化。

究年"一点也不意外；从 2000 年开始，一连三年，韩东几无作品发表，但 2003 年先是发表后是出版长篇小说《扎根》，遂成为当年和此后几年引人关注的文学事件，考虑到论文写作也有一个延宕期，故在 2004 年形成一个论文发表的小高潮也不难理解；从 2003 年开始，在此后的十多年间，每隔两年，韩东就有一部长篇小说问世，一般是先在期刊发表，后由出版社出版，如果算上《扎根》，那么到 2008 年，就有 4 部长篇问世了，故在 2008 年又出现一个小高峰似乎也合乎事理；从 2010 年开始，有关韩东及其作品的研究进入常态发展时期，每年都有 5 篇左右的论文出现，单 2016 年就 10 篇，我觉得这是"韩东及其相关研究"作为一项课题在学术界逐渐被客观而理性对待后所出现的一个必然结果。在可预见的未来几年，这种趋势仍将继续。

我们再对这 107 篇论文做相关分析，得出的具体数据如下：

韩东研究论文相关参数分析一览表[①]

分析项 类别	总篇数	总被引数	总下载数	篇均 参考数	篇均 被引数	篇均 下载数	下载 被引比
研究生论文	37	85	10814	36.49	2.3	292.27	127.22
期刊论文	70	254	10771	2.17	3.63	153.87	42.41
合计	107	339	21585				

从以上数据可得出：一、韩东研究在高校研究生群体中颇有市场，在这 37 篇论文中，有 3 篇博士论文详细论及韩东。韩东被定为论题，除课题本身有价值外，还与师承似也有一定关联，比如吴义勤在山东师大，郜元宝在复旦大学，他们本身就是新生代小说研究专家，作为研究生导师，自然也潜移默化地影响到学生的选题。二、期刊论文有 107 篇，其中有不少论文发表在《当代作家评论》

---

① 按主题词"韩东小说"搜索，时间截至 2017 年 10 月 30 日。时间后延，相关数据也会发生变化。

《南方文坛》《小说评论》《扬子江评论》等被学术界公认的权威期刊上，且论者多为吴义勤、谢有顺、陈晓明、汪政、葛红兵、郜元宝等极富影响力的批评家，故这些文章的影响力也大，主要有：吴义勤的《与诗同行——韩东小说论》、汪政和晓华的《智性的写作——韩东的小说方式》、林舟的《论韩东的叙事策略》、葛红兵的《障碍与禁忌——论韩东的小说》、葛红兵的《韩东小说论》、海马的《个人化：墙上之门——解读韩东》、林舟的《在绝望中期待——论韩东的性爱叙事》、郜元宝的《卑污者说——韩东、朱文与江苏作家群》。截至 2017 年 10 月 30 日，上述论文被引次数分别为 18、18、18、11、12、11、16、18，被下载次数分别为 345、404、334、261、237、169、344、536，可以说，有关韩东及其小说的研究格局就是由他们予以开创和奠定的，其观点被定为权威，被后继研究者参考、引用。三、论文总下载量达 21585 次（有效阅读、保值性传播），篇均下载数分别为 292.27、153.87（有效阅读、保值性传播），又因为篇均被引数分别为 2.3、3.63（创造性阅读、增值性传播），下载被引比分别为 127.22、42.41（创造性阅读、增值性传播），说明有关韩东及其小说的研究与传播都保持在一个有效的当量之上。

通过"关键词"数量分析，在 37 篇研究生论文中，排在前十位的关键词是：韩东（17 次）、小说写作（8 次）、九十年代（7 次）、小说叙事（5 次）、小说情节（6 次）、小说观（5 次）、断裂（4 次）、个人化写作（2 次）、先锋小说（2 次）、知青题材（2 次）。在期刊论文中，排在前十位的关键词分别是：韩东（36 次）、小说（8 次）、新生代（7 次）、断裂（7 次）、个人化（6 次）、虚无（5 次）、《扎根》（4 次）、叙事策略（3 次）、关系（3 次）、知青小说（3 次）。这些关键词比较清晰地反映了学者们在对韩东及其相关论题展开研究时所集中关注的话题与内容，两相比较，叙事、断裂、个人化、知青等关键词颇受研究者们关注。它们虽然比较合乎韩东小说普遍具有的艺术特征，但并不能全面而真实地揭示韩东小说更为特色的部分，特别是难以展现新世纪以来十几年间的创作特色。从这方面来说，游走、解构、语言、存在、漂泊者、元叙事、现代都市、知识分子形象、日常生活、现代性、全知视角、童年视角、精神障碍等出现 2 次或 1 次的关键词更值得关注，因为它们从不同角度与侧面揭示了韩东小说更为深层的艺术特色。

二

韩东的小说创作是极具个人化、私语性的，其先锋姿态即使放之于九十年代以来文学史发展历程中也足够前卫、典型。在理念上，同其他众多小说家一样，历史与现实生活依然是他孜孜不倦思考与表现的对象，但他的理解又是多么与众不同[①]；在实践中，他在最初几年以知青历史、情爱体验、校园生活以及当下日常生活为基本内容的小说创作给九十年代文坛带来一股新异之风，颇得汪政、晓华、吴义勤、葛红兵、谢有顺、郜元宝、林舟等同为新生代学院派评论家的跟踪关注与充分阐释。在韩东研究史上，这种写与评之间的共时与共鸣现象是难得一见的：一方面，韩东在马不停蹄地创作，并沉浸于因小说"使得上力气"，"容量大"，"与日常的责任紧密相连"而带来的无限欢愉中。另一方面，众多学院派优秀批评家乐此不疲地给予全程跟踪，及时阐释，创作与评论在此阶段如此步调一致，相伴而行。正是在九十年代前半期，有关诗歌与小说、诗人与小说家关系的一致研究，有关小说的智性品格与语言风格的详细阐释，有关小说理念与具体实践的全面跟踪，都得到全面而系统的展开。但自"断裂"事件发生后，这种局面遂戛然而止。尽管 2000 年后对韩东及其创作特别是长篇小说创作的肯定仍持续不断且评价不低，但多带有圈内吹捧意味或是因宣传需要而被媒体制

---

① 　在此不述，敬请参阅本章第二节的论述。

造出来的不实之词。

　　一直以来，评论界对新生代小说家缺乏人物塑造能力多有诟病，比如，有论者就认为韩东笔下的人物是没有思想、没有意义的"标签人""平面人"，但也有论者不这么认为："'游走者'是当代中国文学史上的一个特殊现象。他们不同于郁达夫笔下的'零余者'，'零余者'为社会所抛弃，孤苦无告，而'游走者'则是为了保存自我，对社会作出主动拒绝。'游走者'也不同于十九世纪俄罗斯小说中的'多余人'的形象，'多余人'因为自觉对社会的无能为力而无所作为，是一群失去了行动能力的'废物'，而'游走者'虽然也暂时无力改变现实，但对社会却充满了全部拒绝的文化勇气。另外，有论者从后现代主义理论出发，把'游走者'定位为一群没有深度、没有思想的'平面人'，这种评价有失公允，这只能是后现代主义理论在中国评论界流毒广布的又一证明而已。'游走者'是韩东对当代人物画廊的独特贡献。"[①] 海马从人物塑造角度给予韩东小说创作以高评自是其一家之言，但仔细考察韩东全部早期小说中的人物又的确部分地合乎上述认定，即韩东小说中的人物大都是社会边缘人或被韩东认为的"穷途末路者"。其实，不独海马认识到了韩东小说中人物的独特性，还有很多评论家也认识到这一点，但不论被指认为"漫无目的的游荡者"（葛红兵）、"都市的老鼠"（陈旭光）、"卑污者"（郜元宝），还是被归类为"灰色人群"（林舟），都可显示出韩东在九十年代小说创作中的独特性。韩东笔下的人物不再是"大写的人"，而是一群真正为自己而活的"小写的人"。作为社会反抗者，他们无视任何既定的秩序与权威，拒绝社会同时也被社会所拒绝；作为生活享受者，他们放弃一切思想，不追求生活的深度，也不为"明天"而奋斗；作为个人主义者，他们不免极端偏执、玩世不恭、放浪形骸，甚至猥琐落魄、空虚无聊；作为独立的现代个体，他们追求自由，个性丰满，但往往在自

---

① 海马：《个人化：墙上之门——解读韩东》，《南方文坛》1996 年第 6 期。

困或他困中迷失自我，是一群不得志或不得意的精神流浪者。

三

自"断裂"事件发生后，对韩东及其小说创作的评价形成了两种截然相反的观点：一种是颂歌式，即在北岛、于坚、马原、苏童、贾樟柯、朱文、柏桦、林舟、伊沙、海力洪、翟永明、小海、楚尘、吴亮、丁当、刘春、尹丽川、苗炜、陈寅、朱艳玲、朱白等一大批韩东好友看来，韩东在当代小说创作领域成就卓著，影响深远。比如，北岛认为"他以特有的方式改变了中国当代小说的景观"，苏童认为"韩东也许就是中国版的雷蒙·卡佛，以其敏感掌控文字触觉，温和与锐利交集，直抵世态人心"，贾樟柯认为"韩东洞悉那些显而易见却不被我们发现的事情，成为我们这个时代最不动声色却最惊心动魄的讲述者"，棉棉评价《知青变形记》时说"这简直不是人写出来的！因为你读着读着突然发现自己已成为故事的一部分，已无法脱身"，马原认为《知青变形记》是"一部伟大的小说"，并说"我以一个曾经的小说家起誓——它是部杰作"……另一种是批判式，即在学院派批评家看来，韩东的小说存在拼凑、自我重复、格局狭小、美学经验日益逼仄等先天缺陷，他的创作理念极端而偏执，过于含混，且自相矛盾，"难以成为小说写作赖以维系活力和创造力的依据"①。陈晓明认为韩东及其同仁在"断裂"事件中发出的声音不过是"异类的尖叫"，说他们"沾染着现代主义小团伙的意气用事"，明显存在着"微不足道的个人主义式的偏狭"。②谢有顺直接质疑了韩东的虚无主义艺术观："韩东的写作难题已经昭然若揭：问题不在于怎样写虚无，也不在于是否以怀疑精神为起点，问题在于并不存在一种彻底的虚无和怀疑让

---

① 何同彬：《文学的深梦与反抗者的悖谬——韩东论》，《文艺争鸣》2016 年第 11 期。

② 陈晓明：《异类的尖叫——断裂与新的符号秩序》，《大家》1999 年第 5 期。

韩东开始他那种特殊的写作。""但在实际上持这种想法的人太可怕了，也太没道理了。如同达尔文的'非人'可以进化为'人'的理论让人觉得匪夷所思一样，从'无'中要产生出'有'的思想也是荒唐的。"① 何同彬认为韩东在一厢情愿地做着一场永不觉醒的"文学深梦"："一边是庞大的长篇写作计划，一边是极其有限的生活经验和日益逼仄的美学可能性，韩东的努力不过是'文学深梦'中一种不无英雄主义悲情的虚妄的'执念'——或许还要更加复杂和难以'启齿'。"② 史元明认为韩东的《知青变形记》"对人物心理把握缺乏分寸感和精准度"③，并直言他的所有小说"文学性不高"④……总之，这两派观点分别从正、反两方面触及了韩东及其创作的优长与缺陷。如果刨除非文学方面的门派观念，或为宣传所必然做出的必要的夸大成分，颂歌派的观点还是从不同角度或侧面切中了韩东及其小说的部分优点所在，但由于过分执着于"唱赞歌"，其观点又多了一些华而不实，故为大部分学院派批评家所不认同。相比较而言，学院派的观点除少数因意识用事而不切实际外，大部分评价还是能够切中要害，因而像谢有顺、何同彬这类年轻批评家所做出的评价因其中肯与客观而比颂歌派们多了一些实际的建设性。

第四节　韩东知青小说论

二十世纪六七十年代上演的轰轰烈烈的城市知识青年下乡运动对那一代人的影响无疑是异常深远的，但对后人来说，由于时间区

---

① 谢有顺：《与虚无相遇——谈韩东的小说及其观念》，《山花》1996 年第 2 期。

② 何同彬：《文学的深梦与反抗者的悖谬——韩东论》，《文艺争鸣》2016 年第 11 期。

③ 史元明：《一部缺乏心理分寸感的作品——读韩东新长篇〈知青变形记〉》，见韩东新浪博客。

④ 史元明：《韩东的作品，文学性不高！》，见韩东新浪博客。

隔和官方意识形态对历史信息的遮蔽、筛选与引导，真实的知青历史已逐步远离人们的集体记忆。然而，集体记忆虽失效，但个体记忆并未消隐，事实上，包括小说家在内的精英群体一刻没有停止对真相的探求，他们试图以多种方式与途径重新对"知青""上山下乡"这些被尘封于历史深处的符号做出解释。

对知青历史和下放生活的表现，一直是韩东小说创作最富特色的内容。不必说以这段经历为基本素材而创作的长篇小说《扎根》《知青变形记》与《小城好汉之英特迈往》给他带来莫大荣耀，并足以支撑其进入当代文坛最优秀小说家行列，单就那些据此而断断续续写成的大量中短篇小说而言，也足以值得我们予以重点关注。

一

韩东之所以对这段历史情有独钟，显然与他的个人经历密切相关："我八岁随父母下放苏北农村，十七岁自县城的中学考入大学，头尾十年时间。我们家在生产队、公社和县城里都住过。这段生活对我而言印象深刻，以此为材料进行小说写作是很自然的。"[1] 毫无疑问，早年的生活经历内在而深远地影响着韩东的小说创作。那么，韩东的此类写作有何特点？它为当代文学的知青叙事提供哪些新鲜经验？他说："我关注的不是'文革'题材而是日常生活，只是它恰恰发生在那个时期。这种日常生活是实际的，不是概念。比如我们说'文革'是一场灾难，就是一个政治概念。对于具体的人，他感觉到的可能是一些琐碎的细小的事情。他需要把日子一天天过下去。他有日常的欢乐与悲伤，以及生老病死。这些和我们今天的生活是一样的。"[2] 我们知道，新时期以来的知青文学存在不

---

[1] 韩东：《扎根·后记》，人民文学出版社 2003 年，第 343 页。

[2] 韩东：《答〈南方都市报〉记者黄兆晖问》，《明亮的疤痕》，华艺出版社 2005 年，第 227 页。

同的写法，无论主题风格，还是思想内容，都充分展现了该题材在当代文学创作中的无比丰富性。韩东的此类写作绝无《蹉跎岁月》（叶辛）、《生活的路》（竹林）、《晚霞消失的时候》（礼平）那种书写苦难历程的伤痕倾向，也无《我的遥远的清平湾》（史铁生）、《北极光》（张抗抗）、《这是一片神奇的土地》（梁晓声）、《黑骏马》（张承志）、《棋王》（阿城）那种正面描写知青历史、感慨青春无悔、展现理想与激情的浪漫主义色彩，更无《桑树坪纪事》（朱晓平）、《血色黄昏》（老鬼）、《合坟》（李锐）那种展现扭曲人性、控诉历史的知识分子情结，当然也不同于九十年代以来出现的带有写实倾向的各类非虚构写作，而是体现为以日常性、细节性、个人化视角观照，进入和展现那段历史。他不仅对曾经的生活予以重新打量与书写，还以对"历史"的独特理解，重构关涉本质的世界。在此过程中，"韩东在他的作品中几乎彻底消泯了那些先验的价值判断，而把'历史'作为一种常态的个体生命状态加以体认和描写，生活的荒诞与生活的诗意并存、人性的崇高与人性的卑琐相伴，这就使'历史'作为一种存在具有了前所未有的鲜活的生命性和立体性"[1]。依此而论，当有关知青题材的写作不再依循上述整体性、本质化的写作路径，"而把'历史'作为一种常态的个体生命状态加以体认和描写"，在他笔下，历史就是生活之一种，既不美好，也不丑陋，就如同一个人的生命历程，既经历暴风雨的洗礼，也有春雨春风的润泽。因此，他的写作也就不同于前代和同代小说家们的知青叙事，而预示着一种崭新写作样式的生成。韩东对知青历史与下放生活的表现迥然有别于此前那种伤痕式、控诉式、纪实式、崇高式实践范式。他以日常化、细节化、写实性审美范式取代了整体性、本质化的写作模式，以对历史生活中的日常性、恒常性，以及人性中的荒诞性、戏剧性的重点探索与表现，为当代知青小说写作提供了新经验、新样本。

---

[1]　吴义勤：《与诗同行——韩东小说论》，《当代作家评论》1996 年第 5 期。

二

韩东善以童年视角为叙述视点，即通过对孩童所见、所听、所感的细致描写，反映成人世界里的人情世态及变幻中的历史风云。由于孩童心性单纯，心智不成熟，故他看取世界的角度与感觉自然与成人迥然有别。比如，《掘地三尺》中有关"文革"（"深挖洞，广积粮"，"备战，备荒"）的表现就不再让人备感沉痛与压抑，这是因为在孩子世界里，那些人防工程恰恰给他们提供了快乐游戏的场所。在《反标》中，"反动标语"一旦被查实，对于一个成人来说，其结局可想而知，但对于儿童来说，从对"反标"的寻找到参与其中的角色演示，既而由此而衍生出种种可能，从因到果都与孩童的游戏有关。在《描红练习》中，"下放"中的遭遇，"文革"中的批斗，大人之间的揭发与告密，对领袖的忠诚和对"文革"的拥护，在小波看来都显得稀松而平常，不但自己积极加入其中，还身体力行地予以维护。总之，以孩童言行与具体感受来表现"文革"这样的大历史，特别是揭示其对人性的异化，其艺术效果更佳。

韩东也善于借助孩童视点表现农村诗意的一面，比如，在《树杈间的月亮》中，对九月子放鸭、带小松夜里捉黄鳝过程的描写，都给人以美的体验；在长篇小说《扎根》与《知青变形记》中，作者也时常不吝惜笔墨展现乡下人美好的人性与人情。这样的笔触触及乡土最恒常和人性最柔软的部分，是带着挽歌调子的田园诗。韩东将残酷年代里最美好的记忆付诸笔端，既是对自己早年乡村生活经历的真实记述，也为国内知青小说创作增添了一抹亮色，提供了崭新经验。当然，韩东的知青小说也展现了愚昧、丑陋的一面，比如，九月子对坟茔里有鬼专吃粉嫩的城里人的确信，偷窥桂兰屁股和下身的经历。这充分表明，作者笔下的乡村是完全自足的。他不仅揭示出当时政治意识形态如何进入乡村和乡下人（农民、知青、农村干部）的精神世界，也写出了乡村与人性中恒常不变的一面。

而把小说的叙述者定位于孩童，并让其倚重儿童对外部世界的体验与认知来展开叙述，往往会营造一种独特的文本效果。

三

中西文学对荒诞的叙述可谓源远流长。从贝克特、尤奈斯库、马尔克斯、海勒到中国的莫言、阎连科，有关荒诞主题、技法的探索与实践一直就持续不断，且成就卓著。但诚如余华所言："因为文学从来都是未完成的，荒诞的叙述品质也是未完成的，过去的作家已经写下了形形色色的荒诞作品，今后的作家还会写下与前者不同的林林总总的荒诞作品。"[①] 韩东对"知青"历史的书写亦然。他从不正面描写"文革"，但他善以荒诞笔法细致描写具体的人与事，即将那个年代的历史风云具体转化为对日常生活、场景与个体人事纷争的书写，从而为读者提供了有别于常见的"知青小说"样态的文本。

对荒诞场景与荒诞主题的营构，是其最突出的艺术实践活动之一。《母狗》《西天上》《描红练习》《掘地三尺》《田园》等小说正是出于对"荒诞"场景与主题别具一格的艺术营构而独步文坛。不过，不同于上述任何一位小说家的实践，他对荒诞的表现既非整体性的主题呈现，也不是依靠人物或环境的变形得以实现，而是以写实笔法在对小事件、小人物、小纠纷的描述中展现生活本身的荒诞性。"生活"无不琐碎、零散，但又小中见大，其意蕴直逼人心。

在《母狗》中，下乡知青小范在三余遭遇强奸，虽吞服大量安眠药，但终被救起。被强奸，吞服安眠药，堪称不幸，但她因祸得福，得救后办理了病退手续，被提前调回城里，后来分配了工作，再后来，移居美国，并在那里成家立业，而她的两个兄弟则永远留

---

① 余华：《荒诞是什么》，《我们生活在巨大的差距里》，北京十月文艺出版社 2015 年，第 61 页。

在了农村。小范以在农村的不幸遭遇换得了后半生的一帆风顺、兴旺发达，虽不无偶然，但也足见荒诞。更荒诞的是，三余人对待小范遭遇强奸一事时的看客心态："反正和城里女人睡觉不吃亏，睡一个赚一个，睡一次赚一次，不睡白不睡。""我们男人要睡他们的女人，我们的女人不能让他们睡。"他们毫无怜悯，让人心寒。

在《西天上》中，男知青赵启明和女知青顾凡建立了"恋爱关系"，并煞有介事地一起散步，逐渐成为杨庄人眼中的"模范恋人"，但实际上他俩之间并无真正的爱情，虽毫无爱情可言，但他俩仍在表演爱情，可谓十足荒诞。更有意味的是，当赵启明和顾凡最终分手，"他俩相偎在一起的剪影不再在杨庄西边的天幕上出现"时，"杨庄人普遍感到了不安"，"吃惊之余不禁愤怒"，并把他定为仇恨的目标。他们隔河扔石头，使得赵启明不得不"龟缩在四条小河环绕的杨庄小学内，地盘进一步缩小到加固后牢不可破的窝棚"。最后，实在无处可退，赵启明被逼回城。小说不仅展现了知青生活中荒诞性的一面，也揭示了特定时期特定地域人们看客式的不良心理。

在《田园》中，母亲洪英被公社下来的人带走，在那个年代，被隔离审查应该是一件很严重的事件，但在儿子小松这里，他非但无丝毫忧虑，反而对小白（一只小狗）的命运多有担心，以下是小松和父亲建白的对话："如果我被隔离审查，两个老的再去世一个，你怎么办？""为什么要去世一个？"小松很不服气，"要么一齐死，要么一齐不死。一齐死了我就去北京姨妈家。""唉，小松，你已经十岁了，怎么还这么不懂事？父母不在你应该担当起家庭的责任。""爸爸，小白还会回来吗？"此处的对话描写极富穿透力，其寓意不言自明。"文革"对少年儿童的侵害，由此可见一斑。

韩东的知青小说从未拒绝对真实历史的表达，只不过他把那段众人皆知的"历史"做了背景化处理，而让被他所改写过的"生活"以及与之相依相附的众多人物拥向前台。小说中的"荒诞"情景、结果虽与政治意义上"文革"悲剧历史有一定关联,但作者主观意图并不在控诉这一异化时代里的种种灾难,而是发掘此背景所隐含着的导致上述荒诞结果的可能因素。归根结底,韩东对荒诞的表现最终依然要归于对"历史(生活)可能性"的探索与表现上来。

四

韩东的知青小说也不乏深刻的艺术感染力,虽然塑造人物形象、刻画人物性格从来不是他的刻意追求,但那些侧重言说小人物命运遭际的作品于无意中趋向了这方面的实践。这类小说虽然不多见,但像《乃东》这样的作品已足以感人。《乃东》的故事大意不难理解:勤奋好学的乃东考取了城里的一所大学,但因得了肝炎("不由他不走,别人怕传染。也无钱住医院"),故不得不在家休学。回家后的乃东"不与人争","和妇女同酬以后性情也变得越发柔和",尽管他也一直做着"待身体恢复后续上学籍,好远走高飞"或者"至少在公社里谋个事情做"的梦想,但最终都无一实现。除"只剩下为人写猪圈的对联"这类小事或者"抱着主席像和彩旗"方能召集那些妇女们上工外,他可真是百无一用!他不仅在和妇女们相处中日渐平庸,也被他所属的集体彻底同化。乃东由勤奋好学到碌碌无为,由受人敬仰到遭人遗弃,由颇有前途到平庸落魄的转化过程令人怜悯、无奈、感慨、深思。韩东曾说:"我的小说面向单纯敏感的人,面向愿意倾听真实的人,愿意体会独特与神奇的人,是为关心灵魂和人的卑微处境的人写的。那些将自己包裹得严实而冠冕堂皇或傲慢自得的人不能也不必去读我的小说。"[①] 为形形色色的"乃东们"立传,是韩东的拿手好戏。

---

① 林舟:《清醒的文学梦——韩东访谈录》,《花城》1995 年第 6 期。

五

谈及韩东的知青小说,就不得不谈《扎根》和《知青变形记》。这两部长篇小说不仅是韩东的代表作,也是新世纪以来优秀长篇小说的代表作。如果说《扎根》以偏于客观写实风格和个人视角,讲述知青上山下乡时代三余的乡村风物、风俗、人事及历史风云,注重描述历史境遇中生活与人性中的普通与恒常,侧重传达出童年记忆、童年经验之于创作的重要意义,那么,《知青变形记》则通过对主人公由知青变为农民的蜕变过程的讲述,不仅直接描写了知青群体在历史境遇中的命运遭际,从而揭示历史与生活的荒诞性,也触及城市与乡村、宗族与乡村、权力与人性、知青形象与群体风貌、爱与性等更为宽广而丰富的内容。这两部长篇为韩东从事小说创作赢得了良好声誉。韩东从事知青小说写作除以代偿方式听从并努力完成一己生命吁求外,还有承担作家使命、矫正时弊、以正视听之目的。不论结果最终是否如其所愿,至少他这么想,也这么做了,而且他的想与做又实在不同于以往有关知青文学的任何实践,即在审美倾向、文本样式及理想诉求方面显示了与众不同之处。《扎根》和《知青变形记》较好地体现了这方面的历史诉求。

《扎根》和《知青变形记》在修辞意识与实践方面有着较多相通性。具体来说:一、搁置政治意识形态背景,客观描述乡村权力图谱。《知青变形记》描写了分别以王组长、老于、礼贵、福爷爷为代表的各派势力之间的明争暗斗,而这些争斗并非常见的阶级对立,而总是与人的私欲、权欲、宗族利益息息相关。作者似乎有意弱化或忽略"文革"背景,即使正面描写了"文革"对于乡村的影响,也是一笔带过。比如,对老族长(曾是富裕地主)的批判,虽然也召开批判会,但在此也仅是例行公事,会后他仍是这个村子中不可撼动的权威。乡村有乡村的逻辑,权力秩序并没有因历史的改变而彻底改变,反而愈加稳固。二、复活细节,描摹本相。小说在审美与叙述方式上是逆大历史的，即对宏大场景、主题与逻辑不感兴趣，而总是聚焦历史的细枝末节，并从中寻找历史真相与人性真实。故能够被写进小说中的人、事、物及其关系一定不是那些已被事先界定好了的。更重要的是，这些细枝末节一旦被写进小说中，便有了自足性，它们是产生所有意义的源头和归宿。因此，不仅小说所描述的生活细节真实可信，而且小说中的众多人物不会脸谱化。比如在《知青变形记》中，知青不总是被教育的对象，知青与知青之间也有告密行为，老族长依然是村庄的权威，等等。三、叙述客观冷静，颇多智性。若按照常规，对小说中人与人、人与事之间的评价很容易被导向习见的模式——爱情纠纷、个人仇恨、因果报应，但作者似乎有意消解这一切，极力避免主观评价。在情节设置上亦然，比如，在《知青变形记》中，罗晓飞对大许当年的诬告陷害，罗晓飞与邵娜之间的爱恋纠纷，原本都可写出为读者所期待的结局，但作者都有意避而不谈、不述。

结　语

历史学家总试图对历史做出梗概式的逼真描述，是为历史进程做减法，而小说家总想凭借虚构与想象，并从历史细部反映与建构历史真实，是为历史进程做加法。历史学家与文学家对历史的认知与记录孰真孰假，影响谁大谁小，还真不好说。比如，今人多依循《三国演义》来获取关于魏、蜀、吴三国的认知信息，而非带有纪实性更能接近历史本相的《三国志》。这是文艺家的使命，也是文艺家看待与书写那段历史的独有方式。如此一来，本相似乎不重要了，重要的是不断叙述，多角度、多侧面、高频率地无限接近那段真实。多少年后，这也许就是后人看待那段历史时所依凭的信史。韩东及其知青小说亦可作如是观。

第五节　韩东情爱小说论

爱情与欲望是最能直接而充分展现人之本质及其间性关系的切入点，而文学是人学，故文学对情爱心理及其关系的探索、揭示与表达，在任何历史时代和任何文化语境中都是最直接、最常见的主题。人类自有文学以来，对爱情的表现，对欲望心理的展现，对情爱关系中人、事、物、情、智、理的揭示，以及对现实、历史与社会文化问题的深入反映，则是"情爱"之所以被作家们竞相涉猎与展开的根本原因之所在。

上　篇

韩东在他的诗歌与散文中时常探讨性、爱情、欲望等话题，同理，在小说中亦然。代表作有《烟火》《利用》《障碍》《交叉跑动》《我的柏拉图》《爱与生》《中国情人》《我和你》。不过，韩东笔下的主人公大都是爱情失败者，从生活到情感皆不如意，不仅身心卑微，而且孤单无助。对他们来说，所谓爱情的美好不过是一场遥不可及的幽梦，即便遭遇爱情，那也必是苦不堪言或猥琐难堪。《西安故事》中老荒卑下的欲望以及对刘吉不择手段的追求，《利用》中马文与段爱、马文与王艺、段爱与王艺之间的相互利用，《烟火》中"我"、小彭、吕翔之间的带有交易色彩的情感往来，《西天上》中男知青赵启明与女知青顾凡之间煞有介事的爱情表演，《山林漫步》中"我"与王玉的与爱情无任何实质关联的性交往，《我的柏拉图》中的"我"公开宣称"我是一个不相信爱情的人"……韩东以这样的书写首先颠覆了传统文学有关爱情的任何美好想象。他在这些小说中名为写爱，其实基本与爱无关，而总是指向它的反面。无爱，似乎成了人与人之间的常态，有爱，则成了一种遥不可及的梦想。因此，在有些论者看来，这或许源于作家对爱情实有的怀疑或挽歌式凭吊："韩东的道德立场是一种保守（在这里取其中性的意义）的立场，他的性爱故事几乎可以看作是对某种长期以来占据我们心灵的价值的毁灭的挽歌，这种价值是以对情与欲、灵与肉、爱与性的两极对立结构突显的——这应该是很不'后现代'因而也很不摩登的方式"[①]。

在这个物欲横流的时代，不仅建立在传统意义上的伦理观、爱情观及其关系范畴轰然倒塌，而且爱与欲、灵与肉、身与心的分离以及由此带来的世纪末景观也在暧昧不明中趋向新一轮组合。在文学中，当爱的缺席与遥不可及被处理为牧歌式书写，或者对爱的质疑与放逐被转化为赤裸裸的叙述狂欢，实质上也正揭示了当代人普遍遭遇的一个整体性症候。即是说，尽管物欲与情欲以合法面孔（未必合情、合理）堂而皇之地进驻时代中心，并在事实上成为日常之基础与必备，但隐藏人们心中的那个乌托邦情结或爱情神话始终未曾消隐。所以，林舟认为："他简直是在为爱情的难以实现而歌哭，为粗俗的肉体承载的性的巨大破坏力而悲哀，他甚至还有点感慨'万恶淫为首'的味道。"[②] 但与绝大部分新生代小说家热衷于生物学意义上的单纯欲望化叙述不同，韩东的情爱叙事既不专注于发生学意义上情爱过程的描述，也不侧重于对心理学意义上情爱心理的表现，而是始终聚焦对"关系"的探索与表达。也就是说，在这类小说中，韩东对情爱叙事并不指向传统的伦理道德、基本的人性与人情，既不侧重展现人物的命运际遇，也不聚焦外在社会文化，而是自始至终都把情爱看作是一种手段、依托、媒介，既而展开对人与人之间关系或生活可能性的发现与揭示。

韩东笔下的爱情既不浪漫、美好、高尚，也不粗俗、丑陋、浅

---

① 林舟：《在绝望中期待——论韩东小说的性爱叙事》，《当代作家评论》2000 年第 6 期。

② 同上。

卑，而只是一种客观存在。如同每个人的生老病死一样，它自在自为地发生着，存在着，消亡着。他从不给爱情披上玄幻的外衣，反而尽一切所能扒光附着于其上的伪饰。当爱情被去蔽，其存在与发生机理便一目了然：

> 爱就是牺牲，就是削弱和消耗自己的一种愿望。但它有一个限度，这牺牲、削弱和消耗不可触及老本，一旦触及老本我们就会感到不适，就有性命之忧。爱着的同时我们也渴望对方像我们一样地牺牲、削弱和消耗自己，以补偿我们。这个愿望就是被爱。在爱与被爱之间存在着平衡，量入为出是其基本原则。当我们付出的多而对方付出的少，不平衡就会产生了。在此，可能的选择有两种。一、停止付出，愿赌服输。二、继续追加投入，并指望在将来或者最后一刻一举翻回老本。
>
> ……
>
> 爱情的不成功源于我们天生的贫乏。……只有杯子满溢的人才有资格去爱，只有不需要对方的爱，这爱才是可行的。
>
> ……
>
> 爱情对我们而言不过是日常消费，是必需品也是奢侈品。没有了它，我们的空虚类似无聊，痛苦类似不习惯，忧郁消沉类似于断了酒瘾，疯狂颠倒类似于时差紊乱。唯一的办法就是再爱一次，再爱一个人，管他是谁呢，但不管是谁都是没有出路的。[①]

以上是《我和你》中"我"在与苗苗爱情失败后所做的个人反思。这个"我"也即作者在文本中的代理人，是作者越过文本边

---

① 韩东：《我和你》，花城出版社 2010 年，第 209 页、210 页。

界，硬性干预叙述者与人物的结果。当作者、叙述者、人物三者视角在此合为一体，故"我"所思即作者所思，"我"所言即作者所言。其实，这些有关"爱情"本质的反思性话语也即对其《爱情力学》中核心观点的征用，虽然硬性嵌入如此理性的话语总让人觉得与文本语境有不协调之处，但它又不是可有可无，因为"我"在屡屡经历爱情破裂且经受极致痛苦后，必然有一个对自我进行审视与反思的环节。或者说，小说设置了这样一节，其实是对《我和你》真正主角（"爱情"）的交代与回访。因此，在我看来，韩东的大部分小说都具有诗的质地，透过日常，探讨本质，既把握并呈现生活的种种可能，也由情入理、由个体到整体，揭示出某种令人深省的存在真理。《交叉跑动》《爱与生》《我和你》堪称这方面的代表作。

下　篇

　　情与欲的分离甚至对抗，以及对前者的有意削弱或弃绝式表达，则是韩东小说在表达情爱主题时表现出来的共有倾向。在这类小说中，"性启动了故事的叙事，爱却撒手而去，永久的缺席，成为遥远的背景"[①]。韩东笔下的情爱大多呈现分离状态，情是情，爱是爱，性是性。如此一来，爱永久缺席，作为欲望核心内容的性直接登场，上演了一场场走马观花式的单纯欲望故事。在《烟火》中，"我"与吕翔是好友，吕翔将他的情人小彭让渡给"我"，而"我"和小彭并无任何感情；小彭似乎对吕翔抱有真爱，可在吕翔心目中，小彭不过是一个"过渡物"而已；女人成了男人之间的交换物，但"我"和吕翔之间的友情并没因此而受到丝毫影响。在此，友情是友情，爱情是爱情，性是性，各安其位，互不冲突。在《利用》中，马文和段爱，一个生于贫寒之家，一个娇生惯养、衣

---

① 　林舟：《在绝望中期待——论韩东小说的性爱叙事》，《当代作家评论》2000 年第 6 期。

食无忧，他们因各自欲摆脱羁绊而以"爱"的名义成为朋友，但他俩不过是彼此间"利用"。一方面，在大学里，马文不仅在男生宿舍里将段爱"交给了动物的宴会"，供众室友们"幻想分食"，而且在后来与王艺又以爱的名义重复上演了一出爱情游戏，而段爱成了"他们互相残杀的棋盘上一个用来平衡全局的棋子"。另一方面，"先是段爱在摄像师的暗室里失去了童贞，然后她在医院充满尖叫的手术室里为时装店老板流了一个孩子。诗人终于在段爱那里证实了自己自小怀疑的性功能障碍。最后莽汉出来收拾残局，打趴了其余三个，与噙着同情泪水的马芳一起试图重建段爱的生活"。在此，爱是最大的谎言，不仅形同虚设，而且荒诞十足。

韩东将爱与性分开来写，剥离了与某种价值的关联，将对爱与性的探讨引向深处。在他看来，性与爱有联系，但不是一回事；爱与情人、配偶也不能画等号。从心理学意义上看，性是关涉人性、人情最为核心的内容，性是最亲密的情感表达或精神交流；从社会学意义上讲，性的本质就是关系，或者说，性是关系的表述。因此，文学中有关性的讲述也即对"关系"的叙述，确切地说，对权力关系（包括政治、宗教）、伦理关系、金钱关系，特别是某种特定时期话语关系的表述，是文学表达的核心内容。虽然韩东的情爱小说始终不离对性这一范畴的描述，但他笔下的性不趋向任何感官式细描或浅薄的欲望故事，而总是指向一个个最触目惊心的事实，即韩东所说："我写性，就是写那种心理上的下流，性心理过程中的曲折、卑劣、折磨以及无意义的状态。"[1] 比如，在《障碍》中，朱洁是"我"的好友，王玉是朱洁的情人，"我"和王玉发生了性关系，显然，这种彼此关联的三角关系是韩东有意设置的，而以"性"为切入点在此很好展现了韩东在处理此类话题时所善用的结构方式。在小说中，夫妻间的感情、朋友间的友情、情人间的爱情原本都是极其普通而平常的情感，然而，这一切都因王玉的出现

---

[1]　林舟：《清醒的文学梦——韩东访谈录》，《花城》1995 年第 6 期。

而被打破，而对"我"而言，虽然生理的原欲与理智的自我约束乃至批判始终纠缠一起，但终因前者的不可控而功亏一篑。这似乎在表明，性欲与爱情的错位或分离虽乃常态，但两者之间非同步生发过程终不可避免地给现代人以困惑与创伤。再比如，在《山林漫步》中，李胡是一个软弱的离婚男人，他喜欢以母亲为原型的那类女人，并天真地认为"我是一个儿子般的情人""女人都想保护我，把我当成玩具。尤其那些大美人，真正的美人"。经朋友介绍，他和一位"英语不怎么样却整天做着出国梦的女孩"相识，而这个叫"许静"的女孩在一次与李胡的山林野合后彻底爱上了李胡，理由是，李胡在这次遭遇孩子们的哄抢事件中"恰当地表现出了自己的软弱"。这样的不谋而合有悖常理，是作者的讲述成就这样一种可能。总之，我觉得，韩东虽写了性，但仅是起点或媒介，最终所思所想与性无多大关联。

韩东小说从不乏对爱与性之交锋景观的描摹，虽凡爱不一定指向爱，但凡爱必涉及性，且常指向对人之共性问题的探求。在《交叉跑动》中，搞音乐的李红兵因与众多女性的糜烂关系而被以流氓罪逮捕，既而锒铛入狱，待出狱后，他想谈一次以彼此充分了解为前提、主题非直奔身体的恋爱，但结局终不如其所愿。而对在校大学生毛洁来说，因自身经历了一场失败的恋爱而深陷无尽心灵创痛之中，她正想找一个无需充分交往与了解即可直奔肉体的男人，以缓释其内心压抑。不用说，两人的情爱观及这次相遇都是背道而驰的，其结局可想而知：李被毛拉入自己预设的轨道，毛给李带来无从释怀的压抑，他们不但无法确立真正的爱情关系，即使身体关系也无从谈起（诚如毛所言："光是摸我的手就花了三个月的时间"）。最后两人的情感事件以李的突然失踪而告结束。由此看，所谓"交叉跑动"不仅指李、毛之间虽偶有交集但因出发点和意愿不同而终归背道而驰的情爱活动，也指世间所有人的情感关系及存在状态。人与人在情爱活动中的相遇、相知或分离始终处于不确定状态中，即使偶然的相遇或短暂相知，彼此情爱活动的方向亦未必可控。这正是，天不随时，人不随缘，离散聚合乃常态，爱恨情仇何足道？韩东以李、毛故事一语道破爱情神话，它如此现实而骨感，一切原本如此，也不过如此。

如前所述，性是小说的起点，是表现的媒介，故对性做自然主义色彩的描写从来不是韩东小说所侧重追求的向度。相反，每每述及男女间的性事，其最终意旨一定是与深置其中的某种"理"紧密关联，而对之讲述得愈澄明、愈直接、愈丰富，那种偏于理、偏于智的探索与拷问就愈能深入人心。如果说在中短篇中有关这方面的表现由于篇幅限制尚不能充分展开，那么，在其长篇中有关性的表现无论幅度、频率还是深度都远甚于前者。《爱与生》《我和你》《中国情人》就是首先以对男女之间性心理、性关系的直接表现以及由此出发而展开的对人之生活、生命的深度开掘而备受关注。《爱与生》中的王果儿和张军，《我和你》中的"我"与苗苗，《中国情人》中的张朝晖与瞿红，他们之间性事可谓自由、随意，乃至泛滥、无节制，但小说聚焦点不在此处，而在彼处，即对人物每一次"性事"的描写最终都不同程度与某种理念直联。这"理念"在《爱与生》中就表现为对爱之宿命、生之可能及二者存在关系的形而上思考，在《我和你》中最终落实于对性与爱的表现形式、本质以及对诸种"关系"及其发展可能性的深入探讨，在《中国情人》中又总是指向对欲望、人性及其在不同时间与空间中的表现形态的充分探察。而且，韩东小说中有关性的表现常带有深刻的寓言性，被赋予丰富的象征义。无论《中国情人》中屡屡引发做爱中的瞿红高潮来临的那个带有神奇魔性的画盘，《爱与生》中苗苗接连遭遇的七次打胎经历以及因之而引发的带有一定神秘色彩的祈灵过程，还是《我和你》中"我"与苗苗、苗苗与李彬之间因性而建立起来的生命关系，都可在这个意义上予以深入解读。

结　语

性关涉人与社会的方方面面，既是人类最为重要的生活内容，也是重要的交流方式。它作为一种内储力量，长久沉淀于人之意识或潜意识深处，不仅制约人之言行与心理，也与不同形态的社会制度与文化发生碰撞，从而演变为一股不可遏止的力量，摧毁禁忌或延续文明。如今，无论生物意义上的性，还是文化形态上的性，都不再被视为洪水猛兽。当性被从各种意识形态与其他规范中隔离出来，而单纯沦为一种个人行为，那么，性及其关系也就真正回到了它所在的民间岗位。而对于韩东小说中的众多人物来说，性就如同每个人的日常吃喝拉撒睡，既不平常，也不卑俗。当与性有关的所有禁忌或敬畏全被剔除，留下的只是赤裸的性及与之紧密关联一体的生命之态与俗世之影。因此，我觉得，这种对男女之性的更加臻于纯粹的去蔽与表达，其深层审美之根旨或在此，即，既然性既可指向俗世的浅表层面，亦可深入玄幻的内宇宙，既可游戏人间，也可彼岸通灵，那么，性就成为通达人之精神原乡的最便捷的书写路径与艺术手段。韩东如此钟爱性话语与性主题，并以此作为勘探爱情本质、人生世相和生存意义的直接切入点，显示了其在情爱小说创作中的独异风格。或者说，对男女间性关系的表现及其深层内涵的揭示不仅成为韩东小说最突出的特色之一，也是我们在解读韩东小说时所首先遇到且必须搞清楚的第一层意蕴。

第九章 本体论

第一节 何谓"虚构小说"

韩东 1989 年开始写小说，九十年代主要从事中短篇小说创作，新世纪后集中从事长篇小说创作，可以说，自九十年代以来，其诗人的身份在小说家身份面前已暗淡了许多。他不仅是活跃于当代文坛上的重要诗人、小说家，还是一个在诗歌与小说文体理论的探索与建设方面做出重要贡献的作家。九十年代以后，他公开发表《后来者说》《小说的理解》《有别于三种小说》《谈小说写作》《小说与故事》《小说家与生活》《信仰与小说艺术》《小说是艺术　是美》《就是一个篇幅问题》等一系列理论文章，详细阐述了从事小说创作的立场与理念。这充分说明，与其诗歌创作一样，韩东从事小说创作有其系统而独特的理论体系。与此同时，这些理念或理论又在《韩东：我写小说不是为了……》《清醒的文学梦——韩东访谈录》《写小说是我的工作》等访谈和他在博客、微博、微信上发表的一系列短小精悍的文字中不断出现、补充、强化。因此，要深入解读韩东的小说，必先对其理论观点有充分的了解。

韩东把自己的小说归为"虚构小说"。他认为，这类小说面对"生活的可能性"，而非"镜面小说家""传奇小说家"那种现实性追求，亦非"预言小说家"那种"从生活经验出发对未来进行巫师般的暗示并施以魔法以期改造世界的写作"。[①] 那么，他所谓"虚构小说"到底有何具体内涵呢？韩东似乎并未也无意对之做出清晰界定。这或许来源于他根深蒂固的认知理念，即"小说家没有必要告诉你什么是小说，但他不可能用定义的方式来告诉你，也就是他的理解力是小说写作方面的，而非对小说概念的阐明"[②]。尽管如此，他最终还是用"虚构小说不是什么"的方式试图对这一命题做出回答，即"虚构小说对生活的现实性不感兴趣（和第一类小说相比）；对脱离现实的程度不感兴趣（和第二类小说相比）；对现实的必然结果——向另一种现实的转化不感兴趣（和第三类小说相比）。因此，它反对唯一（和第一类小说相比）、没有根据（和第二类小说相比）和必然（和第三类小说相比）"，并从中推导出一个公式："'如果……那么……'是虚构小说的基本句式"[③]。他认为这些观点有充分的哲学基础："我相信以人为主体的生活，它的本质、它的重要性及意义并不在于其零星实现有限部分，而在于它那多种的抑或无限的可能性。""虚构小说"是韩东提出的一个最为核心的概念。他的小说创作大都围绕这一概念展开。

"虚构小说"并非脱离生活凌空高蹈的虚无缥缈的臆想物。它同众多类型的小说一样也都建立在对生活的深刻理解与把握上。但他有关生活的理解实在与他人殊异，它不是"时代特征的时髦事物"，不是"具体的知识和生活常识"，不是"小说家以外别人拥有的，所谓的'生活在别处'"或"以生活的数量指标取代生活的质量指标"的生活，而是"恒常的、本质的，而非转瞬即逝的"，"处于人类知识体系以外，或不主要是那些以给人们方便的知识"的，或"是你不得不接受"（"生活就是一种命运"）的，或是包括作家在内的每个人所遭遇的一切富有深度的生活（比如一个二十年重刑

---

①

① 韩东：《有别于三种小说》，《花城》1994年第3期。

② 韩东：《小说的理解》，《韩东散文》，中国广播电视出版社1998年，第181页。

③ 韩东：《有别于三种小说》，《花城》1994年第3期。

犯把牢底坐穿的经历，其深入人性的价值一点也不亚于对于世界蜻蜓点水式的把握）。① 很显然，韩东有关生活的理解带有突出的个人化色彩，既与《子夜》（茅盾）、《山雨》（王统照）、《平凡的世界》（路遥）、《秦腔》（贾平凹）传统经典现实主义小说所反映的生活完全不同，也与马原、余华、苏童、毕飞宇、叶兆言等同代新潮小说家笔下的生活大异其趣。他与生活不是有意保持距离，而是挨得很近，很近，写作风格带有突出的写实性。文本中布满各类生活细节，生活场景也随处可见，而且每篇大都有两三个人物角色，表面上看，与一般的反映现实生活的小说别无二致，但反映实在生活、讲故事或刻画某一人物形象又从来不是他的兴趣所在。他关心的是经由这些情节、细节或人物在文本中重新组合后所呈现的种种可能性，而"把真事写假"是他提出的一个很有深意的命题："我很同意小说写作有赖于作家的生活。我的一个基本方式就是：把真事写假。把真事写假，而不同于马尔克斯的把假事写真。……我的目的是在事实中发现多种未实现的可能性，发现神奇。……我不愿意根据小说的习惯方式去编造身临其境的故事，而是更关心自己能写出什么样的东西来，看到我自己写作原有的可能性。"② 由此看，日常生活不过仅是其小说写作的起点、源泉，人、事、物及其关系是随时可调用的基本素材，而从中"发现多种未实现的可能性，发现神奇"才是目的、旨归。为此，他经常把同一素材一而再、再而三地运用，以期从习以为常中挖掘出不同寻常，从"无"中生出"有"来。在这个过程中，虚构依然是其小说创作的秘密所在："他的小说总是把生活中我们习以为常的那种'被湮灭和潜在的可能性'不动声色地展现出来，从而不经意间给我们灵魂以震颤。从这个意义上说，他的小说是'虚构'，但却更近乎'写实'，只不过，'写实'与'虚构'在他的这种对生活无限可能性的展示中已经湮灭了

---

① 韩东：《小说家与生活》，《韩东散文》，中国广播电视出版社 1998 年，第 200 页。
② 林舟：《清醒的文学梦——韩东访谈录》，《花城》1995 年第 6 期。

界限，而成为一种一而二、二而一的存在了。"① 抹平虚构与写实的区隔，消除生活与想象的界限，追求"一种一而二、二而一"的艺术效果，从而使得他的小说成为名副其实的"新状态文学"的典型代表。

韩东"虚构小说"并不脱离现实。回到日常，回到现实，回到一己的切肤感受，并以此作为进入小说世界的源头，依然是韩东在从事小说创作所遵循的重要艺术原则；从局部来看，他小说中的现实与实际生活中的现实也存在较大程度的一致性，并且也不乏他本人在实际生活中的某些经历。关于这一点，韩东毫不讳言："我的小说材料是有我的生活根据的。出生到八岁我在南京度过，八岁到十七岁随父母下放，在生产队、大队、公社、县城都待过。读大学、工作以来又在不同的几个城市生活过。"② 因此，单从他从事小说创作的起点和依据来看，他和其他新生代小说家在处理自我与现实的审美态度和关系时并无多大区别，但由于他对生活的理解与他们存在较大差异，从而使得他的写作从一开始就展现出了独特的异质性，其突出表现是，他有意消解主题、情节、人物性格等小说固有模式，常常以违逆读者期待视野和心理预期方式，将小说导向非常态发展方向。常见的操作（修辞）模式有：书写现实，但搁置前提或条件，也不围绕某一中心而展开；不乏场景、细节、事件，但缺乏将之整合在一起的中心主题，不仅单个事件缺乏必要的连贯性，而且场景与场景、事件与事件之间也常缺乏必要的联系，乃至给人以散淡、无意义之感；不乏人物，但他对性格刻画不感兴趣，更多时候被当作一个要素（造具）来使用，而且在每一篇小说中，设置了多个人物角色，但人物与人物之间的行动往往缺乏必要的关联；不乏故事，但情节并不连贯，且中途被打破、终止或不知所终现象时有发生；很少有人物对话和景物描写，即使有，也只在叙述

---

① 吴义勤：《与诗同行——韩东小说论》，《当代作家评论》1996 年第 5 期。

② 林舟：《清醒的文学梦——韩东访谈录》，《花城》1995 年第 6 期。

中予以直陈。有论者认为，他的这种实践隐含一个习焉不察的解构思维，且在客观上生成了独特的文本效果："表面看，韩东小说的现实是相当真实的，使我们不由得将他的小说与他自身的经历对应起来，这可能就是韩东给读者设下的陷阱。我发现韩东在他的小说中，总是致力于在社会现实和语言现实（或称书面现实）之间制造细微的差异，最后的结果是造成了语言现实对社会现实的解构。"[①] 通过这些修辞努力，他将重心导向对某种"关系"或种种"可能性"的探讨与建构上，并把这当作是对真实生活的反映与重建且笃信不疑，其全新而陌生的文本景观不但给读者阅读以崭新体验，还在小说文体方面为当代小说发展提供了弥足珍贵的实践经验。

韩东的"虚构小说"在"如何讲述"方面比他的同代人实践得更彻底、更纯粹。对韩东而言，在任何时候，叙述都在故事之上，叙述变得空前重要，小说的价值、意义即叙述如何展开的过程："当我们把故事变成小说，其中叙述的意义就变得空前重要了。它的成败得失定然和叙述有关，只有从叙述的角度我们才能恰当地评价一部小说的价值。"[②] 可以说，"虚构小说"的根本秘密就在于"如何讲述"。韩东小说依靠"讲述"所生成的艺术效果的确是独一无二的。这如同他的诗歌，一首有一首的形态与意义，其小说也是如此。比如，小说集《树杈间的月亮》共收入二十八篇短篇小说，每一篇的特色全在"如何讲述"方面，因为经由他移入文本中的生活场景或细节并不吸引人，甚至稍显枯燥与啰嗦。但其意义或曰不同寻常之处就在于每一篇都有每一篇的构想与章法。他的"虚构小说"是不太像小说的小说，既缺乏传统小说的文体共性，也不遵守当下小说的某些经典规范，而总是想另立炉灶，力求一篇一个样。这或许源于其内心不可遏止的创新欲望以及对各种"秩序"的不以为然："我反对太像那么回事的短篇小说，反对太像那么回事的小

---

① 谢有顺：《与虚无相遇——谈韩东的小说及其观念》，《山花》1996 年第 2 期。

② 韩东：《小说与故事》，《韩东散文》，中国广播电视出版社 1998 年，第 214 页。

说家。我反对短篇小说的技术化和非个性化。在创新问题上我认为不是只有两种短篇小说……而是有一亿种短篇小说。我以为短篇小说有意义的问题并不在于它的共性。"[1] 他这种剑走偏锋式的文体探索与实践虽不免极端，但确实是当下稀缺而珍贵的品质。目前，学界有关小说文体特征及功能的认识也达成了一些共识，并成为写作者和研究者默认的通识性规范，但关于"小说是什么"的探究将永远敞开着，它永无固定答案，所以有关小说的写法也就千姿百态。韩东显然很反感那种"习以为常""从来如此"的思维惯性，并认为那些把博尔赫斯、海明威、卡夫卡、蒲松龄、契诃夫等中外经典作家的小说当作范文或奉为公理的做法是"愚人的误解"。

"虚构小说"是韩东创设的一个带有理论探索意义和文体实践价值的新命题。其意义主要有两点：一、文体创生，填补空白。自九十年代以来，中国当代小说已经很久没在文体上有实质性革新和发展了，韩东有关"把真写假"，"写飘起来"，"探索可能性"，致力于"关系"的发现与建构等小说命题的提出，对推动当代小说文体理论的创生，都是及时而有益的。从这个意义上来说，韩东这一提法填补了这一空白，为新文学中"白话小说"这一文类的发展提供了新样态，应该是一个不小的收获。二、本体建设，功不可没。进入九十年代，随着新媒体技术和消费文化深入发展，影视、美术、文学等各类艺术形式彼此关联，尤其是小说与影视之间的交融，是各类艺术形式发展的大趋势。其中，小说作为边缘文体之一种，企图借助影视传媒，采取变道超车方式，实现由边缘到中心的跨越，然而，在这一过程中，小说写作的剧本化、空心化遂成一景。当小说家们不再在语式、语调、语象、视点、结构、主题、思想方面寻求文体创新，并以此为依托与中心致力于小说艺术形式的创生，这在事实上已经宣布了"小说之死"的先声。当然，小说不

---

[1] 韩东：《就是一个篇幅问题》，《韩东散文》，中国广播电视出版社 1998 年，第 227 页。

会死，韩东们以其理论探索与实践，也同样证明了"小说"这种文体的无限发展可能性。回归本体，回到母语怀抱里，是作为语言艺术的现代汉语小说的唯一出路。

第二节 "虚构小说"的理论基础

自有人类以来，人们关于活着的意义和存在价值的探求、回答一直持续进行着。为了在终极意义上寻求慰安与归宿，确信者们虚构出了上帝、神这类终极体，并试图在与之展开持续对话中确证自我的意义。宗教便是这种意义的集大成者。然而，在对自我与世界关系的认知上，韩东不是此类"终级体"的确信者和信仰者，故人之存在意义的有无不是由已然确立的"必然""逻辑""前提"以及与"理想""希望""主义"等有关的诸多"先在"所决定，而是以未知的超我的虚无主义为精神支撑，以"我思，故我在"式的主观唯心主义意念看取世界与人生。在九十年代，韩东多次谈到"虚无主义"，认为"一个坚定的虚无主义者足以抵挡一个坚定的信仰者"[1]，但作为人之认识世界的一种方式，虚无主义是一个异常复杂的思想体系。那么，韩东的"虚无主义"到底属于哪一脉哪一类呢？这是一个亟待搞清楚的理论问题。

我们知道，现代意义上的虚无主义最早产生于德国，后流布于俄、美等欧洲国家，既而伴随现代传播而遍布全球。在中国，从佛老学说到魏晋玄学，从对"空""无""禅境""禅意"的体悟到"五无论"[2]的提出，都表明虚无主义自古有之，但现代意义上的虚

---

① 韩东、鲁羊：《虚无和怀疑——鲁羊、韩东通信二则》，《青年文学》1996年第3期。
② 1907年9月，章太炎提出了"五无论"，即无政府、无聚落、无人类、无众生、无世界。见章太炎《五无论》，张枬、王忍之编《辛亥革命前十年间时论选集》（第二卷下），生活·读书·新知三联书店1960年。

无主义则是在二十世纪初经由日本传入中国。在这一漫长的传播过程中，从德国的雅各比、费希特、施蒂纳、马克思、海德格尔、尼采到俄国的恰达耶夫、皮萨列夫、巴枯宁、屠格涅夫，再到中国的陈独秀、鲁迅、周作人、辜鸿铭、朱谦之，都可表明，虚无主义作为一种思潮多产生于因抵制并摆脱外部压力而急于追求现代化的后发国家，并且在社会急剧转型时期越是表现得迅猛、充分，越是传播得宽广、深入。作为一种思想或理论的虚无主义产生了众多类型，比如质疑西方现代文明的虚无主义、断言价值崩溃没有意义追求的消极虚无主义、阶级论的虚无主义、文明论的虚无主义、价值虚无主义、历史虚无主义，等等。[①] 我觉得，若从渊源看，韩东所坚守的主要是"价值虚无主义"。

韩东的"虚无主义"，怀疑是其唯一的向导："作为一个作家我们只有一条真实的道路，那就是指向虚无，并不在途中做任何踌躇满志的停留——就像我在前边说的。怀疑精神是我们唯一的向导。"[②] 也是其"唯一拥有的资本"："在这样一种处境中，我尤其看重怀疑的能力，这几乎是我们唯一拥有的资本（譬若途中的干粮和胶鞋这类必备品）。"[③] 更是永续前进的不竭动力："我所谈论的怀疑精神不是一种智力手段，毋宁说它是一种与我们的生存直接相关的精神力量（或能力）。它针对的是确信者、神话或谎言，是保证我们不在途中停留的基本可能。它容纳我们的犹豫、矛盾、焦躁和畏惧。"[④] 怀疑不仅是行动，是资本，是精神，同时也是武器。作为武器，其矛头直指现存各种意识形态霸权及其外在秩序，在此实践下，那些有关崇高、绝对、理想、终极的界定及其话语体系被彻

---

① 参见刘森林《虚无主义的历史流变与当代表现》，《人民论坛·学术前沿》2015 年第 10 期。

② 林舟：《清醒的文学梦——韩东访谈录》，《花城》1995 年第 6 期。

③ 韩东：《怀疑与确信——致鲁羊的一封信》，《韩东散文》，中国广播电视出版社1998 年，第 232 页。

④ 同上。

底颠覆，推倒重来。那么，他这么做的目的何在？若单纯从实际操作层面来看，首先可以肯定他所秉承的不是达尔文生物进化论式的排他逻辑，而是追求"既承认你在，也允许我在"式的多元共存理想。也即，要承认人、世界及其话语关系的多元性，而非以等级次序与霸权意识漠视、压迫或驱除他者存在而将某种意识形态定为一尊。

韩东的虚无主义，其行动并不虚无，其突出表现就是，虽然路永远不达彼岸，他也把自己置于永在激情写作路上。不寄托于昨天，不希望于未来，而只守住今天。今天或许茫然甚至绝望，但这就是一切，是实存。若言希望，那么，希望生于无，指向无，也隐于无，而对自身而言，若救赎自我，通达彼岸，除了"激情写作"，别无他途。人之存在着实虚无，但激情永在，如燃烧的火，只关注过程，不在乎结局。韩东的虚无主义多少有点鲁迅式深刻体验到绝望但也卓绝"反抗绝望"的生命意志力，亦不乏尼采"超人哲学"式的强人思维与强悍的精神探求倾向。经由彻底的虚无与永在怀疑，韩东完成了对经典秩序与权势话语的颠覆或搁置，并从此起点上开始他的征程。历史传统与其精神谱系是绝缘的，其对虚无主义的探索与追求就不是沿着从实到虚路径展开，而是遵从从虚到虚逻辑演进。在此过程中，作为向导与动力的怀疑精神担负起了重构自我与历史的重任。如此一来，便可拥抱无，进入无，皈依无，表现在文艺活动中，就是要付出百分之百的努力从无中创造出有来。这种意识不免虚无缥缈、神秘莫测、无所傍依，但这就是韩东认知自我与世界关系的模式与通道，其坚定信仰和决绝追求一直以来就很让人不解。

韩东以小说方式体悟现实与人生，寻找自我与世界的关联，既而探察人与世界的本质及其种种存在可能。在此过程中，无所依托的希望等同于无处不在的绝望，持续不断地反抗绝望等同于永无止息地寻求希望，但此处并非希望与绝望的二律背反，而是不可分离的意识结合体。很明显，虚无主义是韩东及其小说写作的重要理论依据，其文学观显然与这种哲学观念息息相关："我的文学观是这样设立的：它要求一种毫无希望的燃烧。燃烧便是一切。我的末日之感来自我内心。我主张完全个人的、身体的、盲目的反抗，因为我坚决地否定了希望。人类的、精神的、有深远目的的行为正是希望的特征。我深信所有的希望终将变质，唯有激情永存。"① 作者内心强大的末日之感诱发灵感降临或创作行为的发生，盲目、无畏的反抗与激情永在的实践推动审美主体不断从虚无走向虚无，从有限趋向无限。他激情满怀、赴汤蹈火，誓为"彻底腐败、丧失自尊"② 的中国文学招魂。但他所谓"虚无"即是从无到无，我们不禁要问，文学果真存在这样一个起点吗？即使理论上说得过去，但具体实践能行得通吗？这种玄而又玄剑走偏锋式的文学设想恐怕最终会走向那道无限锁闭的"窄门"，虽不能预言最终走投无路，但至少不会越走越宽。其最终结局必然是，他只能以永不停息的写作和喋喋不休的述说来确证这种理念和写作所展现的可能价值，或者说，他只能凭借对艺术的虔诚与信仰，一厢情愿地"把不可想象的变为可以想象的，不可言说的赋予形状"，且认为"这就是艺术工作"③。这一切在一些学院派学者看来，韩东的写作"永远是一种遗憾"："这样的写作的前景却又是不明和悲壮的，即韩东不是为了一种明确的理想、观念和体系写作。因此，韩东如果照此下去将几乎不可能到达写作的彼岸，不仅他本人因此会成为一种悲剧性的角色，而且，又因为他的写作展示的大都是过去时态的可能（面对未来的可能不是真正的可能，因为它可能成为现实），所以，它永远是一种遗憾的写作。"④ 或认为其价值实在有限："韩东的努力不过

① 韩东：《一个召唤》，《韩东散文》，中国广播电视出版社 1998 年，第 175 页。
② 同上。
③ 韩东：《从我的阅读开始：沟通在艺术创造中的可能》，《韩东散文》，中国广播电视出版社 1998 年，第 223 页。
④ 晓华、汪政：《智性的写作——韩东的小说方式》，《文艺争鸣》1994 年第 6 期。

是'文学深梦'中一种不无英雄主义悲情的虚妄的'执念'——或许还要复杂和难以'启齿'"[1]，或者认为是不可能："问题不在于怎样写虚无，也不在于是否以怀疑精神为起点，问题在于并不存在一种彻底的虚无和怀疑让韩东开始他那种特殊的写作。"[2] 当然，他也不是没有意识到这种困境："指向虚无与指向价值并不是背道而驰，像释迦牟尼，就绝对是一个大虚无主义者，他否定一切，兜底一切，同时他身体力行，穿越了虚无抵达真理。指向虚无与指向价值可谓一张纸的正与反，问题在于我们穿不过去。"[3] 然而，明知"穿不过去"，但他还要"穿"，这就多少带有"明知不可为而为之"的虚妄与偏执了。

　　韩东虚无主义思想及文学实践所具有的积极意义是不容忽视的。虚无主义作为一种人文思潮在特殊历史时期对推进社会发展与思想启蒙起到了重要作用。在二十世纪的中国，它曾与无政府主义、社会主义、民粹主义发生过密切关联，也是鲁迅思想体系中的重要组成部分，更因尼采"上帝死了"那句名言而名噪一时。但在大部分时期内，除朱谦之、郑振铎等少数学者赋予虚无主义以积极或中性价值外，它都因其贬义性而屡遭不同时代的学者们的猛烈批判。然而，虚无主义发展到今天，与诸多悬而未决的现代性命题发生深度关联，重又受到学者们的关注与探讨。我觉得，从朱谦之、鲁迅、郑振铎到韩东，可以看成肯定"虚无主义"正面价值和积极意义的一派在当代中国的又一次隔空对话。当然，他是诗人、小说家，对话的方式自然就是诗歌和小说，不管他及其带有虚无主义色彩的创作具有多少不足与缺陷，不管当下人们对他的咄咄逼人的论战姿态、极端而偏执的宣言、技术主义式的文本实践感到多么的不可理喻，作为虚无主义的坚定信仰者、实践者，韩东及其小说为学

---

[1]　何同彬：《韩东创作论》，《韩东研究资料》，人民文学出版社 2016 年，第 16 页。

[2]　谢有顺：《与虚无相遇——谈韩东的小说及其观念》，《山花》1996 年第 2 期。

[3]　林舟：《清醒的文学梦——韩东访谈录》，《花城》1995 年第 6 期。

界研究虚无主义与当代文学的关联提供了典型个案。

同时，其消极影响亦须警惕。中国"五四"时期的虚无主义话语就其思想源头而言主要来自俄国，且最初传入中国时与虚无党、无政府主义、马克思主义混为一谈，后经由陈独秀、周作人、郑振铎等学者阐释才得以区分开来。三十年代、八十年代、新世纪以来的十余年间，是虚无主义话语在中国蓬勃发展的黄金时期。不过，不同于欧美诸国发展状况，虚无主义在中国，其影响主要发生在文化界与思想界，而在政治与经济层面缺乏有效展开。而且，由于虚无主义在中国的绝大部分时期内都遭受马克思主义话语的强力压制，故其存在与发展的空间十分有限。然而其在中国语境中从来都是以作为批判传统文化痼疾或对抗外来文化侵袭的武器而被文化精英们（比如辜鸿铭、鲁迅）所崇尚，既而通过他们的宣传与写作而得以在整个社会的思想文化层面展开。无论是二十世纪初新文学奠基者们高举"科学"与"民主"旗帜所展开的对传统文化的怀疑与批判，还是新世纪以来知识界对启蒙、理性的不屑一顾，以及对一切产生过巨大影响的精神偶像的亵渎与推倒，都深深地烙印下类似尼采"上帝死了""反抗绝望""躲避崇高"这类虚无主义精神的影子。事实上，真正感染了虚无主义思想的文化精英不免颓废与空虚，但也不乏激情与抗争，不乏对自由的渴望与舍命求取。由于二十世纪九十年代以来后现代文化的肆虐以及政治意识形态监控的相对松懈，虚无主义意识在新世纪以来的十几年间得到迅猛发展。如今，中国的虚无主义已经完全没有了最初的激进反抗甚至暴力革命的倾向（比如俄国的虚无党、中国二三十年代的无政府主义），而只在文化、思想上沦为一种个体生存与发展的基本策略。这种趋向尤须警惕。作为一名知识精英，生存与发展固然重要，是前提，是基础，但真正的虚无主义者从来不是彻底的个人主义者，更不是沦为与饮食男女相差无异的混世者、实用主义者，而是各个领域内的"革命者"，是文化革新的急先锋。对自由精神的争取与呵护，对创造的渴望与实践，是其唯一使命。舍此，便不是真正的虚无主义者。

第三节 "虚构小说"的语言实践

在新生代小说家群体中，韩东是一位少见的对文体艺术保持持续探索热情，且成绩卓越的小说家，但真正给人以深刻印象的还是他的小说语言。以倡导"诗到语言为止"而出名的诗人韩东转向小说后，依凭对语言超乎寻常的体验与驾驭，以及对小说方式的独特理解和实践，成为最具创新性的当代小说家之一。韩东曾对自己的小说语言说过一段概括性的话："在形式创新上我并无过分的野心。我喜欢单纯的质地、明晰有效的线性语言、透明的从各个方向都能瞭望的故事及其核心。喜欢着力于一点，集中精力，叙述上力图简约、超然。另外我还喜欢挖苦和戏剧性的效果。当然平易、流畅、直接和尖锐也是我孜孜以求的。"[1] "线性语言"是就特征与形态而言，"简约、超然""平易、流畅"是就其风格而言，单从这段引文，就可充分表明，韩东小说语言是一个非常值得关注、考察和研究的典型案例。事实的确如此，韩东前述叙述品质的形成都是由其对语言的独特体验与实践而彰显出来的。在新时期以来的小说语言发展史上，如果说马原、洪峰、格非、余华、莫言、王小波等小说家以其对西式语言规范与句法逻辑的引进与吸收，从而使得现代小说在脱离开启蒙语言、革命语言后，再次成功与欧美文学及其话语秩序发生深度关联，如果说王朔以及后续涌现的以代际为标志的新生代小说家以其对日常生活语言和新媒体语言（比如网络语言、影视语言、手机语言）的熟练运用而开启了现代小说语言发展的新时代，那么，韩东在这个发展链条上却以其对现代汉语本体的无限靠

---

① 韩东：《我的中篇小说》，《我的柏拉图》，陕西师范大学出版社 2000 年，第 2 页。

近与呵护、对线性语言与示意性语言的充分实践，以及对现代汉语小说朴素艺术效果的美学追求（比如干练与简洁、明晰而精准、白描与节制）而注定要在当代小说语言发展史上留下精彩一笔。

我将韩东的小说语言命名为"极简语言"，即一种依托现代汉语本体，在本质上以线性、示意性为基本规范，在风格上以内敛、简洁、干练为基本追求，以对生活细部与细节的精摹与细描为基本目标的当代汉语小说语言。这一命名极易让人想起二十世纪发生于欧美世界的两股艺术思潮：一是二十世纪五六十年代流行于绘画领域的艺术运动。他们主张削减绘画语言，简化画面，以极少的色彩与形象呈现丰富而深刻的意蕴。二是二十世纪八十年代卡佛、贝蒂、巴塞尔姆、汉佩尔等极简主义作家的小说创作。他们主张小说写作从素材、内容、结构、人物行为到语言文字都要以简为准则。从绘画到文学，虽艺术思想与表现形式有别，但作为风格的简约成为他们的一致追求，而对后者而言，"极简主义作家一般喜好基本词汇，尤其是动词、名词和代词等实意词；叙述直截了当，不带感情色彩；描绘往往停留在表面琐屑细节上，由细节间的互相作用产生意义；作品的主要特征包括大量的叙述省略、反线性情节、开放式结尾等"[1]。我无法确证韩东的小说是否直接受到过这一思潮的影响，但其小说语言非常明显地体现了极简主义思潮的部分特征则是确证无疑的。

极简语言最突出的特征就是驱除修饰成分。他的小说语言平易、流畅，少修饰，突出核心词、骨干句的主导地位，但表达简略、超然，且文通句顺。语言的描写功能弱化，而凸显语言的呈现功能，即使写景，也绝不透露主观情感倾向，而依靠语词自身来显示某种意义。韩东小说中的句子表现得更加纯粹、骨感，不拖泥带水。一个个句子瘦硬、峭拔、有力，如同冬天直刺天空的树枝，方向与力感似也一目了然。这也如同他的诗歌语言，不事雕琢，而只

---

[1] 虞建华：《极简主义》，《外国文学》2012 年第 4 期。

求意旨充分显现。这在其对描写语言的实践中表现得尤其明显。我们知道，小说中的描写无非以下几种：人物描写，包括动作、心理、外貌、语言、神态；风景描写，包括自然风景和社会风景。韩东的小说极少对自然景物和人物心理做直接描写，即使有，也在动态叙述中完成，且不加修饰，极少渲染。他总是以语言的精准指称自然呈现其原本状态。人物的心理描写也不是那种分析式的或意识流式的样态，而多是白描式的具象呈现。比如：

"今冬两季是不同的。秋风一过，湖水就如竹叶般的青绿，细浪密波，洪泽湖的脾气也变得温柔可爱。且蟹黄藕白，芦苇飞缨。沿岸的滩涂上，条柳落叶了，芦苇放花了，芦苇棵里没准能捡到一窝花白清幽的鸭蛋。夏天则完全不同。黄水拍击着两岸，芦苇和条柳被围在湖水中央，只露出一点点的梢头。风高浪急，小汽艇和托帮船队都靠岸行驶。"（《扎根》）

"这天晚上我躺在床上，想了很久。我真的喜欢小花吗？没错，她很可爱单纯，而且那么年轻，模样也不错。而我浪荡半生，至今仍然孤身一人……我既不能像王丰那样，想的就是干一把。也不是老安，见到可爱的女孩就想给人家挡风遮雨……"（《绵山行》）

前一段文字以陈述句为主，每句话的中心词很少修饰成分，即使出现"竹叶般的""沿岸的""花白清幽的"三个形容词，也不掺杂某种情感指向。陈述句连贯成段，显得干净利索，然而自然生态之美尽显眼前。其中，像"且蟹黄藕白，芦苇飞缨"这类句子形式极为简约，而表意又非常繁丰。删除具有表意、表情功能的形容词，驱除负载情感指向的评价性句子，从而使得词语与句子趋于裸体样态，然而，极简的语言并不意味着表意的弱化，相反，它的语意总是无比宽广的，就如同冰山，那强大的根基都隐藏在水下。后一段描写"我"心理活动的文字亦如此，平静叙述，自然推进，极为节制，防止情绪满溢，但又情态毕现。这样有节制的不动声色的心理描写，显示出了作为小说家的韩东在语言上的个性追求。

对人物对话的描写更是干净利落，对话就是对话，谁说，你说，我说，不夸张，不前置，不烘托，一切各按其位，必要时，以全知叙述给予必要转换。比如，成寅说："玩什么？好玩的嘛。"司机道："这年头，各人的理解不同，有人觉得唱歌跳舞好玩，有人喜欢洗桑拿，有人要打炮……"他坦率地问："Ｎ市有没有红灯区？"司机回答："红灯区没有，蓝旗街倒有一条。"成寅闻言一愣，随即心领神会地说："那就去蓝旗街吧！"（《美元硬过人民币》）在这组对话中，成寅、司机之间的对话极为日常，且以全知叙述，推进两者之间的话语轮转，这是典型的以线性思维形成线性语言，既而明晰有效地直达故事和内核的例子。

线性语言表现在词句运用上，其突出表现就是，句子大都合乎汉语形式特征，即每一个句子的主谓宾大都齐全，或者以述宾为主要构架推动句子流动，既而形成语段或篇章；不靠形容词支撑，程度与状态不靠副词、感叹词显示，故也可称为"裸体语言"。这样营造的语言效果就是，句子如同一道道光束，从不同方向直达目标，且每句话皆指向明确。比如：

> 水渠在三余村以西，河堤很高，天幕很亮（正是夕阳西下晚霞满天之际）。三余人像看皮影戏一样看见余书记、小范和余先生相继登场。后来剧情变化，来了那头山羊。它在树上磨啊蹭啊，看着这三个人类（余书记、余先生和小范）站着讲话。
>
> 然后从余先生的方向又来了一个不大的黑影，蹿高伏低，似人非兽。那是细巴，在跟踪余先生。而从余书记的方向来了范高范潮两兄弟。他们手持锹柄，可以解释成刚收工回家，也可另作解释。
>
> 然后小范从和余先生相连的影子里分离出来，跟兄弟俩回头。余书记跟在他们后面，手里仍牵着那头羊。这

是从南面下场的人物和次序。北面，细巴三跳两蹿地跑远了。防护堤上只剩下余先生一个人。风把他身上能够吹起来的东西都向后吹起来：头发、围巾、衣服的下摆。

以上是《母狗》第四节中的三段。首先，讲述完全合乎线性特征。从整体上看，按照线性时间顺序逐次讲述（……然后……然后……），从局部看，以某一人物或方位为观察点，挨次讲述。第一段：……后来……；第二段：然后……那是细巴……而从余书记的方向……；第三段：然后……这是从南面……北面……防护堤上只剩下……。讲述朴实本分，毫不花哨，一切皆以"示意"为根本目标——只要把水渠、河堤、天幕等自然景色和余书记、余先生、小范、细巴等人物的活动精准地描述出来即达目的。其次，句式完全合乎汉语规范。第一段共三个长句，除了"后来剧情变化，来了那头山羊"（谓宾结构）外，其他全部为主谓宾句子。第二段共有四个句子，皆为主谓宾结构。其中，前两个句子也为兼语结构。第三段共六个句子，全部为主谓宾结构。无论主谓宾、谓宾，还是兼语结构，都是现代汉语（口语）最为常见的句式。而且，每个句子都以动词为核心，既而推动句子流动。句子按照正常逻辑顺序流动，意旨流动也丝毫不违大众正常的接受习惯。第三，句子极其骨感。从每个句子看，除了第二段中"余先生的""不大的""余书记的"，第三段中的"下场的""能够吹来的"等几个词可做修饰语外，其他句子均不靠修饰语（定语）增容、增量，而是以骨感、有力的句子直接显意，从而创造"透明的从各个方向都能瞭望的故事及其核心"。正是从这一点上来说，韩东的小说语言最靠近汉语本体，最合乎汉民族语言接受习惯，因而他是真正展现"中国作风""中国气派"的当代小说语言探索者、实践者。

极简语言赋予叙述以崭新特征：直截了当、删繁就简、干净利落。韩东对叙述语言的基本要求就是平实、明晰、有效，且为线性，也即他说的"示意性语言"，将意思充分传达出来即可。这样的语言追求所达及的效果必然是：词语与物象同步，以语言对人、事、物及其关系的恰切描述或相关信息的精准传达为基本目标；叙述就是叙述，避免渗入诗意成分，极力追求客观、冷静效果。尤其后者，其"诗到语言为止"的诗语观念被直接移植到小说领域内，从而形成了一种带有突出个人印记的语言特征。比如："大约过了零点，街上一片沉寂，只有铁栅后面的商店里还亮着灯。他们的脑袋刚冒出大堤顶端的平面，头发就被湖风吹得直立起来。接着，他们整个身体也沐浴在这阵冷湿但充满快意的风中了。湖堤右拐就到了昔日的船闸，今夜也还是船闸。他们俯身在铁管栏杆上，撅着屁股，欣赏起共水湖上渔火点点的夜景来。"（《下放地》）这一段的叙述很有节制性，以通俗的口语，以直陈方式再现人、物、景、事，而且叙述始终没有跃出叙述人的视野，也不表露任何情绪、情感。就好比一架摄像机，随着镜头的对位、聚焦，画面依次得以呈现。这种在主观上有意驱除情感、情绪的做法，在新生代小说家群中可谓独树一帜。其实，以清晰传达意思为基本追求的语言实践最终指向对"真实"与"关系"这一根本目标的终极呈现，故小说语言也就成了某种"运载工具"或带有"指向性"的意味。这么说，并不是指韩东的小说语言背离本体而去，恰恰相反，正是得益于对语言本体的重视与实践，才使得前述叙述品格得以淋漓尽致地展现出来。

韩东小说带有突出的复调效果，即叙述者、作者、人物既各按其位独立发声，又彼此交叉，从而形成类似巴赫金所谓"多音齐鸣"现象。这种现象的产生自然是与叙述者在文本中的位置及发声特点有关，但追根溯源还是极简语言的线性特征及内部演进逻辑使然。因为在韩东小说语言中，无论转述语还是人物语言都是叙述者（隐含作者）转述的结果。

例一："这一问题很快就被媳妇们发现了。她们蹲在地上问背过身去的乃东：'你尿不尿？'乃东说：'没有。'听着身后哗哗的响声，只能把腿夹得更紧一些。'没有？啥没有？尿尿的器具没有？'见乃东不语，她们又说：'怕什么？你尿你的，我们不看，有也不看，没有更不看。'"（《乃东》）

例二："母亲骑车回乡下拿衣服，顺便住了两天。小培全家这才知道公社农具厂发生了事（母亲让他们继续保密）。外祖母不禁为母亲后怕。父亲反觉得母亲表现勇敢。'出事后没有马上撤退是对的。一来工作需要你，二来不能让他们看出你的怕来。'他说。"（《农具厂回忆》）

在例一中，媳妇和乃东之间的对话看似与一般小说中的对话描写无异，但"这一问题很快就被媳妇们发现了。她们蹲在地上问背过身去的乃东"一句显示，以下以直接引语方式出现的对话描写，以及"听着身后哗哗的响声，只能把腿夹得更紧一些"这一句，都是叙述者转述出来，或者说，是叙述者对昔日对话场景的描摹。在此，乃东的声音固然有其独立性，但它是被置于叙述者声音之下而存在的。在例二中，前四句话分别交代了母亲、小培全家、外祖母各自动态，第五句是后置式直接引语，话语由父亲发出。但无论对前三者的直接转述，还是后者的直接引述，叙述者都不置一词，这在客观上就形成了四种声音的平行共存。

叙述者是作者的创造物，是"纸上的生命"（罗兰·巴特语），而韩东小说中的"叙述者"更多时候处于"中转站"位置：一方面以"作者代理"身份将作者在现实世界中的声音引入虚构世界（因为作者声音不能在虚构世界里公然出现，就像上帝不能在人间公开露面一样），另一方面承担转述人物语言的使命。又由于叙述者、作者、人物之间保持着一定距离，当他们各自并行不悖地独立发声时，小说就至少存在三种声音。比如，《描红练习》中的声音有：作者声音、叙述者声音（由第一人称叙述者"我"和第三人称全知视角叙述者声音组成）、母亲的声音、父亲的声音、其他人物的声音。这些声音并存于一起，各自发声。有时候，叙述者也引入读者声音。比如，在《这年夏天》第七节中，叙述者将读者声音引入文本，直接参与有关小说人物常义生死的讨论。这就在小说中形成了至少五种声音的齐鸣，即作者声音、叙述者声音、读者声音、常义声音、其他人物的声音。不过，由于韩东小说采用线性语言之故，致使小说内部声音并非各自严守边界，声音（视点）经常跨界成为常态。作者声音经常借助叙述者或人物得以实现；叙述者的声音又经常越出边界，融入人物声音系统中，从而形成声音聚合现象。对后者而言，如不仔细考察，很难分别声音到底来自人物还是叙述者。但作者和叙述者声音始终处于其他声音之上，最常见的情况是，叙述者始终在场，辐射人物，常以议论、评述或总结性文字，不断介入或干预人物声音体系，比如《利用》第六节"我"对马文、段爱现实处境及前途的介绍与评定；叙述者经常在结尾处对故事发展与人物命运做总结性说明、评定或补述，从而揭示一种与正文不同的发展趋向，比如《母狗》结尾处对小范、范高范潮兄弟后来经历的交代。

韩东的极简语言是新的小说语言形态，具有现代小说语言史的意义。中国现代小说语言如今已有百年发展历史了，在百年发展史上，白话文相对于文言文当然是一种革命性的语言创生，自此，它支撑现代小说一直发展到今天。但创生于"五四"时期的白话文更多从工具性（也即实用性）意义上被现代小说所采用，并在后续发展过程中，不断吸收与融合来自文言、方言、译文的优长，而形成新的小说语言。如此一来，小说语言也形成了众多形态各异的亚类属，比如刘恪就将现代小说语言分为启蒙语言、革命语言、乡土语言、社会文化语言、现代心理语言等几种大类属加以系统而细致的研究。然而，有关现代小说语言美学、语言史的研究目前也仅是一个开头，其丰富的可能性远未打开。在普遍重视小说思想史、思潮史、文体史研究的大背景下，有关现代小说语言美学与语言史的考察与研究则显得相对冷清。它应当也必须提到应有的日程上来，但目前有关这方面的研究因缺乏理论与方法的支撑而显得无从开展。西式语言学理论是可资借鉴的资源，但长时期以来的实践证明，它也未必完全切合中国现代小说语言史实际，因此，从理论到方法都需要当代学者们在不断摸索中予以寻找与建构。从这个意义上来说，我主张要全面回归本体，即回到现代小说语言生成的历史现场，回到具体的语言文本，回到现代小说语言史的脉络中，从而构建起适合中国现代汉语小说研究实际的理论与方法体系。从此出发，对鲁迅、赵树理、汪曾祺、莫言、贾平凹、王小波、韩东等在现代小说语言史上做出突出贡献的作家都应该从"现代小说语言美学"与"现代小说语言史"角度予以全面、充分而细致的研究。

第四节　"虚构小说"的语式实践

"语式"作为一个专用术语，由热奈特提出，后成为叙述学领域内一个重要概念而被广泛运用。小说是叙述的产物，是一个复杂的信息体，而对作者（叙述者）而言，选择何种叙述视角，如何调节叙述距离，即采用何种语式，其目的就在于如何把握和控制这些信息。一般而言，视点根据人称可分为第一人称、第二人称、第三人称三种，而在具体实践中又常兼具两种或三种，从而形成视点杂糅现象。视点不同，作者、叙述者、人物、读者之间的距离即不同，距离远近即意味着叙述效果的差异。根据视角与距离的互联关系，并按照其功能分类，常见的语式有讲述式、展示式、寄生式、干预式（元叙述）、综合式。[1]

---

[1]　此分法参照刘恪的分类。详见刘恪《现代小说语言美学》，商务印书馆 2013 年，第 353—370 页。

讲述语式：继承与创新

传统的讲述语式采用第三人称全知视角，叙述者视界和能力高于人物，依托于这种语式而创生的小说语言，显得较为客观、理性，非常适合于意识形态浓厚的革命历史小说、官场小说、主旋律小说。新时期以来，讲述式所具有的这个优点很长一段时期内被认为是落伍的表现。在文体革命突飞猛进的二十世纪八十年代，类似《平凡的世界》那样的全知全能的讲述语式不被看好，以先锋小说为代表的展示式、干预式、综合式被认为是前卫而现代的语式。进入九十年代，传统讲述语式所具有的优点在陈忠实的《白鹿原》、贾平凹的《废都》、二月河的历史小说、余华的《许三观卖血记》、张平的《抉择》等长篇小说创作中大放异彩。第三人称讲述式是韩东小说应用最普遍、最广泛的语式。《恐怖的老乡》《乃东》《利用》《农具厂回忆》《房间与风景》《山林漫步》《为什么?》《同窗共读》（短篇）、《禁忌》《团圆》《西天上》等小说都采用第三人称全知视角讲述。韩东以实践再次证明，讲述也可以不露痕迹，生成独特的语言效果。风格平易、朴实，毫不哗众取宠、雕琢晦涩。在一个信息交流的现代社会中，小说必须以可读、可交流为前提。韩东在这方面的经营可谓一步到位，并以其实践证明，传统讲述语式不但没有失效，他们在"焊接已经断裂的'言路'"，"形成理想的修辞交流情景"[①]方面做出了可贵的探索与实践，其意义不能低估。

第一人称讲述式也是韩东善用的小说语式。《烟火》《西安故事》《和马农一起旅行》《新版黄山游》《母狗》《乡间警察》《掘地三尺》《快溜》《航天》《知青变形记》等都是这方面的代表作。在这些作品中，"我"作为小说的叙述者和作品中的一个角色（通常为主人公），既表现为作者的自叙传倾向，又体现为一个时代精神

---

① 李建军:《小说修辞研究》，中国人民大学出版社 2003 年，第 28 页。

整体特征的代言人。由于视角限制，"我"只能讲述自己的故事，对他人的感知受到自身认知能力和视野的限制，这使得这类小说的语言较多保留了"我说话"的口语痕迹。这种语式不是传统的讲述式，也不是完全的呈现式，而是介于两者之间的"寄生式"（刘恪语），是传统讲述式的变体。就整体而言，小说语言呈现为讲述风格，无论故事、人物，还是行动，都是被"说"出来的，这和传统的讲述语式是共通的，但是，它又不同于传统讲述语式，即它讲述的速度非常慢，慢到极致就转变为呈现式，讲述和呈现这一源远流长的叙述传统，在韩东的第一人称讲述语式中获得了神奇的结合。

除上述两种讲述式外，还有一种兼容第一人称与第三人称两种视角的讲述式。在韩东小说中，这种语式虽不占主导，但其实践意义值得总结。在《描红练习》中，小说以第一人称限制视点与第三人称全知视点交替讲述，并以互通互补方式推进叙述发展。也就是说，小说讲述的视点有两个：当讲述视点落定在一个叫"小波"的六岁儿童时，那么，经由儿童视角过滤与处理的"文革"时期这一家人的遭际就不会是成人眼中的不堪状况。成人眼中的灾难在儿童这里可能显得稀松平常。在小波看来，家庭下放，家里被贴了打倒父母的标语，"文革"中父母被批斗，爷爷交代问题等事件都不是什么大问题。反而爷爷认真粘贴标语的场景以及爷爷要他描红练习的细节让人记忆尤深，备感亲切；因为"我"是一个观点和意识都不成熟的孩子，且认知极其有限，故当视点由第一人称"我"转到第三人称全知视点时，就能弥补第一人称视点因认知受限带来的局限性。但这样一来，当叙述在两个视点（成人视点与儿童视点）之间来回转换之时，文本内容与人物关系必然要随之变动。总之，成人视点赋予叙述以理性、常态，儿童视点赋予叙述以幼稚、非常态。小说就是在这种理性与幼稚、常态与非常态之间生成了全新艺术效果。

其实，自有"小说"这一文类以来，讲述式一直就是最为基础的、最常用的叙述语式，讲述式所具有的优点是显而易见的："一、讲述有鲜明的形式感，任何情况下讲述都会带给你一个现场感，人物、时间、地点、事件都是讲述人口中说出来的，有一种现场的证据感，有明确的真实感，在场讲述有一种气氛，读者容易置身其中。二、讲述者在场时可以调整故事与读者、人物与人物之间的距离，讲述可以把时间调得很远，保持一种幻想的遥远，也可以拉到面对面的耳语，一种口语的倾诉便有了亲切感。三、对于读者来讲可以放松，作为休闲，你可以担心人物与故事，也可置身事外，不必选择重点、要害与意义，因为讲述把握了一切信息，他会告诉你一切，你不知道的，他也会不知道。四、讲述是汉民族的一个文化传统，今天说它是一种非物质文化的遗存。你永远会保存那种传统文化的心态，从这个氛围里进入可以探索更多文化信息。五、讲述者虽然控制所有信息，但讲述也是散播信息。一个好的讲述文本，一定会有超出文本而优秀的思想等你探究和开发。故事是天然地契合于讲述的方式，这也是讲述同讲述的故事得以永久流传的重要原因。"[1]

讲述语式为"非物质遗产"（刘恪语）的一部分，值得我们好好地继承，还作为一个永不过时的艺术技巧，等待小说家们进一步创新。也正是从这个意义上，我觉得韩东的第三人称讲述语式，以感受统摄故事、人物、环境，以主观体验压缩情节，实现了传统第三人称讲述语式的向内转，给现代小说语言带来了新的审美效果。不但"感觉体验的东西""思想性的东西"大量进入语言系统，而且在语言形式上避免了陷入晦涩之途。

展示语式：独特的这一个

讲述和展示作为在中外小说史上产生重大影响的两种占据主导

---

[1]　刘恪：《现代小说语言美学》，商务印书馆 2013 年，第 356 页。

地位的叙述语式，一直以来就呈现为一个交替发展的过程。就一般规律而言，在某一时期内，若抬高讲述语式的地位，一般意味着对小说思想主题的重视；若突出展示语式的价值，一般预示着对小说文体或语体的重视。从整个现代小说发展史看，完全讲述式逐渐走向式微，而代之以展示语式的强势发展。在展示语式占主导地位的作品中，作者在作品中的声音进一步弱化，语言的审美效果和形式意义得到进一步加强。在新生代小说家群体中，韩东曾实验过纯粹的展示语式，作者对叙述的干预降到最低点，落实到具体的句子，就是人物的声音或词句本身成为被关注和表现的对象。

韩东的小说语言是叙述性的，但作者的身份和声音不在场，语词作为主角显示了人、物、事的状态及意义。句子不以修饰成分延展其长度。传统的主谓宾结构大行其道，而句与句的连接又绝少不合逻辑的随意跳跃。作者的叙述客观冷静，有关情绪、情感的流露和价值态度的评判几难见到。很明显，韩东的小说语式不是传统的讲述式，而是近于极致的显示式，所有内涵及语言效果都要借助"线性语言"得以显示。不妨举《描红练习》一例，对之略加说明：

a 日光灯管是白色的，墙壁和被单也是白色的。b 所有人的脸部都对日光灯反光，看起来更加扁平。c 外祖母鼻梁的高度似乎也降低了。d 房间里除了床还是床，没有其他任何家具。e 随身带来的包裹塞在床下。f 各家都在一根看不见的绳子上晾毛巾。g 各种颜色的毛巾晾出来，绳子也就显出来了。h 只有两个床头柜，上面放满各种药瓶、杯子、肥皂盒、发卡、眼镜、手电筒、书本、手纸和零食。i 一直蔓延到各自的床上。j 特别是那些女人，小波从来没有这么近地看过她们。k 也没见过这么老的老太太，比外祖母还要老。l 她坐在床上，一个女人在给她洗脚。m 为了使老太太的脚伸进水里，女人必须端着瓷盆。n 虽然父亲、外祖父不在，小波觉得同时有许多家长。o 哥哥不在，但小波有许多兄弟姐妹。p 很多年后，小波从一本书中读到：人类社会是由早期的母系氏族制发展而来的。q 不禁想起这个招待所之夜——孩子们围着母亲，或者母亲领着孩子围绕着外祖母。r 喧闹声又一次响起，响起。

如给这一段文字加个标题，可命名为"招待所之夜"。整段文字都在展现一种状态，因此，语言又是模仿性的。杂陈各种物件，但不加细描；交代几个人物，但不加任何点染。一切事物或人物的初始风貌显示自身，至于意义则隐含于文字背后，作者从不干预，也不评价，一切由读者借助文字去亲身感知。从 a 句到 i 句，是借助叙述者视野展现招待所房间中的人、事、物的状态；从 j 句开始，视点移动到小波这里，借助他的视界，显示了房间里人们的行为动态；从 P 句（"很多年后……"）开始，文本时间大幅拉长，叙述节奏大幅跳跃。这样，由对物的展现，到对人物行为的提炼，其人、物并存的立体感就非常鲜明地存在于语言中。这样的文字都是自主自足显示意义的，作者或叙述者仿佛压根就不存在；语词不带情绪，作者拒绝评价，一切到语言为止，这也就将一切附着于语言表面的根深蒂固的观念意识擦除掉了，从而显示了语言本身的"骨感"效应和"裸奔"状态。这样的展示语式，就其功能而言，无疑是极端而彻底的。从诗人韩东到小说家的韩东，其对语言的探索和实践也无疑走在了同类作家的前列。

展示语式突出的特征是，叙述者退场，不流露任何情感、情绪，不加任何主观评价，试图像摄像机那样记录人、事、物及彼此关系，极力追求纯客观效果。但在具体实践中，这很难做到。九十年代的"新写实小说"强调叙述的"原生态""零度情感"，就是一个极好的例证。但是，作为一个文学思潮的"新写实小说"和具体实践中的"新写实小说"实在不是一回事，后者也不可能完全像前者的理论口号那样去实践。事实上，两者的出入还是很明显的。包括方方的《风景》、池莉的《烦恼人生》、刘震云的《单位》在内的新写实代表作都不同程度地保有作者介入的痕迹。上述韩东的展示语式也仅在相对意义上显示了作者或叙述者的不在场，虽然韩东在具体的语言实践中还是有意识地驱除主观性的介入，但作者、叙述者视点在主人公之上，并以一种高高在上的角度和超然态度处理文本中的人物和事件。这都说明，既然虚构是小说的本质，展示语式也是这一审美活动的产物，完全客观、纯然展示的语言效果是不存在的。

元叙述：先锋的延续

叙述是对人事物及其关系的模仿，无论对一系列事件与行为的追踪，还是对世界的复制与注释，从整体上看，都会趋向对总体性、逻辑性、目的性的追求。"叙述在前面以各种模式活动，形成人物、故事、环境。其目的始终要构成一个整体。它受制于一个总体性的控制，最终叙述完成一个文本，一个叙述上的结果，一个可供阅读的平台，一个可供阐释的系统。"[1] 但叙述是个人性的话语行为，因而又是不确定的、不准确的、不可靠的。元叙述即关于叙述的叙述。元叙述作为一种语式，从局部修辞策略（比如中国古典小说中的"入话"，作者或叙述者的议论与评介）上升为一种风格或一种文体，是现代、后现代文化发展的必然结果，其功能之一便是充当叙述的反对者、解构者。"元叙述是一个寄生物，一个附加体，是增殖（语言）所产生的后果，元叙述是叙述的奴才，没有独立性，事物始初原本如此，但今天绝非这样。叙述的第一个掘墓人、第一个反对者便是元叙述。"[2] 二十世纪八十年代，元叙述作为一

① 刘恪：《先锋小说技巧讲堂》，百花文艺出版社 2012 年，第 157 页。
② 刘恪：《先锋小说技巧讲堂》，百花文艺出版社 2012 年，第 156、157 页。

种新式方法在马原、洪峰、苏童等一大批"新生代"小说家群体中得到集中实践。而在整个九十年代，在新生代小说家群体中，对元叙述的运用是较为普遍的现象。他们对元叙述的运用一般有以下几类：类似马原那种故意暴露小说写作经过的元叙述，类似李冯那种对前文本展开戏仿的元叙述，类似鲁羊那种消除明显技术痕迹的元叙述，带有符号标志的元叙述。作为新生代小说家最具代表性的作家之一，韩东对这种技术情有独钟且运用自如。单从形式上看，以下肯定是元叙述话语：

例一："我也许应该交代一下这篇小说中两个关键人物的现实处境及前途了（往往这是作者故意忽略之处）。"（《利用》）

例二："在这篇小说就要结束的时候陆小波想做以下的总结（虽然作为一个作家他知道更多的禁忌）：……陆小波继续思考——这个悲剧的性质在于：对生命的错误估计。"（《于八十岁自杀》）

例三："也许读者朋友会对我说：'喂，老兄，你不能就这么把这篇小说结束了！我们花了钱（买杂志）和时间（阅读）。'在此，我得对占用了他们的宝贵的时间表示抱歉。对他们认真阅读的精神我也充满了敬意。"（《去年夏天》）

例四："这篇小说的写作之始，我就设想赵启明是一个过去的人物。所谓'过去'，不意味着我对具体的历史遭遇有任何兴趣。与现实中人们的努力相反，赵启明不走向未来，他仅仅成为过去。"（《西天上》）

例五："作为即兴的评论家我还想向读者交代什么？方杰和左新民的对立关系形成了这篇小说的某种结构。……好了，在这篇小说中我的评论家职业到此结束。下面是故事。"（《单杠·香蕉·电视机》）

例六："即使这样仍有多种可能。一、余先生手持匕首威胁小范，搏斗中误伤自己。二、小范身怀利刃用以防身，在紧要关头刺伤余先生。三、余先生带了刀子自划，他压根儿也没想到用于小

范。余先生鲜血一流，小范马上就晕，正好趁机下手。"（《母狗》）

在九十年代前半期，《西天上》《母狗》《假头》《去年夏天》《于八十岁自杀》《禁忌》《单杠·香蕉·电视机》等都是通过对"元叙述"手段的精湛运用而实现了文本的艺术增殖的代表作。上述六个短篇都采用了元叙述策略，最常见的是在正常叙述中不时插入作家、叙述者或读者的议论、说明和总结性文字（一般在小说结尾处），以突显叙述者、作者或读者在文本中时刻在场（比如例二）；或者让作为作者代理人之一的叙述者脱离正常讲述流畅，而停下来评述小说中的人物、事件或关系（比如例一、例四、例六）；或者将读者因素引入文本，实现读者、作者、叙述者、文本彼此间的交流（比如例三、例五）。韩东对元叙述情有独钟，不过，他不是形式主义美学的追求者，不刻意追求在技术与修辞上的求变求新。其意图不在有意显示叙述的虚构本质，或仅为追求时髦，为形式而形式，而总是服务于对"真理"的揭示和对隐匿的可能性的探求。九十年代中期以后，此类实践渐趋减少，即使有，也消于无形，很难再像九十年代前半期那样容易加以识别与区分。这似乎也在表明，元叙述从未被其纳入小说本体的层面，而不过是被拿来一用，以服务于他所理解的"真理"的探究与表达。

韩东小说放弃对政治、历史、文化的直接书写，转向对日常生活与私人话语的表达，从而密密麻麻地布满来自生活的细节与碎片。小说就是在这些细节与碎片的组合、互联或碰撞中生成意义，而如何使之自足运行，"顺理成章"，则是作家首先要挖空心思予以充分考量的艺术问题。其突出表现是，为了使叙述中的场景、细节或人物站得住脚，小说中的叙述者经常中止讲述而对前述内容做必要说明或解释。比如，在《利用》第六节中，叙述者对两个主要人物的现实处境和前途的交代，实际上就是对前述几节中的某些环节做必要呼应，对接下来的讲述做必要铺垫，以确保其在叙述中的合理性。因为，无论前五节中对马文与段爱、马文和王艺之间关系的各自讲述，还是后四节中对马文、段爱、王艺之间关系的交叉讲述，都要有一个"过渡"（说明性的文字）加以连接。叙述者在完成两对关系讲述后，突然面向读者，介绍马文和段爱的处境和未来情况，既交代了马文的工作去向、交际能力、工作状态、身体状况以及他与王艺的交往形式，也介绍了段爱的长相变化、工作情况、业余生活、婚姻经历以及精神状态。这种交代与介绍实属必要，更能使前后所述合情合理，不至于导致叙述上的裂隙。有时也侧重以修辞方式服务于叙述的流畅运转。比如，在《单杠·香蕉·电视机》中诸如"好了，在这篇小说中我的评论家职业到此结束。下面是故事"，"本来左新民可以离开我们的故事了"一类话语的出现，就很好地达到了上述目的。

任何一个小说文本都是一个有待深入阐释的系统，其信息传播与意义最终形成都要在不同读者的阅读中完成，故读者也常常是作者在写作中予以考量的要素。这样做的好处是，勾连文本内外，容纳更多信息，以实现文本的交流特性。比如，在《去年夏天》中，小说将读者"声音"引入文本，让读者参与小说人物评判："我们做了什么倒无所谓，至少你得告诉我们常义的生死呀，那可是人命关天的大事，马虎不得。"于是，叙述者对之做了呼应："我深知他们对我信任，赋予了我判定人物生死的权力。同时我还了解他们善良的愿望，那就是不希望任何有名有姓的人在那场空难中死去。既然如此我就让常义那小子活着。"在此，叙述者（代理作者）和读者共同协商、妥协，最终决定了小说中人物常义免于一死。"他根本没有登机。他把当天的飞机票退了。显然不是由于他有着超常的预感能力，他把飞机票退掉以后直接去了郁红的那位女同事家。常义曾受到过明确的邀请，而她单身一人，因此二人的投合也不是什么冒昧反常的事。由于生活的热爱我们的朋友避免了一场灭顶之灾。"这样一来，不仅读者与叙述者、读者与作者展开了直接交流，共同参与"创作"，而且也使得文本与现实、想象与生活的距离瞬间拉近。文本反而成了作者与读者交流的媒介，不仅讨论常义之死，也交流其他内容。

韩东采用包括元叙述在内的各种策略，无非就是服务于对"关系"与被泯灭之种种"可能"的开掘。"韩东通过对关系的洞见、捕捉与表现，获得了一种观照和反思人的存在方式，并且成为支撑起韩东小说世界的内核。"[①] 也可以说，对"关系"与"真理"的探寻与表现始终是韩东从事小说创作所要达到的终极目标。无论《去年夏天》中所展开的关于"常义之死"的讨论，还是在《禁忌》结尾处有关马胜与金丰在某一天详细经历的补充叙述，实际上都意在展现小说中人物命运或生活的另一种发展可能。不仅主要事件或情节总是被置于编织的关系网中并予以审视，而且即便是一些细节或场景也是如此。在《母狗》中，有关余先生和小范关系的叙述，一个是借助小说中另一人物（细巴）传达，另一个是叙述者直接参与，但由于前者讲述不可靠，故叙述者（"我"）不得不屡屡予以补充。这就出现了诸如例六中针对某一细节或事件所展开的带有猜测性的分析文字。很显然，在余先生与小范之间所发生的性侵事件中，到底是谁刺伤了谁，存在多种可能。

综合语式：引发新一轮的叙述革命

新生代小说叙述语式越来越趋向综合，即在一部小说中，纯粹讲述式、第一人称讲述式、展示式、元叙述往往交融一体，而非仅仅表现为某一单个语式。这是因为，语式仅是一个调节叙述信息、控制叙述节奏的艺术手段，每一种都有其优长和不足。讲述式长于再现丰富广阔的社会生活，但不利于表现人物的内心活动；展示式适合进入内心，表现人物的精神世界，但对外在宽广的生活世界缺

[①] 林舟：《操练者的挑战——论韩东小说的叙事策略》，韩东著《树杈间的月亮》，作家出版社1995年，第417页。

乏必要的表现力；第一人称讲述式虽能部分地弥补讲述与呈现的弊端，但依然自闭于一个狭小的格局内，难以呈现大气象；元叙述使得叙述者获得解放，并有助于推进现代小说文体的革新，扩充经验表现领域，但对前文本的依赖也使得它难以在历史和现实（横向）、外在和内在（纵向）之间做出令人折服的成绩。现代科技，特别是媒介技术的大发展和人们生活、情感和思维观念的立体发展，使得我们在观察世界、认知自我、介入现实、进入内心的广度、宽度、深度以及方式方法方面都发生了翻天覆地的变化，那种封闭式视角和单一语式已经不适应时代发展要求了。语式的综合，意味着叙述视角的变化、话语层次的复杂性，显示了现代小说文体的变革与发展，归根结底是现代社会发展的必然结果。

韩东对综合语式的实践主要表现在两个方面，首先，最常见的是讲述式与展示式两种语式的结合。中外小说发展史都有这方面的经验教训，热奈特很早就认识到这两者是绝难完全割裂开的："展示"只能是一种讲述的方法，这种方法既要求讲述尽可能多的内容，又要求不留下讲述的痕迹……换言之，就是让人忘记讲述者在讲述。由此形成了展现的两大原则：詹姆斯式的场景的优势（详尽叙事）和（伪）福楼拜式叙事的透明度（典型例子有海明威的《杀人者》和《白象似的山丘》）。[①] 其实，作为叙述语式的讲述和展示，本身并无孰高孰低、谁先进谁陈旧之分。韩东早期的短篇小说常在两种语式之间跳跃，整体上看以"讲述"为主，然而，由于"作者声音"基本以隐匿或缺席方式存在，故"讲述"反而显得异常客观。这就形成了一个有意味的修辞现象，即语式在形式上看是"讲述"，而本质上却是"展示"。或者说，韩东以形式上的"讲述"，本质上的"展示"，给中国当代小说叙述语式的革新做了一次极有意义的实践。其次，多语式混杂。如果三种或三种以上的语式错杂

---

① ［法］热拉尔·热奈特：《叙事话语　新叙事话语》，王文融译，中国社会科学出版社1990年，第111页。

使用，视角、距离、节奏的控制就会趋于复杂，语言也因语气、语调、语体频繁变化而变得更为繁丰。这种现象在二十世纪九十年代以前比较少见。一般情况下，为求得语式的统一，小说家很少变乱语式，而以韩东为代表的新生代小说家却全然不顾这些，他们似乎不遵守约定俗成的套路，不但在整个语篇中大胆运用多种语式，而且即使在局部段落也是如此。这样的语式实践的确给人以眼花缭乱之感。在九十年代前半期，《西天上》《母狗》《假头》《去年夏天》《于八十岁自杀》《禁忌》《单杠·香蕉·电视机》等都是通过对"元叙述"手段的精湛运用而实现了文本的艺术增殖的代表作，实际上也是多语式实践的典型范例。

综合语式是多文体杂糅的直接结果，也与二十世纪九十年代以来的跨体写作潮流密切相关。九十年代后半期，《作家》《青年文学》《山花》《莽原》《大家》《中华文学选刊》等文学期刊大力倡导跨体写作，于是，"泛文学""超文本""凹凸文本""实验文本""模糊文体""无文体写作"等名称成为世纪末的一道亮丽的文学景观，其发起者和实践者的主力军是新生代小说家。进入二十一世纪，文体创新的冲动也一直断断续续地存在着，文体的杂糅成为一种趋势，散文、诗歌与小说之间的融合最为常见，报告文学与小说的融合最终形成"非虚构写作"潮流，现代媒介与小说文体的结合使得网络小说获得了长足的发展。毫无疑问，跨体写作具有一种文体革命的意义。"它以跨体文体形式突破传统文体界限，带来文体的解放，在多体混成、形象衍生、诗意缝缀、异体化韵中展示新的意义表达可能性，使特定文本之内似乎还蕴涵多重文本或超级文本，从而深化和拓展中国现代汉语文学的美学境界。"[①] 在这种背景下，一部小说往往杂糅多种文体，语体样式和风格也趋于多元，如何整合这些文体和语体，使之成为一个艺术有机体，在众多艺术手段中，多语式的灵活运用就显得尤为重要。那么，又如何做到语式

---

① 王一川：《倾听跨体文学潮》，《山花》1999 年第 1 期。

运用的繁而不乱并产生"形象衍生""诗意缝缀""异体化韵"之效果？首先应当确立语式的主次地位，即要从讲述式、展示式、元叙述、干预式等众多叙述语式中选择其中一种作为主导语式，以此为中心，根据审美意图和文体需要，灵活采用其他语式，切忌滥用。

　　语式的综合不是形式要素的简单聚合，而应是思想、心力及艺术的创造性生发。但以李洱的《遗忘——嫦娥下凡或嫦娥奔月》、林白的《玻璃虫》和海男的《男人传》为代表的新生代跨体实验文本尚处于为形式而形式、为实验而实验的层面上，有些文本甚至有哗众取宠之嫌。这种"玩文体""玩形式"的做法直接造成了语式运用的混乱，由此带来的直接后果之一就是，破坏有余，建设不足，并不益于现代小说文体的正常发展。如何认识文体的"陈旧"与"创新"？巴赫金的论述对我们颇有启发性："一种体裁中，总是保留有正在消亡的陈旧的因素。自然，这种陈旧的东西所以能保存下来，就是靠不断更新它，或者叫现代化。一种体裁总是既如此又非如此，总是同时既老又新。一种体裁在每个文学发展阶段上，在这一体裁的每部具体作品中，都得到重生和更新。体裁的生命就在这里。因此，体裁中保留的陈旧成分，并非是僵死的而是永远鲜活的……"[①] 以此类推，回到语式上，也可作如是观，即任何一种语式都有其特定的历史发展过程和艺术表现上的优长，陈旧不意味无价值，前卫也不意味一定成功，它总是以既老又新、既留存又延续的方式在文学发展的漫长历程中辩证地存在着、发展着。那种极端的实践和武断的评判——讲述式就是落后的，展示式就是先进的，或者单一语式就是落伍的，综合语式就是进步的——都是不切合文体发展规律的。总之，如同文体变革一样，语式也总是在变与不变中不断获得"重生和更生"。

---

① ［苏］巴赫金：《陀思妥耶夫斯基诗学问题》，白春仁、顾亚铃译，生活·读书·新知三联书店 1988 年，第 156 页。

第十章 艺术论

第一节 智性：突出的叙述品格

韩东小说偏于智性叙述，并以此显示了他在九十年代以来小说创作中的重要地位与独特价值。早在 1994 年，就有学者对这一倾向给予高度评价："如果说韩东是新状态的骁将，那么，他在晚生代作家如潮涌起的时候，对文坛的贡献便是开辟了这样一种写作的方式和风格，在新时期的小说写作史上，韩东似乎还是第一位这样表明，小说是智慧的产物。"[①] 时至今日，韩东已经创作出了五十多部中短篇和六部长篇，即使纵观其所有小说，这一论断也依然有效。在未来的文学史格局中，韩东大概仍然会以"智性叙述"而被记录与评述。

人物：作为媒介或工具

韩东小说不缺各类小人物，但性格刻画从来不是他的兴趣所在。韩东曾说："我写了 30 多部中短篇，写了几个无聊的城市青年、两个猥琐的男人和一个无辜的女人、一个卑微的怀春少女、一个苦难的文人及他的死亡、一个垂危的病人及她的死、一对绝望的

---

① 　晓华、汪政：《智性的写作——韩东的小说方式》，《文艺争鸣》1994 年第 6 期。

恋人、一场无意义的骚乱、一个痛苦的单恋者、一个死囚、一只微不足道的动物、一个丧失名誉与前途的人、一个婚姻的失败者和一个精神胜利的单身汉。我在文章中说，我的人物皆是穷途末路者，身份卑微，精神痛苦。我以为得意的人特别乏味。"①韩东对形形色色的"穷途末路者"予以审美观照，不仅细致描述其言行与精神状态，还以极富穿透力的笔触呈现了凡俗生活、庸常人生或平常人性背后被人们所忽略或不易察觉的种种"真实"。小说中的小人物不过是作者借以表达某种非常态理念、某种关系的媒介与工具。比如，《新版黄山游》以近乎流水账方式记述了两对情侣游黄山的平常经历。游山过程索然无味，更为尴尬而艰涩的是，他们缺钱，找不到过夜的铺位，好不容易找到了，又缺乏安全感。这就揭示了有关黄山游的另一种真实：不同于人们想象中的美好、浪漫、诗意，而是枯燥、乏味、劳累。与此相似，《三人行》中三位诗人于春节期间的南京之行更是平淡无奇、庸常无聊。他们玩手枪、吹牛、放鞭炮，砸错别人的门而遭到大学校卫队的追捕，可以说，他们的言行与经历既不美好，也没有特殊意义。他们没有思想，没有追求，一切都平凡而庸常。作者就是要呈现这种庸常、无聊、无意义。韩东以个人视角、日常体验致力于历史的再建构和现实的再发现，而在此过程中，依靠"虚构"所生成的"无中生有""把真写假""写飘起来"等理念或策略，形成了在对待"人物"这一基本要素上完全不同于当代小说家的审美观。

故事：作为手段或方法

　　韩东小说也从不乏故事，或者，"故事"也是其在从事小说创作时所格外看重的基本要素。但对故事情节的经营从来不是其兴趣所在，相反，他小说中的故事大都是逆情节发展的，且常以打破读

---

① 韩东：《我的中篇小说》，《我的柏拉图》，陕西师范大学出版社 2000 年，第 2 页。

者预期方式最终将之突然断开甚至引向不知所云。其实，在他的小说中，故事如同"人物"一样，也仅是一种手段，其出场主要是功能性的。它既不用来推进情节发展之需要，也不服务于角色塑造或主题营构，而主要是作为文体的基本要素辅助于上述"关系"诗学的建构，而一旦某种叙述目的或效果最终达成，"故事"也就寿终正寝了。也就是说，故事本身的起承转合以及故事与故事之间的逻辑关系（因果、递进、并列关系等），不是韩东小说所侧重关注的。如此一来，故事的传统功能（推进情节发展，辅助人物性格塑造，吸引读者阅读，等等）也就被彻底消解了。比如，在《恐怖的老乡》中，路民与凶手是如何相遇的，凶手是怎么行凶的，路民为什么要帮凶手抬尸体，等等，都是为读者所感兴趣的话题，但这些都被作者有意忽略或干脆弃之不讲。在《农具厂回忆》中，母亲随工作组进驻农具厂，一周后，贪污犯杨厂长吊死在木工车间里。在此过程中，她与杨厂长及其党羽的明争暗斗，她所受到的威胁，本是最容易将故事讲述得一波三折的地方，但作者似乎也有意绕过不讲。在《母狗》中，小范和余先生之间的情感纠葛本可浓墨重彩地写一笔，但有关这方面的细节、场景以及人物心理活动的细致描写在小说中几乎看不到。在《房间与风景》中，怀孕的莉莉与窗外的窥视者之间并没表现出多少实际的冲突，甚至对窥视者坠亡、莉莉早产这类不同寻常的事件作者也仅一笔带过。在长篇小说《扎根》中，一幕幕场景与生活细节构成了整部小说的主体内容，既无故事（情节）的一波三折，也无人物命运的大起大落，一切皆表现得平淡而松弛。而《曹旭回来了，又走了》《太阳妈妈，月亮妈妈》《归宿在异乡》《挟持进京》《绵山行》这类短篇，不仅情节极其简单，而且那些在一般作家看来琐碎没意义的材料也被整合进叙述中。以上可看出，韩东不追求故事性，尤其避免在故事的起承、冲突、陡转方面浪费笔墨，因而，其绝大部分小说不以情节取胜。总之，他以极富节制、平淡与松散的叙述彻底消解了故事本身的连贯性、紧张感与完整性，从而突显"讲述"（而不是"故事"）在意义生成中的本体地位。

"我"：作为代理或内视点

韩东的很多小说都以第一人称"我"为视点展开叙述，但这里的"我"实际上就是作者本人在小说中的"代理者"，而且常身兼作者、叙述者与主要人物三种角色于一体。这就是为什么我们时常感觉韩东小说虽情节简单但内容并不单薄的根本原因了。比如，《西安故事》中的"我"完全可以看作是那个早年在西安工作时的韩东，因而小说所反映的情调、语气、氛围都带有"我"之生命色彩，特别是征引丁当诗歌入小说（丁当是韩东在西安认识的最好的朋友之一），述及写作《有关大雁塔》的某些情况（《有关大雁塔》正是写于这个时期），以及类似"短短的两年时间，可供此后十二年的回忆之需"，"十二年前的西安，我来到大雁塔脚下的一所学校教书"等纪实性话语的屡屡出现，都使这个小说带有突出的非虚构特征。像《掘地三尺》《树杈间的月亮》《小东的画书》《扎根》《知青变形记》《描红练习》等下放题材小说中的"我"也大都带有童年或少年韩东的影子，或者说，正是因为韩东早年长期生活于乡下，并对那里的一切耳熟能详，故一旦借助小说中的"我"（即作者在小说中的代理）将之讲述出来，并付诸对生活细部与细节的深描，就呈现了有关"文革"书写的另一种真实。长篇小说《我和你》以韩东的一段感情经历为主要素材，显然小说中的"我"在一定程度上也带有作者的自传性。一个突出表现就是，"我"对爱情及自身存在的认识，与现实中韩东对"爱情"本质的探讨，其相似度真是如出一辙。单就这一点而言，作为作家的韩东与作为小说叙述者、人物的"我"在认知与意识上实现了部分重合。

叙述：走向开放与多元

韩东善以开放性的叙述营构立体化的小说空间。在他的小说中，作者、叙述者、人物、读者等基本要素往往被带有先锋色彩的叙述恰到好处地整合在一起。但他的这种叙述又与马原、洪峰、格非等早期专注小说形式探索与实践的先锋小说家们不同，韩东从不为形式而形式，尤其对叙述圈套、叙述游戏一类的策略不感兴趣，而总是以朴素、明晰的叙述，特别善于以恰到好处的议论、说明或总结性的话语，服务于艺术效果的充分显示。也就是说，他的小说虽然也擅长运用"元叙述"这类叙述语式，但丝毫不见马原式的叙述游戏、洪峰式的语言晦涩以及格非式的迷宫。比如，在《利用》第六章中，叙述突然被打断，小说借助叙述者口吻——"我也许应该交代一下这篇小说中两个关键人物的现实处境及前途了（往往这是作者故意忽略之处）"——对马文、段爱的近况及未来做了概括性说明。这种以近似全知视角所展开的说明实属必要，因为它类似背景或梗概，不仅对前文中的相关内容做必要衔接与阐释，而且还对后文中人物的遭际做必要的补充与预言。在《于八十岁自杀》结尾处有这样的文字："在这篇小说就要结束的时候路小波想作以下总结（虽然作为一个作家他知道有关的禁忌）：……"这实际上借助路小波的评述（与作家韩东在身份上的重合）对小说中的人物之死做另一种评判，从而将小说主题与意蕴在已有基础上转向新可能性的探索。《新版黄山游》文末附有"注释一""注释二"：前者交代"我们"下山过程及所见所感，特别详述了"我"错把癞蛤蟆当成石鸡的经历；后者交代该小说的创作情况及发表过程，这就打破了真实与虚构、作者与人物的界限，但无论注释一中的作结，还是注释二中的感谢与道歉，其实都指向了这次黄山游及有关黄山的平淡无奇，因而归根结底还是服务于小说意旨的营构。在《禁忌》的结尾处，小说补述了马胜、金丰在一个美好秋日的外出经历，在回家的路上，金丰遭到军用卡车剐蹭，后不得不住进医院。但这部分内容（共四段文字）都是虚构，即设想未来某一天他俩可能发生的事情。其中，马胜对"天天"的呼喊，以及金丰对"马胜喊了天天"的指认，与正文中两人在做爱高潮中呼喊另一个人的名字的细节（马胜喊了"天天"），以及在"我"的小说中所展现出的同类场景，构成了一个有意思的呼应。在此，生活与虚构融为一体，虚虚实实，真假难分。此外，在《母狗》中，叙述者不断停下来，对小说中人物（小范、余先生、范高、范潮等）的命运遭遇及最终结果做介入式分析或评判，在《去年夏天》第七节中叙述者直接与读者展开对话："也许读者朋友会对我说：'喂，老兄，你不能就这么把这篇小说结束了！我们花了钱（买杂志）和时间（阅读）。'在此，我得对占用了他们的宝贵的时间表示抱歉。对他们认真阅读的精神我也充满了敬意。他们大度地说：'我们做了什么倒无所谓。但至少得告诉我们常义的生死呀？那可是人命关天的大事，马虎不得。'……"在《西天上》中，叙述者将"我"的创作笔记引入小说："这篇小说写作之时，我就设想赵启明是一个过去的人物……"，"……因此小松从那里抢走了视角，并把赵变成自己视角内的一个人物。小松的叙述位置不一样。他位于事物的终点，因而和事物是有距离的，造成了巨大的空白或空间"。这种或突然中断叙述，评判人物，或邀请读者参与小说进程，或自觉暴露创作过程的艺术实践，都是文本趋向立体、开放的典型例证。总之，韩东以其对叙述艺术的先锋追求，特别是以对小说架构的智性设置，显示了现代汉语小说叙述艺术发展的新可能。

其他：细节里的智慧

除上述几种特点外，韩东小说也以对叙述节奏的有效控制、戏剧化白描、反转式结尾等艺术手段给小说写作带来全新可能。节奏控制，即韩东的叙述善于依序正常的线性时间，辅之必要的技术手段（比如介入式评述、元叙述），于正常叙述与反转叙述之间，突显叙述（而非叙事）之于小说的意义。比如，他经常采用的一个叙述策略，即一开始就让人物悉数登场，并赋予其某种目的和愿望，而接下来的叙述就以此展开，但最终人物的目的和愿望不但事与愿违，而且往往南辕北辙。小说正是在这种叙述的反差中生成意义，开启新可能。戏剧化白描，即韩东的小说基本不对人物的心理活动展开细致描写，而总是以白描手段具象地呈现与之相关的种种关系与生活细节。反转式结尾，即韩东小说善于在行将结束时自动断开正文正常的演进过程，以另一种完全不同演进模式重新开启另一种可能性。①

第二节　关系：一种小说诗学

马克思主义认为，人的本质在其现实性上，它是一切社会关系的总和。世界是联系着的，联系是普遍存在的。大千世界，芸芸众生，无不处于联系的关系网中。没有人能够逃离"关系"，"关系"就是存在的一切。古今中外的文学家就是在对人与人、人与事物、事物与事物之间各类"关系"的审视与书写中，不断探索与展现生命、世界、宇宙的存在之纬、存在之理或存在之妙。对"关系"的探索与建构更突显了韩东小说在艺术上的独特性。韩东所有小说都是以"人物"为审美触点，以人物与人物的关系为基本线索，以各种"关系"交叉而形成的网络为基本骨架，既而趋向对各种特殊"可能性"的发现与建构，从而最终呈现一个崭新的艺术世界。其实，从诗歌到小说，无论对"关系"的发现与建构，还是对"关

① 有关这方面的分析在吴义勤的《与诗同行——韩东小说论》中有详细论述，此不赘述。

系"的剥离与拆解，都是其艺术实践中极富特色的创新活动。这是一种生成于小说内部的艺术，是一门学问，或曰："关系"诗学。

韩东善于通过对人与人之间关系的审视与编排，致力于从为人们所司空见惯、习焉不察的现象中揭示出某种"真实"。因为求真是人们最朴素的愿望。他的小说就是首先在对诸如我是谁、你是谁、关系如何、什么是爱、什么是性等一系列看似无关紧要实则人人都经受过但不自知的"真问题"的探寻与回答中显示了其独特价值。它让人突然醒悟或明理，它让人深以为然，并从懵懂中获得自我解放。《同窗共读》（短篇）、《同窗共读》（中篇）、《利用》《禁忌》《恐怖的老乡》《农具厂回忆》《房间与风景》等小说都致力于"关系"诗学的建构。以同题小说《同窗共读》为例，无论前者以苏青、蔡冬冬、孔妍、马霞、曾伟、郭洪涛、许德民、小张等共八个人之间的复杂关系展开叙述，还是后者对米米、林红、宋晓月、末末之间彼此互联互涉的"间性关系"的展示，都是因对"关系"的逐层建构而直达某种人性"真实"或"本质"的典型文本。短篇小说《同窗共读》虽涉及"校园爱情"这样的常见主题，但小说的侧重点不在此，而是侧重对林红与末末、末末与宋晓月、林红与刘全等几对关系的讲述，以精准的语言着力描述人与人之间在相处时的微妙关系和因这"关系"而生成的动态网络。因为网络中每个人的变动都可能引起其他"关系"的变动，探求这种"变动"可能，即为小说叙述所努力的方向。在《利用》中，马文、段爱、王艺彼此以"爱情"名义相互背叛和"利用"，即以对对方的利用而达到个人不可告人的目的。虽然他们都以此为手段最终实现了各自的目的，但彼此之间的勾心斗角、尔虞我诈最终葬送了有关爱情的所有美好。人与人之间的关系如此赤裸不堪，给人的反思是异常深刻的。显然，这种效果的取得正是得益于小说对三人关系的精心经营与详尽展示。《恐怖的老乡》至少存在四种"关系"：路民与凶犯、路民与导演张生、路民与花儿、路民与"我"。小说正是通过对这四种不同层次关系的层层铺展与交叉叙述赋予文本以间离效果。在《农具厂回忆》中，母亲、小培、张延凤、张书记、锁匠等人的故事既各自独立，又彼此关联。母亲与张延凤、母亲与小培、母亲与张书记、小培与锁匠的"关系"是显在的，而母亲与农具厂厂长、张延凤与锁匠、张延凤与女儿的"关系"则是隐在的，小说通过这一显一隐关系的交叉讲述从而赋予"历史"以及"历史中人"以别样风貌。

韩东也善于虚构假定性情景或场景，编织构架明显但关系复杂的情节，致力于某种"理"的揭示。也可以说，"关系"也就是某种"理"的外显形态或某种"可能性"的生成背景。对男女关系的思考与探讨，可谓倾注韩东毕生心血。而由作为个体的男女关系的思考上升为对普遍意义上的男女情爱（或性爱）关系的思考，则更是突显了韩东小说趋于理之表达的鲜明倾向。《交叉跑动》《房间与风景》和《我和你》都是致力于探寻"理"、发现"理"、揭示"理"的代表作。在《房间与风景》中，莉莉与窗外的建筑工人自始至终处于一种紧张对立的关系之中，而彼此之间的窥视与反窥视关系正是对现代都市人生存境遇与精神处境的形象隐喻。对莉莉而言，她无处可逃，不得不面对，不得不妥协。最后，那个窥视者意外摔死，莉莉生下一个失聪的婴儿，恰是对这种"关系"最终演变结果的生动寓言。在《交叉跑动》中，李红兵先是因与众多女性糜烂不堪的男女关系而锒铛入狱，出狱后，想规规矩矩谈一场以彼此充分接触与了解为前提的恋爱。但李的恋爱对象毛洁有关爱情的体认正好与之相反，当毛因恋爱失败而急需肉体安慰时，李的理念与状态就很不合时宜了。李被毛纳入预设的通道，只是寻求一种身体上的安慰，李无从从毛那里获得真爱，故李的突然逃离实乃必然。这似表明，人与人在情感上的相遇、相交，时常遭遇肉身与灵魂（爱情）的分离，要么肉身安在而灵魂（爱情）游移，要么灵魂（爱情）安在而肉身已去。你所求的未必是他所要的，你所要的正是他所弃的。这一切都不由人定。身不由己也乃常态。

韩东沉溺于种种关系的发现与描述，旨在展开关于种种"可能性"的探寻与表现。关系是隐含的、内在的，如同神启般的诗意，一旦发生或降临，就给人豁然开朗之感。比如，在《反标》中，"反标"是谁写的，承担怎样的后果，已非小说展开的重点，其意义在于围绕老师、同学、两个孩子与"反标"的关系所展开的故事发展方向。它是在看似不可能的地方重新开始了讲述，而结果竟然变为可能，即两个孩子为拿排球进入教室，一个孩子随手写下一句标语，另一个孩子通过改动标点，将之改成了"反标"。游戏中的偶然举动改变了事件的性质和发展方向，荒诞由此产生。《杀猫》写了一个虐待狂的杀猫举动，但他杀猫的动因（或许因为那封未至的信、扰人的电话、那个没文化的钳工或那些无关紧要的游乐园优惠券）和结果（"没有人知道猫到底死了还是活着"）都不明确。"可能性"隐于文本中，到底是何种动因，结果如何，需要读者去探讨。《假发》叙述了大学教师胡延军出于好奇和好玩而戴上假发后的种种遭遇与感受。他先是兴奋，既而苦恼，最后陷入极端尴尬境地，他在情绪上的这种大起大落的变化过程，是小说所着力营构的重心所在。生活由常态向非常态转变过程中，究竟会生成哪些"可能性"，是作者最感兴趣的话题。在《中国情人》中，瞿红和张朝晖的相遇、相爱就极其离奇。富家女瞿红因内急而四处寻找厕所，不巧就闯进了一艺术家聚集的小村子里。接下来所发生的事一环扣一环：常乐为瞿提供方便，常乐领着瞿去张朝晖处，瞿看到了张画的盘子并为之着迷，瞿与张同居（每次做爱，依靠抚摸那个画盘获得高潮），瞿全力支持张，张离国去美，十几年后张回国，两人旧情重燃，张不理解瞿的堕胎行为，张、瞿再次分离，常乐与瞿红结合并一同赴美……在此，每一环节都有多种发展可能，每一种可能都让人称奇。

美国作家哈利·伯纳特说："验检自己是否有故事可写，主要是在每篇正在构思的小说中找出一次'爆炸'——这'爆炸',或许悄然无声,有时姗姗来迟,有时摧毁一切——但总有东西爆炸了,从而改变了现状。要么开头,要么中间,要么结尾,总会有一次爆炸,把各个部分都炸离原来的模式——人物的生活节奏打乱了,周围的一切乱成一团,而就在这天翻地覆之中,'那么一种人经历着那么一种境况',而作者的创作技巧也必定从中发现或暗示某种解决。"[①] 韩东小说内部"关系"诗学的无穷魅力全在于那意想不到的"内爆点",即一件看似不经意的小事或琐碎的生活场景,一经作者奇妙构思和艺术加工,只因某一点(一句话、一个场景、一个细节等等)的艺术化呈现,便瞬间勾连起全篇,使得前后所述,甚至每一条纹理,都焕发了神奇的内在播散力。比如,《反标》中小孩子随意改动标语标点的举动,小说因为这一"内爆点"而瞬间改变了一切,偶然的举动反客为主,由边缘入驻中心。于是,小说内部各种"关系"瞬间收拢,此前有关"反标"是谁写的、怎么写的、什么后果的背景预设,都被这一突如其来的"内爆"所摧毁,荒诞感由此而来。这种以简单映现复杂、以现象呈现本质的艺术构思不仅尽显了小说作为叙事的无穷魅力,也呈现了小说作为修辞的艺术奥妙。

在韩东小说中,诸如人与时间、人与空间、人与社会、人与物、人与人(他人与他人、自我与自我、自我与他人)、人与动物等诸多"关系"生成与展开,以及其中意义的延展与辐射,其最终指向往往涉及较为宽广的心理学、社会学、哲学命题。如果说以《房间与风景》(人与空间)、《航天》(人与空间)、《交叉跑动》(人与人)、《花花传奇》(人与动物)、《美元硬过人民币》(人与社会)为代表的中短篇小说尚局限于单一维度的开掘,那么,以《扎根》《我和你》《爱与生》为代表的长篇小说趋向于综合性、立体化的

---

① [美]哈利·伯纳特:《短篇小说之我见》,[美]狄克森、司麦斯合编《短篇小说写作指南》,朱纯深译,辽宁教育出版社1998年,第122、123页。

形而上维度的全面拓展。其中，长篇小说《爱与生》堪称实践关系诗学的集大成者。在这部小说中，作者既静心编织张军与果儿、果儿与齐林、齐林与张军这三者之间的关系，又以此向外拓展，将果儿与前男友、张军与肥婆、王克念与李萍、果儿与李萍几对"关系单元"纳入这个网络，从而营构了一个复杂而有意味的关系网。在这个关系网中，无论作为主要人物的果儿、张军、齐林，还是作为次要人物的肥婆、王克念、李萍、果儿的前男友，作为一个个交叉点，其角色功能都是不可或缺的。其中任何一个"点"的变动都可能引发网络格局的变化。正常情况下，果儿、张军、齐林三者之间彼此由陌生到熟悉的演变过程可能发生的概率极小，更何况作者要在三者之间加入爱情、忏悔、修行、救赎、轮回、因果等命题，并使之实现正反转化，而通过作者讲述，要使这些不可能变为可能，而且要合情合理地发生、演变，并融入有关这些命题的思考，这是极富难度的艺术探索与审美实践。韩东说这是他写过的最好的一部小说，我觉得此言不虚。韩东在这部小说中对每一种"关系"予以充分思考和精心编织，以偶然、奇遇、呼应、反转模式勾连各种关系，营造戏剧化效果，既而推动种种不可能向可能的转化。这一实践堪称神奇。

第三节　诗入小说：一个典型特征

在新文学史上，诗与小说在文体上的杂糅是一个颇为常见的现象。比如郭沫若、废名、徐志摩等作家的早期小说都带有突出的诗化特征：淡化情节，甚至没有情节；只表现自我情感，甚至没有主题；只呈现某种意绪，甚至只是一些潜意识碎片。所谓"诗化小说"的命名即是基于这方面的考量。废名的《竹林的故事》、汪曾祺的《受戒》、沈从文的《边城》完全可以当作一首首长诗来读。

因此，若抛开篇幅不计，那些融汇诗歌要素的小说，或以诗歌方式写成的小说，完全可以看作是诗歌的另一种呈现方式。诗歌对小说的影响与渗入不仅表现在具体技法上，还表现在内在精神上。就后者而言，小说与诗歌不仅在文体上形成互融效应，也在内容、主题、思想的营构方面产生互文式的张力效果。

一

韩东小说在文体上的一个典型特征就是，他时常将自己或他人创作的诗歌引入小说，从而使得小说在文体上杂糅诗歌的特质。他不仅以诗歌方式从事小说创作，从而使得他的小说从修辞到内容，从细部到整体，都深深刻印下了诗歌的印痕，还以诗歌对小说的全方位渗入，形成了全新的小说文体。因而，若研究韩东小说叙述艺术，对其文体中诗歌要素及其功能的分析，就是不可或缺的重要一环。吴义勤很早就注意到韩东的诗歌方式对小说方式的内在影响："小说正是韩东的另一种写诗的方式，是诗对于小说的主动进入，也是小说对于诗的主动迎纳。实际上，在韩东的艺术世界里，小说和诗是合二为一的。"[①] 不过，诗歌方式对其小说方式究竟构成了怎样的影响，在语言上有哪些体现，生成了怎样的效果，他并未做具体考察。这不能不说是一个遗憾，因为要考察韩东小说，其诗歌方式对小说语言的影响是绝对不能忽略的。倒是另一位韩东小说研究专家林舟稍有涉及："在韩东的小说叙事中，我们不难感受到诗的语言方式对小说的语言方式的渗透，复沓、空白、跳跃、凝缩、切换等在韩东的小说叙事中，形成了独特的语言外观和叙事节奏，韩东小说语言的独特性包含其中。"[②] 但他也仅是一笔带过，未充分展

① 吴义勤：《与诗同行——韩东小说论》，《当代作家评论》1996 年第 5 期。
② 林舟：《操练者的挑战——论韩东小说的叙事策略》，韩东著《树杈间的月亮》，作家出版社 1995 年，第 417 页。

开论述。

诗入小说，首先表现在诗歌理念对小说的侵入。我们知道，在当代文化场域中，韩东不仅与官方的主流意识、文化场域中的传统思想谨慎地保持距离，也对自我崇高化的知识分子形象和话语以及种种含有等级秩序的意识形态没有任何好感。在具体的诗歌写作中，他以民间立场和个人化视角，以近于写实的笔法，对九十年代以来社会变迁，特别是人们的日常生活和精神状态做了充分描写，对附着于崇高之上的霸权、伪善、虚假予以讥讽与批判。二十世纪九十年代，韩东创作重心由诗歌转入小说，其写作理念并没有发生明显变化。个人化表达与民间立场依然是其在小说创作中所秉承的基本理念。"我指的是那种由诗人身体引发的，出自他内部的东西，是撇开不同的文化背景也能感觉到的东西……我理想的文学不应是有赖于任何知识体系的，更不是知识体系本身或是它的一部分。"① 回到日常生活，回到事物本身，回到具体的个人世界，并以个人方式展开与自我、生命、世界的对话。因而，他的诗歌和小说完全可以看作是同一理念指导下的两种不同表达手段。或者说，无论以诗歌方式介入生活，还是以小说方式呈现生活，其终极目的都是一样的。

诗入小说，尤其表现在韩东对诗歌作品的征用。韩东将自己的诗歌植入小说，既可看作是一种有意识的修辞行为，也是主体审美意识与延展惯性使然。因为在韩东看来，诗与小说是互通的，有些时候，诗即小说，小说即诗，所不同仅在二者表现方式与手段不一样而已。由此出发，韩东总是根据叙述的需要灵活引入自创或他人的诗歌。诗在他小说中的位置有时在开头，有时在中间，有时在篇末。有时植入一首，有时植入多首。有时引入自创的诗歌，有时引入他人的诗歌。诗歌在其小说的位置不一样，那么其在文本中的作用即不一样。

---

① 韩东：《论民间》，《芙蓉》2000 年第 1 期。

其一，用诗歌作为题记，以起到点题、烘托背景或突出某种主题之作用。这又分几种情况：一是用自创诗歌中几句作为题记。比如，《烟火》在开头引入同名诗作——"我想你证明我怎样善于拥抱，温柔体贴／甚至能让你毫无风险地从平台上飞起／就像美丽的烟火在我母亲的窗口起落"。二是将自创诗歌中某一部分或整首诗置于开头。比如，《房间与风景》以《三月的书》中的诗歌——"整个三月，工地日夜不停／让我们向往四月的大厦／而书中已预言了它十六种方式的倒塌"——作为题记，都可以看作是对小说内容和主题趋向另一向度的拓展或延伸。三是用他人创作的诗歌。比如，《西安故事》以丁当《故事》中的诗句——"但是你不要带走这故事／我要写出来／让大家去读"——作为题记，《为什么？》将于小韦《困顿》中的三句——"树／在五点时／倾斜着"——引入篇首。无论以自创诗歌为题记，还是以他人诗歌为题记，都将现实文本与他者文本勾连在一起，故其文体功能与叙述学意义都是相似的，即既可与历史文本形成呼应，又可与现实文本构成即时互文，从而有效拓展了表达的空间。题记绝不是可有可无的，作为叙事要素之一，其功能既可指涉细部，亦可辐射全篇。一般而论，若以几句诗作为题记，其作用多为点题或烘托背景；若将某一首诗或一首诗的某一部分置于开头，其用意多为突出、强化、辐射或补正正文内容与主题。比如，在《农具厂回忆》中，《木工》原本是韩东写的一首诗，表现了木工工人的工作环境（凌乱、沉闷、封闭）和职业状态（劳累、机械、压抑），被全文引入小说后，它就具有了双重功能，即既可作为一个自足体系而存在，也是小说体系的组成部分。小说讲述了小培的母亲和张书记发动审查与批判运动，并涉及农具厂里各类人的精神风貌和人事纠纷，然而这一切就如同《木工》所描写的封闭的车间一样，发动者终将被自己所制造的像"刨花"一类的产物所掩盖、所消解。《木工》与《农具厂回忆》在内容、主题及情调方面有相似之处，故二者就构成了彼此阐释与映照的互文效果。又比如，在《前湖饭店》中，《在丁市》中的诗句——"在丁市，生活于朋友们中间／免于经济动物们的伤害／没有足以警戒他人的奋斗史／我只是来玩乐"——被置于开头，其内容与情感基调正好与正文中的表达形成相互映衬关系：在丁市，"我"被卷入一场饭局中，不仅人身自由被剥夺，就连自我意识也被莫名其妙地束缚于无形中，而这恰恰与诗中所述完全相反。这种经由互文所产生的意蕴张力耐人寻味。

其二，在文中插入一首或多首诗歌，以呼应、补正或诠释"正文本"之内容、主题或思想，从而在文内形成互文效应。比如，在《西安故事》中，从题记到文末引入诗歌达十次之多，这在韩东的中短篇小说创作中是比较罕见的。正文讲述"我"、刘吉、老荒的交往故事，可称之为"正文本"；由诗歌组成的副文本从不同角度或再现往日场景，或表现某种情感，或回溯某种记忆，或抒发一己感受，可称之为"副文本"。在此，正文本与副文本不断交叉出现，不仅以一显一隐、一主一次方式建构并呈现"西安故事"之内核，也以其自足性存在将文本外的世界引入小说，以补正文叙述之不足。更重要的是，文中诗歌大都有确定的现实指向性，带有突出的非虚构性，比如丁当的诗。这就使得现实与想象、历史与虚构融为一体，从而营造出了似真似幻之艺术效果。可见，将诗歌文本植入小说，并非单纯的形式问题，而是进一步拓展了小说的叙述空间，从而在更为立体而真实的维度上将自我、历史、现实融为一体，并有效实现众多文本之间的关联与对话。需要特别强调的是，韩东征引他人诗歌，还有表达对友人人品的敬仰和诗艺的欣赏之目的，比如，上述征引丁当、于小韦的诗即是如此。这是友谊的见证，也是最好的纪念方式。

其三，在结尾处或附录中附以诗歌，以呼应正文或延续正文。比如，在《小东的画书》结尾处有长诗一首——《轮回三章之一——叙事》。《叙事》共二十节，八十句，是以诗歌形式，对正文内容的复述，也即浓缩版的《小东的画书》。

二

韩东时常将小说当成诗歌来写，故有些小说你很难分辨到底是小说，还是诗歌；反过来，他的一些诗歌也完全可以当作小说来读，比如，九十年代的《甲乙》《渡河的队伍》等带有极强的叙事性，也完全可以当作小说来读。诗歌方式和小说方式被韩东融合在一起，写诗时，小说方式如影随形，写小说时，诗歌意识挥之不去。到底是小说，还是诗歌，这要看哪一种方式占据绝对的主导地位。其实，一般情况下，根据约定俗成的文体特征，我们不难对之做出判定。但具体到韩东的一些小说，比如《快溜》与《航天》，如单从形式上看，可归为小说，但从内质（表达方式、显意方式）上看，又属于诗歌。《快溜》的故事很简单："我"和胡是好朋友，"我们"共同喜欢一个女人，并因此而有了一些隔膜。"我"请胡下班后到"我"住所赴宴。"我"炒菜发现没有酱油了，遂让胡下楼去买一瓶。不过，胡下楼后再也没有回来，因为他把"酱油"误听成了"快溜"。所谓"快溜"，即他要成全"我"与那女人的关系。但这是他的误解，女人并没来。以后那个女人没属于"我"，也没跟随胡，"我"与胡又和好如初。《航天》讲述"我"的一次航天经历："我"发现十五具尸体从舷窗飘来。他们形态各异，与"我"眉来眼去。"我"乘坐的飞船爆炸，飞船爆裂的片刻"我"被从椅子里震飞出来，成了第十六具尸体，列在队尾，随那十五具尸体，"跟随这支孤独的队伍在距离地球一千五百零一公里的轨道上飘浮远去"。这两个短篇完全可以当成两首诗来阅读，故事、人物、情节都是次要的，作为基本要素它们被用来辅助于深层意蕴的生成与呈现。这两个小短篇所述之人、事、物及其关系都是假定的，它们介于发生与不发生、存在与不存在、可能与不可能之间，但无论

《快溜》聚焦基本人性与关系的考量，还是《航天》有关生命、时间与空间存在方式的探究，其表达手段与显意方式都近于诗歌。韩东说他从不愿写长诗，是否可以说，《航天》和《快溜》是另一种形式的长诗呢？

三

诗歌方式对其小说的渗入，其最大表现就是对语言风格的影响。作为诗人的韩东在语言上的天赋与锤炼有目共睹，转向小说写作后，他对语言的敏感以及由此而建立起来的思维方式、小说方式更是自创一体。由写诗转向写小说，或者说身兼诗人与小说家两种身份，这在新生代作家群体中是司空见惯，故有学者就认为"'新生代'小说是'新生代'诗歌精神的延续和发展"[①]。也可以说，韩东的小说创作是对其诗歌精神的延续和发展。无论九十年代前期的《前湖饭店》《同窗共读》（短篇）、《描红练习》《障碍》《西天上》，还是九十年代中后期的《我的柏拉图》《古杰明传》《双拐记》，均以平实、清晰、流畅的语言侧重对生活细部与细节的精准描述，以展现"被湮灭和潜在的可能性"，其叙述的有意节制、客观冷静、不动声色，与其八十年代末九十年代初的诗歌语言风格（比如《甲乙》）如出一辙。不过，在早期，他有意将"叙述"凌驾于"故事"和"人物"之上，以客观冷静的叙述排除了诗性和意义的直接介入，所以，像《三人行》这类事无巨细、类似流水账式的小说因为没有故事和鲜明的人物形象而很难界定其主题到底是什么，而像《前湖饭店》这类有故事的小说，韩东又有意将之悬置了。这样，叙述之于小说的意义就得到凸显了。但韩东的叙述，善于话中留白，即看似简约、平常的语言，其背后往往蕴含着某种深意。这

[①] 常世举：《新生代小说家的历史叙事》，南开大学 2014 年博士论文。

样的叙述策略一直延伸至长篇小说领域，形成了客观冷静、凝练简洁、不事张扬、含蓄诙谐的风格。他的《扎根》和《知青变形记》就典型地体现了这方面的特点。这两部长篇都是讲述知青下乡经历的小说。《扎根》讲述了老陶一家人主动下放苏北农村，并在那儿扎根生活的故事。面对这样宏大的历史记忆和那代人的悲剧遭际，韩东的叙述却是高度冷静，情感节制，尽量避免对人物、场景做主观评价，即便小说结尾讲到老陶之死，其叙述也沉静从容、不动声色。比如，结尾处有关余耕玉批斗场景的描写，和《血色黄昏》（老鬼）、《风和日丽》（艾伟）等作品很不一样，那些侮辱、残忍、折磨、流血被平静但也略带幽默的叙述所消解。《知青变形记》再次续接知青下乡的历史记忆，讲述了罗晓飞在乡下由于身份置换而引发的一系列阴差阳错的故事。知青罗晓飞冒名顶替死去的农民范卫国，继承了死者的全部社会关系。罗晓飞的真实身份被剥夺，真我彻底消失，"非我"成了历史的主角。面对这样的历史悲剧，叙述者也不加评判，极为冷静。

四

无论细节描摹、场景呈现，还是对人物命运际遇的展现，诗歌方式不仅直接影响到韩东小说语言风格的形成，还在修辞、句式、节奏、语调等方面对韩东小说语言质地的生成构成了直接的影响。韩东的诗歌语言向以口语著称，拒绝隐喻，拒绝象征，而遵循线性原则，尽可能明白无误地表情达意，并寻求瞬间直达与呈现。这直接影响到了其小说语言的形态与表达：力求平淡、简练；绝不花哨（没有阅读上的任何障碍），力避雅致；善用白描；句子不修饰；语调平和；节奏有一定的跳跃性。比如：

这里是平原，最明显的标志莫过于天地间平滑分明的地平线，黄昏时分更是如此，土地逐渐沉入下面的黑暗，上面的天空却明亮异常。如果云层分布得当，会有长时间的晚霞作为对贫苦村庄的馈赠。这里的高处不外是河堤、桥头。没有峰峦或楼顶平台，赵启明就把河堤桥头当峰峦平台用，其感觉效果是一样的。他最喜欢那条新挖的大寨河。河堤又高又直，还未及时植上树，不会有多余的枝叶来破坏他们的剪影。选择大寨河上的三拱水泥桥也出于相同的原因：临高，没有遮拦。天幕上久久映出桥身和他俩纹丝不动的黑影——似乎化作了桥体一样的石头。那石头眼望桥下黑乎乎的流水，位于短暂和永恒之间，殊不知这正是爱情的位置。(《西天上》)

我的眼前挨个浮现出他们的形象，大水缸、李国庆、金秉龙，长得都很像，人高马大，肌肉发达，皮肤都呈棕黄色，表面有一些游移的光泽。相形之下，古杰明可算矮小身材，当年身高不到一米七〇。平时古杰明穿戴整齐，不喜敞胸露怀，偶尔裸露（如下河游泳），每每引起震动和围观。他皮肤白皙，胜似女孩，使人不禁啧啧称奇。古杰明从不欺负弱小同学，也没人胆敢欺负他，包括金秉龙或大水缸。这人曾经与电决斗，无论是谁，与他动手之前都得仔细掂量。古杰明亦不参与列强争雄，他的主要活动在学校以外，但与金秉龙有别，不属于任何帮派，独往独来，其目的也在于玩乐游戏。(《古杰明传》)

突然，那扬起的声音如梦呓。慢慢的，一切都是慢慢的，慢的。慢慢地喝酒、放瓶子，慢慢地扯开烧鸡。慢慢地嚼、吸烟，吸进、吐出。烟雾慢慢地缭绕。往事在沉默中慢慢地流淌，被思索和理解，被继续。那个明月之夜

被套入了如今这个夜晚，一切都是缓慢的、抒情的、失真的。（《障碍》）

描写性文字在韩东小说语言中随处可见。但严格说来，韩东的这类文字不是传统意义上的"静态描写"，而是动态性描述，融入较多的叙事成分。第一段为景物描写，第一、二句描述黄昏时分大平原风景，属于远景，剩下的为近景，由高到低逐次描述，中间加入与赵启明有关的景物描写，描写深入细部，将人、景、物的形态和关系描画得形神毕肖、活灵活现。其中，像"天幕上久久映出桥身和他俩纹丝不动的黑影"这类描画，堪称妙绝！第二段为外貌描写兼及人物关系的介绍，从人物的身高、行动、习性到形态、神态，以及对人物喜好、日常活动的概述，都力求描述得精准到位。第三段聚焦对"那扬起的声音"的细致描写，综合听觉、视觉、味觉、触觉、嗅觉等五官体验，以诗歌表意方式呈现某种莫可名状的情感、情绪。"慢慢地""慢""慢慢的""慢的"等语词反复出现，语言本身就是有意味的形式，某种氛围、节奏以及语言本身的回环感一时境界全出。很显然，这是诗歌的表达方式，不仅其显意方式来自语句的排列与组合，而且其言有尽而意无穷的内涵也经由内部生成、发散。这三段文字都文从字顺，平白质朴，疏密有致，句子不做修饰，而又力求直呈其意。韩东对叙事节奏的把握，特别是对细节和语言的偏执，由此可见一斑。当作家们大都有意弃绝人物外貌描写，特别是景物描写——或者虽有所涉及，但审美意识中将之视为"闲笔"——时，韩东却承继这一中国文学的传统笔法，开掘汉语本身的潜能和表现力，并将之实践得出彩、出新，其在新生代小说家群体中算得上特立独行、高标独异。从这个意义上来说，韩东的小说语言最接近汉语言文学本体，是在文学领域内追慕中国风格、中国气派并取得突出成就的少数几个作家之一。

第四节　重复：韩东小说微观修辞之一种

重复，即某一叙事成分在文本中的反复出现现象。其实，从宏观意义上讲，小说就是借助"重复"这一手段重构世界，诚如希利斯·米勒所说："任何一部小说都是重复现象的复合组织，都是重复中的重复，或者是与其它重复形成链型联系的重复的复合组织。"[①] 我的理解是，无论模仿说，即笃信小说是对世界的模仿，还是表现说，即信奉小说是对自我经验的表达，都需借助"重复"这一修辞行为方能达及"本真"。然而，这仅是理论上的预设，作为叙述艺术的小说不可能彻底达到这种理想状态。小说家就是要穷尽一切手段接近这一目标——愈是不能达及而穷尽所能愈要达及，于是便需不断重复叙述，以便无限求真。因此，对小说的理解尤须注意小说中的"重复"现象。某一原型、某一素材、某一语言形式（词、句、段）、某一历史记忆、某一段生活经历都可作为基本"要素"多次出现于同一或不同文本中，从而使得某种气势、思想、内容、审美风格、价值趋向得到进一步突显或强化。

上　篇

在韩东小说中，重复作为一种修辞最突出地表现在对同一素材的多频率运用上。韩东不仅经常在诗歌与小说两类文体中屡屡使用同一素材，从而形成有意思的文体互文现象，也时常在同一文体中对同一素材多次运用，从不同角度、不同侧面开掘意义生成的最大可能性，从而形成自身互文现象。他往往对同一素材直接多次征用，比如长篇小说《扎根》就屡屡用到已发表过的中短篇小说中的

---

① ［美］希利斯·米勒：《小说与重复：七部英国小说》，王宏图译，天津人民出版社2008年，第3页。

素材：

《扎根》章节	下放地	小陶	扎根	农具厂	扎根	小学	五一六	富农	赵宁生	结束
对应内容	老陶一家到下放地三余路上及在目的地的见闻。	九月子和细巴月下抓黄鳝,细巴调戏桂兰。	余有福一家人的生活及其命运遭际。	小陶母亲到农具厂担任调查干部。	祖父陶文江之死——因小陶祖母唧唧而服敌敌畏自杀。	见血就晕的知青女教师小李与男教师的纠缠及最后离开三余。	小陶母亲苏群被隔离审查的经过。	整节内容。	赵宁生与夏小洁在乡间散步的情景及附近村民的反应。	老陶因晚期肝癌去世。小陶得到消息回家。小陶在追悼会现场的所见所感。
相似篇目	《描红练习》	《树杈间的月亮》	《吃点心,就白酒》	《农具厂的回忆》	《于八十岁自杀》	《母狗》	《田园》	《富农翻身记》	《西天上》	《小东的画书》

如上所示，《扎根》中的许多场景与细节都在已发表过的中短篇小说中出现过，其中很多就是对原有情节的直接移植。所以有不少论者认为《扎根》是对过去中短篇的拼凑，是自我重复，是写作素材与经验匮乏的表现，因而无甚新意。但韩东不这么认为，他说："对《扎根》而言，那肯定是一本新小说，每一个字都是新敲上去的，每一句都在写这本书时即刻出现，并且写作过程中没有翻阅、参考甚至想到我的那些中短篇。有人说《扎根》是我的中短篇的拼凑，他们为什么不说现代汉语是一个字一个字的拼凑呢？"[1] 很显然，韩东非但不认为上述重复是对过去中短篇小说的简单拼凑，还觉得这是有意义的着力于本体探讨的艺术实践活动。我觉得，《扎根》与过去众多文本构成了文本间的对话关系，故上述重合关系不能像有些论者所认为的那样只是简单的自我重复。因为，同一素材在不同文本中多次出现，由于其在文本中的出场位置、呈现方式、表现功能不同，每次生成的意义就不同。至于生成何种程度的何种意义，会因文本整体架构和内部要素组合的不同而不同。事实上，这一直就是韩东主动为之的修辞行为，他不断回视过往创作，重新审视历史文本，再在前文本基础上继续开掘意义。这是一种作家与文本、后文本与前文本之间的对话，对话并非一次就能完

---

[1] 韩东、姜广平：《韩东：我写小说不是为了……》，《西湖》2007 年第 3 期。

成，而是持续不断进行。比如，2008 年出版的《小城好汉之英特迈往》与 1996 年的中篇小说《古杰明传》存在着明显的对应和改写关系，不仅主要人物及其关系极为相似，而且大量的细节与情节如出一辙。《古》中的古杰明就是《英》中的朱红军——他们都争勇斗狠、不喜束缚，都去机房摸电，被电击到后，仍说"佩服，佩服"；《古》中的吴贵杀人案就是前者"验明正身"一节中的张新生杀人案；《古》所讲述的"我"的转学经历、那个年代的学校生活及几个个性鲜明的角色之间的交往，就是《英》前七节中讲述的内容；《古》中二十年后宋大伟偕顾蕾请客的场景就是《英》中十五年后升任总务处处长的汪伟偕张小燕宴请"我"和丁小海的场景。《三人行》与《十年一梦》也多有相似之处。不过，同是三人之间的关系，二者无论在情调和语调的表达方面，还是在内涵与意蕴的营构上，都存在着较大差异性。这种重复与互文是别有一番韵味的。可见，多次使用同一素材，特别是反复征用"前文本"中的原型、细节及人物关系，是作者的一个有意行为。也可以说，在当代作家群体中，没有哪一位能像韩东这样对自己的"前文本"和已有"经验"一而再、再而三地重审、吸收，并以不同方式写入不同时期的不同文本中。如果说偶有一试，这就是"实验"，但屡屡实践，这就是稳定风格了。

其次，重复作为一种修辞时常在对某一带有特殊含义的指称词的反复使用、某一事件的多次出现以及某一场景或细节的反复出现方面显示了文体实践的独特性。

突出某一指称词的例子，比如：

"他已经穿戴整齐，甚至过于整齐了，严丝合缝毫无破绽，真难以相信他刚刚交媾过。

"特别是结束之后，成寅回忆起事前强烈的交媾欲望，并且由于干得并不成功，那道义上的目的因此就变得更加明确实在了。"（《美元硬过人民币》）

"后来朱浩还是和王玉性交了——这是免不了的。

"一连数天，我们不仅多次性交，不舍昼夜，王玉还进行了许多小实验，玩了不少小花样。

"东海敲门使我记住了无数次交欢中的一次——他敲门的这一次。"（《障碍》）

"我放下心来。我们'交配'的时候那孩子并不在凉车子上，不在这屋子里。

"晚上我和继芳拼命地'交配'。如今，我已觉出这事的甜头来了。"（《知青变形记》）

为了突出爱与性并非等同，并证明爱是神圣的，性是带有精神特征的"下流行为"，韩东故意用"性交""交媾""交欢"替代"做爱"，将附着于"性"之上的浪漫、崇高剥离掉，从而彻底消解爱情神话。重复使用多个同义但不同符的指称词，以突出或强化某种理念，很显然，是韩东刻意追求的效果。

某一事件的多次运用，比如，《扎根》与《知青变形记》都提到"强奸生产队母牛事件"。在此，作为实有发生事件的"强奸生产队母牛事件"，与作为情节基本要素之一的"强奸生产队母牛事件"，构成了有意味的对比关系。两者既是同构的，也是异构的。"同"，即事件本身的物理性质、过程是一样的，"异"，即事件本身的发生地点、环境、影响、意义是不一样的。具体来说，前者发生于"实在界"，是文学创作的自然素材，是后者的基本依据，若不经作者的审美体验、加工和转化，其文学价值近于无；后者存在于"审美界"，是对前者的艺术加工、升华，并因融入了作者的审美经验与情感而有了非同寻常的意义，即在文本中，它和小说中的人物关系、意义系统重新发生关联，既而成为观察与再现那段历史及历史境遇中知青生活的内视点。

对某一场景或细节重复再现的例子，比如，在《描红练习》《树杈间的月亮》和《扎根》中连续出现的关于月下众人集体大便场景的描写：

"小波蹲在粪缸边的时候，所有孩子都脱下裤子蹲着。他们陪他一起大便。小波不再不好意思。屁股凉凉的，吹得屁股有些疼，玉米秸上面，月亮又大又圆，小波觉得它真像一个光屁股。"（《描红练习》）

"下放的那天晚上没有找到厕所。大头示范在屋后的粪缸边大便。他解开草绳裤带在玉米秸后蹲下，哥哥也随之蹲下。我犹豫了片刻也选择了一棵树，蹲下。周围陪蹲的还有六七个农民的孩子。我蹲着，抬头看见树杈间的一轮明月，觉得它真像一个大屁股。"（《树杈间的月亮》）

"他们这么蹲着，冷风吹得屁股生疼。小陶越是着急，就越是拉不出来，最后，屁股都冻得麻木了。小陶抬头看见树杈间的一轮月亮，觉得它是那样的圆，那样的大，就像是一个大屁股。"（《扎根》）

韩东对月下众人集体大便这一场景的记忆可谓根深蒂固，因为"根深蒂固"，故在潜意识深处被转换为审美经验，凝聚为艺术形式的可能就大大增加。他在《扎根》《描红练习》《树杈间的月亮》等文本中变着法儿屡屡征用这一素材，可见他对这一场景的描写是多么的情有独钟。韩东的描写堪称妙绝，将圆圆的明月与大屁股连在一起也堪称独创，以"凉凉的"，"吹得屁股有些疼"，"冷风吹得屁股生疼"，"屁股都冻得麻木了"来形容月下孩子们大便时的感觉更是惟妙惟肖；因为都是孩子，大便时众人陪蹲，且有示范，这既让人感到荒唐、搞笑，又让人觉得合情合理；一轮明月，高悬于玉米秸之上，看似带有一定诗意，但转眼间就被真实体验所消解。这一看似不经意的写实场景却将孩子们的朴野心性与自由不羁的心态展现得淋漓尽致。别小看了这种场景描写，虽然它反映的是特定地域、特定时期、特定环境下少年人的生活世界，但它给予小说创作的启示是足够深刻的。即，为让原本熟悉的人物、事物、场景变得陌生、新鲜，小说家们可以通过规避寻常套路与经验，调用不同的语式、视点的方式或方法达到。上述描写效果之所以新颖别致，让人过目不忘，就是得益于视角选取上的独特性。借助成人视点来描写这一场景，与借用儿童视角来描述这一切，描写效果是完全不一样的。前者将会寡然无味，后者会妙趣横生、意味无穷。只有在儿童视角下，圆月与大屁股的关联才显得有意义。说白了，这不是"写什么"的问题，而是"怎么写"的问题。

征用自有文本，并将之完全融入新文本中，从而形成包含与被包含的架构关系，作为一种特殊的"重复"修辞，也备受韩东青睐。比如，在《团圆》中有这样一句话："后来姥爷服毒自杀，因姥姥一口咬定他和邻居家的女佣有不正当的关系。我有一个短篇《于八十岁自杀》写的就是这件事。"《于八十岁自杀》是韩东于1991年创作的一个短篇，在此，被征用于《团圆》中，用以补充、说明"姥爷服毒自杀"的原因。韩东在《团圆》中对自己早期的文本又做了一次回望、呼应。这种回望、呼应不是一次性的，而是随着时间的延续，一直进行下去。

下 篇

如何理解韩东这一修辞实践呢？一直以来就存在着两种截然不同的观点。

一种观点认为，由于韩东个人视野狭窄，生活经验枯竭，写作难以为继，故他不得不重复使用同一素材，以换取持续写作的可能。这是他审美疲劳、经验透支的表现。前述史元明、刘涛两博士反驳韩东的《知青变形记》及其相关创作就是基于这个层面上的考量。确实，如果单从修辞手段和叙述策略来看，韩东在小说创作中所表现出的自我重复现象因缺乏有效的理论支撑而一直备受责难。"自我重复是指相同的叙事成分在不同作品中的机械重复。在九十年代小说的自我重复之中，细节重复是最为普遍的现象，一些在作家体验中烙有深刻印痕的细节闪回不止，结果是意义的不断流失和损耗。"[1] 黄发有的观点针对九十年代小说创作的整体状况，他的观察无疑是切中要害的，但韩东不同意这种观点："我没有觉得自己在重复，一个画家曾经对我说：'你们写小说的真不讨巧，不像我们画画的，你如果觉得这张沙发有意思，那就可以画一辈子。'也可能我不是写小说的吧，是个画画的，或者说我不接受对于小说素材处理的这种'规范'，为什么要遵守这种规范呢？我的确是一个不懂规矩的人，心里面有挥之不去的东西，并且需要诚实对待，这就足够了。"[2] 他对有些学者的指责与批评是深不以为然的。因为"心里面有挥之不去的东西"，故只要全心全力把握它、表现它、呈现它，那就足够了。

另一种观点认为，这是韩东基于小说本体考虑，立足于自身实际和个体审美趣味而做出的艺术创新行为，因为既然要立志发掘现象（材料）背后的"真相""真理"，建构全新的"关系"诗学，那么，材料本身的形态、性质和被使用的频率就变得无足轻重了。重要的是怎样组织好这些材料，多在不同叙述成分之间的艺术性关联方面下功夫，以达到一生二、二生四、四生八直至无穷的原子分裂式效应。

我觉得这两种观点都有其合理性，也都有其局限性。前者关注由故事、情节、主题、个性化人物等常规小说要素和新颖经验带来的阅读新鲜感，这无可厚非，因为小说修辞的根本目的之一就是要达成作者与读者之间的和谐交流与对话，作者有义务和责任为读者营造阅读与接受的情境。如果作者在修辞意识与实践中对这一诉求置之不理而只迷信一己感觉，必然走向另一个极端——被读者彻

---

[1] 黄发有：《准个体时代的写作：20世纪90年代中国小说研究》，上海三联书店2002年，第326页。

[2] 韩东、姜广平：《韩东：我写小说不是为了……》，《西湖》2007年第3期。

底抛弃！没有读者参与的文学，还叫文学吗？八十年代那些自命不凡的先锋小说家们的探索与实践不就是最好的前车之鉴吗？小说作为"俗文体"之一种，其对故事与情节的追求、对个性人物及其关系的营构、对新领域与新经验的开掘，虽然不是小说的全部，但一定是一位优秀的小说家首先要面对和着力解决好的重大问题。如果一味追求形而上的"理"而完全不顾及作为载体的新旧、雅俗、深浅，其结果必然给读者阅读带来不适感。"在读《扎根》时，没有新鲜感，因为其素材没有跳出之前的短篇；读《知青变形记》时，也没有新鲜感，因为之前读过《扎根》，故事还没讲述，就知道结果了；读《小城好汉》，还是没有新鲜感，如果你之前读过《古杰明传》的话。"①史元明的观察不是没有道理，但他远离小说本体的印象式评判并不合乎韩东小说创作实际，比如，《小城好汉之英特迈往》与《古杰明传》有诸多重合之处，虽然同一素材在这两部小说中重复出现，但不能说前者就是对后者的简单复制，或者认为前者就是后者的拉长版。其实，历史需要重审，记忆需要重温，经验需要重新整合，那些有限的素材自然会被屡屡采用，故由中篇扩展为长篇，不是单纯的篇幅问题，而是审美趣味、心理机制和小说本体理念问题。很显然，《小城好汉之英特迈往》增加了很多苦难与辛酸，所反映的社会层面也远大于后者，单以此而论，就不能将二者等同，更何况这部小说在文体与讲述方式上都有所创新。

后者确实有效提升了"小说"这种文体的智性品格和脱俗入雅的档次。一位致力于艺术创新与发掘生活可能性的小说家关注的是本体，是内在，而不是素材、题材等外在形态或意义。他在小说创作中善于对某一经验反反复复进行审视，并多次在不同文本中予以运用，且以类似数学中的排列组合方式，以求从中挖掘出可能的新意来。一方面，这显然与他那种对"可能性""无中生有""把真写假""写飘起来"等艺术理念的追求与实践密切相关。如此一来，

① 史元明：《韩东的作品，文学性不高！》，见韩东新浪博客。

素材本身不重要，重要的是如何使用，而且一切素材均可为我所用，甚至可以多次使用。在韩东看来，它们不过是用来建构或编织关系网的材料，其真正价值不在材料本身，而在这些材料经由艺术转化和排列组合后能否生出新意，能否从无中生出有，从不可能达及可能。这也就是为什么他的那些"下放"题材小说老是重复使用那些生活素材的根本原因。另一方面，这不仅在不同文本间形成了间性关系，也在生活与文本、历史与现实间构成了持续不断的对话关系，既而生成了新的内容。既然小说可以拥有诗的质地，可以此为媒介或工具去开掘种种可能，可以脱离"实在界"而只在想象与虚构中飞翔，可以完全是对自我的代偿式表达，那么，小说也可以完全成为智性思考与实践的产物。但韩东似乎过于迷信个人的艺术感觉，过分追求艺术上的纯粹，导致小说阅读面比较窄，而格局太小，又致使创作难有大气象，从而不被学院派批评家看好。

学界关于韩东小说中的自我重复现象所形成的这两派观点将会持续存在下去，但近年来也陆续有研究者认识到了其价值所在。"面对评论界对韩东重复的审美疲劳与经验透支的批评，我们更应该看到重复在韩东小说中作为一种修辞为小说带来的语言上的奇妙之处。在面对传统现实主义写作出现'经验匮乏'的危机时，韩东却能够凭着语感意义上不可重复的即时性同构为克服这种危机提供了可能。这或许形成了某种悖论，然而，韩东却是以他自己的方式思考着内容与形式的双重变奏，并将思考的结果以'重复'的方式扭打在自己的小说中。"[①] 该论者认为，韩东的"重复"至少有两方面的意义：一、有助于小说语言形式层面的革新。二、给遭遇困境的"传统现实主义写作"提供了可能。但不管怎么说，每个人的现实经验是有限的，不可能"取之不尽用之不竭"，作家们只能不断审视已有经验，从不同角度与侧面，从外在与内里，不断寻找与开掘出新意或新境。就好比看山，看山的角度、季节的不同，看山人

---

① 崔萌：《韩东小说中的重复现象研究》，广西师范大学 2016 年硕士论文。

的身份、心境的差异，都会导致"山"在"看山人"心目中形象的不同。小说家们对自有经验的审视与运用，其理也应与此类同。或者说，对每一位作家而言，原始经验总是有限的，而识见、方式与方法是无限的，在有限和无限之间，作家们需要用一生来审视和处理这些原始经验。由此，作为修辞的重复也即有了充分的理论基础和现实需要。

结　语

　　小说是一门叙述的艺术，而一涉及"讲述"，就离不开修辞。如何修辞，无论宏观，还是微观，选择恰切的讲述语式，确定合适的讲述视点，合理调配文本内外信息，以召唤并说服读者接受一部作品，应当作为小说写作的头等大事予以重视。韩东从事小说创作，其修辞意识还是相当明确的：一方面，叙述回到肉身，回到感性，回到感官体验的超自由状态，必然带来小说文体实践的"大解放"。这在语调、句型、语式等方面就产生了与之相对应的表现形式。另一方面，由于对主流知识分子话语的反感，特别是对其伪善言行、理念和写作的极端厌恶，韩东在从事小说创作时总会事先在意识深处形成对某些素材与经验的主动避让。从宏观上来看，反其道而行之，即他的写作不仅与主流知识分子所秉承的审美意识及写作传统背道而驰，而且愈是被嗤之以鼻的素材与经验，他愈倾注心血去探索，去表现。他总在有意避让与控制什么，彻底舍弃或远离一维，而义无反顾地向着另一维绝尘而去，其姿态与行为足够彻底、决绝。显然，这种修辞意识是韩东有意为之的。作为修辞手段的重复也是韩东刻意追求的。这不仅不局限于传统语言修辞格，侧重语言表现功能的发挥，还与小说本体意义的生成与时空建构紧密相关。其实，他不仅在宏观修辞（比如第一人称讲述语式、限定视点、"把真写假"）实践方面自成一家，也在微观修辞（比如重复、互文、反讽）方面形成了自身鲜明的特色。

第四编

散文与电影论

第十一章　散文论

第一节　韩东散文创作概述

韩东不仅以诗歌、小说著称，也创作了大量的散文。目前，韩东共出版《韩东散文》《夜行人》《幸福之道》《一条叫旺财的狗》和后来从《韩东散文》中分割出来又单独成书的《爱情力学》，合计共有五部散文著作。其中，《韩东散文》为周国平主编的"思想者文丛"之一种[1]，卷前有《编者的话》，云："近十数年以来，散文在中国呈蓬勃之势。若按写作者的身份划分，大致可分为作家散文和学者散文。一般来说，前者长于叙事、咏物、抒情，后者长于说理、讲学、论道，均反映了各自的职业特点。……这里所说的思想者是指：第一，拥有既具有根本性又真正属于自己的学问。……第二，拥有既具有哲学性又真正属于自己的眼光。……"虽然这些话并非针对韩东一人而言，但韩东是学者型作家，因而我觉得韩东散文既是"作家散文"，也是"学者散文"。《韩东散文》所收散文写于 1988 年至 1997 年之间，由"爱情力学"（十四篇）、"诗人角色"（十三篇）、"后来者说"（二十四篇）、"访谈录"（四篇）和"附录"（两份）组成。韩东正式的散文创作始于八十年代末，九十年代中期前后两年间写出了一批高质量的文章，可称为第一个创作

---

[1]　其他四种为《朱学勤散文》《史铁生散文》《韩少功散文》《何怀宏散文》。

高峰。新世纪以来的八年间发表了近三百篇随笔类散文，可称为第二个创作高峰。

学术体。学术体散文以说理与谈道为主，突出思想性、知识性，论说谨严缜密，一般出自功底深厚的学者或学者型作家之手。韩东经受过系统的哲学教育与思维训练，有过长期的基于系统化理念支撑的创作实践，这为韩东从事学术体散文创作预设了先决条件。《爱情力学》就是一部具备这种品质的散文集。《爱情力学》专门讨论爱情，收入《一见倾心》《本能的爱》《自我和爱》《偶像崇拜》《爱与恨》《爱情中的自我》《投入感情》《交谈》《注意和爱》《我和你》《性是牺牲》《对不顺手工具的恨》《女人有两次生命》《读〈性到超意识〉》《被伤害、爱和甜蜜感》共十五篇文章。这些文章涉及爱情的发生与演变、运动与结果、心理定式与成见、关系与本质等与"爱情"有关的诸多命题。这类文章不免艰深晦涩，对于一部分读者来说，有时很难进入。即使进入，也需要静下心来慢读、细读，方能悟得其中深意。

文论体。围绕小说、诗歌、散文、戏剧等文类所展开的理论探讨与文艺批评，皆可归入文论体范畴。这类文章融知识性、理论性与实践性于一体，是高难度的写作行为。"诗人角色"专论诗歌，其中《三个世俗角色之后》《等待和顺应》《关于诗歌的十条箴言或语录》《梦的语言》《关于诗歌的两千字》都是带有文论性质的重要文章。"后来者说"专论小说，其中《有别于三种小说》《小说与故事》《小说家与生活》《信仰与小说艺术》《小说的理解》《后来者说》等文章都是围绕"小说"所展开的具有写作纲领性的理论文章。直到现在，这些文章也是从事韩东研究所必须参考的第一手资料，其价值不可小觑。另外，2018 年，韩东在微博中发表了不少理论性很强的文论，比如《诗歌多元论》《断裂之意》《"独一份"和"文如其人"》《作家、艺术家的不朽》《现代诗歌之分行术》《诗学既有必要也无必要》。这些不乏真知灼见的文论体散文显示了韩东对抽象的文体理论与作家精神世界展开持续、深入探讨的兴趣，也为进一步认识其世界观、艺术观提供了最新材料。

随笔体。作为散文一个分支，它表达自由，形式多样，切近生活，伴随现代报刊传媒发展，一直以来就备受读者喜爱。韩东可谓写作中的佼佼者。从 2001 年起，他陆续在《晶报》《现代快报》《南方都市报》《南方周末》《中国民航》《新周刊》等报刊开设专栏，发表了大量的随笔体散文。这些随笔后被结集出版[①]，计有《夜行人》《幸福之道》《一条叫旺财的狗》三部。其中，《夜行人》共收入九十六篇文章，由"风、火"（二十一篇）、"'亲爱的母亲'"（十五篇）、"夜行人"（二十六篇）、"人生理想"（三十四篇）四部分组成。《幸福之道》共收 2005 年以来创作的九十八篇文章，全书九万多字，由"人在'江湖'"（二十一篇）、"众生平等之企鹅"（二十八篇）、"幸福之道"（四十篇）、"清风，清风"（九篇）四部分组成。《一条叫旺财的狗》共收入八十四篇文章，由"一只叫旺财的狗"（二十七篇）、"谈钱说性"（二十四篇）、"内在呼吸"（二十篇）、"朴素者"（十三篇）四部分组成。这些专栏文章前后历时八年，不仅代表了韩东散文创作另一种类型，也标志着继"爱情力学""后来者说""诗人角色"之后取得的又一成就。

对话体。因为对话体赋予双方以宽泛的论说范围和自由的言说方式。对话体是最自由的一种文体，话题可深可浅，时间可长可短，形式灵活多样。《韩东散文》共收入四个作家的四篇访谈文章，可归入对话体范畴。截至 2018 年 4 月，我们所能看到的此类对话体散文主要有：《韩东访谈录》（刘利民、朱文、韩东）、《清醒的文学梦——韩东访谈录》（林舟、韩东）、《"我们想做的只是放弃权力"——韩东访谈录》（汪继芳、韩东）、《关于"他们"及其它——韩东访谈录》（常立、韩东）、《我写小说不是为了……》（姜广平、

---

① 2011 年 8 月由重庆大学出版社出版。

韩东）、《回答李勇的 21 个问题》。①

日记体。韩东在新浪博客上贴了大量日记。这些日记写于 2007 年 11 月 17 日至 2008 年 9 月 3 日间，内容驳杂，涉及个人生活、心态、思想、创作、读书、观影、写作经验等方方面面。写法上也比较简洁，行文以诗歌分行式推进。其中最值得关注的是那些谈论创作心得和文艺理论的日记，对研究韩东文学创作很有裨益。

游记体。韩东发表过一组名为"德国纪行"的散文，记述他在德国的旅行经历。这些文章要么记人、记事（比如《归宿在异乡》《在营地》），要么记述在异国的所见所感（比如《野湖、美女、老妇人》《在科隆》），要么记述在德国的实践活动（比如《暴走》）。文章以写实为主，风格冷静沉实。

箴言体。微博是韩东非常重要的社交媒体。除了用来发布个人信息，转载自己感兴趣的文章外，他还以此为平台发表了大量的带有感悟性的文字。这些文字不同于诗歌，但有诗歌的质地，不同于散文，但有散文的形式。它们短小精悍，形式多样，主题丰富，内涵深刻，在整体上类似于箴言体。比如："无论如何最大的恶是暴力（肉体的、精神的、语言的），伪善次之。虽然伪善如此令人厌恶，但以暴力应对还是极为不公。况且义正辞严自命不凡的暴力就是伪善。""最好和这个世界没有关系，或者，在脱离关系之后再建立关系。就像一个死者看他生前的世界，或者我们看向群星，那早已死去的，那些光和图案。生活在一个毫无隔绝和距离的世界中，被激起如此可怕和愚蠢的欲望、虚假以及愤怒，我会被我的'身不由己'压得喘不过气来。"韩东的箴言体写作无论数量还是质量都相当可观。

无论学术体、文论体、随笔体，还是对话体、日记体、箴言体，韩东散文都显示了其突出的智性品格，即他所要侧重表达的是"理"与"智"，而非"情"，故"真情实感""审美""诗化""叙

---

① 在韩东新浪博客中共有 30 篇访谈。

事""抒情""生命散文"等名号与其散文创作基本不沾边。

2000 年后，韩东依托报纸副刊（或专栏），八年间陆陆续续创作了几百篇随笔作品，无论数量还是创作视域都大大超过了九十年代，成绩甚是喜人。如果说九十年代韩东散文偏于向内指涉性且局限于人类爱情、艺术观、文体观等有限经验域的开掘与书写，那么，新世纪以来的散文则偏于外指性且指向异常宽广的生活界。不仅在书写视域上无所不包，而且在文体上亦不拘一格。事实上，韩东散文创作的数量和质量都是可圈可点的，然而，也许由于其在诗歌与小说写作上的显赫地位以及由此而产生的聚光灯效应，在学界，韩东的散文很少有人关注。目前，除了林舟在一篇文章中论及《爱情力学》和易扬的一篇小书评①以及豆瓣空间中部分评论外，未见其他研究论文出现。韩东散文内容涉猎广泛，表达另辟蹊径，自成一路，不应被忽视。

第二节　审智：韩东散文突出的艺术品格

韩东的审美趣味与文学实践始终不离对智性品格的经营。《本能的爱》《性是牺牲》《投入感情》《一个召唤》《三个世俗角色之后》《〈红楼梦〉到底写了什么》《尺度、衡量及其它》这类散文完全可以命名为"审智散文"。不过，如同他在小说与诗歌中的实践，他在散文语言上也没有大的野心。文从字顺是基本要求，修辞上不事雕琢，技法上不追求时髦，一切服从于内容的表达。其中，慧思与理趣是其从事散文创作的一个突出倾向，而对抽象事物特征及内在关系的洞察、捕捉与表现，是彰显其散文创作特色、表达深度及

①　这两篇文章分别是，易扬《自描画像的韩东——读韩东散文集〈夜行人〉》,《江苏作家》（季刊）2011 年第 4 期；林舟《从〈爱情力学〉到〈扎根〉——韩东作品片论》,《当代作家评论》2004 年第 4 期。

存在价值的重要标志。

韩东的写作始终面向日常生活，并以个人视角观察之，以个人审美体验之，既而揭示出蕴含于其中的真实、真理或真境。不过，这种"真"不是普通意义上的共识，而是经由作者层层辨析与去蔽后所显示出来的本体性的"真"。他往往从那些为大众所习焉不察的现象背后开掘出令人意想不到的真实，或在司空见惯的常识背后阐发出令人为之一动的新意、新观点。比如，在《说聪明》中，作者先从人们对待聪明人的态度和如何衡量聪明谈起，接着反驳大众观点，既而发表自己的观点："聪明是一种生命能量"，"聪明是一样的"，"那些所谓的成功不过是一些善于集中精力、集中能量的人"，"智商、成功、等级都是社会偏激的某种方向。但要说到作为一个人的聪明，我相信都是相差无几的"。这种阐释可谓新颖别致，给人以启发。在《谈佛陀》中，作者在前三段详细分析了佛陀从少年到成年的遭遇以及他决心修道的原因，既而以此类比，将论说重心转向芸芸众生，阐述"我们"的现实处境、面对现实的态度、处世技巧以及拒绝打开"真理之门"的原因。众生面对的现实苦难并不比佛陀少，只不过，众生选择视而不见、自我麻痹，佛陀选择勇敢面对、决心修道。这种一正一反的对比论说让人惊醒。《书名的吉利》谈书名与作者之间的关联，《孤独》谈不同人群的孤独体验，既而探索孤独的本质，《焦虑》谈焦虑的生成、表现和危害，《说"土"》分析流行语中"你真土"中"土"之含义和本义，《嫉妒》谈嫉妒的成因、好处与害处，等等，都是沿袭这个路数，即偏于理的论析与表达，且不乏真知灼见，给人以知识与理趣的滋养。这类文章在韩东散文集中大量存在。

韩东善于捕捉与表现偶然的感悟与偶起的心念。偶感与心念虽倏来倏去，恰似昙花一现，但给人的体验或如浪花一点，或如雪落尘世，或如雨中闪电，总之是无法形容的。这在韩东那些以自然现象为直接表现对象的文章中表现得尤为明显。每每下雨时，他要独自享受那份天赐的轻松、苟安、兴奋，甚至设想打着雨伞，抱着自己的孩子，爷儿俩一起听那雨声："把注意力转向这原处的事物，学会使用他那虽然幼稚但却被自然塑造了几十万年的耳朵。那无与伦比的耳朵和那些无与伦比的声音正好相配，正是为此目的而存在于世的呀，可不能让这样的耳朵在我们的文明教育中关闭，或者半关闭，听而不闻。"（《雨》）他如此爱着清风，不仅觉得"即使是一个虚无主义者，在他坚守的虚无之中也不能排除清风那无中生有的启迪"，而且深悟到："清风是自由无拘的最好象征，也是虚己利人抚慰人心的高尚形象。"（《清风，清风》）他爱黄昏，走在黄昏里，不仅感觉自己就是诗的一部分（"我有过寂寞的乡村生活／它形成了我性格中温柔的部分"），更在其小说《西天上》中设置一对经常在河堤上散步的男女，并让西天上留下了他们的剪影（《回忆黄昏》）；他被星空之美、之浩瀚、之无垠所震慑，它美得让人甘于渺小，甘于虚己，甘于沉默（《都是星空惹的祸》）；他屡屡置身静夜里，独自"体会静中的动，暗中的亮，无声中的有声，阴冷中的温暖"，并坦言："静夜于我仍然是一剂良药，具有清热、解毒、明目、利胆之效。"（《静夜之时》）他爱雪，觉得"雪是永远的神奇"，对于世间众生来说，"没有见过雪就死去实在是莫大的遗憾"（《雪的广告》）。这些作品都是作者与自然万物拥抱与互融，审美与审智合力熔铸的艺术结晶，具有诗的意境与质地，也不乏直接的主观抒情。

　　玩味抽象，探寻真谛，并把这一过程当作言说对象，在对"何谓爱情"和"爱情何为"的这两个抽象命题的回答中表现得尤为明显。韩东以其对爱情的极端体验、理性审视和思辨性分析，从本质上对"爱情"这一人类亘古难题和因之而生成的普遍困境展开深度探讨。不仅揭示了它的发生原因与运动规律，也揭示了它的悖论、虚妄与荒诞。男女间情爱、性爱本质及其关系，不仅在其诗歌与小说中得到充分表现，而且在其散文中更是从根源上得到深刻探寻。在韩东看来，作为存在之一种的爱情不是神话，与爱情相关的诸种要素（人、事、物及其关系）最终指向虚无；人们就是在这种自我扩展与自我牺牲之间，一厢情愿地一遍又一遍地自我消耗、自我牺牲、自我削弱；唯有消耗、削弱、牺牲才是获得自我拯救的道路，但不管怎样，最终都无路可走；爱情之于我们注定是悲剧的、虚无的。因此，"爱直接导向毁灭，爱的实质就是毁灭"，并断言："爱的责任就是担待起毁灭，而非期望成功。"这种偏执而极端的爱情体验与认知在其长篇小说《我和你》中又一次得到形象表达。在《我和你》中，韩东单列一节（第四部分第十五节）对芸芸众生普遍遭遇的"爱情"做了理论性阐释："爱就是牺牲，就是削弱和消耗自己的一种愿望。但它有一个限度，这牺牲、削弱和消耗不可触及老本，一旦触及老本我们就会感到不适，就有性命之忧。爱着的同时我们也渴望对方像我们一样地牺牲、削弱和消耗自己，以补偿我们。这个愿望就是被爱。在爱与被爱之间存在着某种微妙的平衡，量入为出是其基本的原则。当我们付出的多而对方付出的少，不平衡就产生了。在此，可能的选择有两种。一、停止付出，愿赌服输。二、继续追加投入，并指望在将来或者最后一刻一举翻回老本。……爱情关系中的牺牲、削弱和消耗不过是一种表演、一种练习，是儿戏和娱乐，而非认真的执行，自我感动和实际上的受虐是必然的，我们只是过了一把瘾而已。虽说身心伤痕累累，自我仍然牢不可破。我们想以较小的代价换取根本的生命意义，盈余可以拿走，但老本不可触及。如果说它是一次冒险，也是有安全保证和逃生退路的，如果是赌博，我们也渴望双赢。男女之爱绝不是一次为了失败的战斗，为了献身的献身。……爱情对我们而言不过是日常消费，是必需品也是奢侈品。没有了它，我们的空虚类似于无聊，痛苦类似于不习惯，忧郁消沉类似于断了酒瘾，疯狂颠倒类似于时差紊乱。唯一的办法就是再爱一次，再爱一个人，管他是谁呢，但不管是谁都是没有出路的。"[1] 可以说，《爱情力学》和《我和你》

---

① 韩东：《我和你》，花城出版社 2010 年，第 209、210 页。

分别以散文和小说形式完成了有关"爱情本质"的探讨。

思辨性也是韩东审智散文的突出特点。他善于运用逻辑推导而进行纯理论或纯概念的思考、演绎。"爱情力学"中的十几篇文章都是针对"爱情"这一抽象概念的思考与论析,在推导方式上是从概念到概念,从抽象到抽象,体现了非常明显的思辨倾向。"后来者说"与"诗人角色"则更是纯粹的理论推演,思辨性更强,不仅追求逻辑与思维的统一,更寻求艺术与生命的同步。而在韩东2000年以后创作的随笔体散文中,类似《虐待和受虐》《话说灵魂》《关于金钱》《焦虑》《定数》《说聪明》《"人都是自私的"》《权力之路》这类专谈抽象概念的文章集思想性与思辨性于一体,也是审智散文的典型代表。而类似《弱肉强食》《信仰不是空谈》《众生平等之企鹅》《从一只狗说起》这类文章虽非直接以纯概念、纯理论为表现对象,但论析思路与方法如出一辙。这些文章基于"理"的探讨,往往从一个司空见惯的概念、观念谈起,既而层层分解、辨析,直至从中阐发出新意。比如,在《众生平等之企鹅》中,作者从影片《帝企鹅日记》谈起,分析企鹅成长历程中的种种磨难,最后证明,企鹅并非像我们看到或想象的那样"悠闲懒散并且不被谴责",我们"被它们发福的躯体和松弛的表情给骗了",实际上,"即使是做一只企鹅也要劳作不息的,甚至更加的忙碌奔命了"。《信仰不是空谈》论述中国人的信仰问题,涉及信仰的状况、层次、环境、变迁,有横向比较,有纵向审视,有事实陈述,有理性分析,最后点明信仰之于底层民众的必要性。整个论说过程层层铺垫,辩证分析,思辨逻辑强。《弱肉强食》反思人类的"杀生",指出"人只能是一个很残暴的族类,所有的光荣与梦想都是自私自利的,与众生平等毫无关系",既然人类凭借自身远高于动物的智慧和力量尽可随意杀生,那么,智慧和力量高于人类的外星人是否可以像人类对待动物那样残忍呢?总之,这种从有形到无形、从有限到无限、从已知到未知、从绝对到相对的论析思路显然是极具思辨性的。

这种不以审美而是审智为趋向的散文创作，颠覆了传统散文某些创作理念（比如"真情实感论"），为推动当代散文文体变革做了有意义的实践。如果说九十年代以余秋雨为代表的"大文化散文"在引领中国当代散文由审美向审智发展过程中主要起到了"桥梁"作用的话，那么，以周国平、朱学勤、南帆、韩少功为代表的一批学者和作家以其带有思想性、思辨性或哲理化的创作为当代散文注入了"智性"基因，从而打开了散文创作的新局面。有学者认为，这种转向是历史发展的必然："二十世纪八九十年代，在中国，学者散文成了气候，产生了一种以智取胜的倾向。这是历史的必然，也是逻辑的自然。抒情太滥，幽默太油，走向极端，走向反面，必然要逼出反审美、反抒情、反幽默的审智散文来。"[①] 从这个角度看，韩东又一次居于文学变革前沿，不知不觉间汇入其中，并以其"爱情力学""后来者说""诗人角色"显示了"智性散文"的应有品质。所以，我觉得，韩东应该在九十年代散文创作格局中占有一席之地。

第三节　记人与议事：韩东散文的两大特色

韩东写了很多人物速写类散文。从小商小贩到一般朋友，从邻里亲人到同仁至交，其中举凡有个性、有特点的大都被他写过。北岛、多多、朱文、鲁羊、于坚、杨黎、李冯、毛焰、顾前、苏童、杨争光、伊沙、马原、杨键、小安、金海曙、文钊、乌青、棉棉、张钧、任辉、杨明、尹丽川、白山、狗子、夏红军、新民、任务（画家任辉的孩子）、楼下的小裁缝、"金满楼"的店主、"下面条的"……其中有作家、诗人、文学评论家，也有画家、雕塑家、

---

① 孙绍振：《散文：从审美、审丑（亚审丑）到审智——兼谈当代散文理论建构中历史的和逻辑的统一》，《当代作家评论》2008年第1期。

律师、生意人，有成名成家的大腕儿，也有穷困潦倒的小角色。他们要么是韩东从事文学创作的领路人或启蒙者（比如北岛、多多），要么是韩东大学时代的好友（比如杨争光），要么是文学事业上的志同道合者（比如朱文、鲁羊、于坚、小海、杨黎、顾前、张钧、贺奕、任辉），要么是为韩东所赏识的青年作家（比如乌青、棉棉、狗子、李冯、楚尘），要么是日常生活中遇到的有人性闪光点的各类小人物（比如楼下的小裁缝、"金满楼"的店主）……韩东热衷于为形形色色的人物画像，也是其散文创作中最富特色的内容之一。

韩东笔下的这些人物各有特点，其中对北岛、多多、于坚、朱文、马原、苏童、翟永明等对当代文学产生过重要影响的文学人物的描写，其史料价值不可小觑。因为韩东在谈论这些文学人物时，往往就人物关系置于当时的文学现场中，这样，文学人物、文学思潮及文学变迁史便一同被复现了出来。比如，《长兄为父》《归来者》《又见多多》《特立独行的张钧》《马原在西安》《我和苏童》《孤单如伊沙》《老杨》《求异存同》《无冕之王杨黎》《再见棉棉》等文章都是重要的参考文章。这对我们深入研究北岛及其《今天》、韩东及其"第三代诗歌"、《他们》及八十年代文学思潮、"新生代作家群"以及"九十年代诗歌"都是可资参考的重要资料。更为重要的是，这些文章比较真实地记载了文学人物在具体语境中的言行、心态、文艺观，特别是他们与同代作家互动交锋中的观点，都为补充或丰富有关新时期以来新诗问题的研究提供了难得一见的素材。比如，《长兄为父》就堪称一则文献性质的材料，它对于研究韩东与北岛及《今天》的关系大有助益，对揭示八十年代前期新诗发展风貌及其文化影响大有帮助。

韩东的笔法是灵活多样的，但善于以抓住并突出其中一两点而不顾其余之方法，以简洁笔法描摹出他们的形态、神态，展现他们在人生与事业上的不同凡响处。比如，《信仰者杨键》着重突出人物的言行特点（"安静""沉默"）、精神气质（"清气"）和信仰的纯粹；《孤单如伊沙》紧紧围绕伊沙的外貌（"体制的脸""佛祖塑像""坦荡荡的大肥肉"）和在诗坛上的斗士兼无厘头形象（孤胆英雄、密谋诈死），形象之鲜活跃然纸上；《自卑而天才的乌青》抓住乌青的外貌（很瘦，"肋骨毕露"，比鸡胸还显病态）、性格（"与人隔绝"，"低垂着脑袋"，自卑而安静）、文学抱负（有才华，诗的风格"清洁与纯粹"）及为此而不计付出的创业精神（自掏腰包运营网站），将一个特立独行、才华横溢的文学青年形象展现得淋漓尽致；《马原在西安》重点突出了马原的形貌（"那时的马原非常漂亮，一米八四的个头，五官绝对标致。尤其是他的那双眼睛，分得很开，常常是泪光闪烁的。我有一种幻觉，以为马原的瞳孔是天蓝色的"）和他的文学理想（"将来中国如果有人获得诺贝尔文学奖，那就是我了"，他说得很认真也很激动，连眼睛都湿润了）；《先行后至者顾前》写顾前早年的种种趣事（花半个月工资请朋友吃饭；在电工组，连白炽灯都不会修理）和此后的辛酸遭际（文学上的错位，生活上的穷困落魄），读之，让人顿觉五味杂陈。韩东也乐于为志同道合者画像，并从中获得心灵与精神上的安慰。比如，在《不合时宜的努力》中，一方面，他记述雕塑家杨明的人生经历和专业追求，侧重展现他在雕塑理念上的特立独行及由此而带来的人生与事业上的悲壮性。另一方面，他也情不自禁地把自己置入讲述中，认为自己在小说理念上（将"真"写"假"，写飘起来）与杨明那种一反古典雕塑中由"假"至"真"的途径，转而从物质与材料之"真"开始，并从中呈现出一己生命的艺术实践是不谋而合的。在此，作为小说家的韩东与作为雕塑家的杨明在专业理念与精神追求上产生共鸣。记述杨明及其雕塑理念，实际上也就是表达自己，即借他人酒杯浇自己块垒，特别是他在结尾处评价杨明的那句话——杨明将在一片无情的嘲笑中证明自己的价值和艺术，这是一次为了失败而进行的悲壮的努力——又何尝不是他韩东的遭际呢？

抑制情感的直接抒发，也尽量不流露一己悲欢离合的情绪，是韩东在从事文学创作时一向坚守的底线，但老话说得好啊，"男儿有泪不轻弹，只是未到伤心处"，当人过半百，每每回忆起曾经那些悲欢离合的人与事，那按动键盘的手指恐怕也不受大脑指使了。《我和苏童》《我和争光》《特立独行的张钧》等诸篇都是难得一见的直接流露出作者强烈的私人情绪的作品。

"我和争光断交十年，十年来我会反复做一个梦，就是和他言归于好。"（《我和争光》）

"是的，我和苏童的文学道路是不同的，对文学的理解也有相异之处。但这并不妨碍我对他天分的赞美，尤其他从不故作惊人之语、勤恳认真的风度更是令我折服。这由于文学结下的情谊是难能可贵的。我和苏童并非'殊途同归'，而是'同途殊归'。"（《我和苏童》）

"他的死亡与苦难的生活有关，这还不是主要的。主要的是，他活着的时候，那种通达平静，待人以诚，那种谦卑和专注，乃是生活磨砺的结果。当然，说这些已经晚了。"（《特立独行的张钧》）

在《我和争光》中，韩东历数自己和杨争光的交往经历，从在大学时一起办刊这一事件讲起，谈到毕业后两人的分道扬镳（断交是由韩东首先提出的）以及相遇时的尴尬场景，其中穿插讲述大学假期里在争光老家吃面和相互畅谈理想的经历，表达了渴望重归于好的愿望，也提到了此后平淡无奇的往来。这篇文章可算是韩东在时隔多年后向曾经的好友表达愧疚之作，字里行间所流露出来的情绪与情感跃然纸上。在《我和苏童》中，韩东详细讲述了当年发表苏童短篇小说《桑园留念》的过程和苏童成名后彼此隔阂、交往渐少的事件，交代韩、苏、顾三人合写电影剧本的经历，特别述及作为当年好友之一的顾前因收入低微而在后来交往时彼此谨慎小心（唯恐伤及顾前的自尊）的辛酸往事。其中，对韩、苏、顾三人友情的讲述尤其让人动容："发达"后的苏童请顾前喝"外酒"（顾前语，即"外国的酒"），为顾前小说写序，从不拒绝韩、顾二人的有事相求。韩东在讲述这些场景时，尽管极力保持讲述的客观、冷静，但是不时流露出来的情感倾向还是很明显的。在《特立独行的张钧》中，韩东高度评价了张钧所从事的"新生代"作家采访活动及其研究，并对其人生经历、人格品性给予精当分析，赞赏与爱慕之情也不难体会到。

记事类散文在其创作中也占据相当比重。《老太说保姆》《小狗和邻居》《三个片段》《夜猫们的辛德勒》《一件小事》《我过年》《病牙》《拍电影》《手机的故事》《一条叫旺财的狗》等都是记事类散文的代表作。这类作品中的事皆非什么大事，而是一些类似鸡毛蒜皮的小事，比如，《拍电影》记述了一次拍电影的过程，《夜猫们的辛德勒》记述了某大学校园里的一次大肆搜捕与虐杀流浪猫的事件，《老太说保姆》记述的是业主与保姆之间的互敬互助故事，《小狗和邻居》讲述一次邻里间的虐狗事件。事件虽杂，虽小，但作者就是从这些小事、杂事中开掘出某种新意来，从而给人以豁然开朗之感。比如，《病牙》和《我过年》具体讲述自己生活中的遭遇，都提到了牙疼经过。前者从一颗牙的病变说起，言及牙疼体验以及十年来吃药止疼的经历，最后不得不到医院拔掉，既而上升为对人生的一种认识："生之痛已被遗忘或者说已经习惯了，病、老、死业已开始。从此，我将和病打交道，要学会习惯它、感受它甚至拥抱它。"后者讲述某一年独自在家过年的经过及体验（饥饿加自由），重点写了牙疼所带来的惨淡年景，但作者所要侧重表达的其实是篇末诗歌中的两句话："我的生活就像牙疼／就体会着原本如此的牙疼"。由牙疼这一日常事件升华为对生老病死的思考，这可谓写作主题的转移与升华。再比如，《一条叫旺财的狗》讲述朋友庄园里的一条叫"旺财"的狗如何由清高的"宠物"变得肮脏邋遢，最终变得与当地草狗别无二致的故事。表面上看，作者是在讲述狗的命运变迁，实际上是在说人，即狗如此，人难道就不如此吗？总之，此类作品都不是单纯叙事，而总是在叙事之余发现与表达超脱于故事之上的新经验。同时，这类作品更关注日常风俗、人伦情感、众生世相，较好地显示了作者从容平和、安然自适的生活观以及在此基础上所衍生出来的有序介入现实的人生观。

第四节　韩东散文的修辞向度

作为散文家的韩东是一个亲切、活泼、睿智又有点严肃的知识分子形象，但他的散文创作是超级自由的，无论经验视域，还是方式方法，尽可自由选择。韩东善以或描述或思辨或感悟方式从不同角度进入论题，表达力求直接、准确、有力，绝不纠缠也不玩弄任何形式要素，一切服从于说理与论析，即便融入叙事或情感成分，也以服务于推导过程顺畅展开为前提。他敏于生活观察，乐于理性思考，长于哲学思辨，且边思边写，激情永在。

反抒情：一个突出修辞倾向

韩东散文不仅不以一己情感、情绪和主观世界为直接表现对象。我们在他的散文中很少能看到诸如对一己喜怒哀乐、爱恨情仇、聚散离合的直接表达。从修辞意图上看，他致力于人、事、物及其关系的直接呈现，而非表现。作者虽然一直在"讲述"，但"声音"是长时间缺席或隐匿的。比如，《"亲爱的母亲"》记述一次迁坟经过。一般而言，迁坟是一件令人感触很深的事，即使不伤感，至少也得保持肃穆或敬畏，但作者的讲述语调异常冷静，无任何感慨，只是完完整整地叙述这件事。即使偶有评论，也是这样的话："大姑妈的头骨浑圆、秀气，被一只铁锨铲起，举上来。""这是一个秋天的下午，凉风习习，我的表哥步履稳健，走在郊区的土路上。'亲爱的母亲'就这样在她孩子的怀中待了十分钟。"用

355

"浑圆、秀气"来描述死者的头骨，用"在她孩子的怀中待了十分钟"来表现母子情感，这样的表达与读者预期是相背而行的。这些句子类似小说语言，语调与情感带有一点反讽意味。即使正面表现主观世界，特别是蕴含其中的情感，作者也是极力抑制，有意弱化，甚至略而不表。比如，在《我和苏童》与《我和争光》中，每每忆及与友人的友谊，特别言及彼此间的隔膜或者自己的内疚，韩东都一笔带过，不仅从不深谈，也力避流露主观情绪，其平实与冷静宛然那一切都从未发生一样。但这并不等于说作者的声音彻底撤出文本，而是以隐匿或冷抒情方式一直存在着。比如，在《小狗和邻居》中，自家的小狗因为一泡撒错地点的尿而遭受另一家几口人的虐待，作者只好代狗向人家道歉——"我所做的，只是不断道歉、认错、表示今后不再犯同样的错误（代表星星），并收拾掉小狗的那泡小便，在一片责骂声中把星星抱回了家。"但回家后，小狗受了惊吓，受了内伤，不吃不喝，作者虽然也心疼这只狗的不幸遭遇，但没有由此展开对打狗者的直接谴责。然而接下来，作者说："动物是很敏感的，尤其弱小动物，就像孩子，很小的孩子。由此想到，在父母的雷霆震怒之下，那些还小的孩子将会受到怎样的心理伤害，也许或肯定会影响他们的一生。"在此，作者借狗说事，还是对打狗人的恶毒行为表示不满，但口吻是非常委婉的。在《夜猫们的辛德勒》中，学校发动的虐杀流浪猫行动与毛焰收留并保护那几只流浪猫事件形成鲜明的对比：一方指向恶劣，一方释放善意。虽然作者对此事的评价未置一词，但他在善恶褒贬上的立场还是分明的。由此看，作者并非不表达情感，而是表达方式不同，即他以隐匿式修辞替代了传统的直抒胸臆，从而将情感表达降到零度，既而生成了冷抒情效果。

中国文学的抒情传统可谓源远流长，而以"抒情"命名一个散文类属（"抒情散文"），则更突显了"抒情"作为一种特殊的反映方式、一种主观表现手段、一种意识中的改造途径、一种综合性的修辞方式，在中国散文史上的巨大影响力。与此同时，"真情实感论"曾被不同时代作家当作无需也无可置疑的理论予以实践。但文学史的发展也不断证明，"抒情散文"及"真情实感论"也并非总是指向真善美，而在很多时候恰恰指向其反面。这是因为，抒情需"有感而发""有为而发"，需要节制和转化，否则就走向滥情或矫情一途，甚至沦为某种意识的传声筒。散文发展到二十世纪九十年代，出现了一个"反抒情"写作的思潮。这既是散文家们的有意行为、一次反拨，也是散文写作应有之义。因为散文可以抒情，也可以叙事；可以审美，可以审丑，也可以审智；可以以主观世界为表现对象，也可以以客观世界为表现对象。所以，散文写作是自由的，没有什么不可写的素材，但前提必须以"艺术真实"为准则，否则抒情又要陷入假大空的老路上去了。

代偿：面向自我的表达

所谓"代偿"即替代与修复，"代偿表达"即对自我在不同历史境遇中的替代性或修复性表达。每位作家从童年到成年都会不同程度地经受磨难与创伤，比如，萧红少女时期的悲苦经历，路遥早年的一贫如洗，莫言早年的挨饿经历，阿乙青年时期历经八年的痛苦暗恋，等等，都可形成蔓延一生的创伤记忆。这些早年经历与经验虽长久沉淀于作家意识深处，但随着年龄增长及艺术经验的成熟，在经由主客之间长期互融与互审后，便会转化为审美经验的一部分，一经某个合适的机缘，便会转化为文学创作行为。因此，无论采用何种文体何种方式，任何一位作家都不同程度地展开过或将要展开有关"自我"在不同历史境遇中的代偿性表达。郁达夫的《沉沦》、萧红的《呼兰河传》、路遥的《平凡的世界》、杨沫的《青春之歌》、莫言的《透明的红萝卜》、庐隐的《海滨故人》就是这么被创作出来的，都是代偿表达的典型代表作。

韩东早年有过长期的乡间生活经历，这为成年后的韩东从事文学创作源源不断地提供了写作素材。可以说，韩东那些有关下放题材的小说、诗歌和散文创作都有其真实的生活经历。诚如弗兰纳里·奥康纳所言："任何活过童年岁月的人都已经有了足够的生活素材，足以让他在之后的人生中反复回味。如果你无法在很有限的经验中找到可写的东西，那么即便你有充足的经验，你也写不出来。作家的工作是审思经验，而非把自己变作经验的一部分。"[1] 韩东没有"把自己变作经验的一部分"，他不仅反反复复审思经验，还反复使用同一素材，力图从"很有限的经验中找到可写的东西"。具体到韩东散文创作，他有两类文章描写了"下放"生活：一类是以非虚构方式直接记述早年随父下乡经历的文章，如"风、火"部分以单字为题的十二篇短小随笔作品。这些文章围绕缸、肉、灯、泥、房、衣、药、寿、学、河、风、火、渔等描写对象，或以冷静语调陈述往事，或以白描手法描绘风物，或以素淡笔触呈现关系，都是对韩东童年、少年生活时期所见所感的真实记录。而这十几篇文章所记述的内容就是韩东反复审视与运用的素材库，无论长篇小说《扎根》《小城好汉之英特迈往》与《知青变形记》，还是他的众多短篇小说，都可见出韩东对这些材料的直接征用。另一类是陆陆续续写出的回忆性文章，比如《前、后南京》《露天电影》《转学》《戴老师》《闹地震》《吐痰的陋习》《饿、吃、吐》，也都从不同角度不同程度地涉及了早年的"下放"生活。韩东不厌其烦地记述那段生活，同时用诗歌、小说、散文三种文体予以表现，显然具有明显的代偿表达倾向。

韩东散文代偿表达的另一个向度集中体现在对过往人事的回忆性书写方面。这里既有对青春期成长过程中压抑与烦恼情绪的表达（比如《我的"七八级"》《我们那时候》），也有对朋友间一波三

---

[1] ［美］弗兰纳里·奥康纳：《小说的本质和目的》，钱佳楠译，《上海文化》2017年第3期。

折交往经历的讲述（比如《我和争光》）；既有对自己不当言行与心态的剖析（比如《求异存同》《我和争光》），也有对人事变迁与人性恒常之无限感慨的描写（比如《我和苏童》）；既有对过往岁月中已逝亲人光影的记述（比如《刘伯伯走好》《"我的母亲韩国英"》），也有对故乡与故土的奠纪式书写（比如《前、后南京》）……这些作品都是充分面向自我的，不仅涉及童年经历、大学生活、人生恩怨等广泛内容，还显示了韩东作为一名独立型知识精英的健全的人格结构和独异的人性风景。比如，在《求异存同》中，作者记述与于坚从相识到相交经历，历数那些让作者深感内疚的事件："我与老于在文学观上的'求异存同'以及由此而引发的没日没夜的辩论、争吵乃至网上反目；老于在与我辩论时常常处于下风，被我'欺负'得满脸无奈；我总是挑老于的毛病；我给老于写信，表达和好的愿望，老于只用'怎么办呢？我到底比你大几岁'一句回复。"在此，韩东的好斗、得理不饶人、自感良好、知人识人，于坚的厚道、宽容、复杂、天真以及爱说大话，皆跃然纸上。韩东向于坚表达了歉意，认为自己是在欺负老实人，此前所作所为令人汗颜，从中体会到了老于的肚量和人格的伟大，并为老于圣徒般的文学形象和自律严谨的生活习惯所深深折服。无独有偶，在《我和争光》中，韩东向曾经的同学与好友杨争光主动发出和好的请求，并对当年在天津向争光单方宣布"断交"的行为深表歉意。在《我和苏童》中，韩东也委婉地提到与苏童在文学理念上的分歧以及某个时期彼此间在情感与言行上的隔膜。由此看，他时常反省自身缺陷，敢于认错，并予以真诚追悔。这种针对"自我"的审视与表达将韩东的人品与形象衬托得熠熠生辉。

冷幽默：一种为文方式

在中国新文学史上，幽默作为一种人生内容、生活态度或处世方式和为文的修辞手段，在林语堂、周作人、钱钟书、老舍、王蒙等新文学作家的创作实践中大放异彩。在中国现代散文史上，幽默作为一种理论经由林语堂倡导和实践后，更是成为现代散文创作主流一脉而光耀百年。散文天然地适合表现幽默，已被"五四"时期的新文学开创者们的文学实践所证明。虽然不能把韩东散文创作归入幽默一途，而且也看不出他对"幽默"理论的有意倡导，但他的散文又分明融入了幽默成分（《以前的夏天》），并以此主导文本意蕴的生成，则是显而易见的事实。比如，在《写长篇》中，他以女人怀孕、生孩子的过程以及其中所潜隐着的危险和诸多不定因素来类比和阐述写长篇的过程和感受，这样的描写既生动、形象，又不乏幽默。不过，像这种辐射全篇的幽默在韩东散文中并不多见，它作为一种方式更多时候辅助于对某一细节或某一场景的营构，比如，在《过马路的时候要当心》中，他以异常严肃的口吻谈论人之生、老、病、死，在第二段最后突然冒出一句话——"诸位，过马路的时候要当心了"，显然，这句调皮性的话使得严肃的论说突然变得轻松起来了；在《以前的夏天》中，作者一板一眼地言说与夏天有关的往事和度夏方式，一直从过去讲到现在，声言夏天多么多么热，让他多么多么难熬，但在文末，话语突然一转——"只是有一个问题，大家都不出汗了。我说怎么这么郁闷呢，原来憋得慌！"这一正一反式的陡转笔法颇能彰显韩东在语言表达上的幽默风格。

韩东的幽默不是刻意为之的，而是根据题材或内容而随意点染的结果。更多时候，他散文中的幽默不带有夸张色彩，也不会让人忍俊不禁地笑出声来，故它是冷幽默。比如，在《两条不叫的狗》中，以"北狗南狗"指称北京的狗子和南京的顾前（属狗的）这两位作家，以"不叫的狗"来喻指这两位作家懒散无聊、柔弱敏感、不善于张扬的生命姿态。这种表达方式本身就颇富幽默，但韩东所言并非贬义，而是先抑后扬、以贬写褒，着力突出两位作家在人生与文学造诣上的不同寻常。作者说：《一个啤酒主义者的自白》是我迄今读到的中国最好的长篇之一。顾前的短篇在江湖上亦被不少人传阅，有人将其誉为'共和国的经典'，置于枕边，百读不厌。"但就是这样两位优秀小说家却从来不做自我包装与宣传（"可惜的是狗子和顾前这两条狗就是不叫"），于是便出现了如作者所说的结果——他俩"在更大范围内闻达便成为问题"。在文末，作者以幽默笔触写道："但民间有一句话：会叫的狗不咬人，会咬人的狗不叫。既然狗子和顾前是两条会咬人的不叫的狗，我就在这里为他们叫一声吧。"韩东一句一个"狗"，由国外名家（"契诃夫说：大狗要叫，小狗要叫"）口吻中的狗讲到中国民谣中的狗，最后干脆自己也变成一只狗，为推介朋友及其作品而不遗余力地鼓与呼。这样的描写（比喻）的确不同凡响！

劝诫：引而不发，或有限介入

一般认为，韩东不是介入型作家，即他对现实生活的态度重在呈现或揭示，但极少引领或批判。如果只是从其小说与诗歌创作状况来看，这种认识是大体合乎其创作实际的。但一旦将其散文创作也考量在内，这种认识就站不住脚了。他不但写了大量反映现实生活的作品，还以公共知识分子形象积极评判公共问题，特别在大是大非问题上总是积极介入，真假对错、褒贬好恶，从不掩饰。比如，在《农村包围城市》中，他谈论进城的农民工问题，认为城市的建设与发展离不开他们，城里人的排外心理与势利眼光是尤须警惕的，而对他们而言，"是否有理解力和同情心以及尊重他人的习惯不仅是一个人个人修养问题，同时也是一个社会稳定与和谐的大问题"。在《谈恐怖主义》中，他分析当今恐怖主义的存在原因、表现形式和现实危害，最后亮明观点：必须以"强硬、更强硬，暴力、更暴力"的手段对之展开彻底的斗争。在《非现实的战争》中，他针对国人在争相观看美伊战争时的看客心态展开分析，揭批在他们兴奋与游戏背后所潜隐着的冷漠、麻木和残忍，呼吁人与人、族与族、国与国之间当彼此包容、理解和关爱，要"通过心去感受另一颗心"。此外，《幼稚的人类》批判人类的欺软怕硬（欺负与虐杀动物）、放纵残忍，认为"目前的人类就像幼儿一样幼稚"；《跑题残疾》批判世人在对待残疾人时的冷漠无情，批判人为设置的等级秩序，倡导众生平等；《权力之路》剖析权力的本质和持权者的扭曲心态……这些文章无论揭示还是批判都可谓入木三分。即便像《从一只狗说起》《老太说保姆》《小狗和邻居》《夜猫们的辛德勒》这类侧重于记事（以事说理）的文章，虽不是如上所示观点分明、一目了然，但蕴含于其中的作者的价值倾向还是不难把握的。

韩东在微博中写了很多格言体小散文，其内容丰富多彩，形式不拘一格。它们少则一两句话，多则几百字，或谈创作体会，或谈人世百态，或谈哲理感悟，都凝练隽永，经得起反复咀嚼。而其中那些关注公共事务、聚焦社会问题的文字则突显了韩东作为一位独立型知识分子的介入情怀。比如："每个人都很可怜，但作为一个族类却罪大恶极，看看动物们的悲惨！我们吃肉、屠杀、虐待……真是太耸人听闻了。这一部分完全被遮掩了，但实际上人人有份。因此，若有天道有因果，无论我们遭遇什么不幸都是正当的。若有上帝还是个真上帝，他就不是基督徒的，也不是全人类的，而是全体有情生命的。其正义就人类立场而言便会全然不可理解。"[①]在韩东格言体散文中，虽然像这样直接以介入姿态反思人类自身贪婪、残忍本性的文字并不多见，但这些带有杂感性质的文字却相当清晰地展现了他在面对当代中国一系列社会问题和人类自身弊端时的鲜明态度和评判标准。

由上可看出，小说、诗歌中的韩东与散文中的韩东是不一样

---

① 见韩东新浪微博。

的：在前者中，他孜孜以求于对"真理"与"关系"的探寻与建构，并心安理得地沉潜于其中，从而表现为一个空灵的不食人间烟火的主体形象；在后者中，他切近现实生活，表达个人观点，积极介入公共空间，作为一个独立介入型知识分子的形象非常清晰地显示了出来。他在诗歌中凌空高蹈，在小说中虚无缥缈，而在散文中则脚踏实地。这一现象颇值得关注与思考：到底哪些因素导致了韩东在身份认知与文学表达上的这种差异？首先，这里固然有文体上的原因，比如，散文本来就是融审美与实用于一体的两栖文体，它既可审美，也可审丑，还可审智，其文体实践远比诗歌与小说要自由、灵活得多。散文可以不需要想象，不需要虚构，即直接对接生活，而且在写法上几乎没有任何限制。可以说，韩东在散文中的脚踏实地、积极介入首先与散文文体自由开放的特征息息相关。其次，这可能也与其创作实际有关。他在诗歌中拥抱"虚无"，追求从无到无，他把小说命名为"虚构小说"，寻求以假生真，从不可能到可能，他无所依傍地飘在空中太久了，他似乎幻想如夸父逐日般激情永在，但事实上"激情永在"不仅违背能量守恒定律，即使笃信，也仅仅是一人的幻想或行动。他的确需要找个中转站落落脚，落到实处，补充点能量。我觉得，散文创作之于韩东的意义大体可作如是观。

第十二章　电影论

第一节　"作家电影"：韩东电影的渊源与谱系

二十世纪八十年代是中国文学的黄金时期，作家处于社会中心地位，进入九十年代，大众文化兴起，伴随文学的边缘化，作家也由中心逐渐退居边缘。而影视与大众文化的互融以及联袂制造出来的看得见摸得着的巨额利润，成为世纪末中国最为耀眼的风景之一。一批有才华的作家纷纷跳槽，或委身于张艺谋、冯小刚、姜文这样的大导演，或与张元、贾樟柯、管虎这样的新生代导演合作，或者像王朔、李冯、刘恒、韩东这样的作家经由一番委身或合作后干脆自立门户、分家单干，一时蔚然成风。不过，这一时期文学与电影的结缘在编剧领域体现得更为明显，即一大批作家涌入电影领域，主要是以带有文学性的剧本写作，给中国九十年代以来的电影提供了巨大支撑。其实，无论像刘恒、刘毅然、崔子恩这类已经彻底完成身份转向的作家，还是像余华、刘震云、苏童、莫言、马原这类兼职从事电影剧本写作的文学界名家，他们对中国当代电影的贡献是有目共睹的。

作家跨界做导演更是值得关注的热门话题。在九十年代，从作家到导演，王朔可算是较早跨界成功的作家代表。他的电影处女作《爸爸》（又叫《冤家父子》）改编自他的小说《我是你爸爸》，虽然因其带有明显的自我炒作行为和赤裸裸的商业企图而一直备受业界诟病，但他在九十年代将作家与导演、文学与电影密切连在一起并小有成就，也可算是为中国当代"作家电影"的兴起做了一次有益的尝试。此后，以执导拍摄现代小说名著为己任的刘毅然[①]、作为先锋小说代表作家之一的马原在九十年代全面涉足影视[②]，执导过《海鲜》和《云的南方》的新生代小说家朱文，始终聚焦"同性恋"题材的崔子恩（代表作有《男男女女》《旧约》《丑角的登场》），执导《公园》和《牛郎织女》的女诗人尹丽川，执导《好多大米》和《黄金周》的诗人李红旗，以及最近执导《在码头》的诗人韩东，也都堪称业界楷模。这些导演都有长时间的文学写作经验，他们执导的影片因其对边缘群体的关注、制作的非主流化、对思想与艺术的探求以及明显的文学气质而自成一路。笔者无法确定他们是否深受法国"左岸派"和其他诸多有关"作家电影"理念潜移默化的影响或启发，但从编导理念到拍摄风格，这一路电影与二十世纪五十年代发源于法国的"左岸派"电影[③]（又被称为"作家电影"）的导

① 刘毅然，籍贯江西，生长在北京，毕业于北京师范大学研究生院，文学硕士。解放军艺术学院文学系原教授，从教二十余年，现为作家、编剧、导演。著有《摇滚青年》（中篇小说）、《西部故事》（长篇小说）、《父亲与河》（长篇小说）。早在1988年，其小说《摇滚青年》就被导演田壮壮搬上银幕，他自任编剧。随后，他与王朔、刘恒、莫言、刘震云等人成立海马影视创作中心。1994年，由编剧转行导演，致力于中国现代小说名著的改编、执导与拍摄。代表作有《春风沉醉的晚上》《沉沦》《霜叶红于二月花》《江湖行》《星火》。

② 1991年，他将自己的《拉萨的小男人》改编成了电视剧。后来拍摄长达24集的《中国作家梦——许多种声音》。2005年，集导演、编剧与演员于一身，将自己的小说《游神》《死亡的诗意》搬上银幕，同时拍摄电视剧《玉秧》。不过，这些作品影响力不大。

③ "左岸派"电影，是二十世纪五十年代出现于法国的一个电影流派。该流派深受存在主义和结构主义哲学思潮影响，主要代表人物有：阿伦·雷乃（戏剧家）、克里斯·马克（导演、编剧）、阿兰·罗布－格里耶（小说家）、玛格丽特·杜拉斯（小说家、戏剧家）、亨利·科尔比（戏剧家、散文家）。因为他们都住在巴黎塞纳河左岸，故得此名。又因为该派成员大都是作家，故又称"作家电影"。他们试图用电影手法来表现人的内心世界或具有人类普遍意义的主题。该流派影视代表作主

演构成、执导理念、电影风格还是有着更多的相似处，则是确定无疑的。

进入新世纪，一个值得关注的现象是，已在影视圈混出名堂的编剧家开始转行做导演，并且执导的影片颇受欢迎。比如，刘恒执导的《汉武大帝》《少年天子》，曾为张艺谋电影做编剧的李冯执导的《疯狂白领》《东奔西游》《不败雄心》。类似刘恒、李冯这类长期在影视圈任编剧并因之而迅速积攒下资本的作家后来转行做导演也是顺理成章之事。他们谙熟电影市场规律，拥有丰富的人脉资源，其能量与运作都是刘毅然、马原那一代作家所不能比拟的。不过，他们从事电影拍摄与制作基本是一种以营利为根本目的的纯粹商业行为。所以，从严格意义上讲，他们不能归于真正的"作家电影"范畴。虽然由刘震云任编剧的《我叫刘跃进》曾被称为中国第一部"作家电影"，但也仅停留于口号层面，最后还是难逃商业宣传之"阴谋"。其实，在当代中国，真正的"作家电影"应是第六代导演中的张元、贾樟柯、王小帅以及后来出现的朱文、尹丽川、李红旗、韩东等作家导演拍摄的部分影片，比如《冬春的日子》(王小帅)、《妈妈》(张元)、《海鲜》(朱文)、《好多大米》(李红旗)、《在码头》(韩东)。那么，何谓"作家电影"呢？按照西方学者的界定："'作家电影'广义上具有双重含义，其一它意味着影片的导演即影片的创作者，影片必须具有强烈的文学特征和个人化风格；其二影片的剧本摒弃改编名著，而只是拍为电影原创的剧本，其中大部分是以作家身份担任导演并为电影创作剧本，影片中许多表现手法因而来源于对文学表现手法的借

要有：《雕像也在死亡》(阿伦·雷乃，1953年)、《广岛之恋》(编剧玛格丽特·杜拉斯、导演阿伦·雷乃，1959年)、《去年在马里安巴》(编剧阿兰·罗布－格里耶、导演阿伦·雷乃，1961年)、《他说要摧毁》(编剧兼导演玛格丽特·杜拉斯，1969年)、《不朽的女人》(编剧阿兰·罗布－格里耶，1963年)、《横越欧洲的快车》(编剧阿兰·罗布－格里耶，1966年)、《印度之歌》(编剧兼导演玛格丽特·杜拉斯，1975年)。

鉴。"① 当然，因中西文化不同，此"作家电影"与彼"作家电影"非同一概念，但在其内涵与外延方面仍然有着很多重合处。我觉得，所谓"作家电影"也即作家凭借自身丰富的文学经验和对电影艺术的个性化认知而拍摄出来带有极强实验性、探索性的电影。其特点主要有：从演员、编剧、导演到制片一般由经验与阅历皆丰富的非电影专业人士（以作家、诗人或具有突出文学气质的电影界人士为主体）担纲；聚焦社会热点问题，或探讨人、人性、生命，寓意抽象，尤其擅长思想与哲理表达；艺术形式上不拘一格，不按常规套路出牌，比如善于采用跳剪、循环剪辑等手法打乱时空，重视自然音效，讲究构图与布光，突出台词和音乐的表现效果，文学色彩突出。这种带有实验性、探索性的拍摄实践不但是对主流电影界的反动，对观众的观影经验和心理预期也构成了极大挑战。这些电影带有小众性，缺陷也不少，但其在当下电影生态场中的意义不可轻视。

文学是电影之母，姑且不论是否有夸大之嫌，但中外电影史却以无可争议的事实证明，一大批改编自文学名著的电影最后都成了脍炙人口、老少皆宜的经典。比如改编自《飘》的《乱世佳人》，改编自雷马克同名小说的《西线无战事》，改编自莫言小说的《红高粱》，改编自余华同名长篇小说的《活着》，等等。然而，对于九十年代以来的中国电影而言，除少数几部作品（比如《霸王别姬》《周渔的火车》《天下无贼》《红高粱》《可可西里》《活着》《萧红》）外，绝大部分电影缺乏足够的文学品质和人文内涵。抽离掉文学品性的大制作与单纯依靠技术主义支撑起来的视觉盛宴（比如张艺谋的《英雄》《满城尽带黄金甲》）虽赢得了票房但输了口碑。《夜宴》《赤壁》《赵氏孤儿》《金陵十三钗》《画皮》等改编自传统文学（或历史）题材的电影也没达到预期效果，反而因其执拗地置

① ［美］爱德华·茂莱：《电影化的想象：作家和电影》，邵牧君译，中国电影出版社1989年，第25页。

入低俗内容以迎合大众趣味——比如《赤壁》和《金陵十三钗》中加入床戏，《夜宴》置入滥俗的当代情感——而备受诟病。但电影毕竟是一门综合艺术，文学性的有无或强弱仅是为其赢得口碑的要素之一。而如何做到口碑好，市场收益好，永远都是一个难题。比如，《白鹿原》（导演兼编剧王全安）和《温故一九四二》（导演冯小刚，编剧刘震云）的上映的确口碑不错，但市场效果一般。目前，在中国电影界，将二者融合得最好、做得最成功的导演当数姜文，似乎也只有他一人。

二十世纪九十年代中期后，伴随"长沙会议"①的召开和"青年电影工程"②的启动，第六代导演和新生代导演群体纷纷向主流回归。当他们从理念、题材、内容到风格实现了彻底的转型，不但主动皈依主流，而且重申以前的独立立场，那么，所谓"作家电影"名号也就名不副实了。而在这个转型背景下，以朱文、李红旗、韩东、尹丽川为代表的一批新生代作家——作为中国当代"作家电影"导演中并不多见的几个代表——突入影视圈，带着对文学的原初体验从事电影拍摄与制作，其价值和意义自不待言。尽管他们在执导理念和风格上各各不同，但他们的独立精神以及在此烛照下所展开的对真实生活的揭示，对边缘群体的观照，对人之存在可能的开掘，则更多表现出了一致性。比如，朱文的《海鲜》讲述城市妓女故事，韩东的《在码头》聚焦江边码头社会，崔子恩的《丑角登场》记录变性人生活，李红旗的《好多大米》呈现几个小人物落魄而无聊的生活，等等。他们不避敏感题材，直面社会热点，敢于求真、写真，处处显示着那份来自生活的朴野、真诚与勇气。他

---

① 1996年3月23日至26日在长沙召开了全国电影工作会议，被称为"长沙会议"。会议提出在"九五"期间每年要生产出10部精品电影，以此带动中国电影事业的繁荣发展。

② 1998年北京电影制片厂和上海电影制片厂分别推行了"9830工程"（又称"青年电影工程"）和"新主流电影"。这种官方、制片厂和青年电影人共同创立的工程对第六代导演和新生代导演构成了很大吸引力。

们的作品虽然幼稚，缺点多多，且大都为小制作、小格局，但他们独立的价值立场、导演理念、电影理想与情怀，以及由此给当代电影所带来的新气象，都是可期可待的。

然而，"作家电影"在当代中国毕竟是一个新生事物，作为非主流电影，其在中国当代电影生态场域中的角色定位与发展现状相当边缘、尴尬。"在今天这样一个大众传媒泛滥成灾、商业化色彩浓厚的时代，影视作品作为一种重要的大众文化产品，必须为大众提供可以消费的大众形象，以实现经济利益的最大化，可是作家导演对观众的需求以及技术掌握肯定不如专门从事商业电影的导演及其团队，因此许多作家导演面临的问题是没有资金和观众。"[1] 投资人的唯一目的是营利，资本逐利的天性会让导演们的思想与抱负显得很尴尬，太曲高和寡，拍得不沾烟火气，观众是不认账的；而一味迁就市场和大众趣味，作家导演们又不会同意。市场（营利）与艺术从来就是一对矛盾，既彼此关联，又各自发展，如何权衡利弊，找到最佳结合点，是任何一位作家导演所要殚精竭虑地思考并予以解决的事情。韩东拍摄《在码头》的经验或许可提供借鉴。在韩东看来，电影是集体项目，并非像写小说那样完全是个人的事，而作为导演，既要拍出自己想要的效果，同时也必须考虑到投资方的利益。

这种既不拒观众也不盲从市场的做法是权衡利弊、多方妥协的结果，当然也是双赢。尽管如此，《在码头》在拍摄过程中还是遇到了资金瓶颈，为使项目进行下去，韩东在微信上发布寻求投资方的公告，愿出让5%的股权，以100万元（溢价）解决燃眉之急。事实上，韩东及其《在码头》所遇到的融资难一事不仅仅是个案，而具有广泛的代表性。这揭示了当下作家导演普遍遇到的发展困境。

---

① 周根红：《"作家导演"与主体性的重塑》，《北京电影学院学报》2012年第1期。

第二节 "做作品"：韩东的电影理念与实践

　　韩东与电影结缘是全方位的。他不仅参与成立"十诗人电影公司"，而且，从编剧、策划、演出到导演，他都从事过。他主演过《好多大米》①《下午狗叫》②，客串过《公路美人》《天注定》(饰演一个富商嫖客)，为贾樟柯创作电影剧本《在清朝》，担任导演拍摄《在码头》。这些电影从编剧到演员，再到导演，大都由作家、诗人担纲，无论演剧内容、拍摄风格，还是影响与接受，都不同于主流电影。这不难理解：一方面，因为他们大都非科班出身，基本凭借一己兴趣、财力与理念从事电影拍摄与制作，所以，他们不按正常套路生产出来的电影作品自然就大大超出我们的预期。另一方面，这些电影普遍弱化故事性，或不以讲述好看的故事为重点，即使有故事，故事与故事之间也缺乏清晰的逻辑性，加之理念很浓，所以，给观众的观影感觉也不同于寻常。因这些电影大都是非专业人士的业余拍摄、制作，又带有很强的实验色彩，故有人将之称作"作者电影""诗人电影""作家电影""文学电影""新浪潮电影"。

　　对韩东而言，拍电影和从事文学写作是两个完全不同但也并行不悖的工作，但投身电影领域却有其深层原因：其一，破解自闭，寻求突围。他对自己的文学创作以及深处其中的精神状态给予深刻反思，尤其对长期以来潜滋暗长着的种种"怪癖"深感厌恶、不堪忍受："某些时候，我厌烦了文学写作的孤立、封闭。那是一个人可以完成的工作，久而久之，经年累月，与孤独做伴倒在其次。它也培育了一个人的自恋和自以为是的怪癖。专注对工作而言是必要的，但保守、狭隘、自说自话却大可不必，伤害了精神生活的前

---

① 李红旗任导演，朱文任编剧，韩东、张跃东主演。
② 张跃东任导演，韩东、小河、楚尘、狗子、顾前、万晓利出演。

景，使之成为一个有底的桶，而非通向广大的必经的隧道。"① 在韩东看来，因为拍电影是一种集体活动，集多种智力与专业于一体，不仅上述所谓自恋、自以为是、保守、狭隘、自说自话等种种"怪癖"实现有效消解，更重要的是，这一过程也是"一种关于精神健康的医疗"。其二，拍电影给予韩东有关创作与人生的全新体验。一部电影从几个概念到付诸行动，再到最终完成，每一步都充满着不确定性。他对电影的制作部分充满了热情，着迷于其中的工序之美以及所产生的节奏，并从中获得完全不同于文学写作的快感。这种指向种种"可能"的实践为韩东在"激情永在"的虚无之路上不断前进、寻找意义又一次指明了方向，提供了能量。同时，这一活动不仅充实了人生，也扩张了他对创作活动的深入理解："拍电影就像盖房子，就像搞工程，就像建立纪念碑（物理意义的），和在一张纸上或在电脑显示屏上的运作性质完全不同。电影有更多的人参与，有更具体的实在（一部电影和其中的形象）、容纳性更强更繁杂的过程，等等。但在某些时候，我总是提醒自己，要回到写作或与写作相似的目的上。这就是做作品。"② 韩东把拍摄电影看成了一种支撑生命与创作的非功利性活动，至于伴随其中的资本、地位、虚荣则不是他刻意追求的："我大概永远也不想混圈子，成为名利场中的一员。在文学写作中我能做到的事，应该在拍电影这事上也能做到，也会这么做。""做一个外行和异类，以作家的身份去拍电影，以做作品的目的混迹于电影界，这便是我想的。大不了，带回一堆关于拍电影的素材写一部扎扎实实的长篇，我想也值了。"③ 在当代电影界，能秉承这样的姿态与理念的不能说没有，即使有恐怕也是凤毛麟角吧。

韩东的电影理念与其在文学实践中的指导思想是一脉相承的。

---

① 韩东：《我拍电影》，见 2017 年 5 月 19 日韩东新浪微博。

② 同上。

③ 同上。

电影何为？从具体实践情况看，直面真实（人、事、物及其关系），特别是直面深置其中的不确定性，以及由此而衍生出来的种种可能，作为一种理念、思想或方法，在他主演或参演过的几部电影中得到充分展现。因而，这些影片在意义指向上突出表现为两种情况：一种是意义较为抽象，不易读解，带有诗之气质。比如，《下午狗叫》讲述了三则不完整的故事，每则故事都有独立的标题，恰似三场独立的话剧，人物彼此交错，意义就是在这种关联中生成。这部电影画面抽象带有寓意，既指向实，又趋向虚，给人以深刻印象。无论有关放羊人与房客埋一根柱子的画面（梦中之梦），一个修理工向河中丢了一个木桩的场景（梦境），还是一个农夫突然发现摆摊前多了一根柱子的细节（实境），都指向对意识与世界、虚境与实境之关系的深入探讨与表现。这种表达方法与文学多么相似！大千世界，"关系"不定，"可能"重生，梦中之梦未必假，现实之像未必真，真真假假又有谁说得清。另一种是意义不清晰，模糊不堪甚至无意义。比如，在《好多大米》中，韩东饰演的毛老师对生活心不在焉，他离家出走，来到肥城，找到小何，开始了一段新生活，然后在此发生了一些争执，中间谈了一场滑稽的恋爱（女人是小何从交友中心带回来的），最后带着一袋来历不明的大米离开相处了十几天的女人和主人。如果单从故事情节来看，这部电影真可谓空虚、无聊，不仅故事平淡、碎片化，而且意义指向不明。如说有"意义"，那只能留待观众自己去解读了。所以，在豆瓣评论中，有人将之说得一无是处，甚至谩骂乃至人身攻击，但也有人高度认可这部电影，说它具有实验性，侧重揭示了生活荒诞性，有人甚至认为它"是一部像小说的电影"：《好多大米》就是以小说的口吻在叙述生活。具体而言，就是给出了生活的各种可能性：预言，重复，倒退。……但这部电影大体还是要说虚无。生活中很多东西就是很虚的东西，这就和小说联系上了，小说离不开虚构，同样对于生活有时候也要换一种眼光去审视。"① 不过，我倒觉得后一种观点倒也合乎实际，发人深省，而这恰恰反映了导演在拍摄理念上的特立独行。

在新生代作家群体中，由文学转到电影领域从事编剧或兼职做导演者较为常见（比如东西、李冯、朱文、尹丽川），而身兼诗人、演员、编剧、导演四种身份于一体则较为少见。虽然后三种角色对韩东而言皆非专业，且从事时间也不长，但那份认真与执着即使在同行中也堪称楷模。作为演员，他边演边练，仔细揣摩每一个环节，同时也敢于独抒己见，甚至不惜违逆导演原初构想，其职业态度与职业精神足够敬业。"总结这次拍电影，我觉得自己有三点收获：一、这是一个与老朋友相聚的机会。……二、认识了一些新朋友，像男二号张跃东，通过工作和相处彼此了解和欣赏，也是人生的一件快事。三、一举克服了在电影方面的自卑感。"② 这是韩东在拍摄完《好多大米》后写的随感，由此即可窥见韩东初入电影圈时既青涩又兴奋的心态。饰演过几部电影后，韩东开始试水导演工作。

韩东在执导理念上更多实践的是"作家电影"的路子。在他参演和执导的电影中，诸如好看的故事、有血有肉的人物、确定的主题、有预期的意义等似不是其刻意追求的；相反，作为导演，他在理念与实践上往往走向这些大众电影的反面，诸如故事非逻辑化、人物符号化、情景抽象化、意义模糊化更成为其根深蒂固的执导理念。这样的理念显然不合乎一般电影观众的欣赏趣味，或者说，它在"根"上就没想到要走纯粹技术化、工业化生产的路子，是面向"我"而不顾及或者至少不讨好"你"的内向叙事。无论娱乐化的类型片（比如《泰囧》《祖宗十九代》）、高投入的面向国际的大制作（比如《英雄》《满城尽带黄金甲》），还是弘扬主旋律的商业大

---

① 见豆瓣评论。

② 韩东：《拍电影》，《夜行人》，重庆大学出版社 2011 年，第 173 页。

片（比如《湄公河行动》《红海行动》），他在执导理念和预期上都以"你"的趣味和反映为根据，并以此作为评判一部影片优劣与否的根本标准。但作家电影不以追求票房数据为唯一目的，而是以是否完成自我理念的表达，是否拍出"我"想象中的理想电影为主要追求。从演员、编剧到导演，从拍摄、剪辑到发行，整部电影也可能都由非专业人员（没上过电影院校或受过专门训练）来完成，整个过程酷似作家的写作，或者说把电影拍摄的过程就当作作家的写作。在国内电影界，姜文、贾樟柯、韩东、李红旗、朱文等堪称"作家电影"的优秀导演代表。当然，在艺术与市场两方面都做得最好的当数姜文，他是导演中的天才，由他执导的《鬼子来了》《太阳照常升起》《阳光灿烂的日子》《子弹在飞》在中国当代电影史上都堪称经典之作。对韩东而言，他的导演事业才刚刚起步，未来究竟如何，只能付诸一己执念和时间了。

第三节 《在码头》的改编与影像叙事

中篇小说《在码头》完稿于 1998 年 1 月 25 日，发表于《收获》1998 年第 2 期。小说讲述王智（大学教师）、马宁、费俊三人为老卜送行，由于晚点而不得不滞留在码头，后因偶然小事而卷入了一场与地痞（以"壮汉"为代表）、民警（小李）莫名其妙的纠纷之中。《在码头》由一系列基本事件构成：

一、三人为老卜送行，一起在码头南岸一餐馆里吃了一顿饭。

二、乘轮渡到达江北火车站，但由于晚点错过了火车，不得不返回码头。

三、闲来无事，王智买了一瓶汽水，喝完后，将之丢在水泥地板上，瓶子碎成几片。

四、老卜与女售货员搭讪、调情。

五、老卜在候船室里跳霹雳舞，遭壮汉无理取闹，老卜与壮汉发生争执。

六、壮汉以老卜携带不法物品为由，非要查验，老卜不允，发生肢体冲突。

七、壮汉小马仔瘦子前来支援，还未出手，便被地上的玻璃片扎伤了脚。

八、壮汉一口咬定老卜包里有东西，要带他们去民警室检查。

九、老卜跑掉。王智、马宁、费俊与壮汉及其同伙周旋。

十、王智、马宁、费俊随壮汉一起来到民警室。

十一、民警小李对壮汉的状告不以为然，偏袒王智三人。

十二、壮汉与小李起冲突，扭打在一起。小李被壮汉拽掉了一把头发。众人围观。

十三、老卜躲在票房室内。瘦子一伙人前来捉拿。中年女人保护了老卜。

十四、瘦子来到民警室，告知老卜并没有离开码头的消息。王智等人与瘦子据理力争。

十五、副所长及另一民警来到民警室，捉走壮汉。壮汉被审讯、拷打。

十六、民警给王智等人做笔录。王智与警察小李关系密切，彼此有好感。

十七、瘦子要求再次查验老卜包裹，为例行公事，小李前去查验，没有查出什么违禁物。

十八、送走老卜。王智三人与壮汉同处一室，都做了笔录。

小说在深层次上依然聚焦于对"关系"与"可能性"的探寻与表现。几个长于论道或操练房中术的自负而无用的书生，一帮透露着阿Q式的狡猾而愚昧、野蛮而卑微的群氓，在江边码头这一混杂着暧昧、暴力与活力的地方，被某种神奇的偶然力量捏合在了一起，他们彼此纠缠、追逐，斗智斗勇，上演了一场"书生＋庸众"式的滑稽大戏。书生与地痞本来风马牛不相及，如何让二者发生冲突，且合情合理，则并不容易讲述。壮汉与王智的冲突、民警小李与壮汉的冲突、王智三人与瘦子一伙人的周旋，以及壮汉一伙最终彻底落败，都超出了读者的正常预期。同时，小说在讲述方式和构思方面也比较讲究。在上述一系列基本事件中：一、二、四、十一、十八为次要事件，其作用主要侧重交代故事背景，辅助故事讲述，补充相关内容；五、六、十二、十三、十五为核心事件，承担起了小说情节突转、意义顿生的关键环节；三、七、十、十四、十七为介于主要与次要之间，在功能上主要是起转折或过渡作用，以便触发和推进故事深入发展。五、六、八、九、十五、十六为重要事件，主要是以慢节奏讲述甚至静态化场景描写，以呈现人物、故事及其关系的原生风貌和细部状态。

2016 年 8 月 14 日，由韩东执导的电影《在码头》在湖北黄石开机。该影片改编自韩东 1998 年创作的同名中篇小说。与原作相比，二者在故事框架、人物关系以及整体风格方面基本保持一致，所不同在于局部的修改。主要有：

一、四人全为诗人：三名诗人，乘船到江北送诗人丁子。

二、电影一开始就配有读诗的声音，然后引出钱行场面。

三、出现三首诗：分别是韩东的《在世的一天》《我不认识的女人》和于小韦的《火车》。

四、出现诗话语："我代表中国诗歌感谢你"。

五、丁子无聊在码头搭讪女售货员，中间插入给人读诗这一细节。

六、突出徐姐与丁子之间的暧昧关系：前者为后者连夜打毛衣；保护后者免遭地痞侵害。

七、派出所、民警室改为港口保卫处。

八、壮汉变为白皮，瘦子变为地痞老二。

九、设置了白皮晕死的环节。

十、设置几处带有象征或隐喻意味的意象：诗人包里到底藏了什么，两次沐浴在丁子身上的光，小夏抱着的鸡，港口保卫处的大鹅。

这是基于原文本的再创作，由上可看出，从小说到电影，又有所变化。在前六项中，电影明显增加了诗歌元素，不仅把原作中四个书生的身份全改为诗人，而且还在电影画面、音效设置中融入诗歌成分。不过，如此改写，其目的并非在强调"诗电影"品质，而仅是为人物出场与关系展开设置某种背景；而将四人身份改为诗人，并强化丁子与徐姐之间的暧昧环节，其目的不过是想向世人证明诗人的凡俗性，即宣明，诗人并非像人们想象的那样不食人间烟火，言行怪异，不可理喻。至于派出所改为码头保卫处，将小李的民警身份改为保卫人员，将壮汉（联防队员）改为纯粹的地痞，则可能是电影主管部门审查的结果，否则，影片将难以获得公映证。

从整体上来看，《在码头》由小说到电影，即由文字到影像，基本传达了原作的内容与风格。无论一开始镜头中码头全景和送行场面的展现（长镜头），还是诗人们与地痞之间的纠缠、地痞与保卫处人员的冲突，以及三方之间"看"与"被看"关系的置换，都基本遵循原作风貌。从这个意义上来说，我觉得，电影版的《在码头》不过是对小说版的《在码头》的一个复制或稍稍延伸，或者说，对韩东而言，文学与电影不过是两种不同的表达形式，二者并无本质不同。

影片也借助画面、音效、字幕等手段较好地表达了小说的文学性。这主要表现在以下两方面：一是真实再现码头原生态的场景，揭示人物之间的微妙关系，营造某种荒诞效果。二是通过设置一些意象——比如丁子身上的光、小夏抱着的鸡、港口保卫处的大鹅——来制造某种空白，留给观众思考。这样，对观众而言，虽然电影看完了，但思考仍然继续。

《在码头》是韩东执导的第一部电影。2017年先后入围釜山国际电影节新浪潮竞赛单元、平遥影展中国新生代单元。[①] 而在豆瓣空间发表的十八篇影评中也不乏真知灼见之作，其中，《〈在码头〉：一部敢于无事生非的勇力之作》《一部"不对劲"的电影》《码头：电影到电影为止》《题外话》四篇带有一定专业性的文章给予该片以高度评价。不过，《在码头》在观众中的反映褒贬不一。比如，在豆瓣电影上的一个评分小组组织的对该电影的打分结果显示：目前总评分为5.7。这个基数为206人的评分队伍，所给出的星数和分布结构如下：5星占15.9%，4星占10.3%，3星占33.6%，2星占21.5%，1星占18.7%。[②] 5星和1星加起来占比34.6%，但各自占比旗鼓相当。5星多为韩东的粉丝，1星多为普通观众，这两类群体的评判（好评、差评）呈现两极分化态势，都有意气用事之嫌。倒是3星和2星的占比及评判较为可信，因为他们的评判较为客观，优点与缺陷都能顾及到。从这些反映来看，《在码头》的理想观众依然是那些带有专业知识背景或观影经验的人，对一般观众而言，特别是那些已经形成固定心理预期（有故事，逻辑明晰，有意义）的人，他们既不喜欢，也很难进入。

---

① 　其他五部为鹏飞《米花之味》、赖国安《上岸的鱼》、周全《西小河的夏天》、孙亮《疲城》、李珈西《山无棱天地合》。

② 　见豆瓣电影，截至2018年3月29日。

韩东文学年表简编

1961 年　一岁

5 月 17 日生于南京。

1969 年　九岁

11 月，随父亲下放至苏北农村（洪泽县黄集公社涧南大队第一生产队）。

1978 年　十八岁

中学毕业后，考入山东大学哲学系。

1979 年　十九岁

10 月，父亲方之（原名韩建国）去世。接触北岛主编的《今天》。

1980 年　二十岁

开始阅读《今天》。创作《无题——献给张志新》《女孩子》和《我是山》。在《青春》第 6 期上发表两首诗歌：《迎春》《湖夜》。

1981 年　二十一岁

《昂起不屈的头》（组诗）发表于《青春》第 1 期。《给初升的太阳》（诗歌）发表于《诗探索》第 4 期。《无题——献给张志新》《女孩子》和《我是山》发表于《诗刊》第 7 期。《热爱春天》（诗歌）发表于《山东文学》第 9 期。参与云帆诗社建设。在南京参加"太阳风"（诗社）。《昂起不屈的头》（组诗）获《青春》杂志"青春文学奖"。

1982 年　二十二岁

大学毕业，分配至陕西财经学院马列教研室工作。《山民》（诗歌）发表于《青春》第 8 期。参加《诗刊》举办的第二届"青春诗会"，但只报到，没有参加活动。关于这次诗会，沈奇回忆道："记得这次'青春诗会'的安排，是让韩东和我住在一起，房间上也写着韩东、王自亮的姓名。当天入住之后，我发现韩东还没有到，等了很久不见韩东进来，夜深时我就先入睡了。习惯上我是关灯才能睡着的，半夜只听到有人进门，我在迷糊中问了一句：'是韩东吗？'只听得韩东回应了一句，不，是一个字：'是。'这样我就放心了，继续入睡。第二天早上，我醒得很早，发现房间里并没有韩东的人影，隔壁床的被子还掀开着，也无一物留在房间。不见韩东，我后来问了王燕生老师，他说韩东是来过，又回去了。因为单位里不同意他参加'青春诗会'，只好又回去了。到今天为止，尽管我和韩东同在一个房间里住过一夜，但可以说他长得什么模样，我一点也没有印象。所以，韩东是与我同住过而尚未谋面的人。"（姜红伟采访沈奇稿，未刊。）

1983 年　二十三岁

主编油印刊物《老家》，共出三期。《有关大雁塔》《你见过大海》《一个孩子的消息》等诗歌发表于《老家》第 1 期。《水手》《我们的朋友》等诗歌发表于《老家》第 2 期。《有关大雁塔》《我们的朋友》《一个孩子的消息》《我不认识的女人》发表于《同代》（封新城主编）1983 年卷。《一个孩子的消息》《我不认识的女人》发表于《星路》（沈奇主编）第 2 期。

1984 年　二十四岁

调动工作回南京，在南京财贸学院政教系任教。

1985 年　二十五岁

和于坚创办民刊《他们》（纸质版共出九期，至 1995 年止）。《有关大雁塔》《你见过大海》《一个孩子的消息》《我不认识的女人》等诗歌发表于《他们》文学社内部交流资料第一辑。《茶馆》《你的小屋》《明月降临》《故事》等诗歌发表于《他们》文学社内部交流资料第二辑。《关于诗的两段信》（文论），载老木编《青年诗人谈诗》，北京大学五四文学社 1985 年印行。

1986 年　二十六岁

参加《诗刊》主办的第六届"青春诗会"。《一个孩子的消息》（诗歌）发表于《诗选刊》第 5 期。《有关大雁塔》等诗歌发表于丁玲主编《中国》1986 年第 7 期。《现代诗歌二人谈》（韩东、于坚）发表于《云南文艺通讯》第 9 期。《诗六首》发表于《诗选刊》第 11 期。《写作》《跑吧》《下棋的男人》等诗歌发表于《他们》文学社内部交流资料第三辑。

1987 年　二十七岁

参加第二届当代中国诗歌理论研讨会。《天知道》（短篇小说）发表于《钟山》第 1 期。《这个夜晚》（诗歌）发表于《诗刊》第 1 期。《失眠》（诗歌）发表于《中国作家》第 6 期。

1988 年　二十八岁

《奇迹和根据》（诗歌）发表于《诗刊》第 3 期。《在太原的谈话》（韩东、于坚）发表于《作家》第 4 期。《三个世俗角色》（文论）和《真实可行的办法》《哥哥的一生必天真烂漫》《我听见杯子》等诗歌发表于《他们》文学社内部交流资料第四辑。《为〈他们〉而写作》（文论）、《1988 年诗选》（诗歌）发表于《他们》文学社内部交流资料第五辑。《自传与诗见》（文论）发表于《诗歌报》（7 月 6 日）。

1989 年　二十九岁

任《诗歌报》函授部辅导教师。《渡河的队伍》（诗歌）发表于《中国作家》第 1 期。《诗三首》发表于《山花》第 2 期。《杯子》（诗歌）发表于《诗刊》第 2 期。《不合时宜》发表于《诗歌报》（2 月 12 日）。《母亲的家》（组诗）发表于《诗歌报》（函授教师诗作大联展专号，9 月 6 日）。《诗人与艺术史》（文论）发表于《山花》第 2 期。《三个世俗角色之后》（文论）发表于《百家》第 4 期。《只有石头和天空》（诗歌）发表于《人民文学》第 6 期。《助教的夜晚》（短篇小说）发表于《作家》第 8 期。

1990 年　三十岁

加入中国作家协会。《第二次背叛》（文论）发表于《百家》第 1 期。章林的《关于〈诗人及诗歌的理想〉——与韩东的对话》、韩东的《女声合唱》（诗歌）发表于《诗人报》（7 月第 8 期）。

1991 年　三十一岁

《同窗共读》（短篇小说）、《工人新村（外一首）》（诗歌）、《假头》（短篇小说）、《杀猫》（短篇小说）分别发表于《收获》第 3 期、《花城》第 5 期、《花城》第 6 期、《作家》第 6 期。

1992年　三十二岁

夏天，辞去公职。出版诗集《白色的石头》（上海文艺出版社）。短篇小说《反标》《单杠·香蕉·电视机》《母狗》《于八十岁自杀》《文学青年的月亮》分别发表于《收获》第1期、《钟山》第2期、《收获》第6期、《作家》第8期、《作家》第8期。诗歌《禁忌》《同学（外四首）》分别发表于《天涯》第4期、《天涯》第7期。《小说的理解》（创作谈）发表于《作家》第8期。

1993年　三十三岁

《九二、九三年诗选》（诗歌）发表于《他们》文学社内部交流资料第六辑。《西天上》《田园》《掘地三尺》《树杈间的月亮》等短篇小说分别发表于《作家》第6期、《北京文学》第8期、《北京文学》第8期、《人民文学》第8期。《本朝流水》（中篇小说）发表于《作品》第6期。《松针》《牧草》等诗歌分别发表于《诗林》第3期、《黄河诗报》第6期。《古闸笔谈》（散文）发表于《作家》第3期。

1994年　三十四岁

被广东省青年文学院聘为合同制作家，聘期两年。短篇小说《描红练习》发表于《大家》第1期。短篇小说《房间与风景》《新版黄山游》发表于《花城》第3期。短篇小说《西安故事》《长虫》《火车站》和《重复》发表于《钟山》第4期。短篇小说《请李元画像》《烟火》《接待》《下放地》分别发表于《收获》第5期、《青年文学》第6期、《山花》第8期、《作家》第10期。《"他们"略说》（散文）、《有别于三种小说》（文论）、《后来者说（附读书笔记三则）》《小说问题》（文论，王干、鲁羊、朱文、韩东）分别发表于《诗探索》第1期、《花城》第3期、《文艺争鸣》第5期、《上海文学》第11期。《九三年诗选》和《采访论》发表于《他们》文学社内部交流资料第七辑。

1995年　三十五岁

《广东七首（外三首）》发表于《他们》文学社内部交流资料第八辑。《沉默——歌词》（诗歌）、《关于诗歌的十条格言或语录》（文论）、《等待或顺应》（散文）发表于《他们》文学社内部交流资料第九辑。中篇小说《同窗共读》和《障碍》分别发表于《收获》第4期、《花城》第4期。短篇小说《前湖饭店》《大学三篇》《雷凤英》《富农翻身记》分别发表于《收获》第3期、《钟山》第5期、《花城》第6期、《青年文学》第11期。《随笔三篇》发表于《作家》第10期。12月，出版小说集《树杈间的月亮》（作家出版社）。

1996年　三十六岁

出版小说集《我们的身体》（中国华侨出版社）。《沉默——歌词》（六首）、《曹旭回来了，又走了》（短篇小说）、《信仰和小说艺术》（文论）分别发表于《天涯》第1、2、3期。短篇小说《此呆已死》《红毛其人——献给鲁羊》《双拐记》《明亮的疤痕》分别发表于《山花》第1期、《大家》第4期、《今天》第4期、《人民文学》第7期。《小东的画书》（中篇小说）、《信仰与小说艺术》（文论）、《问答——摘自〈韩东采访录〉》（散文）、《小说与故事》（文论）、《今天的"理想主义"》（文论）、《时间：1990—1995》（诗歌）分别发表于《收获》第2期、《天涯》第3期、《诗探索》第3期、《作家》第4期、《南方文坛》第6期、《作家》第8期。《虚无与怀疑——鲁羊、韩东通信二则》（散文）发表于《青年文学》第3期。

1997年　三十七岁

出版诗文集《交叉跑动》（敦煌文艺出版社）。接受于小韦的尼克艺术公司赞助。获第二届"刘丽安诗歌奖"。参加《小说家》杂志主办的小说擂台赛（南京赛区）。《从我的阅读开始沟通在艺术创造中的可能》（文论）发表于《北京文学》第1期。诗歌《时间：

1990—1995（组诗选二）》《诗十六首》《韩东诗歌九首》《韩东诗歌十首》分别发表于《诗刊》第 1 期、《大家》第 2 期、《山花》第 3 期、《花城》第 3 期。散文《爱情力学》《爱情中的交谈》《偶像崇拜》《爱与恨》分别发表于《大家》第 3 期、《天涯》第 3 期、《花城》第 3 期、《作家》第 7 期。短篇小说《放松》《双拐记》分别发表于《长城》第 1 期、《北京文学》第 3 期。

1998 年　三十八岁

1 月，出版散文集《韩东散文》（中国广播电视出版社）。和朱文等发起题为"断裂"的文学行为。《备忘：有关"断裂"问题的回答》（文论）发表于《北京文学》第 10 期。中篇小说《在码头》《杨惠燕》《交叉跑动》分别发表于《收获》第 2 期、《今天》第 2 期、《花城》第 5 期。短篇小说《无是无非》《姐妹》《我的一天》分别发表于《小说界》第 1 期、《青年文学》第 7 期、《山花》第 10 期。《韩东三首》（诗歌）、《自然现象》（诗歌）分别发表于《上海文学》第 5 期、《青年文学》第 8 期。《关于〈弟弟的变奏〉》（文论）发表于《作家》第 11 期。

1999 年　三十九岁

主编"断裂丛书"第一辑。参与《芙蓉》编辑工作（前后约三年）。《〈他们〉：梦想与现实》（散文，韩东、于坚等）发表于《黄河》第 1 期。《韩东诗歌》发表于《大家》第 4 期。中篇小说《花花传奇》和《古杰明传》分别发表于《花城》第 6 期、《北京文学》第 6 期。《附庸风雅的时代》（文论）发表于《北京文学》第 7 期。短篇小说《清凉》发表于《朔方》第 11 期。

2000 年　四十岁

短篇小说《敲门》《南方以南》《艳遇》《归宿在异乡》分别发

表于《山花》第 1 期、《作家》第 2 期、《山花》第 3 期、《作家》第 11 期。《论民间》（文论）、《不是"自由撰稿人"，而是"自由"》（文论）发表于《芙蓉》第 1 期、《山花》第 3 期。散文《大师系统与我无关》（韩东、张英）、《文人的敌意》分别发表于《粤海风》第 6 期、《作家》第 10 期。《有关大雁塔》发表于《诗刊》第 8 期。10 月，出版小说集《我的柏拉图》（楚尘主编，陕西师范大学出版社）。

2001 年　四十一岁

参与创办"橡皮"网站。《一百美元》（中篇小说）、《绵山行》（中篇小说）、《先行后至者顾前》（散文）、《挟持进京》（短篇小说）分别发表于《芙蓉》第 4 期、《花城》第 6 期、《作家》第 10 期、《作家》第 11 期。12 月，出版《韩东六短篇》（为短篇经典文库之一种，策划林建法，海豚出版社）。

2002 年　四十二岁

8 月，出版诗歌《爸爸在天上看我》（河北教育出版社）。主编《年代诗丛》第一辑。参与创办"他们"文学网。诗歌《给翟永明》《夏日窗口》《一声巨响》发表于《诗潮》第 1 期。《贫困时代》（中篇小说）发表于《山花》第 1 期。《自由、年代、诗丛——"年代诗丛"序（外一篇）》发表于《芙蓉》第 2 期。11 月，《长兄为父——纪念"朦胧诗"二十五周年》发表于《南方都市报》。《2001 年诗歌十首》发表于《花城》第 5 期。

2003 年　四十三岁

7 月，出版长篇小说《扎根》（人民文学出版社）。主编《年代诗丛》第二辑。完成《毛焰访谈录》。《扎根》发表于《花城》第 2 期。《韩东诗三首》《你的手》《韩东诗选十首》《韩东的诗（二首）》《当代诗坛二人行——韩东近作十五首》分别发表于《诗歌月刊》

第 1 期、《诗潮》第 1 期、《诗刊》第 3 期、《诗歌月刊》第 3 期、《延安文学》第 5 期。散文《关于语言、杨黎及其他》《中国的艾兹拉·庞德》发表于《诗歌月刊》第 3 期。《韩东随笔小札》《〈扎根〉及我的写作》《如何不再饥饿》分别发表于《作家》第 8 期、《湖南日报》(11 月 5 日)、《中国图书商报》(12 月 26 日)。《十年一梦》(小说)发表于《作家》第 10 期。

2004 年　四十四岁

获得"华语文学传媒奖"2003 年度小说家奖。被《中华文学选刊》、中国当代文学研究会、新浪网等评为"中华文学人物　2003 年最具活力作家"。主演李红旗导演的电影《好多大米》。《我从不披荆斩棘——毛焰访谈录》发表于《书城》第 1 期。《一个孤独者的山与湖》发表于《中国图书商报》(5 月 28 日)。《说"土"》发表于《杂文选刊》(下半月)第 8 期。《这些年》(诗歌)发表于《书城》第 9 期。

2005 年　四十五岁

1 月,出版小说集《明亮的疤痕》(华艺出版社)。参与"北门——作者·导演工作室"的建立。出版长篇小说《我和你》(上海文艺出版社)。诗歌《小姐》《韩东的诗》《爸爸在天上看你》《韩东诗歌》分别发表于《诗选刊》第 2 期、《上海文学》第 5 期、《诗选刊》第 5 期、《诗选刊》第 8 期。《我和你》(长篇小说)发表于《当代·长篇小说选刊》第 6 期。获得《晶报》2004 年"最佳专栏作家"奖。

2006 年　四十六岁

8 月,出版中篇小说集《美元硬过人民币》(上海人民出版社)。出席第三十七届鹿特丹国际诗歌节。出演张跃东导演的电影《下午狗叫》。《向卡夫卡学习》(文论)、《最后一次说感动》(散文)、《这些年》（诗歌）、《韩东随笔（二则）》《美元硬过人民币》（中篇小说）分别发表于《诗潮》第 1 期、《人民文摘》第 4 期、《诗探索》第 4 期、《诗歌月刊》第 5 期、《太湖》第 6 期。另有《韩东诗歌》《韩东诗歌》《韩东诗歌》分别发表于《辽河》第 8 期、《青年文学》第 8 期、《青年文学》第 19 期。

2007 年　四十七岁

1 月，出版随笔集《爱情力学》（上海文艺出版社）。2 月，出版小说集《西天上》（世纪出版集团北京世纪文景出版公司）。修改长篇小说《英特迈往》。加盟北岛主编的《今天》，担任小说编辑。出席在布鲁塞尔举行的第二届中欧论坛。《都是星空惹的祸》（散文）发表于《跨世纪（时文博览）》第 4 期。《英特迈往》（长篇小说）发表于《当代（长篇小说选刊）》第 6 期。《记忆》（诗歌）发表于《诗潮》第 6 期。《文学：最个人化的心灵之旅——韩东先生访谈录》发表于《青春》第 11 期。

2008 年　四十八岁

1 月，出版长篇小说《小城好汉之英特迈往》（世纪出版集团北京世纪文景出版公司）。写作电影剧本《在清朝》（贾樟柯执导）。《抛砖引玉——自述》《读诗这回事》《"海里的气味"编者按》分别发表于《小说评论》第 1 期、《语文学习》第 2 期、《今天》2008 年夏季号。《我反对的是写作的霸权——韩东访谈录》（韩东、李勇）、《写小说的我的一个工作》（韩东、张国庆）分别发表于《小说评论》第 1 期、《滇池》第 9 期。《攻击、防卫和狗》（杂文）发表于《杂文选刊》（下半月）第 10 期。由尼基·哈尔曼翻译的《扎根》英文版获得第二届曼氏亚洲文学提名奖。

2009 年　四十九岁

1 月，出版短篇小说集《此呆已死》(上海人民出版社)。由尼基·哈尔曼翻译的《扎根》英文版由夏威夷出版社出版。《小城好汉之英特迈往》韩文版由韩国雄津出版社出版。应翻艺网和尼基·哈尔曼邀请访问英国。参与 2009 年深圳香港城市 / 建筑双年展"文学与建筑"项目，写作小说《呦呦鹿鸣》。获首届高黎贡文学节"文学节主席奖"。诗歌《黑人》《十九首》分别发表于《人民文学》第 3 期、《上海文学》第 3 期。散文《小说大师的青春时代》《语言是一切，又什么都不是——答问 (片段)》《老太说保姆》分别发表于《百花洲》第 3 期、《上海文学》第 3 期、《剑南文学 (经典阅读)》第 9 期。

2010 年　五十岁

《知青变形记》(长篇小说) 发表于《花城》第 1 期。《小城好汉之英特迈往》被《长篇小说选刊》转载 (第 2 期)。出版《知青变形记》(花城出版社)。《扎根》和《我和你》由花城出版社再版。短篇小说《呦呦鹿鸣》《崭新世》发表于《作家》第 1 期、《今天》2010 年冬季号。散文《姑爷爷、姑奶奶》《抛砖引玉》《写作是我们的信仰——于坚、韩东、祝勇对话录》《游戏与发明》《大人物》《随笔三题》分别发表于《今天》2010 年春季号、《长篇小说选刊》第 2 期、《百花洲》第 3 期、《南方周末》(4 月 1 日)、《南方周末》(6 月 10 日)、《青年作家》第 9 期。《诗十三首》发表于《今天》2010 年冬季号。和于小韦等成立"韩东剧本工作室"。《小城好汉之英特迈往》获第七届金陵文学大奖。被《智族 GQ》杂志评为 2010 年年度作家。担任第七届中国独立电影节评委会主席。挂职《青春》杂志社编辑。11 月，母亲病逝。

2011年　五十一岁

诗歌《起雾了》《走走看看》《爆竹声声》和散文《〈他们〉和'他们'》发表于《天南》第 3 期。《最伟大的书只能由佛陀这样的人写成》（李勇、韩东）、《读小说无用（外一篇）》（散文）、《那地方》（组诗）、《恍惚》（短篇小说）发表于《文学界（专辑版）》第 10 期。《电梯门及其他》与《广场（外三首）》分别发表于《山花》第 15 期、《诗刊》第 24 期。散文《信仰不是空谈》发表于《南方周末》（7 月 28 日）。6 月，应歌德学院之邀请前往德国哥廷根大学进行访学活动。8 月，随笔集《夜行人》《幸福之道》和《一条叫旺财的狗》由重庆大学出版社出版。写作电影剧本《北京时间》。获《晶报》"阳光特别大奖"之"畅享文学奖"。

2012年　五十二岁

出版《重新做人》（楚尘文化出版公司）。出版中英文诗集《来自大连的电话》（香港大学出版社）。写作电影剧本《爱你一万年》。《爱情力学》再版（楚尘文化出版公司）。4 月，应邀参加伦敦书展。9 月，参加第九届光州艺术双年展（作品《再生》，合作者胜军）。《中国情人》（长篇小说）发表于《花城》第 3 期。诗歌《韩东的诗》《冬：五行》《季节颂（三首）》《在世的一天》《记梦》分别发表于《新诗》第 4 期、《西部》第 9 期、《长江文艺》第 9 期、《中国诗歌》第 12 期、《诗刊》第 24 期。

2013年　五十三岁

1 月，出版长篇小说《中国情人》（江苏人民出版社）和诗集《重新做人》（重庆大学出版社）。《我认同的〈今天〉》（散文）、《韩东诗选》《一个人不爱说话》（诗歌）分别发表于《今天》2013 年春季号、《新诗》第 2 期、《诗刊》第 24 期。11 月，获第六届珠江国际诗歌节"珠江诗歌大奖"。

2014年　五十四岁

《小说世界或我的小说"观"》（文论）、《在码头》（中篇小说）发表于《长江文艺》（选刊版）第12期。9月，出版《重新做人》（重庆大学出版社，为《新路中国诗丛·中国卷》之一种）。《就〈韩东的诗〉出版答马铃薯兄弟》发表于韩东微博。

2015年　五十五岁

3月，出版《你见过大海：韩东集1982—2014》（作家出版社，为《标准诗丛》第二辑之一种）。

2016年　五十六岁

1月，出版《爱与生》（江苏凤凰文艺出版社）。6月，参与成立十诗人电影公司。8月，首次担任导演，根据同名中篇小说改编的电影《在码头》在湖北黄石开机。

2017年　五十七岁

《韩东的诗》（包括《三月到四月》《时间》《这些年》《第十天》共四首）、《最后的先锋》（评论）、《在世的一天》（诗歌）、《关于诗人外外——就一些问题的集中回答》（访谈）分别发表于《青春》第3期、第3期、第5期、第11期。9月，《在码头》入围釜山国际电影节新浪潮竞赛单元。10月，在《青春》开设"青春剧构"栏目。

2018年　五十八岁

3月15日，获得第八届长安诗歌节"现代诗成就大奖"。3月25日，参加北京言几又书店（海淀）"中国桂冠诗丛·第二辑"新书发布会。韩东的《我因此爱你》为其中一种。5月，《妖言惑众》（话剧）发表于《十月》第3期。7月，创作《悲伤或永生》（诗歌）。8月，在《今天》主持"写作新标"栏目。

2019年　五十九岁

1月，在《青春》杂志主持"韩东读诗"栏目，首期推出于坚的长诗《莫斯科札记》。3月，创作《默契》《两三个》《马尼拉》《放生》《一位诗人》《风吹树林》《奇迹》《一分钟的树》共八首诗歌；在《大益文学》（陈鹏主编，江苏凤凰文艺出版社）发表《去厅里抽烟》（短篇小说）。

后　记

　　人到中年，时不我待之慨，愈加加深了。回望过去，翘首未来，岁月的沧桑、人生的无常，常让我对周遭一切无言以对。父亲走了，母亲走了，将我孤零零地留在这个人世上，总觉得孤单了许多，沉默了许多，忧伤了许多，心灵向内缩了许多，对名和利看淡了许多，对人与人的关系也不在乎了许多。每每面对现实与家人，我才突然顿悟：再也没那份闲心，于某个清晨或雨后，一个人坐在单位的小荷塘边对视、发呆、遐想；再也没有大把的时间，和三五好友打球、喝酒、谈人生、谈文学，并从中获得超越俗世的幸福；再也没有早年那种超拔的自负，天真地认为，只要激情永在，理想高扬，未来便可期。我无可奈何地大踏步回撤，回到了自建的心灵小屋里去了。在这里，我和我的妻女朝夕相处，一厢情愿地过起了现世安稳的日子，朋友说，这才是正常人的正常生活。好吧，我姑且承认。

　　去年十月十九日，我家二宝降生。我给她起大名"怡然"，前加姓氏，即"张怡然"。名取自《桃花源记》中的一句："黄发垂髫，并怡然自乐"，意即希望她像"桃花源"中的人一样，快乐生活，人生愉快。我也给她起了个乳名"京阳"，意有两层：一、生于北京朝阳区。二、愿她的幼年、童年生活像早晨八九点钟的太阳一样，日日朝气蓬勃，苗壮成长。我的世界好比一个封闭已久的园子，怡然的到来，让这里热闹非凡。园子里突然春暖花开，春色满园，引来蝴蝶翻飞，蜜蜂嬉戏，鸟儿歌唱。今年夏天，我们一家四口回乡下小住。从北京到山东沂南，千多里地的长途奔袭，是对故乡与宗亲的一次寻根。怡然第一次回去，时年不满周岁，幼童无知，这次回家的意义还是由我这个做爸爸的人替她记住吧。怡然是上天赐给我的神圣的礼物，她来到我身边，再加大宝和她妈，在这个薄情的俗世上，我还有什么不满足的呢？好吧，就暂且这么自我安慰吧。

中年后，精力大不如前，虽也常熬夜写作，但耐力弱了很多。平日里，于工作之外，我基本围着家庭转，或帮妻子忙家务，买菜，或送老大上学，或照看二宝怡然，然后，剩下的时间全部用于写《韩东论》。为此，我几乎取消了所有不必要的应酬，与外界失联，与朋友疏远，是必然的了。在向内和向外之间，我不得不后撤一步，然后安营扎寨，以力保《韩东论》写作任务的顺利完成。没办法，精力有限，无法周全，如此为之，实出无奈。生养老大时，我一点也没费心，因为母亲、岳母都健在，她们根本就不让我插手，嫌我这个大老爷们毛手毛脚，照看不好她们的大孙女。而今，母亲不在了，岳母老迈，养孩子的重任只好由我和妻子承担。生养孩子的确辛苦，其中滋味不必多言。既要悉心照看二宝，又要全力以赴写作，这是我在过去一年半的时间内所做的最有意义的两件事。好吧，权且如此认为，若不，活下去的理由在哪儿？

阿兰·罗布－格里耶说："世界既不是有意义的，也不是荒谬的，它存在着，如此而已。"是的，就"实在界"而言，我在，世界在，我不在，世界仍在。但对肉体凡胎的我来说，我思，故我在，我在，世界才在，我不在，世界何在？就拿我和韩东而论，他生于1961年，我生于1976年，他先我"在"了十五年，十五年后，我"在"，再刨除虽"在"但无"思"的十几年，最后，我以"我在，他也在"的方式走近了他，他成为我的研究对象，我发现并赋予"他之在"的意义。意义在不同生命体之间流转，最终在我这里又形成一个驿站。先前，我不在，他在；后来，我在，他也在；再后来，我不在，他在，或者我在，他不在，"实在界"中的"在"不过如此。但人生之根本不在"实在界"，而在"精神界"，即人要超越"实在界"，发现并创造意义，以延续肉体虽亡但精神不死的人类神话。韩东笃信"绝对"，他以圣徒般精神、"永在路上"姿态，无限靠近那个"虚无主义"式的"真理"。我被他的这种夸父逐日的精神和行为所震慑，不仅知识的价值与世界的意义在他这里得到确证，而且语言的神力与个体的力量也在他的文艺实践中大放异彩。我论韩东，首在发起对话，力在寻找意义，志在叩问真理，但归根结底在为生命本身寻找赖以停靠的港湾。好吧，说得有点玄乎，不说了，以免贻笑大方。

言归正传，还是说说我写《韩东论》的相关情况。《韩东论》动笔于去年夏初，完稿于今年夏末，当修改稿完成时，时令已是秋天了。在过去十五个月中，我放下除单位工作、照料二宝之外的所有活，搜集已发表或未发表的绝大部分材料，动用我所有的知识储备和内在力量，完成了对"韩东"这样一位"球型天才"人物的多方位解读与深入阐释。论韩东，到底"论"得如何，就不必自夸了。我，一个暂居京城、根基薄弱的乔寓者，一个必将融入野地、化为尘埃的乡下人，一个肉体凡胎、拖家带口的俗世中人，面对"韩东"这样一个复杂而深邃的论题，所"论"又能好到哪里去？论者与论题的不对称，常让我诚惶诚恐。我既无诗学修为，也无创作经验，竟敢接这样的活，岂不胆大妄为、不知天高地厚？是的，答案是不言自明的。我喜欢迎难而上，我能从这种挑战中获得快感，那又何乐而不为呢？不过，我尽力了！而且，让我颇感欣慰的是，在我的努力下，国内第一部韩东研究专著就这样不声不响地诞生了。我自知这本专著缺陷多多，好吧，其优劣高低还是交由学界同仁去评判吧。

最后，我要特别感谢两个人：一个是我的妻子李美华，没有她日复一日地打理家庭，照看两个孩子，我的所有学业和写作都没法完成。在她身上，我看到了当代中国底层女性最诱人、最珍贵、最值得珍视的精神品质：同吃苦共患难，甘愿牺牲，不计得失，爱意弥漫。另一个是我永远的恩师吴义勤先生，没有他这么多年的培养和指导，我在学业和事业上的进步就不可能这么快，感谢他给了我这次撰写《韩东论》的机会。作为他多年的老学生，我无以回报，唯有努力学习，虚心请教，勤于读书、写作，以扎实的研究成果回报他，才是正道。基于此，我愿把这本书献给始终与我相濡以沫的妻子李美华和我最尊重的恩师吴义勤先生！

二〇一八年八月十一日
于中国现代文学馆

图书在版编目（CIP）数据

韩东论 / 张元珂著. -- 北京：作家出版社，2019.7
（中国当代作家论）

ISBN 978 - 7 - 5212 - 0410 - 0

Ⅰ. ①韩… Ⅱ. ①张… Ⅲ. ①韩东 - 作家评论
Ⅳ. ①I206.7

中国版本图书馆 CIP 数据核字（2019）第 040346 号

韩东论

总 策 划：吴义勤
主 编：谢有顺
作 者：张元珂
出版统筹：李宏伟
责任编辑：杨新月
装帧设计：合和工作室
出版发行：作家出版社有限公司
社 址：北京农展馆南里 10 号　　邮 编：100125
电话传真：86 - 10 - 65067186（发行中心及邮购部）
　　　　　86 - 10 - 65004079（总编室）
E - mail: zuojia@zuojia.net.cn
http:// www.zuojiachubanshe.com
印 刷：北京明月印务有限责任公司
成品尺寸：152 × 230
字 数：330 千
印 张：26
版 次：2019 年 7 月第 1 版
印 次：2019 年 7 月第 1 次印刷
ISBN 978 - 7 - 5212 - 0410 - 0
定 价：50.00 元

中国当代作家论

第一辑

第二辑

陈映真论　任相梅　著　　定价：58.00 元

二月河论　郝敬波　著　　定价：45.00 元

韩东论　　张元珂　著　　定价：50.00 元

刘恒论　　李　莉　著　　定价：45.00 元

苏童论　　张学昕　著　　定价：46.00 元

于坚论　　霍俊明　著　　定价：55.00 元

张炜论　　赵月斌　著　　定价：46.00 元